年轻的朋友：

以书结缘，有幸相识。

这是寄给你们的一本书。写这本书的最初冲动，是N年前，我儿子在一家公司上班，某月工作了290小时，几乎达法定工作时间的一倍，却被老板找去谈话，问他：为什么别人都工作了300小时以上，你却没有达到？这我走看下很多年轻人的生存状态，太难了。我想用这部小说，写出你的艰辛、困惑。不管你是谁，在哪里生活，小说中一定会有你熟悉的人，有你自己的身影。在这里，有你开拓前程的困苦无望，有你爱情选择的纠结彷徨。这里有你的喜和茫然，痛和抖擞。在你生活的某些时刻，你站在人生的某个路口，上下求索，极目远望，都不知如何走好。你承担着对亲人的责任，逃脱的资格都没有。如果你

在生活中流过泪，那也是小说主人公的泪，还有作者我的泪。你有那么多理由放弃对生活对世界的善意，可最后还是和小说的主人公一样，把善意留在了内心。同时，让我与你一道，把求索的目光暂时从此类生活中移开，眺望一下无垠的星空，你会体悟到，这也是你来到这个世界的使命。

潘军 2022. 11. 10

如何是好

阎真 著

湖南文艺出版社
HUNAN LITERATURE AND ART PUBLISHING HOUSE

1

也许，这个世界需要重新认识。

这念头刚刚跳上心头，就像触动了一个神秘的按钮，突然，灯灭了，教室里一片漆黑。

我身子轻轻抖了一下，本能地站了起来，座椅"嗒"的一声垂了下去。我记起刚才响了催促离开的铃声，是自己在想着心事，没有在意。我知道教室里就剩下自己，还是虚弱地问了一声："有人吗？还有人吗？"

我又坐了下来，似乎是想等管理人员来赶自己走，又似乎是想将心事想出一个结果。不知道又过了多久，没有人来，心事也越来越迷茫。终于，我双手撑着条桌站了起来，摸索到没有翻动的书本，塞进书包。走到教室门口，我回过头，对着身后的黑暗阴郁地一笑，心中幻现出一张不怀好意的笑脸。

摸着扶手下楼，没想到扶手的尽头还有一级台阶，我一脚踏空，身体前倾着摔了下去，在落地之前我下意识地喊了一声："章伟！"摔得不重，只踏空一级台阶。我躺在瓷砖地上不起来，也不知道是自怜，还是耍赖。我终于有了一个同情自己的理由。我突然发现自己眼前有一块苍白的东西在蠕动，心中惊了一下，头皮一麻，头发有往上蹿的感觉。我再瞥一眼，朦胧中发现那其实是自己的右手。我把手指动了一下，是的，是自己的手。黑暗中我把手收回来撑着地，感到了瓷砖的凉意，另一只手在空中伸着，似乎在等一只手把自己拉起来。我仿佛感觉到了那只手，黑暗之中没有形态，但手感和力度都是熟悉的，虚幻的身影也是熟悉的。这样坚持了十几秒钟，我明白不会有奇迹发生，于是发出自嘲的一笑，爬了起来。

走出教学楼，我想起了今天是中秋节，学校发的两个月饼还在书包里。我朝宿舍走去，四周没有人，只有自己的脚步发出的轻响。在小桥边，我看到有一片云格外亮一点，猜想月亮就躲在后面。我从小桥上转了回来，沿着池塘走了几步，在草地上坐了下来，盯着那片云出神，想到这是李白也曾看到过的，还有苏东坡。看久了我的脸颊感到了一种不确定的温热，侧了脸正对那片云，觉得这种温热应该是真实的。我伸开手掌，对着天空，屏住呼吸，把所有的感觉集中在手心，发现这温热是自己的想象。好一会儿我放弃了这种没有意义的探寻，心中浮上几句有关月光的古诗，一飘就过去了。

四周非常安静，可以听到风吹过时细微的声响，又像草丛中蚂蚁在脚旁边移动。池塘中那几只黑天鹅发出的"呃呃"声，唱出了夜的裂痕。我想象着自己从这裂痕中闪进了另外一个世界，那里阳光灿烂，阳光下是一望无际的草原，翠绿渐行渐远，与天相接。侧面是一个幽蓝的湖，上面漂着几片宁静的白帆。天上白云朵朵，把身影投向湖中，被帆船轻轻犁开，又重新聚拢，仍然是优雅的形态。章伟牵着我的手，踏在松软的草地上，阳光的温暖，从脚底渗了上来，手心的湿润，一丝一丝地传到了心间。

天鹅的叫声把我拉回了现实，在那"呃呃"声中断的瞬间，我又感觉到了不知从哪里发出来的细细的声响。我静心倾听，发现这声音是从自己的内心发出来的，是青春穿越时间擦出的微响。

2

心事是下午去见杜书记引发的。

中午在食堂吃饭，接到班导师吴老师的电话，要我下午去学院找杜书记。杜书记是新闻学院的副书记，管学生工作。我觉得怪，我与杜书记虽然认识，可几年来并没有过单独的交往，他怎么会突然找我？我问吴老师："是找我吗？"吴老师说："是找你，找许晶晶，你。"我心中有种异样的感觉，说："他从来没找过我呢！有点怕怕的。"又说："什么事啊？"吴老师说："可能大概了解一个什么情况吧，去了你自然知道。"我说："有点紧张。"她说："没有那么大的事呢。"

没有那么大的事，那就是有事，肯定还不是什么好事。餐盘里的饭刚吃几口，不吃了，端到洗碗的地方，有师傅接了过去。回宿舍的路上碰到三班的翁萍，她热情地问："许晶晶，保研准备报哪个学校？我建议报武汉大学，那里的新闻专业是很强的，全国排得上号，排得上号呢，全国呢。"这正是我想去试试的学校，可是怕人家不要，面试被刷下来太丢人，打算暗度陈仓去的。我说："我一个候补名额，还敢想武大？没吃老虎胆。"她说："搞不成又没谁咬你一块肉，怕个鬼。"我说："我的最高目标就是本校。"她挤出一个不屑的鬼脸说："麓城师大？勉强一个211，985都没份。要逮住机会把自己漂白呢，不然到社会上，没有人正眼瞧你。"我叹气说："高考没考上一个捏得叫的大学，前途无亮，太现实了。"她说："不但现实，而且残酷。"我把肩往上一耸说："别吓老百姓。"心里是同意她的话的。

中午躺在宿舍心神不宁，同宿舍的秦芳问我怎么了，我说："杜书记下午找我谈话呢。三年多都没找过我。"秦芳说："我觉得应该跟保研有关。"我说："我有点紧张。"她说："应该是动员你留在本校吧，排前面的都攀高枝去了。"又说："也可能是发展党员的事。"我想着如果是这样，那就好了。可听吴老师的口气，好像不是什么好事，是好事她就直接告诉我了，谁都愿传达喜讯。那么有什么不好的事情？实在也想不起自己做过什么坏事。谈过恋爱，夜不归宿也有那么几次，谁当回事呢？前面发展党员，有几个女生也这样了，从来没有人当作一个问题提出来，难道偏偏轮到自己就是个问题？应该不会，绝对不会。那么是保研出了问题？想到这里，我心口被击了一掌似的跳了一下。

保送研究生的人选暑假前就定了，没我的份。十四个名额，我排在第十五，正好出局。当时心里难受了好几天，只要自己哪一门课多考几分，平均成绩提高零点几分，就入围了。就差这零点几分，心里那个痛啊，痛煞自己的心都有。在大二时就听过风传，有同学为了保研，或为了奖学金，跑到老师那里去要分，理由是毕业出国留学需要高一点的分数，才能得到奖学金。悲情的倾诉和眼泪奏了效，分数居然要到了。传说那个女同学一时得意，当作经验告诉大家。学业导师上的那一门两门课，不用说，分数是最高的。后来有同学向她取经，她抵死不承认，说是自己想显摆能干，是吹牛的。又有传言说她的学业导师被院里询问了，她受到了导师的严重警告。这样的事我做不出来，脸皮薄了，可人家排名年级十三，据说暨南大学已经接收了她。现实就是现实，两年前的事情无人提及。为了保研这事，我找到没有人的地方畅快地哭过一场，悔不该没去努力努力啊！做个好人是有代价的啊！然后想开了，世界这么大，岁月这么悠长，这算个事吗？老鼠屁！似乎想通了，就真的想通了。

这个学期开学，事情又有了变化。总分排在第一的那个男生，拿到了英国爱丁堡大学的奖学金，放弃了保研。吴老师前几天通知我，学院把我的名字补了上去，要我自己联系学校面试。从来没有想过天上能掉馅饼，竟然还掉到我嘴边，这真的让人重新认识世事人生。这几天我正找老师写推荐信，跟武大新闻系办公室电话联系了，准备下周去面试。似乎命运的新天地正在眼前展开，那里是红日，白云，蓝天……

下午去院里，上楼的时候膝关节软了一下，差点站不稳。我在心中痛斥自己：什么东西？这点支撑力都没有，还想在这个世上活着？推开门我看见杜书记朝我笑了一笑，我心里一下松弛了，可马上又感到这笑容并不那么纯粹，有一种掩饰性的客气。我在沙发上坐下，询问地望着他。杜书记迟疑了一下，问道："晶晶，你曾经当过学习委员？"他没问我和章伟的事情，我的心落了下来，说："当过，二班的，本班的。"又说："那还是大二的时候。"他说：

"那是不是……"他迟疑着，似乎在寻找表达方式。我又紧张起来，全院四十多个班，他怎么会知道我当过学习委员，还是一年多以前？自己实在也没有做过什么不好的事吧。这样想着，我很坦然地望着他。他说："那是不是……有这么一回事？有一次，童老师告诉你西方新闻史这门课的复习重点？"他一说，我记起来了。那天在食堂吃饭，我去买豆浆时，碰到童老师，随口问了一句，考试有没有重点？童老师说，课件的内容就是重点。回到宿舍，我在班群里发了一条信息，把童老师的话转达了。那一次我们二班考得最好，平均分比其他三个班要高几分，而我自己也拿到唯一的一次年级第一。成绩出来后，吴老师问了我这件事，说别班的同学有意见了。我当时解释说："我只是代表我自己顺便问一句，童老师也没交代我要传达给所有班级。也许我不该告诉本班同学吧！"

这件事过去了一年多，再也没有人提起。现在杜书记说到了，我说："是不是因为保研的事，有人把我告了？"他说："校长信箱收到一封信，上午转到院里了。院里需要给研究生院一个答复。"我沉默了一会儿说："我真的觉得这个世界太……太可鄙了。"他马上说："不能这样说，"摇一摇手，"不能这样说。"我说："那我就不说。当时我如果自私一点，我自己知道就行了，"用力捶一下胸口，"我干吗要发到班群？做好人做出了重大事故。我也是偶然碰到，顺便问了一句。我只是二班的学习委员，不是年级的。我不觉得自己有责任告诉每一个人。"他笑了一下说："如果你只是自己知道，就没有今天的事情了。"又说："你觉得我们应该怎么回复研究生院？"我说："我太冤枉了。"

我忽然想起了一个问题，说："写给校长的信是实名的吗？"杜书记说："是的，不是实名就不会成为一个问题。"我问："那么她是谁呢？"又说："我觉得这个人一定是个女生。"他说："这个不重要。重要的是，院里怎么回复学校。"我呆在那里，感到这件事比我想象的要严重，连院领导都被难住了。我说："我家里是最普通的老百姓，小镇上的那种，得到一次机会太不容易，不像有些人，前面的路早就铺好了。我前面的路，每一寸都要自己蹚出来，"头一低，眼泪就流出来了，"我真的很难过。"杜书记站起来说："院里尽量争取，一定尽量。"

出了门，走在楼道里，我觉得自己还有很多话要说。武大的面试通知已经收到了。两个教授的推荐信也写好了。父母那里也早就报喜了。没有这件事，我也就算了。有了这件事，真的是绝望啊绝望！我转回去，推开门，杜书记在打电话，正说出我的名字，他见了我，马上把话筒捂上，询问地望着我。面试通知……推荐信……父母……我都说不出来，就说了声："太冤枉。"带上门离开。

3

出了学院大门，我心中像有根粗糙的麻绳扭了无数的疙瘩，想解开都不知从哪里入手。如果保研出了问题，父母白高兴一场了……武大的面试怎么解释……对写推荐信的老师怎么交代……自己这几天不该在宿舍把事情公布了……突然，一个念头尖锐地冲上来，像有一把小刀刺破皮肤，血珠沁了出来。在这个关键时刻给校长信箱写信，那只能是排在我后面的那个人，她才是唯一的受益者。她……她是谁，她是谁？是谁？我马上转回去，想看看学院公告栏中的名单公示。暑假前别的同学告诉我差一名入围，我都没有去看看公告，看了心痛。我在公告栏反复搜索，已经没有了。又去研管办想问问李老师，走到门口失去了勇气，李老师会不会想，你什么意思，难道还想报复？我又回到公告栏搜索了一遍，多么想揭开这个谜底，就像前几年腿摔伤了，忍住痛也要揭开纱布，看一看伤口。

在学院门口，我碰到了那个即将去爱丁堡大学的男生。我笑嘻嘻地说："男神，听说你拿到了英国的全额奖学金？"他点点头，谦虚地沉默着。我说："牛啊，不是吹出来的。"竖起大拇指，"牛。"又说："雅思考了多少？"他说："七点五。"我说："你浪费了一个保研的名额。"他惊醒似的说："那应该会补一个吧，就是……就应该是你啊！是你呢！赶快去申请！"我说："排在我后面的是谁呢？"他说："应该是三班的翁萍吧？"我心中一跳，一脸迷惑地问："你还记得？"他说："名单我研究过的。"我说："这是一门很深奥的学问。"他不解地望着我。我说："真的很深奥。"又说："我不想保研呢，我要去上班。"他说："那就轮到翁萍了。我赶快给翁萍他们班长打个电话。"掏出手机准备拨号。我马上按住他的手说："等会儿。"想了想，把事情诉了他，说："你千万不能跟翁萍说，实在想说……那也不能说。"他连连点头："知道了知道了，唉，谁都不容易。我本来以为只有我自己不容易，一肚子委屈。"我说："你春风得意马蹄疾，你还委屈？你看遍长安花呢。"他说："这马腿都跑抽筋了，"腿撇了几下，"跟谁说去？"

在回宿舍的路上，我想着自己这样从小地方上来的人，想在麓城扎下根，就非尽最大的努力不可。老爸含在口头的一句话就是，像我们这样的人，树叶都要扫一扫，不扫就没有。保研有了希望，算是扫起了好大一堆树叶，可风一吹，又没有了。说起来自己还是有点野心的人，不甘心啊，不甘心！这么想着，我想马上去找翁萍，问她这样做是不是太阴了一点？虽然不在一个班，但就住在隔壁，天天见得着的，到关键时刻踩我一脚，这样真的好吗？她居然还敢用实名，我得把她的嘴脸扯下来，给全年级同学看看！上了楼我又没了勇气，在楼梯口停了下来，扶着楼梯，犹豫着。秦芳过来说："晶晶，你在这里干什么？"我说："爬累了，喘口气。"她没细问就下去了。我下决心推开隔壁的门，探头往里面看看，听见翁萍在抱怨说："我们跟男生宿舍有得一比了，有股怪味！"看见我，问道："晶晶，有事？"我说："说有事也可以。"仔细观察翁萍的神色。翁萍若无其事地说："晶晶，你好久没来串门了。"我生硬地说："真的有好久了？我自己都不记得，只有你总是惦记着我。"我投过去一个不友好的眼神，然后轻轻把门带上。在门缝合拢的那一瞬间，我看见她望着门这边，在愤怒地微笑。

晚饭之前吴老师发来信息，说在楼下等我。我下了楼，她在树下招手。我过去了，她说："找个僻静点的地方。"就往教学楼那边走，说："本来可以给你打个电话的，我考虑了一下，还是谈谈比较好。"我觉得大事不妙，抱着豁出去的心态，跟在她后面。她说："我今天不代表我自己，代表学院和研究生院，跟你沟通一下。"我说："我知道了，有人达到目的了，"狠狠心说，"翁萍。"她说：

"你为什么说是翁萍?"我说:"谁也不是天生的坏人,把别人推到坑里,总是自己能拿到一个果子。她就排在我后面,把我取消了,她不就顶上来了吗?"她摇摇头说:"你还是把事情看简单了。"我吃惊地说:"难道还有别人?杜书记说了,给校长信箱的信是实名的。"她说:"是实名的,但不是翁萍的名字,是你们郝班长的名字。"我心都要从口里跳出来,说:"那不可能,我可以说,绝对不可能。郝班长是个好班长。"她说:"我们也找郝健问了,信应该是别人冒他的名写的,但实名的程序是完成了。"我说:"只有翁萍。"又说:"看发信的邮箱就知道了。"她说:"哪个邮箱发的,校长办公室不会告诉我们。学校不是公安部门,没有权力去查找邮箱的主人。"我说:"吴老师你说,这是不是有点太阴险了,这叫我以后怎么去相信世界?"她说:"这个问题不算个什么问题,领导都没有追问的意思。"虽然我觉得这是个很大的问题,但老师说不是问题,院里和学校里都说不是问题,那我也只好当作不是个问题。

吴老师在一棵樟树下站定,说:"我们来谈问题。"我说:"我知道了。"她说:"这件事关系到一个学生的前途,院里和学校里都很谨慎。"我说:"他们就不怕一个学生的前途就这样被毁掉吗?还有,她对这个世界的信心也被毁掉吗?"她说:"所以他们很谨慎。"又说:"我们来看看信中反映的问题,是不是真的是个问题?教务办今天上午就统计了,西方新闻史这门课,我们班的平均成绩,比另外三个班,要高六点几分,这肯定还是有点不正常。"我说:"我们班的同学准备得更充分。"她说:"我也找我们班的同学了解了,是你整理了课件在班群发了,是吧?这对别班的同学,是不是也有一点点不公平?你自己这门课的成绩,全年级第一,这是你三年拿到的唯一的一个第一。"我觉得非常羞愧,好像自己做了偷分贼。我说:"因为我连夜整理了课件,我肯定会熟悉些。我当时觉得自己为大家工作,我还很自豪呢。"又说:"我自己偷偷地准备,就什么事都没有了。我为什么要觉得自己是个学习委员,有责任帮助大家?这个好人做得太惨了。"她说:"研究生院分析,你个人最终成绩,受到了这次考试的影响,他们认为这是个问题。你觉得呢?"我说:"领导说是个问题,我说不是问题,有用吗?"她说:"那你是不是觉得还是有点问题呢?如果一点问题没有,那就没有问题;如果有问题,哪怕一点点问题,那就是个问题。你觉得呢?"

我低着头说不出话。领导的逻辑我很难反驳,可是我真的不知道自己到底错在哪里。吴老师说:"院里上午专门开院务会讨论,我列席了。一边讨论,一边跟研究生院电话沟通。下午研究生院的最后决定还是来了。那封信里有句话,希望问题在学校层面得到解决。什么意思?学校解决不了,就要告到教育部去,搞到网上去。所以学校的意见,还是大事化小,在学校层面解决。"我说:"领导省心了,我完蛋了。我能不能找有关部门申诉?"吴老师叹气说:"那给你交个底吧,这件事情,研究生院是请示了管研究生的副校长的。其实我也觉得你有点冤,可是我一个普通老师,能够力挽狂澜吗?那些官僚……管理者,他们的思维方式就是这样的。"我爆发似的嚷道:"官僚我可以理解,翁萍我不能理解,也不想理解。把别人垫在脚下,就这么爬上去了?"又吼了一声:"想得美!"吴老师说:"信是谁写的,真的不知道,但这种平地起风波的做法,学校是非常反感的。所以,研究生院把这个名额取消了。"我心中大为松弛,说:"谢谢。"吴老师说:"下午翁萍的班导师还找了杜书记，说，杜书记，要出事了！想帮翁萍挽回，杜书记没有回应他。"我说："谢谢杜书记。太谢谢了。"吴老师说："我们就事论事，你入党的事不会受影响。我看你都看了三年多了，一个同学怎么样，我心里还是知道的。"我说："唉，谢谢，谢谢。"她说："晶晶，你不会有什么事吧？你要有什么事，第一，我会心痛；第二，我也脱不了干系。"我说："我不像有些同学，不会给学校和老师找麻烦的。吴老师，要出事了！这样的话我也不会说。我去教室自习了。"我回头看见她站在树下，目送我离开。等我走出几十米远，她突然叫道："许晶晶，你还没吃晚饭呢!"

4

我不知道怎么向父母交代，特别是父亲。

我的家在省内边远的津阴县的一个小镇，二圩镇。从镇上坐车去县城，都要一个多小时。从上小学的第一天开始，父亲给我和妹妹说得最多的就是，好好读书，离开这个地方。经过十多年的不断强化，这已经变成了我的信仰。

六年前，我从镇上的初中考上县城的高中，父亲就在家中宣布："以后家里的事就不要晶晶做了。有一分钟喘气，就把这一分钟拿去读书。"妈妈在旁边拍着胸脯说："我做，我做!"父亲瞟了妹妹一眼说："如果盈盈也考上了县城的中学，也不用做事了。一中二中都行！"许盈盈刚上初一，低声说："欺负人。"她成绩不好，在家里就没有话语权，也天然自卑。父亲说："一个人不好好读书，她不受欺负，难道还让能读书的人受欺负？"又说："这也叫欺负人？将来你出去你就知道了，什么才是真正的欺负人。谁能考去县城，一样的待遇！"

父亲吃过没读书的亏，对读书有一种疯狂的执着。他读过高中，那是三十多年前，二圩镇还有高中。毕业时正赶上恢复高考，连考两年，没有考上。去东莞打了三年工，来了一个机会，镇上的小学需要一名语文老师。他在流水线上已经待了三年，对那种看不见头的生活忍无可忍，听到消息马上赶回来应聘，居然聘上了。虽然没有编制，但有一份稳定的工资，这已经很满足。这样过了十多年，县教育局来了通知，在岗的教师要进行资历审查。这时已经有了太多的师范生不好找工作，父亲就被淘汰了。

那一年我刚进初中，下午放学回家，看见父亲打着赤膊在门口呼哧呼哧劈柴。见了我就停下来，提着斧头恶狠狠地望着。我刚想帮他收拾一下劈开的木头，他把斧头向我一伸，又伸向家门口："去做作业！"我感到斧头带来一股气流，在我脸上晃过。进了门我看见母亲在哭，用衣袖一下一下擦眼泪，才知道发生了什么事。这时父亲进来吼着："还不去做作业是吧，你？"我不敢再安慰母亲，溜到自己房间去了。

其实父亲的工资只有一千多块钱，比有编制的老师少得多。但他非常珍惜这份工作，觉得自己在镇上也算个有身份的人，经常说："我这不也是为国家培养接班人的人吗？嘿！"每个月这一千多块钱没有了，一家四口就断了生计。父亲想重新南下东莞打工，可四十多岁的人了，一点技术都没有，想来想去也不是个事。教育局按工龄每年三百，补助了几千块钱，可这怎么禁得起四张嘴嚼？

那些日子，父母经常坐在灯下讨论。要找出一条活路来，盘来盘去，贩水果、贩菜、养猪、养鸡……没有一条路好走。母亲觉得做水果生意还可试试，父亲说："这镇上我教过的学生都上了千，他们喊一声许老师，比抽我几个嘴巴还可耻！"母亲说："面子是有钱人的事，就我们都穷成这样，能讲得起？没资格！"父亲说："是没有资格，可没有资格那也得讲！是个人啊！"

讨论了一个月，不能再讨论下去，坐吃山空，我家没有山。最后决定由父亲每天去县城进一些本地没有的菜，或者反季节的菜，由母亲去市场租一个摊位去卖。这样我们家开始了新的生活。父亲买了一辆机动三轮车，每天凌晨两点多去县城，六点钟赶回镇上。这几百斤菜由母亲一直卖到天黑，顾客挑剩的拿回来自己吃。她叹气说："什么时候能吃上一口新鲜菜？"这样一天能赚几十块钱，运气好了赚一百。那年我放寒假回家，差几天就过年了。半夜被一种响动惊醒，细听之下，知道是父亲出门去进菜。我隔着房门喊了一声："爸，今天就别去了！"他从门外探头进来说："睡你的！天亮起来给老子读书。"我说："太冷了，今天就别去了。"他吼一声："哪天不冷？不去拿什么过年！"门"砰"地一响，脚步声远去了，传来三轮车发动的声音。那一下声响，像迎面一颗铜球，砸在我胸口。我再也睡不着，天微微亮就轻轻爬起来，怕惊醒了许盈盈。从窗户看见下雪了，微光中看见地上一片雪白，眼泪一涌就出来了，带着微痒，从眼角一点一点地流到下巴，在那里停住了，脸颊留了一条清晰的轨迹，涩涩的。我抬起手臂想用衣袖擦去，停下了，拿起了数学辅导资料。

这样的日子坚持了几年，在我读大二的时候，有一天父亲突然说："前面黑灯瞎火的，日子能这样过吗？"决定去开货车。母亲着急地说："那是要命的事呢！"父亲说："我每天去城里进菜就不要命？除了我，谁见过二圩凌晨两点钟是什么样子？我们这些人的命，要了也就要了。"爸爸去学开货车，妈妈说："吃了这几年的烂菜，总算可以吃上一口新鲜菜了！"几个月后爸爸拿到驾照，去县城帮老板开车去了。

全家的希望都在我身上，我却不知道自己的希望在哪里。像我这样的人，没有希望，也得抱着希望；没有野心，也得野心勃勃，要活，要改命。记得高二暑假回家，母亲在河边洗衣服，我去帮忙，父亲站在堤上喊："许晶晶，这是你做的事吗？"我赶紧挎着一篮衣服往家里跑。到了家看见盈盈在看电视，父亲吼道："许盈盈，去晒衣服。"妹妹翘着嘴唇说："姐姐……"看见父亲的神态，马上跑出去晒衣服，从我身边经过时，怨恨地横我一眼。父亲追到门外说："很委屈是不是？你不好好读书，一辈子还有一大堆委屈守在路边等你！它不等别人，就等你！"妹妹头都不敢回，提着篮子去了。

高中是在油锅里煎熬着过去的，那么漫长的三年啊！最后几个月，真的是一天熬一天，一天熬一天，每过去一天，紧绷的心里就松弛一点，像闹钟嘀嘀嗒嗒的发条。高考成绩下来，心中半冷半热，父亲的脸半阴半阳，最后还是由阴转阳说："也不错，比老子强。"我说："外语多考几分就好了，这外语，我实在是，没有感觉。"他说："二圩出来的孩子，外语还能及格，那算是放了一个响炮了!"我最终被麓城师范大学新闻学院录取了,不太理想,但怎么也算个一本。读大学几年,一直想怎么能够到名校去读个研究生,把自己这不那么鲜亮的学历洗白。可再怎么努力,还是有更聪明更努力的人。几年间看清了,自己这么一个人,想要有大的出息,不可能,才能永远也追不上野心。那么就认命了?不行啊,认命了,这一辈子就活得憋屈了。这些憋屈会在命运的一个一个路口等着我。我当年要是能考上清华北大就好了,我就可以豪迈地对世界说,我命由我不由天。现在呢!挣扎是还得挣扎,有没有用,真的只能是由天不由我了。保研落空了,好不容易天窗开了一条缝,投下了一线阳光,一瞬间,又被封上了。这让我对世界有了一种陌生的感觉,觉得以前对世界的所有认识,都必须推倒重来。来到这个世界二十一年,虽然家境贫寒,但感到的总是温暖。小学中学,一直得到老师的关爱,还有父母的温暖。进了大学,一直拿着最高的助学金,学费等于免了。哪怕跟章伟的感情受挫,那也是自己选择的。可是现在,生活让我产生了怨恨,觉得所有的人都是敌人,或者潜在的敌人。每当心中产生这种恶意,马上就会感到愧疚。一个女孩,怎么可以往歹毒的路上走?可是这一次,恶意一阵阵浮上来,竟赖在心中不走了,像一个可鄙的乞丐天天守在施主家门口。

5

幸亏前几天没有一激动，把补录的消息告诉章伟。当时多么想告诉他啊，内心深处还有一种展示成功的欲望，只要自己努力，在麓城，也不是那么没有空间的。我一个女生都能够争取到机会，你一个男生，还不敢跟命运来一场搏斗吗？可是现在，想好的程序都落了空，留下的只有羞辱，羞辱，羞辱。

章伟是我的男朋友，前男友。我只有过这么一个男朋友，暑假前分手了。我曾经那么坚定地认为，自己的爱情是超越校园的，因为它的真纯。可是，当事情来了，这种真纯却打了折扣。事情不应该是这样的啊，怎么会呢？不会的。可是，当事情来了，真的就会了。

认识章伟是很偶然的，后来我一直把这种偶然当作缘分的证明。那一年夏天，我还在读大一，有天晚上去学院参加学生党校的活动，出来的时候，看见几个人在学院前坪玩一种特别的兵器，打得乒乒地响。这块空地白天是停车坪，晚上老师们把车开走了，就有同学来进行各种活动，轮滑、健美操等。这种兵器我还是第一次看见，好奇地站在旁边看了一会儿。这时他走过来问："美女，愿不愿意加入我们协会？"见我不懂，又说："这玩意叫三节棍。"他把兵器舞弄了几下，路灯下我看见他肌肉很强健。他说："我们正在招兵买马，要不你加入吧，这套三节棍就送给你了。"又示范了一下，打得乒乒地响，"我们是全校最小的协会，才几个人，你看还有两个女同学。"又跟我说了一大堆加入的好处，说："说实在的，实在是太多好处了。"我冷淡地说："玩不起。"他说："一套不用多少钱，送给你了。"把兵器递过来。我说："我还有事呢。"就离开了。心里想着，这都是有闲的人，像我这样，一个星期做两次家教养活自己，哪得空闲？

暑假前我把那个家教辞了，男主人有点骚扰。那是一个医生，每次去他家，当着女主人的面，他正眼都不望我一下，一副高傲冷漠的神态。背地里他经常发信息给我，说我是个"好女孩"，有种"迷人的气质"。开始我还有点云端飘，觉得自己的确不错，有得到理解的感觉。顺着这种感觉，我在镜子前反复打量自己，想让这种感觉得到确证，似乎也真实地得到了确证。有时很晚了，还得到他关切的询问，这让我心中很温暖，在回信中有了一种不自觉的亲热。我们这种关系，总还是有一点暧昧，我想着应该坚决地放弃，可还是有点舍不得。世界上多一个人关心自己，懂自己，这怎么能说是一件坏事？有几次赵医生要我把银行卡号发给他，让他表示一下，520，1314。这超越了我为自己定下的界限，就回信说，不要让我为难，没发。有一次他发信息来，说要给我五千元，说这是家教的补助，本想把课时费提高，但又怕家里人不同意。五千元钱，这让我有一种强烈心动的感觉，我爸妈卖菜，得卖两个月啊，而现在，我指头一点，钱就进来了。一个普通人家的女儿，多么渴望有个人来支撑自己的人生啊！何况，自己对他，虽然谈不上有什么热情，但也并不反感。这钱的后面有什么意味，我不能对自己装聋作哑。钱拿了，然后还是铁板一块，那可能吗？就没回信。父亲说过，前面掉了一个钱包，你不要弯腰去捡，一弯腰你就掉进坑里。虽然赵医生不曾交代，我和他之间还是形成了一种默契，就是我们之间的这种关系，绝对不能让女主人知道。这种默契让我觉得神秘而又心虚。有一次赵医生似乎随意地说，他们医院领导班子调整，他会去竞聘一个副院长，这样等我毕业，他就把我安排到院办工作。他们是三甲医院，待遇非常好，去那里工作，对一个来自偏远小镇的女孩来说，已经是最理想的了。这真的是一个钱包，弯腰就能捡起来，可是，前面还是有坑啊。我试探着说："啊，天上掉钱包了！"带着夸张的表情，"那我怎么报答你呢？要不我就不收课时费了吧。"他说："你觉得我是对钱那么有感觉的人吗？周末被接出去动个手术，几千一万就进来了。"我装作疑惑地望着他："那……"他说："对我好点。"我说："怎么好？"他掩着嘴笑一笑说："怎么好？你不是小孩，你知道啊！"我说："我真的不知道。"他笑笑，不再说什么。

终于有一天，他发信息来，说自己要去青岛开一个学术会议，是会议的主讲者之一，问我愿不愿意陪他去，如果可以，就把身份证号发给他去订机票。这意思太过明显，我毫不犹豫地拒绝了。他又发信息来说，一个女孩，为什么要放弃自己成长的机会？我还是没有动心，但把他提出的问题想了很久，最后回信说，我相信自己能够独立成长。"唉，你还是不知道世事的艰难。"他给我回了信，就再也没说什么。

暑假前我辞了这份家教，这件事就这么过去了。父亲对我的选择大加赞赏，说："再穷也要先把腰挺起来。"又说："开学了给你带几千块钱过去。"我说："老爸，你发财了？"他沉默一会儿说："怕你被钱逼着走邪路。不会吧你？不会，不会。"

去学校我只拿了一千块钱。一到学校我就去学生会勤工助学部，看能不能找到一份家教。那是个下雨天，我推开门，转身把雨伞留在门外。进门一看，那在桌边的就是那个玩三节棍的男生。我刚想表示一下惊异，可他并没有认出我，一种公事公办的热情。这让我有点失望，自己不是那种能给别人留下深刻印象的女孩。我把自己的情况登记了，准备离开时，实在忍不住，说了一句："还在玩三节棍吗？"他马上显出惊喜的神情："你知道我们？"我说："我知道你。"他蹙着眉想了一下，显出迷茫的笑意："是吗？"还是没有想起来。这简直有点让我伤心了。我有点赌气地想离开，却神经兮兮地说了一句："还想拉人家入会呢。"他笑笑说："我拉过你？我拉过的人实在太多了。"我气愤地说："只能说你拉过的女孩太多了。"然后往门外走。他追出来说："你是那个，那那……那个新闻学院……那天晚上，那天晚上！"我懒得理他，从地上拿起伞，头也不回地走了。他在后面说："我叫章伟！"

第二天章伟给我打电话，说找到了一份家教，要我过去一下。我去了，他第一句就说："许晶晶，你实在是个好女孩呢！"我说："难道别人是坏女孩？"他说："昨天又来了两个女孩，进门就把伞放房子里，木地板都湿了。"我说："坏，把地板弄湿了，太坏了！"他笑了说："也不能说有多么坏，实在是太不顾及别人的感受了。"在章伟的劝说下，我参加了三节棍协会，这是我参加的第三个社团。会长就是章伟，他是公管学院研二的学生。这样我又多了一个网友，每天总会有一两条信息。我的男网友有好几个，都是外院的。每天的信息来往太多了，说话暧昧是有的，打情骂俏也是有的，反正是在网上，我不当真。有两个男生要我做他们的女朋友，我就说，二十岁之前不谈这个事。由他们怎么表白，我只当玩笑。在学院的迎新大会上，代表老师发言的就是吴老师，她说，在大学里应该有一次恋爱经历。研究生学姐代表说，女生不但要有恋爱的经历，最好能把男朋友找定，在学校有比较大的可能找到真纯的感情，出了校门，那就是功利主义的考虑为主了。在座的各位女同学要珍惜大学这个窗口期。大家哄地笑了。学姐说："这么严肃的问题，笑什么？小心有哭的那一天！"说完就下台了。大家笑成一片。旁边一位女生，叉着双臂，用力拍打自己的肩膀，忘情地大笑。

那天我也放肆地笑了。笑完之后认真考虑了这个问题。既然要在学校找定，那就得看准，不能着急。外院的男生发信息来玩暧昧，可以，玩就玩呗，请我去吃饭，我就问请几个人，请我一个，我有我的原则，不去。

6

后来章伟让我屈服了。

刚认识他那阵子，我们每天都有几条信息来往，谈三节棍，谈家教。感情方面，他不谈，我也不谈。这样过了两个月，有天晚上，我躺在床上看书，他突然来信息说：谈谈心吗？我回信说，你今天怎么了？他过了好久才回信说，跟女朋友分手了。我回信说，那么好的一个女孩，安安静静，你怎么舍得让她跑了？是你对不起她吧！发出去以后，心里又后悔了：你失恋了，关我什么事？他一连发过来几十条信息，说自己与女朋友的前因后果，总之都是女朋友的错。我回了两条信息，就不回了。他发过来一连串问号之后，就打电话过来。我看着宿舍其他三个同学都在，就蒙在被子里接电话，说话也轻轻的，心中有点委屈，我在备考，我又不是你什么人，跟我念叨这一大堆干什么？

第二天晚上是三节棍协会的活动，我下自习后去了。那天章伟舞得特别疯，过一会儿就脱掉一件衣服，说："出汗了。"最后只剩下一件 T 恤，我在灯光下瞟了一眼，又看见他胸前鼓出的肌肉，心中悠地划过一种陌生的感觉，从头顶一直晃到脚底。这种感觉清晰而强烈，提醒着自己，你是一个女人。这让我感到羞耻，又感到惊异。我想对这种感觉装聋作哑，马上就拿起三节棍舞了起来。可是，自己越是想掩饰，那记忆就越是清晰。最后我收起兵器，冷冷地说了一句："先走了。"章伟马上抱起衣服跟了过来，说："这就走了？"我加快脚步说："哦，是不是还得写份申请给会长？"他紧跟我说："让我送送你吧！"我说："我认得回家的路，这路上也不会有鬼。"瞥见另外几个人在灯下望着这边笑，又说："别人在笑话呢！"他说："护送女生是男生的责任，有什么可笑？"我停下说："那你把衣服穿起，这么冷的天。"趁他穿衣服，我又快步往前走。他又追上来说："就让我送送你吧！"我说："如果你非得送一个人才安心，那我做个好人，让你送吧！"

这样我们之间的信息就多了起来。每天说不了几句，我就会提到他的女朋友静静，多么好多么好。他总是说："她有多好，你比我还知道？你就见过一次，被假象蒙蔽了。"我执着地把这个话题说下去，好像心中有个痒痒的地方，挠一挠就会舒服一点。说多了我自己都觉得不自然，这是什么意思？这么一问就揭穿了自己似的。这到底是什么意思？

这样又过了两个月，有一天我突然意识到，这段时间，我跟别的男生的联系减少了，跟章伟却多了几倍。难道这真的在说明着什么问题吗？期末考试结束了，章伟打电话来说："有件事想请你帮个忙。"我说："是不是需要介绍一个女朋友？我们班挂单的女孩挺多，都比我漂亮，而且，家里的情况都挺好。"他说："那算个屁！"我说："人家漂亮你说算个屁？现在是颜值即正义的时代，漂亮女孩，不好也好，没道理也有道理。要是像我这样不漂亮的呢，有道理也没道理。"他说："漂亮算个屁，这个话我不敢说，哪个男人也不敢说。你实在是很漂亮的好不？你这样说自己，我都心痛了。"这话让我舒服，说："你是在静静那里把嘴巴皮磨薄了吧！"他说："家里怎么怎么样，那真的只能算个屁！一个男人，路自己走，钱自己挣，还靠岳父大人？劳动人民家的女孩，像你这样的，最好。"我说："我不要你表扬，你说帮什么忙吧！"他哼哼哈哈好一会儿说："快放寒假了，能不能请你吃个饭？"我说："可以，协会的人正好一桌。"他说："知道你不跟男生单独吃饭的。我就想单独请你，有件事想跟你说，早就想说了，再不说就放寒假了。"我心中紧缩了一下，嘿嘿笑了说："有什么事不能在电话里说呢？"他说："这件事不能太随意了。"

晚上跟他一起去了鱼鲜酒家。我大大咧咧坐下来说："什么事？

快说。"他说："什么事，你不知道？"不等我回答，又说："不管你心里怎么想，我心里已经把你当作自己的女朋友了。"这是意料之中的，他说了出来，我心里有了一种安稳感。可他说得太直接，一点前奏都没有，这让我有了点被轻视的感觉。我说："我父母不管我愿意不愿意，就把我生下来了，那是没有办法的事情。你不管我愿意不愿意，就把我当女朋友，我也没有办法吗？"他一脸委屈地说："我这不是在求你吗？"说着离开座位，也不顾周边有人，抱着拳单腿弯了下去，说："求你。"我马上说："丑呢，别人看戏呢。"心里却十分满意。他回到座位上说："那我就当你答应了。"我说："哪能有这么容易答应？一辈子的事。"他说："你想得好远啊。"我认真地说："我跟你前女友不同，我就是想了这么远，你自己想好了，再来跟我说话。"他又一脸委屈地说："我这不是想了几个月了吗？"我说："一辈子的事，两个月怎么想得好？"又说："再说，我也没往这方面想过。"他说："难道这几个月，你一点感觉都没有？我一番苦心都浪费了。唉！"我感到再这么顶下去也不好，真顶死了怎么办？于是说："我们这算认识了，朋友嘛，还谈不上。"他苦着脸说："这个定位我有点太惨了。你不觉得我们很有缘分吗？你看，我们在没有任何设计的情况下，居然有了两次交集。第一次邀你参加协会错过了，又有了第二次找家教。这样的偶然性，人一辈子很难碰到第二次，这实在是上天精心安排要让我们走到一起呢。"我想想，也是的啊，两次偶然，就构成了一个必然。这让我对这件事产生了一种神秘感，这种感觉突然成了一种强大的推动力。

我不能太顺从自己的内心，我要反抗，我要把自己的定力证明给自己看。我说："我们暂时不要谈感情方面的问题，行不行？"我以为他会不同意，会有痛苦的表达，谁知他说："好的，就听你的安排。"他答应得太爽快，让我有一种失落感。我马上说："一言为定，男子汉不能食言。"他也马上说："决不食言。你不要以为我是个平庸的人，把儿女情长当生活的目标。我的目标，是要追求一种有使命感的人生。"这话触动了我，这也是我对生活的想法，只是自己太过平凡，不敢说罢了。这让我对他有了一种仰望的感觉，说："你打算到哪里去追求有使命感的人生呢？"他说："目标有那么大，不能落地，一落地就渺小了。可是，总有一天要落地吧，不落地什么都是空的。反正我没有把发财当作目标。"我说："那么是升官。"他说："这样表达有点太庸俗了。干事情吧，总得有个平台。平台越高，视野越宽，格局越大。"我说："突然觉得你好有男子汉气概啊！"他说："本来就是男人。"盯着我的脸，"男人，男人。"我说："听着怪怪的。你别装大，应该叫男生好不？"出来的时候他拉着我的手，我说："拉我的手干什么？"轻轻甩了两下，没甩开。他说："不干什么，就拉拉。"把我的手握得更紧。我说："你是不是经常拉别的女孩的手，习惯了？"又轻轻甩了两下。他说："哎呀，拉拉手又是个多大的事呢？"我说："在别人那里可能没多大个事，在我这里就是个多大的事。"他说："多大个事？是不是有点太矫情？"我觉得自己是有点矫情，就算没有男生拉过自己的手，在校园里，别说拉手，女生把头埋在男生怀里哭，那也是天天看得见。我说："我一辈子还没有被别的男生拉过手呢，一辈子！我的手是纯洁的。"他笑了说："只听说过身体有纯洁不纯洁之分，没听说过手也有这个区别。"我说："那说好了，拉拉手就算了。别的，你就不要想了。"他看着我的脸说："你怎么也懂这么多？"右手伸出一根指头指着我，"你，你，你……"我说："我？我？我什么都是纯洁的，一辈子手都没被男生拉过。"他掩口笑了说："手都纯洁，那肯定就是绝对纯洁了。手很纯洁，这个表达，一辈子第一次听到。"又说："你看，我动不动也说'一辈子'了，怎么有这么多'一辈子'呢？"

7

那天下午考试出来，秦芳追上来说："昨天晚上看见你和他了，没看清，仿佛是个帅哥。"我心里有点得意，故意谦虚地说："他算帅哥？没有你的小吕帅。"小吕是她男朋友，几乎每个周末都从武汉大学过来看她。秦芳说："帅不帅放在后面，不要找个渣男就好。"我心里一紧，难道她知道章伟有什么问题？我说："你认识章伟？"她说："不认识。昨天晚上我看见他攀着你的肩，他这才认识你几天？我不是怕你吃亏吗？"我隐约记起昨晚复习完从教室出来，章伟接我在池塘边走了一会儿，他是搂着我的肩膀了。我说："你这个小骚人，你家吕晓亮来了，你竟敢夜不归宿，你就不怕吃亏？"我以为点了她的穴，她会羞怯，谁知她说："我们从小同学，属于一万个放心。"

我忽然又想到"渣男"这个说法，问秦芳："你怎么知道章伟是渣男？"她说："我没说他啊。反正是个男人就免不了有点渣，你不懂事，你要小心点。"我笑了说："我肯定没有你懂事吧，你什么事都懂。"又说："那我怎么知道一个男生他渣不渣？"她说："男人第一渣，吃碗里看锅里；第二渣，自己的钱是金子，别人的钱是粪土；第三渣，自己是金子，别人是粪土，永远没有同情心、感恩心，也不顾及别人的感受。"我说："那章伟应该不算渣男。"

春季开学，章伟要我去马克思学院选修哲学课，说自己在读本科的时候就选修过。他说："有使命感的人生，一定要学点哲学。"上了几次课，我对他说："我不该去学的，学了心情不好。老师上来就说，恐龙统治地球一亿六千万年，人类文明还不到一万年，光线绕地球一圈不用一秒钟，而科学家已经接收到了一百亿光年以外星球的光线。你说，人这不是连一颗灰尘都不如吗？"他说："所以吧，我们要抓住眼前。要不今天晚上相互安慰一下？"我说："休想。"又说："我还不知道你是不是渣男呢！"他说："秦芳说的渣男三条标准，惭愧，我一条都不符合。我还要努力努力。碗里的我先吃了，这是自己的一份；锅里的，看一眼我就瞎眼！"我说："这么快就被你蚕食得差不多了，还想往前走？休想。"他叹气说："唉唉，还是不相信我。你不同意，那就算了。"我以为他还会找理由说服我，谁知他竟这样说，让我感到很对不起他。

我发现自己对章伟的感觉有了很大的变化。每天入睡之前的最后一件事是想他，早上醒来的第一件事也是想他。一天没看到他，心里那个空啊，空空空，空得很难受。这让我非常痛恨自己，这么依赖一个男人，万一他变心了怎么办？其实我还是很相信他的，左想右想，他属于不坏不渣。可我心里再怎么空，我也不会把这种感觉告诉他。秦芳说，告诉了他，你在感情上就完全被动了。她的话我不愿相信，难道恋爱也要玩心机？但我还是听了秦芳的话，男生不能让他太得意。

许盈盈来学校看我，知道我有了男朋友，回去就向家里报告了。父亲打电话来说："听说你有男朋友了？"我一听口气不对，说："一个男生，刚认识的。"他说："刚满二十岁，有那么急吗？怕老了你？"我说："老师说了，在学校找的，可靠一点。"他说："有那么可靠？家里干什么的？"我说："干部。"突然我有了一点勇气，"国家干部。"父亲一辈子最向往的就是当国家干部，在他眼中，只有当国家干部才算工作，其他的都是打工。果然他语气缓和了说："那……还行。你自己要提高警惕。"我笑了说："又不是坏人。"他说："天下的坏人谁看着像坏人？谁叫你不是儿子？是儿子我就不管了。"我说："谁叫我不是儿子？谁？"我突然又有了一点勇气，说："还是个研究生呢。"这下有点把他镇住了，说："那应该有点前途。"第二天又打电话过来说："五一节带回家看看。"

我把父亲的话跟章伟说了。他说："现在就去见你父母？这实在是太正规了。"我说："这本来就是一件正规的事。难道你跟我闹着玩？我一辈子不想谈第二次恋爱，那太闹心了。"他说："有点没做好思想准备。"我说："什么意思？去，说明了一点什么；不去，也说明了一点什么。"他笑着说："这点什么到底是什么？"我说："你跟我闹着玩的？那就算了。校园里感情游戏虽然多，我许晶晶不想在其中扮演一个角色。"他说："你看得这么严重，那我就去吧。"我说："没人逼你。"他说："我自愿的，行吗？要不我写份誓词，我志愿……行吗？"

五一节后，我跟章伟坐火车回学校。一路上他拉着我的手，传递过来潮湿的温暖。他说："你家里对我评价怎么样？"我说："不是跟你说了吗？还行。"他说："我这么优秀的男生，一个'还行'就打发了吗？"我说："这已经是很高的评价了。'还行'就是说，还行。"他说："那就是批准了？"我说："那你家里呢？你也看到了，我父母都是没有正式工作的，你家里会怎么想？现在流行门当户对，不要到那天，又拿这个来说什么，那就把我害惨了。"他说："我是家里的全权代表，我不是妈宝男。再说我家不在北京、上海，没有那么骄傲，古阳也就是一个小县城，只是有份工作罢了。你那么不放心，下个月我带你去见我父母，好不好？"又说："你看我们认识都快一年了，我还没有动你，从哪儿把你害惨？最惨的人是我，好不好？"我拍拍胸口说："心里惨就不是惨吗？最惨的就是心里惨。"突然，眼泪涌了出来，我马上用手掩住，"只要你不害我，我就满足了。"他用手搂过我的肩，让我的头贴着他的胸口说："这么老实的女孩，谁害她谁就是良心喂狗！"我的泪水把他的衬衣濡湿了，推开他，望着他的眼睛说："是真的吗？"

快放暑假的时候，这天晚上练完三节棍，章伟示意我慢点离开。等人都走了，他说："也许你不记得了，我还记得，去年的今天晚上，也是在这里，我第一次见到了你。看看都一年了。"我说："那时候你还有女朋友呢！"又说："好多次都忘记问你了，你跟她接吻，是搂着她的肩还是腰啊？"他笑了说："根本就没有这样的事呢！"我说："我们都是过来人，我又不计较，我就是好奇而已。当时她的眼睛是闭着还是睁开的啊？"他说："一点都不会玩浪漫，煞风景就是一把好手！"又说："你看，认识一年了还没有在一起，是不是有点太不道德了？"我说："哪有一年，中间隔着一个暑假！一个寒假！再说，我们不是天天在一起吗？"他两手含糊地比画着："在一起你不懂？我说在一起，就是在一起。"他手上的动作突然明确起来，左手拇指和食指圈起来，右手的食指在其中来回比画了几下。这个动作看得我心里直冲，把他的手打开说："下流！"他叹口气说："这也叫下流？要一个男生一点不下流，这实在是有点要求太高了。男生跟女生是不一样的，你能不能体谅一点？"我忽然觉得特别对不起他，这么久了，亏欠他太多，叹气说："唉，我该怎么办呢？"

章伟拉着我去池塘边散步。走了一会儿我说："有点晚了，宿舍要关门了。"他说："良辰美景，就多走一会儿嘛。"池塘的鹅舍那边有天鹅叫唤，我们又过去看天鹅，月光很明亮，但还是没看见天鹅。我们坐在草地上数星星，章伟说："看着这夜空我有一种悲凉的感觉。一百年过去了，一万年过去了，星星还是星星，章伟和许晶晶在哪里呢？你看到的每一颗星星，都是孔夫子看到过的。"我说："我没有那么多感伤，我看好自己这几十年就好了。以后呢，永远消失，而且不必留下任何痕迹，也不可能留下任何痕迹。"他说："所以，我们要加紧生活。"说着把头探过来亲我。我说："我真的很想知道，你以前跟你女朋友亲嘴的时候……"他堵着我的嘴，我就说不下去了。过了一会儿我说："真的要回宿舍了，楼下的阿姨关门很按时的。"他说："能不能今天晚上我们就加紧生活一下呢？"我说："休想。"他也不勉强，送我回宿舍。宿舍区根本就没有人影，我说："坏了。"他说："好了。"

宿舍果真关门了。我推了几下，轻声唤了几声"阿姨"，没有人应。我掏出手机说："叫秦芳下来帮我叫阿姨。"他抢过我的手机说："算了。"又说："走吧。"

章伟把我带到附近的家庭旅店，说："我先上去找间房，你在外面等一下。"我说："能不能找两间？"他说："我是流氓呢，还是贼？"我说："那就说好，别的怎么都行，就是那个不行。"他说："那个是哪个？"我抬起双手想比画一下他做过的那种动作，刚圈起左手拇指和食指，觉得太羞愧了，说："别想。"他说："你说的话就是最高指示，由你决定。"

这天晚上，什么事情都发生了。这让我知道，一旦进入某种状态，想停下来那是不自然的。事后我呆坐在床上，看着他收拾局面。熄灯躺下后，我说："你是不是跟静静也做过这些事？我不计较，事到如今计较也没有什么意义了，我就是有点好奇。"他说："能不能收起你的好奇心？"又说："我说没发生过，你也没有办法证明。"我说："有点难受。"他抚摸我说："女孩子怎么也这么计较？"我说："耍赖都成了男人的特权，女人想赖都赖不脱。"又说："你怎么不骗我？难道你不知道女生只接受自己愿意接受的吗？"他说："大意了。"我说："是太自信了。"他说："其实我刚才就是骗你的，我跟静静什么都没发生过，连手都没拉过。我骗你只是想吹下牛，维护一下男人的尊严。"我说："你这是不是骗得有点离奇了，我都看见你们在树下亲嘴了。"他做出回忆的表情说："哦，记起来了，是有一次，就是那一次，唯一的一次。"我说："真的吗？"他说："当然是真的。"我昏昏沉沉不知道说了一些什么话，他说："睡吧，我们积蓄一点精力，明天早上我再爱爱你。"我勉强睁了一下眼说："说得太好听了，男人怎么这么会说话呢？"

第二天跟秦芳一起吃中饭，从食堂出来她神秘地说："我问你，昨天晚上到哪里去了？"我说："宿舍关门了，用力敲了半天也没人应，阿姨睡了。"她说："你不会告诉我说，你和他在操场散步一整晚吧？"我说："找了间房子。"她说："你不会告诉我说，房间里只有你一个人吧？"我说："还有章伟，怎么了？"她挤眉弄眼地说："你不会告诉我，没有发生什么事故吧？"我捏捏她的嘴唇说："你先用这几个问题问问你自己！"她连叫"哎哟"，说："我和吕晓亮是明牌，谁都知道。你呢？老实说，昨晚是不是第一次？"我顺从地说："我是什么情况，你还不知道吗？"她说："章伟他是不是身体很好？"我说："我怎么知道？"她说："昨天不知道，今天还不知道吗？"我装傻说："我又没带他去体检。"她说："矫情。"又说："对于身体那么好的男人，你小心点，一个人出去，还是一个人回来。"我说："你自己要小心点好不？经常一个人出去。"她笑了说："我有文化，有措施。"我说："我是文盲。"她说："你危险了，男人，你不能把他们想得太好。"我说："我危险，你就不危险吗？"她说："我是有把握的，我跟吕晓亮从初中到现在，都快八年了。"我说："我还是相信他的。"她说："哪个女人走出第一步会不相信对面那个男人呢？"我说："别吓我好不好？我心里都怦怦跳了。"又说："女人，赌命吧，她活着就是赌命。"

8

从高中三年得来的经验是难熬，刚进大学，觉得四年简直就是过不完的美好时光。谁知一晃，一个学期，一晃，又是一个学期，似乎是刚刚开学，就到放假。

匆匆到了年底，大三过了一半，寒假又要到了。这半年多来，日子过得平庸，又过得精彩。说平庸，是说几乎没有一件事情值得一提；说精彩，就是每天都很充实，也很幸福。跟章伟每天都见面，散步，去食堂会合吃饭。两个人商量着打了不同的菜，我舀到他盘子里，他舀到我盘子里。这平平常常的大锅菜，舀来舀去，就舀出味道来了。这让我想着，无限漫长的时间，无限浩渺的宇宙，对自己都没有什么意义，它改变不了自己的人生，而眼前这点小确幸，却是那么真实，那么滋润，那么有情味。青春啊，多么美好的青春啊！这句话时不时浮上心头，却记不起是从哪本书上读来的。

唯一的一点美中不足就是，章伟在秋招中报考了省发改委计划处的岗位，过了笔试，面试没有成功。这让他有点沮丧，我却没有放在心上。我说："两百多人争一个岗位，人家北大清华的都被淘汰，我们争不上，那很正常。"他说："我就是想要一个高一点的平台，不然有使命感的人生从哪里来？"我说："明年春招，你报市里的岗位，也不要报那么关键的岗位，凭你的才情，那不是秋风卷落叶?”看他闷闷的神态，我说：“今晚上我让你散散心好吗？安慰安慰你。”他笑了说：“同时也是我安慰安慰你。”我噘着嘴说：“白眼狼？不认账？那就算了！我有你那么需要安慰吗?”他把我抱紧说：“认账，认账，你看我都等不到晚上了!”

放了寒假我们各自回家。他家在省内最西北的古阳县。国庆假期，他带我去见了他的父母，没有铁路，从麓城出发坐车要六个小时，前面一半是高速公路。当时我说：“我本以为全省最落后的是我们津阴县，没想到十八层地狱下还有十九层。”他说：“六年前，拿到录取通知书，我一到麓城，最强烈的想法就是，离开了古阳，不再回头。”我马上说：“我也是这样想的，我们全家都是这样想的。”他说：“我们硬是天造地设的一对，三观高度统一。”又说：“到北京上海我也不敢说有多么大的竞争力，在麓城搞个岗位，那应该还是一碗饭。”我觉得这就是我们的未来的定位，更多的梦想，不再奢求。

在寒假中，我们每天通过电话信息讨论怎么面对春招。讨论中我也抱怨几句：说了不要报那么热门的岗位，简历多投几家。这样就定好了春招的策略，像将军规划一场战役。考公务员尽量避开太热的岗位，另外再将简历投十几家国企大公司。他总结说：“考公是真的，别的地方，除了烟草公司和南方电网，请我去，我都觉得是对自己的不尊重。”我觉得这有点太牛，但心里是非常踏实的，就像他给我的爱情承诺。

一开学章伟就像战士奔赴战场，整天在外面跑。我没课时要陪他去，他说：“这其实就是战争，男人蹚开一条血路就可以了，女生暂时让开。”我说：“下半年我就大四了，秋招我还得自己上，你总不能代替我面试吧!"他说:"今年形势紧张,你还是争取保个研,缓几年比较好。"

十几份简历一天就投完了,又印制了五十份,三天投完,后来干脆印制了一百份。看不上的单位,也投一份,作为保底。章伟的核心目标,是再次考公务员。去年秋天我劝他去报个考公培训班,他说:"我交几千让别人给我上课?让我去当老师还差不多。"后来发改委的岗位没考上,我说:"交点钱报了培训班可能结果就不一样了。"他非常生气地说:"笔试我不是过了吗?面试你以为真的是看个人素质?看个人素质我要排第一的!北大的又怎么样?清华的又怎么样?"他这么说,我就不敢再说什么,我要维护男人的自尊。现在形势有点危急,我又小心翼翼地提出上培训班的事,说:"几千块钱争来一个机会,还是很合算的,我再去谋一份家教支持你。"我故意把事情说成是钱的问题。他说:"说了不是钱的问题,我自己学公共管理的,硕士呢,那一套我已经烂熟了。说了请我去当培训老师,那还比较合适。"我想说,培训老师是北京来的呢!话冲到舌尖上,一口含住,咽下去了。

四月份考试成绩都出来了。章伟报的三个岗位,麓城一个,广州一个,武汉一个,只有广州那个过了笔试,去面试还是被刷下来了。他整天阴着脸,若有所思,像是在思考人类的命运。我想说几句轻松的话宽慰他,他冲着我"嘿嘿"几声,又沉入了自己的思考。我为了打破沉默,像择青菜一样,在心里把几句话择来择去,觉得想到了几句好词,说:"今年可能大概是北大清华复旦的毕业生在北京上海竞争太激烈了,都下来了。"他怒气冲冲地说:"北大清华就那么了不起?问题不在这里!"我也不敢去问,问题到底在哪里？他好像知道我在想什么，说："没有人在后面站台。"这个解释我不能同意，笔试卷子都是异地命题阅卷，高度保密，真的有人手能伸那么长？我说："现在考公的命题阅卷跟高考一样严呢，可能是别人都上了培训班。"我往培训班的方向去找原因，也是想为他找理由，万不能对他的能力有什么怀疑的想法。他冷冷地说："你的意思，是不是想说，问题出在我自己身上？"我马上斩钉截铁地说："要怪只能怪培训班！"说完了我心里想，怪培训班？这怪得也太怪了！

　　打击接二连三。章伟投给大公司的几十份简历，居然只有两个电话通知面试，之后就没有了下文。民营小公司倒是有不少通知面试的，都被他回绝了。他说："我去给那些小资本家提包当秘书？我是那种人吗？"到了五月底，竟然一切期待都落空，前面已经无路可走。

　　进入六月，春招已经收尾，再想蹦跶，也没有舞台了。这样的结果，是我千想万想，都没有想到的。章伟自己也说："怎么会是这样？难道今年是我的灾年？"我都不知道怎么面对他了，沉默是冷漠，安慰是羞辱。我说："实在不行，明年再来。"心里感到了这话有多么空洞，甚至虚伪。今年不行，明年就一定行？谁知他说："今年运气太差了。我找个地方休整一年，明年东山再起。说不定根本不用等明年，今年秋招机会就来了。难道我连年碰到灾年？"

　　他的信心没有提升我的信心，但我也只能抱着一个模糊的希望，不然怎么办？我把自己的想法告诉了秦芳，这有点伤我的自尊，平时把男朋友吹得云里雾里，怎么会这样？秦芳说："你就是太相信一个男人的自我感觉了。"我说："你更相信吕晓亮啊！"她说："那能比吗？我们中学同学六年的。"又说："我帮你去了解一下，这位章伟同学，到底怎么样。"我说："再怎么样，人家也是考上的研究生呢！我不相信自己，难道我也不相信自己的学校？"

第二天下课，我跟秦芳一起下楼，她接到一个电话，示意我先走。过了十几分钟又打电话说："你在哪里？"我回过头去找她，她说："帮你了解了。"我说："你真的去问了？你交代那个人不对章伟说没有？他知道我这样，会勒死我呢！"她说："你那么怕他，我就不说了。"我说："说还是要说的，"我怎么也克制不了自己的好奇心，"千万要保密啊！"秦芳说："那边的朋友说了，章伟这个人，人并不坏，自恋是有一点的。"我说："人不坏，也就是说，不怎么好。"我心里有一种挫伤感，觉得应该把章伟说得好上加好，才符合事实。她说："这个世界，说你不坏，已经是很高的评价了。"又说："自恋有一点，那是我说的，那边朋友的原话是，自我评价不太清醒。"这让我的挫伤感更重了，这一年多来，我看错人了吗？我心情沉重地说："唉，这么久了，他的话我从来没有想过，是不是有水分？可能我太信一个男生的自信了。"她说："天下女人都按照自己的愿望去理解世界，以为自己的愿望就是事实，难道你许晶晶就特别有洞察力？"又说："去年就跟你说，是不是要找人了解一下。你又不同意，后来你们在一起了，那还了解什么？"我说："就算当时知道了这些话，那也没什么用，我估计自己听不进去。现在是事情摆在这里了，我才被迫听进去一点点。这么多单位，都眼盲看扁一个人？这让我不得不想一下。"又说："到如今说什么都没有用，还能转身就走不成？"她说："转身就走，你不会，但很多女孩会。"我说："你看我们在一起都一年多了，你知道的，都那样了，能说走就走？"她笑了说："也就是你许晶晶把那个事真看成一件大事。"我说："天大的一件事呢，我真的没想过会有回头的那一天。"

9

回头不敢想，心中的疑惑却抹不去。认识这么久，章伟说什么，我就听信什么，不但听信，简直还要乘上一个系数，让那些话的可靠性倍增，心里才会充实。难道是自己看错了人？这让我有一点懊恼，不是天隔地远，就在本校，又不是刚认识两个月，为什么不去了解一下，为什么连这种念头都没有产生过？这种想法，晚上躺在宿舍怎么也抹不去，可一看到章伟，就消散了。章伟那高高的身段，饱满的胸肌，让我产生一种本能的信赖感。事情还没有那么糟糕，哪怕等一年，我也等得起。说不定明年自己毕业，两人一起找到心仪的工作。这样想着，我心里又明亮了一点。既然不可能回头，就只能一起往前走；既然别无选择，那么也好，就不必再有任何纠结。

六月底的一天下午，我正在上课，手机屏幕亮了，章伟给我打电话。我发信息，要他发短信，他没有回。课间我打电话过去，他说要尽快回家一趟，第二天就走。我跟他约好，在食堂见了面。刚开饭，人还不多，我们打了饭菜，坐下来，他把自己的菜舀了几勺给我，我也回了几勺给他。他四面瞧瞧没人，舀了一勺西红柿炒蛋塞到我嘴边，说："快点。"我张了嘴吃了，说："又搞偷袭。"又说："经常偷袭人家。"他诡笑着说："我还偷袭过你的人呢！"在我胸前瞟了一眼。我本能地用胳膊护了一下，又松开说："大胆淫贼！"他说："告诉你一个秘密，我这个贼只偷你一个人。"我用筷子把饭盘敲得直响，说："能不能安心吃饭，你以为现在是晚上，在池塘边？"

吃着饭我说："怎么突然急着回古阳？"他说："家里来了电话。"我说："有事？"他说："是的，有事。"我说："有什么事？"他说："肯定是一件事。"我说："我知道是一件事，不是一碗事，也不是一条事。"他说："可能……现在还不知道。"要是以前，问到这里我就不问了，可现在，我得再问问，我着急地说："到底是什么事呢？"他停止吃饭，询问地望着我："你今天怎么了？"我说："我今天……没什么，就是想知道一件什么事，要你坐六个小时的车赶回去。"又觉得自己有点过分了，说："是不是家里有人病了？"他说："不知道，我回去看看再说。"又说："等会儿能不能陪我……校园里走一下？要毕业了，走一次算一次，每次都可能是最后一次。"我说："怎么可能？我还有一年呢。"又说："我明天下午有考试呢，今晚要冲刺一下。"他说："那就等你下自习。"我说："没心情。"又说："难道你有心情？"他说："我为什么要没有心情？"又说："在麓城找不到好工作，不等于在中国找不到好工作。"我说："那你去深圳广州试试？试成了我明年就过来。北京上海，那就算了，那是北大清华复旦的天下呢。"

章伟回去一周，每天打电话给我。这是我需要的，一天没有他的电话信息，这日子好像就不是日子。问他回去有什么事，为什么不等几天举行了毕业典礼再回去。他说："事情是什么事情，过两天回来跟你说。"我急得很，晚上拿着手机，在楼道尽头的小阳台上团团转，他说："不就是想你吗？就这件事。"我说："就算我相信了你的谎言，想我，那干吗要到几百里外的古阳去想？"他说："距离产生美。以后我们一家人了，一个星期见一次面好不好？"我说："那我肯定会去找别的安慰。"他哈哈大笑说："肯定不会。"我赌气说："你别搞错了，我受不了那个寂寞，我了解我自己。"他说："那你还是不会，我比你自己更了解你。"我说："你就那么自信，你的自信到底有什么依据？觉得你有点不太清醒。"他说："如果世界上还有一个清醒的人，那就是我。如果一个都没有，那就没办法了。"

他回学校那天，我到校门口的公交车站等他。等了半个多小时，电话问了几次，他才到了。下了车，他说："堵车了，不该让你这么早来等。"我本来一肚子的不耐烦，见了他，烦躁的感觉一下子就没有了，自己都觉得奇怪。他拉着我的手回宿舍，看着地上两个人相挨着的影子，我心里就很安定。我说："回家到底有什么事，难道是去相亲？"他说："不敢，不敢。有个阿姨倒是想把自己的女儿嫁给我，说了两年了，我没接应，这事我告诉过你的。现在那女孩老爸当副县长了。"我说："那正好，你不是想有个施展抱负的平台吗？"他说："不敢，不敢。你在这里，我敢？再说，一个男人，天下还是要自己去打吧。"

我发现扯得有点远了，说："到底有件什么事？我都问了一万遍了。"他说："我上楼把东西卸了，马上下来。"他下来牵着我往教学楼那边走，默默走了一会儿，他说："这件事要征求你的意见。

我回古阳找个工作好不好？"我触了电一般甩开他的手，说："开什么玩笑，你回古阳？那我呢？我呢？我呢？"

他告诉我，古阳是边远地区，县里给了政策，只要是重点大学的毕业生，都给公务员岗位，有编制。自己是研究生，单位由他选，他就选了国土局管理处，可能直接给个领导岗位。我说："那么你就当处长了？怪不得兴兴头头的，鬼迷心窍！"我气得发抖，"你回古阳，怎么可能，怎么可能！"他说："你别生气，这事我们慢慢说，慢慢说。"又拉我的手说："今天晚上，我们好好谈谈心，行吗？你看我都这么久没见到你了，实在是想得很。"我甩开他的手说："免谈！"转身走了。

这段时间我一直在想，自己连人都给章伟了，还有什么不能给的？这一年多来，我对他很有信心，即使听了秦芳那些话，这种信心也没有被摧毁。有什么办法呢？自己已经习惯生活中有个他了，任何一点鸡毛蒜皮，都要跟他详细报告。那次腿摔伤了，有个好大的口子，流着血被同学送去校医院缝了四针。以后的一个多月，每天打电话对他说伤口的状态，怎么痛，怎么痒，怎么红肿，怎么搽药，每次都可以说上半个多小时，他也很耐心地听着，反复讨论恢复的方案。依恋就是这样形成的，形成后就上了瘾，成了情感本能。

可是这一次，自己是无论如何也不能妥协的啊！多少年来，我父亲对我说得最多的一句话就是，走出去，走出去，不要回头。这是我考大学的动力，也是进大学后努力的动力。章伟他竟然要回古阳去！我跟他去？这样的念头从心中滑过，像一个钢球在结冰的陡坡上滚动，一眨眼就不见了。这不可能，这样的话跟父亲讲都不要讲，讲了就是存心气死他。我想象着，父亲听了这些话，从椅子上跳起来，一只手指着我，颤抖着，嘴哆嗦着，发出断续的声音："你你你……我给你说了十几年的话，你听不进去，耳朵被狗叼了？别人说一句话你就听了，他的屁香……"我不敢再往下想，我感觉再往下父亲会一头栽在地上。

我心中突然有了力量，坚定起来。去古阳这条路，根本就不用讨论，是绝对不能走的。不要说父亲会被我气死，我自己也会被自己气死。唯一的出路，就是把章伟拉回来。在麓城，再怎么苦，这个苦我也能咽下去。至少章伟不像我，毕业了得马上找工作，几个月都不能等。他爸妈是有工作的，在麓城漂一年，他漂得起的。他租个房子住下来，用心准备一年，还怕考不上个编制？实在不行，进个民营企业，也比回古阳好吧！这么多人，一年十万二十万大学生，都能在麓城生存下来，我们就不行吗？

这样想着，我心中的紧张感松弛了一点，像在一片浓黑的夜雾中看到了一星点光亮，细小，然而清晰。

10

我把事情给秦芳说了。她听了以后盯着我的脸，带着一种审问的笑意。我说："怎么了？"她说："没什么。"又嘴角微微一翘，"完了。"我想不到她会说出这么残忍的话来，抱着一线希望追问：

"什么东西完了？"她说："你说呢？他啊，你啊！"我心里冲得厉害，希望是自己领会错了，说："没有那么严重吧！"她说："我估计他已经跟县里达成协议了。"我说："不会不会！他还没有跟我商量呢！"她说："你是不是觉得，他一定要跟你商量？你是他什么人，你自己以为？"一阵心酸涌上来，我哽咽着："真不可能啊，我跟他认识两年了，在一起都有一年多了。"秦芳叹气说："你把在一起看那么重，别人也看那么重吗？你以为这能说明一切，那只是你以为，这不是事情的全部。"我连连摇头："他没有那么坏，他真的没有那么坏！"我推开双手摇着，"他真的没有那么坏！"她说："我没有说他有多么坏，我只想说，世界有多么现实。"

在绝望中，我莫名其妙地昂起头，笑了："是你自己有多么现实吧！你从来就这么现实。"秦芳说："所以我不吃亏，我没有便宜给那些人去捡。"我苦笑一声："我也没有……唉，可能是他太想要一个领导岗位了，还是个处长呢！"秦芳大为惊异："什么？处长？古阳有个处长给他？"我说："国土局管理处，他是研究生，县里答应给他这个处长。处长有什么了不起？我们学院的院长不是正处级吗？"她掩口笑了说："我们学院的院长还真是个处长。国土局的局长自己还是个科长，古阳县的县长才是个处长，他那个管理处长，也就是个股长。"我第一次听说世界上还有股长，说："那章伟他是搞错了，以为自己可以去当个处长，我要告诉他，那只是个股长，我要告诉他！"我突然高兴起来，"我这就告诉他，那个处长其实是个股长，他想错了！"我说着去拨手机，秦芳按着我的手，说："是你想错了呢，他一个学管理的研究生，分不清处长和股长？"我把手机插进口袋，说："我真的迷惑了，如果真的是个处长吧，那我对他还能有那么一星星理解。一个股长！这男人们都是些什么人啊！"她说："我还是很理解他的。你看我老爸在省广电局混了二十多年，才捞到一个科长，想个副处长都想了多少年了！他要真的能解决副处，那很多事情就不同了。一个股长，在麓城就是一个屁，屁都不是，麓城就没有股长这一说，在古阳，那还真的是个人物呢。国土局是县里的核心部门吧，国土局管理处是国土局的核心部门吧？在县里，一般人要爬十几年呢。我是个女生，要我是个男生，我也会动心。"我说："比七品芝麻官还低两级，还动心了，男人，都是些什么人啊！"秦芳说："这几天你不要去找他，你找他你就被动了。让他来找你，起码要三顾茅庐，这是态度问题，气势问题。有个端正的态度，事情还有反转的可能。"我说："那得坚持几天呢？太难受了，我就想快点搞个水落石出。"她说："哼，哼哼，你就是心太软，这怎么会有出息。心太软的人只能喝稀饭。这年头比的就是心硬，谁心硬谁最终胜出。"我心里恨恨地，捏她的胳膊说："你这丫头才二十一岁，怎么说出这么残忍的话来？"又用力一捏。她痛得"哇哇"嚷道："你这么恨我？我又不是章伟！"

按照秦芳的安排，我铁了心不主动跟章伟联系。章伟每天都跟我信息联系，要约我见面。我总是表示不见，想等他表示一个端正的态度，谁知章伟不紧不慢，不停地发信息，就是没有一种焦急的心态。这样拖了几天，我心里虚得慌，像一个玩蹦极的人，跳出去才发现保险绳没有系紧。这种感觉我不敢对秦芳说，怕她又笑我"心太软"，没有出息。但我心里有一种预感，章伟早晚会来找我。跟他在一起这一年多，我对他有一种理解，那就是他作为一个男生身体的节奏，以及这种节奏的极限。就算他感情上真的那么无所谓，或者想在这种博弈中占有主动，他的身体也会催促他来找我，我有把握。这种把握令人羞耻，我许晶晶都成了个啥了？但心中最后的踏实感还是有的。有了这种踏实感，不妨放手一赌。没有办法，我不赌难道我跟他去古阳？那是绝对不可能的，绝不可能。古阳我跟他去过两次，每次不到三天，就惶惶不可终日。去那里生活一辈子？绝不可能。我把"绝不可能"这四个字轻轻吐出来，像对密友讲述一个重大秘密，只有自己在安静之处才能够听见。听见之后，我明白了自己的底线。无论事情怎么发展，哪怕地动山摇，天崩地裂，都不可能超出这个底线。

这样坚持了一个星期，章伟果然打电话过来说："好久没有见到你了，心里想你了，今晚一起去外面吃个晚饭。"我想追问一句："到底是哪里想我了？"感到这追问让自己也很难堪，就说："不要做出这样一种若无其事的样子好不好？这事情是很大的，有天那么大。你到底怎么想的？"他哈哈大笑说："认识你都两年了，第一次发现晶晶有这么厉害。真的没想到啊！"我马上说："认识你都两年了，第一次发现你对古阳还会动心，真的没想到啊！"他笑了说："厉害，厉害，领教了！"就约好了时间。

六点钟章伟到楼下等我，我出了宿舍，看他一个人站在树下，怅然若失的样子，心里软了一下，原来准备好的炮弹都没有发射出来，走过去说："你今天怎么了？"他望着我，神情忧伤地说："心痛。"我说："谁打你了吗？"他说："是心痛，这里，这里！"一下一下地指着自己的胸口，"这里，这里！"这让我觉得自己对不起他，说："其实我只有一点要求。"他说："唉，你那一点，就是我的一生啊！"我说："说得太重了，我有那么坏吗？"他说："你实在是太好了。你坏，我反而轻松了。"

我们朝餐馆走去，一路上都不说话，有点比心硬的意思，谁先说话谁输。身边不时有骑电动摩托的学生经过，后面搭着女生，欢笑着掠过。我心里想，笑得欢，有你哭的那一天！有辆电动摩托飞驰而过，章伟拉了我一把，对着背影骂了一句，这样气氛无形中有了缓和。走到路口我问："去哪家？"他不说话，示意我跟他走。这两年来，我们上餐馆的次数有限，因为都穷。秦芳曾跟我讨论过穷的问题，她说："像你这样的原生家庭，还是应该找一个家在麓城有房的主，不然凭自己赤手空拳打拼，哪年哪月才能安顿下来？"我当时说："没想过这个问题，慢慢来吧！"她说："慢慢来？你知道那得有多慢？对酒当歌，古人都明白这个道理。"我一下子觉得现实很近，争辩说："那还是得想想感情的事吧！爱情不是万能的，没有爱情是万万不能的。旁边躺一个不喜欢的人，这次第，怎一个熬字了得？"她点头说："也是的啊，做个女人，怎么这么难啊！"又说："旧社会大老爷们三妻四妾，真的有哪个女孩愿意做妾，她不愿身边躺着个心上人？都是没有办法呢！"我说："所以还是新社会好，何况我还读了这么个大学。"她说："读了大学就有办法，你确信？"我犹豫了一下说："应该还是确信的吧！"她叹口气说："那也好。"

进了餐馆坐下，我说："这个地方我好像来过。"他说："你太不走心了，这就是我第一次约你出来的地方啊，就这个座位。"说完又沉默了，很忧伤的神情。这是让我心碎的样子，如果不是因为古阳实在是不能去，我马上就会投降了。他默默点了菜，我忍不住问了一句："点这么多菜干什么？"平时我们偶尔来一次餐馆，都是算计着点的。他说："丰盛点才有仪式感。"我说："吃个饭又有什么仪式可言?"吃着饭我说,"你说。"他说："你说。"我说："是你约我出来的。"他说："是的。这里人太多了,等会儿出去说。"

　　吃完饭出来,天已经黑了。我们朝教学楼池塘边走去。走了一会儿,章伟拉起我的手,我犹豫了一下,让他拉着。快到池塘了,他说："我想来想去,我还是得回古阳去。"我甩开他的手,站住了说："你今天叫我出来,是想说这句话吗?"他说："实在是没有办法。"我突然想起秦芳的话,说："一个男人需要一个岗位,这个我理解,但是,你知不知道,你们古阳国土局的局长,就是一个科长,你那个管理处长,就是一个股长!"他说："我知道啊,一个岗位是个什么岗位,我都不知道,我去就业?"我狠下心说："一个股长,有那么风光吗? 恐怕你都不好意思跟你的导师同学说吧! 真有那么大的魔力?"眼睛在黑暗中盯着他,"你是被什么迷了心窍吧!"黑暗中我看不清他的脸,听到那急促的鼻息声,知道他在生气。也许,我伤他自尊伤得有点狠,但该说的话,不得不说,这实在是没有办法的事啊! 后悔的想法在我心里一晃就过去了。沉默了一会儿,他说："实在是没有办法。"又过来拉我的手,朝池塘一扭头,"去那边吧!"

　　我跟着章伟走到池塘边的草地上坐下,他一只手搭到我的肩上,我身体摇了几下,他反而搂得更紧。我说："有什么话,你说吧。"他说："这几天气氛不太好,先调节一下气氛。"就把头凑过来吻我,我把头偏开说："先说话。"他也不勉强,说："那就先说话。"沉默一会儿又说："我们能不能理智一点说话? 感情用事,不解决问题。"我说："我很理智,我从来没有这么理智。"他试探着说："那我说了。"长长地叹口气，"那我说了。"又叹口气，"我觉得古阳这个机会还真的算个机会，你不要小看管理处的这个岗位，在县里，还真的是个人物呢。你在麓城要有这点感觉，那得多久啊！在麓城，不要说硕士，博士都是一堆一堆的。"我说："你今天怎么这么清醒呢？"他说："我什么时候不清醒？我从来就清醒。"我说："发现你今天特别谦虚，居然发现那些博士会压着你，让你难出头。"他马上说："我怕压吗？一个人他真正有才能，走到哪里都是压不住的。怕压的人，都是没有竞争能力的。"我说："你不怕压，天都压不住你，你为什么不在麓城挣扎出一片天地？"他愣了一下说："是啊，我为什么不在麓城？"马上又说："我只不过是不想等得太久罢了。"我轻笑一声说："道理都是你家养的小狗，你怎么说它都跟在你后面摇尾巴。"他说："难道不对吗？"

又沉默了。池塘里传来蛙鸣，一声更甚一声，有两只蛙的声音一唱一和的，特别响亮而持久，短暂的间隙中，草丛中的小虫在无间断地轻唱。我奇怪着，那些黑天鹅今天怎么这么安静？我甚至有点羡慕它们，活得那么潇洒无忧无虑。一会儿章伟说："怎么气氛总是不对？还是先调节一下气氛吧！"他把头凑过来，用手臂把我的头强扭过去。我转着头避开他的嘴唇，说："行了，行了。"他说："不行呢，不行呢！"我闭紧嘴唇，让他停留了一下，算是给他的自尊一个台阶。他说："唉，算了。"

章伟松开我，说："那我们就回到纯粹理性的层次来，做一个实在的分析。"他说了一大堆，古阳的政策对你也有效，明年你也可以有个公务员岗位；在古阳很快就会有自己的房子，这在麓城还要等到多年以后；努力工作几年，还可能上调到麓城来工作；等等。我说："你说的也许都对，但不解决我的问题。要不我去问问，看我们津阴有没有同样的政策，有了你今年就去，我明年保证跟过来。古阳人说话我都听不懂，你要我怎么待得下去？"他说："你们津阴人说话我能懂吗？再说两眼一抹黑，到哪里去搞一个岗位？你以为在古阳是个研究生就能有个岗位？如果不是我父母在那里工作了三十年，你是研究生又怎么样？他们反复交代我珍惜机会，想了又想，实在也是得珍惜啊！在县里，你知道，什么事情是按程序轻轻松松就办成的？"

晚风渐渐凉了，吹在身上非常舒适，可我心里烧得厉害。我站起来说："有点晚了。"章伟说："要不我们今天晚上再好好谈一下吧！"我说："不是要讲的都讲完了吗？"他跟在我后面走了一段，又上来拉我的手说："你心里真的不想我吗？"我说："女人没有男人那么多想法。"他说："唉，太伤心了。"我说："你想想真正伤心的是谁？"又说："有些事情，你想彻底之前，就不要做。你做了，叫我以后怎么做人？"他说："现在是什么年代了，这些事还那么封建？你不封建了，你就不会觉得事情有多大了。"我心里堵得慌说："有多大？对你们来说，也许就巴掌大，对我来说有天那么大。我一辈子不想去面对第二个男人，我不像你们巴不得面对天下所有的女人，美女！"他说："难道是我一个人要做……那啥？"我一下气晕了，说："我不怪别人，我怪我自己，行吧？"加快了步伐。他紧跟在我后面，带着哭声说："晶晶，亲爱的晶晶，你就听我这一次好不好？以后大小事都听你的，工资卡也给你。"他把我搂在怀里，"我求你了，我跪下来求你，行不行？"说着一条腿弯了下去。我说："这路灯下，别人看见了呢，这么多人。"把他扯起来。他搂紧我说："晶晶，我真的舍不得你啊！"我一下没忍住，头顶在他胸前痛哭起来。他摸着我的头说："别哭，瞧这么多人呢！"刚说完，他也哭了，泪水滴在我的脖子上，有一点湿热，很快就凉了。

那天晚上，我还是跟他去了。他说要好好谈谈，结果呢，该说的话都没有说，不该做的事都做了。完了两个人躺在那里，都没有睡意，说起过去的种种回忆，顽皮的，可笑的，伤心的，欢愉的，一丝一点，如在昨天。我说到第一次出来住，早上起来的时候，他一连放了七八个响屁。我惊愕地望着他，他有点腼腆地望着我。就这么对视了一会儿，忽然，不约而同地，两个人都爆发出一阵狂笑，前俯后仰，互相拍打。那一整天，只要两个人四目相对，就会大笑起来。我们躺在那里说了很多话，天快亮的时候才有了一点睡意，睁开眼睛已经九点了。我猛然跳起来说："十点钟还要考试呢！"慌乱着穿好衣服，用纸巾擦了脸，就往外走。在开门的瞬间，章伟跨下床抱着我，说："给我十分钟，十分钟。"我说："我还要去宿舍拿笔记过一遍脑呢！"他不说话，紧紧抱着我，靠着门，我感到了他那健硕的胸肌的力量，有点喘不过气来。就这么安静地待了几分钟，我说："我实在是要走了，一分钟都耽误不起了！"他松开我说："你好好想三天吧！"手指比画着，"三天。"我连声说："好好好好好！"开了门跑了出去。下了楼章伟在窗口喊我，说："三天！三天！"右手伸出三根指头，用力摇着，像摇动一面彩旗。

11

　　章伟说的"三天"，我没有放在心上，却暗暗地计算着他的节奏，想象着一架机器的齿轮在匀速地运转，然后，到达一个既定的位置。这种计算让我感到羞耻，也感到了信心。唉，我爱他吗？当然，爱的。他爱我吗？应该说，也是爱的。两个相爱的人，为什么要如此残酷地博弈？这没有道理，却是钢铁一样坚硬的事实。我想着他再次来找我，我该怎么办？该讲的道理都讲完了，剩下的就是坚持，咬紧牙关坚持。记得有位名人说过，胜利往往就在最后一刻的坚持之中。我渴望胜利，就必须坚持。

　　到了第四天下午，我正在宿舍看书备考，隔壁宿舍的女生探头进来说："晶晶，楼下有人找你，阿姨不让他进来。"我心中一喜，残忍的坚持总算有了结果。我装出无所谓的样子说："是个男生？我下去看看。"那女生说："的确是个男生。"

　　我慢吞吞地下楼，有点惩罚章伟让他久等的意味。我想着应该做出一副怎样的神情？马上就想好了，不能惊喜，一种漠然的态度就是最好。我调整着脸上的肌肉，怎么细眯着眼睛，怎么轻撇着嘴角，总之就是不能暴露自己内心的焦虑。

　　在宿舍门口我没看到章伟，却看到了他同房间的方哥。我惊异地说："好巧，在这里碰到你！"一面东张西望去找章伟。方哥说：

"是我找你呢!"我更惊异地说:"那章伟呢?"他说:"他……他回去了,今天上午回去了。"我没理解他的话,说:"回哪里去了?"他说:"回……老家去了。"把手里的布袋递给我,"有点东西要我转交给你。"我蒙了说:"你说他回哪里去了,什么时候回来?"他说:"唉,他,他……"我急了说:"他到底回哪里去了?"他说:"刚才告诉你了,老家……古阳。"我说:"那他什么时候回来?"他避开我的眼说:"不知道。"又说:"行李都托运走了。"我站在那里,呆呆地望着他,似乎没有理解他在说什么。也不知过了多久,方哥碰了碰我的手说:"晶晶。"我忽然明白发生了什么,猛地仰头叫了一声:"天啊!"方哥说:"他说了,没有勇气见你,要我转达一下。"我又叫了一声:"天啊!"这时周围聚集了几个人,用奇怪的眼神望着我。我茫然地望着她们:发生了什么事,这些人都用这样的眼神望着我?一瞬间就明白了,笑着对她们说:"对不起,惊动你们了。"又对方哥说:"谢谢你了。"方哥说:"那我去了。晶晶,你要把心放宽了,伤了自己的心没有什么意义。"我笑了笑说:"是的,是的,这个我懂。我就是不懂到底发生了什么事。"他说:"有些事你永远不必问。"又说:"有些人你永远不必等。真的就是这么回事,你把心放宽了,伤了自己的心,没有什么意义。"我说:"谢谢方哥。"就上楼去了。

宿舍里没有别人,都去准备明天的最后一场考试了。我把布袋打开,想着里面可能会有一封信,或者一张字条。翻来覆去找了,是我放在他那里的三节棍,还有几本书。我把几本书都翻了一遍,然后,几乎是一页一页翻看了,像一个掘金的人探寻脚下的土地,没有。我有点失望,想一想觉得,也好,既然要断,就不要怕断得残忍，断得利落，快刀出血少。我拿起三节棍，发现比自己的那一副沉些，是章伟的那一副。我不知道是他搞混了，还是故意换了一下。我拿起三节棍互相敲击了一下，传来一阵金属熟悉的空响。这种声音穿越了时间，让我想起两年前，第一次在学院前坪的路灯下见到章伟。两年就这样匆匆过去了，像天上的流星，还没有来得及细细感受，就闪过去了。两年，就留下了一颗受伤的心，这是唯一的真实，别的都是梦，纷飞的乱梦。骂自己愚蠢，重来一遍会聪明一些吗？每一步都是自然而然地走过来的，所以不能说是错，一定要说错，那只是这个结果错了，人生就这么输了一步棋。说无所谓，那只能骗自己。人生这么几十年，又经得起几次输？经得起几次？几次？

　　也不知坐了多久，黄昏来了。窗外的景色变得苍茫，远处的麓山只剩下一个隐约的轮廓，我又一次敲击三节棍，金属的空响仿佛把我的头震开了一道裂缝。我继续敲下去，在那声音中享受着痛裂的快感。好啊好啊，许晶晶，我饶不了你，你是个蠢驴，我饶了你，人生也饶不了你。我在心里痛骂自己，用尽了各种能够想到的恶毒词句。骂了一阵又觉得委屈，我到底做错了什么，要被如此残忍地辱骂？这样想着，又畅快地痛骂了几句，忽然看见三节棍上有点濡湿，怔怔地望了好一会儿，发现那是自己的眼泪。我把三节棍移开，右手食指蘸着泪水，在桌子上写了一个大大的"痛"字。

　　把指头从桌面移开的那一瞬间，我忽然清醒过来了。现在不是伤心的时候，明天还有最后一门考试，自己还想争取一下保送研究生呢！自己的平均成绩，大概就在能保不能保之间，每一门考试都很重要啊！前几天心在梦游，没有考好，想起来真的很难过。这样想着，我收好三节棍，用衣袖在眼睛上左一下右一下擦了几把，提起书包，往教学楼走去。出了门想起还没吃晚饭，天已经黑了，算了。

下了自习，回宿舍的路上，我想给秦芳打个电话，把这件事说一下，特别想找个人说一下，除了她，真的就没有别人了。不可能到网上找陌生人倾诉去吧？有的女生胆子天大，网上的朋友一群，比同学还亲热，从早到晚在手机上忙个不停，可我不行，没那胆量，也没那个热情。我把手机掏出来，又收了进去。明天考试，每个人都在争分夺秒，我不能去打扰。那就晚一天吧。

回到宿舍，洗漱后爬到床上看笔记，看看秦芳的床，空的。直到十二点，她还没有回来，另外两位同学都捧着教材在看，问问怎么回事的意思都没有。明天一早考试，省广电那么远，她不可能是回家了。我猜着又是吕晓亮来了。明天考试，她的心真大啊！我多么想学一学这种潇洒，但我没有资格。秦芳前两年还想读研究生，后来完全没有这个想法了。她曾悄悄地告诉我，省广电正在改革，早点进去，还能搞个有编制的岗位，过两年，就难说了，谁知道政策变不变？她说，研究生送给我，我都不会读，还别说要考。勇气，豪气，霸气，说到底，是生在一个好家庭中，起点就是高，人生就是有底气。人家毕业后的前景都是定好了的，成绩好坏无所谓，能拿到文凭就行。虽然在一个宿舍同住了四年，平时嘻嘻哈哈没有区别，但是，前景那是大不一样的。我能无所谓吗？能那么潇洒吗？不行啊！也许，这就是命定，二十多年前就预设了的命定，也许，二十多年以后，也改变不了。

第二天考完了，我隔着几个座位跟秦芳打手势一起去交卷。下了楼我诈她说："昨晚到哪里去干啥了？看眼眶都黑了！"她惊慌地说："没有吧，没有吧？那怎么见人！"急着要找镜子看看。我说："吕晓亮太不关心你的学习了！"她说："他昨天考完，下午就赶过来了。男生都是那么性子急，有鬼催似的。"我说："那个鬼是个什么鬼？你知道的。"她说："那鬼就隐藏在他们身上，天天催命似的催他们。"

秦芳还想跟我说吕晓亮，我打断她说："有件事。"就把章伟的事告诉了她。她很平静地说："也不意外。"又说："也好。"我说："没想到，我从来就想着，一辈子就是他了，哪怕他自我认识不清醒呢！我就当那是一个男生的年轻气盛。"她说："没想到的只有你一个人？此时此刻毕业季，麓城师大闹分手的百对千对，扛不住现实的力量，是吧?!"我心中稍感宽慰，周围还有很多人在承受着同样的痛苦，不只是我。我说："毕业各奔前程，这样的故事听得多，万没料到会轮到自己。这么多人都在经历，说起来也不算个严重的事件，轮到哪个人头上，那就是一座山压下来了。谁经历谁知道。"她说："你把这当作一次人生经历，你就想开了，老是沉睡在里面，那是不明智。说不明智是委婉的表达，粗鲁一点，直接就是个傻瓜。"秦芳说得这么轻松，我心中紧张的弦松弛了一点。我说："谢谢你的安慰，其实没有这么轻松。"她盯着我看了好一会儿说："那你就当傻瓜吧，当个包袱背起来，背下去，看你往前还走得动不？"我说："早知道会是这样，我去年就不跟他在一起了。事到如今，真的不知该如何是好。"她说："那你还当真把个贞洁碑扛在肩上，一辈子？笑话，什么年代！"我不作声，默默走着，最后站住了说："知道了，你去吧，还有人在等你呢！"她说："那我去了。千万别把什么扛在肩上，你负重前行，人家轻装上阵，嗖地一下，就只看见背影了。"我轻轻点点头。她说："那我去了。"又说："我是不是真的有黑眼圈啊？羞死人了！"

12

考试完了我还待在学校，想着几天之后学院把三年来的分数统计公布，保研会不会有自己的份？爱情没有了，盼望保研的心情变得特别强烈。人生不能总是输，我多么想扳回一局啊！我在心里把年级成绩突出的那些人反复排名，也不知道他们这期考得怎么样？宿舍里只剩下我一个人，秦芳也回家了。我拿出笔在信纸上把他们的名字排过来排过去，最后的总结就是：入局，自己就排在最后几个；出局，自己就排在最前面几个。我在入局出局之间画了一条线，想着如果能入局，那是一个多么大的人生安慰啊！那样我暑假就不回津阴了，马上找老师写推荐信，联系学校，然后，去参加那所学校的夏令营，也就是面试。想到面试，我有点激动，时间很紧，得认真准备一下。我用笔点着出入之间的那条线，忽然觉得，生死之间，可能也只有这一点距离。

发榜的那天我不敢去看，又想着可能要下午才会出来，这就为自己找到了延迟的理由。中午把饭拿回宿舍吃，吴老师打电话来说："晶晶，你去院里看了没有？"我心里一惊，有了不安的感觉。

我说："是不是名单出来了？"她说："出来了。"这让我知道自己出局了，如果有好消息，应该会有人相告。我说："我知道没有我呢！"她说："你已经知道了！太可惜了，就差一点点，就那么一点点，一点点。只要多一个名额，你就成功了。""成功"两个字提醒着我的失败，我咬紧牙关说："没事呢，吴老师，没事。"说着几乎要哭出来，左手用力捂住了嘴巴，"真的，没事，真的。"她说："我打电话给你，是想争取一下，看研究生院能不能多给一个名额。我下午就去，如果能叫上一个院领导去，就最好了。"我盯着那碗饭，呆傻地看着碗里的西葫芦炒肉，吴老师在那头咳嗽一声，我忽然惊醒了说："没事呢，真的，没事呢。"她说："现在的年轻人，成长太不容易，比我们当年难。有好消息我就告诉你啊！"我还在想是说"麻烦老师了"呢，还是说"不要太麻烦"，吴老师就挂断了。

我又在学校待了两天，似乎是在等吴老师的消息，又似乎是在等章伟的突然出现。白天我顶着太阳在校园里无目标地漫游，毒太阳照着，我没有什么感觉。在平时我是很怕太阳的，怕晒黑了影响形象。现在却无所谓了，自己已经背运到极点，再添加一点，又怎么样？我看着地上自己的影子，觉得那也是一个倒霉的可怜人。我跨出一步去踩它，又跨一步去踩它，这也是一个背运到极点的人，再添加一点，又怎么样？

这天晚饭后，我又在校园里游魂。同学都回家了，三年来，我第一次发现校园的傍晚是这么安静，这安静提醒着我，这是假期。我在一棵樟树下停了一会儿，倚着树干，看见一对情侣挽着手走过，就想象着他们会有一个怎样的夜晚。情侣走远了，我望着他们的背影，跟着走过去。走了一会儿，他们在一片草地上坐下了，我也远远地坐下，发现这里竟是教学楼的池塘边，而坐下的地方，正是自己和章伟无数次停留过的。

远处是麓山，山顶是一线红云，那是沉没阳光最后的余晖。似乎在一瞬间，红云消失了，夜轻轻地盖上来，麓山由深绿转为黑色，只剩下一个沉静的身姿。这是多么熟悉的景象，不同的只是我的孤独。这种被发现的孤独感突然强烈起来，我想自己在这个世界上，存在也好，不存在也好，世界是没有感觉的，自己就是如此渺小而可怜。

孤独感让我想起了章伟，我狠下心来去恨他，恨他，恨他。如果不是他，我的人生也不至于如此可怜。至少，如果自己的心情好一点，最后几门考试，分数肯定会高一点吧？如果高一点，只要高一点点，自己的平均分，就能够入围保研了。唉，人生就是差了这么一点点。

我抱着双膝坐在草地上，似乎什么都想了，又什么都没有想。有几个瞬间，心间闪现出几朵灵感的火花，似乎可以给自己的人生一个清晰的启示，我正想把它抓住，又倏地飘逝了。我感到了那火花在黑暗的心中划过，像远逝的流星，一晃就不见了。我闭上眼睛屏住呼吸想把它追回来，没有成功。那对情侣在不远处悄声细语，偶然有几句声音大一点，我侧了头把耳朵调整到最佳状态，想抓住其中的某一句话，有一两次好像抓住了，正想在心中清晰地整理出来，却又被风吹走了。

也不知坐了多久，教学楼那几间教室的灯光熄灭了，是留校准备考研的学生下自习的时候。我站起来，发现腿上被蚊子咬了几个包。我弯下身子，怜悯地摸着自己的腿，心里恨恨的，连蚊子都来欺负我。黑暗中有几个自习的同学过来，我跟在他们后面，回到了宿舍。

第二天早上，我鼓起勇气给吴老师打了电话，心中抱着一丝连自己都不敢正视的希望。吴老师说，已经跟院里汇报了，如果院里同意，就打算自己写个报告，到院里盖个章，送到研究生院去。院里的意思是，学校定下来的事情，学院要改变，那是很难。我说："是很难，算了。"说完这句话，我有一种绝望之感。吴老师说："我正在想，看能不能找到私人关系，跟研究生院领导说一声。一个保研名额，对他们来说，那还不是吹口气的事？而我一个普通老师，连教授都不是，吹一万口气都吹不动。"我站起来，握着手机，对着墙鞠了几个躬，说："谢谢老师了，算了，算了。吴老师，已经很感谢您了。我明天就回去了。"

在家里整天晕晕乎乎，梦游一般。父亲首先看出了问题，就问："你怎么这么衰呢？年纪轻轻！"我不回答，一只手在额头上摸了摸，算是表示。父亲把手伸过来，也摸了摸说："还行！"追问之下，知道我跟章伟分手了，说："这算个什么事？就不会再找一个，你长得还乖吧？年纪轻轻！"见我还是打不起精神，又说："你没有吃那个家伙的亏吧？"我脸上一下发烧了，装作没听懂，用迷茫的目光望着他。他也没仔细观察我的神情，说："没吃亏就好！有些亏我们可吃不起！"

到了下午，我一个人在房间，母亲悄悄进来，轻轻把房门关上，把我扯到床边坐下，审视地望着我，好一会儿说："上午你爸他问你一些事情，你怎么没有回答？"我心里像被谁狠狠捏了一把，又装傻说："什么事情啊？"把脸转向一边。她用力把我的身子扭过去，说："感情上的那些事我不管，我就问你一句话，你没有被他把喜给抓去了吧？"我还想装着不懂，可又没法装，只好拼命地摇头。她说："没抓去就好，女孩子的喜是个宝，得留着。"我拼命地点头，似乎幅度越大，答案就越肯定。母亲说："好，好的，你那么提不起神干什么？就不会另找一个？"我求她说："这实在是……说点别的好吗？"她说："那你把精神给提起来！"我又拼命地点头，算是回答。

13

睡到半夜听到一种声响，顺手一摸，许盈盈还在。她在麓城一家餐厅当服务员，顺便推销燕京啤酒，昨天回家了。我躺在那里细听了一下，是父亲在门外走动，想起了昨天他说过，老板安排他今天送一车南瓜去麓城，没想到他半夜就要出发。

我在黑暗中支起身子，用脚探到了地上的拖鞋，开门出了房间，见父亲在盆里舀了水洗脸，我说："爸，就要走吗？天还没亮呢，开车太危险了。"他指一下我的房间说："睡你的去！今天还得赶回来，明天还有一车。"我说："不能等天亮再走吗？"他说："在麓城还要接点货回来，半夜走，半夜就回了，天亮走，怕是要天亮才回得来哟！"我还想说什么，发现说什么都没有用。钱，这个隐形的怪兽，沉静地蹲在某个阴暗的角落，以冷漠的残忍和超然的麻木，在偷窥着我们一家。我只好说："那你自己小心点，这天黑漆漆的。"他说："没事。"就出了门。

我摸回床上重新躺下，睁了眼用力地望着黑暗的空气，心中突然清醒了。我，许晶晶，我又有什么资格沉浸在自己的悲伤之中？保研失败的悲伤，失恋的悲伤，对别人，也许可以在自怜自怨的小资情调中沉浸很久，对自己而言，必须马上翻篇，重新踏上奋斗的征程。我不能停留，我停留了，家人就要付出更多。把悲伤慢慢地酿成一杯苦酒，细细品尝，那得有这个条件，我没有。这对我来说，太残酷了，可这就是现实，这个现实不会因我的愿望改变。秦芳她们是太幸运了，可我能够说自己不幸吗？父母生了我，养了我，已经付出太多太多，到现在还得半夜出车。我除了感激和愧疚，还能有半点怨气吗？在这个世界上，没有谁天然就欠谁的，父母也不欠我的，是我欠得太多太多。大学读了这几年，感恩之心已经有点麻木，现在又清晰起来了。记得就在早几个月，宿舍的孟菲菲因羡慕秦芳家的条件，大学还没有毕业，车啊房啊，都准备好了，工作也敲定了，而对父母有很大的怨气，说："没有能力就别生啦！也没谁求你们把我生下来。"我当时没说什么，心中却有很强的共鸣。现在想起来，简直是可耻，太可耻了。

那几天我心中一直在想着，要奋斗，要奋斗！我在这样的家庭生长，没有平庸的资格。自己不优秀，就无路可走。秦芳是我的闺密，在一个宿舍嘻嘻哈哈几年，可展开在我们眼前的前景，却是完全不同的。她可以平庸，可以满足于一种平静的苟安，把日子平平凡凡安安静静地过下去。可我不行，那种平静对我来说，是多么奢侈啊!

我觉得自己充满了面对世界的勇气，这种勇气，没有也得有，有一种置之死地而后生的意思。失恋了，受伤了，多么想停下来，缓缓地抚摸一下自己。我，许晶晶，多么值得同情啊！沉浸在自我抚摸带来的迷醉中，这也是一个女孩的幸福。唉唉，这也只能是一个梦想啊！我摸了摸自己的脸，摸了摸自己的头发，又把双手交叠起来，想想一摸自己的胳膊，指尖刚触到手臂的皮肤，一种凉意提醒了我。我触电般把双手放下来。我望着窗外的天空，天已经微亮，几片树叶在窗角泛着绿意，构成了一幅有色彩的剪影。我呆望了一会儿，残酷地笑了一声。

方向已经选择，可路该怎么走，这是个问题。事情一具体，难处就纷至沓来。去考研吗？考研不比保研，保研奖学金是有保障的，考研考上了，分数不排在最前面，就没有奖学金，这三年又怎么挨得过去？自己去搞家教挣学费生活费？每年赚这两三万，那研究生就不要读了，读了成绩也是排在最后面。那么争取家里的支持？这个想法刚露出尖尖角，像小荷的嫩芽，我就把它掐掉了。我在心里叹了口气，人生兜兜转转，转转兜兜，最后还是逃不脱一个钱字。钱，就是有这么现实，这么残酷，你奈它何？

在家里待了几天，没一点意思，太单调了。许盈盈在麓城打工一年，回来几天，就嚷着"没味没味"，也不顾妈妈的一再挽留，回麓城了。我心里也想走，望着妈妈想开口，发现她眼中闪出一丝惊恐，就没有勇气开口。唉，那就多坚守几天吧。

无聊了我去街上走走。我戴着遮阳帽出了门，沿着小街慢慢地走。二圩镇从小看到大，每一家店面都是熟悉的。超市过去，就是药店了；药店过去，就是摩托车行了；摩托车行过去，就是大碗餐馆了……昏沉沉的街，不能给人半点惊喜。街道尽头是通往县城的路，我停下来，准备转回去。突然，我一抬头，惊喜地发现路边的电线上停了许多燕子，按相同的间距排列着，有整齐的队列。马路上有拖拉机经过，轰隆隆响着，燕子们选择了忽视。接下来我看到了更大的惊喜，燕子们的倒影在路边的水塘中，轻轻地浮动，若隐若现，像一幅有情致的水墨画。我想着既然拖拉机也不能惊动它们，那我吼一声应该也没事，就冲着天空吼了一声，声音刚落，燕子们就铺天盖地飞走了。我失意地往回走，遗憾着自己的鲁莽。离家门口二十多米的街边，有一家小小的缝补店，小时候有一位大姐姐坐在那里踩缝纫机，我当年还花五毛钱在她那里锁过裤脚边呢。十多年过去了，大姐姐变成了大嫂，别的什么都没变，连缝纫机都还是那个位置。我想象着自己每天上课的时候，她坐在那里；我跟章伟去散步的时候，她也坐在那里。一坐几十年，一辈子，早出晚归，挣一口饭吃。这样的日子，恐怕只有文盲才能够忍受吧？自己在麓城读了这几年书，硬是把人读成了另外一个人，读出了太多的想法和想象。我走到小店门口看了看，大嫂低着头踩缝纫机，大概是我的影子给了她感觉，她马上站起来，询问地望着我，冲着我笑。我意识到自己给别人带来了一个空洞的欢喜，抱歉地回笑了一下，转身走了。

我想着自己明年考个选调生，回津阴来工作，分到二圩镇的镇政府当个计生专干什么的。那是可以接受的吗？还没有想完就否定了这个可怕的想法。虽然有个国家编制，可那也不行。那样的话，我不就跟缝纫大嫂过上了差不多的生活吗？

我懒懒地回到家中，躺在床上，望着窗角的那几片树叶。以后就不出门了，出去再怎么逛，也不会有一丝新鲜感带来惊喜，连街边卖菜的大嫂突然挑来一种没见过的青菜，这样的小惊喜都不会有。昏沉沉的街，昏沉沉的日子，自己却是一个异常清醒的人。

　　幸好还有手机。每天没事，我就窝在床上看手机，从早到晚，就这一件事情。有时候想帮妈妈洗碗择菜，被她赶开了。她说："你爸爸交代了，你的时间是金贵的，拿来做这些事情可惜了。"这样我又回床上去看手机，反正上面的东西是看不完的。这天睡觉前，我统计了一下，竟看了九个多小时，这把我吓着了。回想今天这九个多小时都看了些什么，却一点都记不起来了。用力地去想，想记起一点什么，证明自己这几个小时没有白白浪费，终于记起了一条信息，是酒井法子吸毒东窗事发。还想记起一条，却怎么也想不起来。这让我感到非常恐惧，这样的生活，会把自己给毁了的。这样对不起自己，更对不起父母。在困惑与自责中，我试图用失恋来为自己辩护，我的沉沦才一个月，有的女孩还沉沦一年呢！这样想着我觉得自己不是不可以原谅的，同时感到了一种本能的诱惑，在黑暗中摸索到手机，还没有拿稳，左手食指就触到了开关键，把手机点亮。看到那闪亮的屏幕，我有一种见到朋友的感觉，找到酒井法子的那一条，又看了一遍。再想看点什么，忽然意识到自己跟酒井法子也没有什么不同，只是她沉溺于毒品，自己沉溺于八卦罢了。可是，自己能跟她比吗？她是有钱人，她玩得起，我呢，我玩得起吗？自己不努力，不进步，就是死路一条。也许，连秦芳都玩得起，而我，那肯定是玩不起的。

　　这样想着，我有了强烈的危机感，危机感带来了更深的自责。

沮丧中我一次又一次用手抚摸着手机，想从中找到一点安慰，至少查看一下别人是怎么面对这种困境的吧！理由非常充分，但我提醒着自己，不行。放纵自己的理由永远是有的，酒井法子不是也为自己找到了很多理由吗？我倚在床上，看着从窗户流泻进来的月光把树叶投影在地上，是那么清晰，然后，线条一点一点地变得细窄，最后，晃了一下，消失了。

第二天一早，我把手机交给妈妈，说："这个月流量用完了，再用就要用高价流量了。你帮我保存三天，八月一号有新流量了，我再用它。"妈妈正在厨房洗菜，把手从盆里抽出来，在前襟擦了擦，小心地把手机接过去，送到房里去了。那三天我过得神魂颠倒，一心一意就想着那手机。为了转移自己的注意力，我对爸爸说："要不到哪里去找点事做吧？"爸爸马上沉下脸说："闲得慌？闲得慌读书不行吗？二圩镇有什么事可以拿来给你做？芙蓉超市要个收银的，三四十块钱一天，你去做？做一辈子最多也就是吃碗饱饭。"又说："那是你做的？真是你做的，你就不要耗阳寿去读书了。"我不得不承认，老爸在这些问题上，还是很清醒的。我说："可能我应该去找份家教，赚点生活费。"他狠狠横我一眼说："老子少过你的生活费吗？你负责读书，我负责供你读书。你不要就算了，要，总是有的。"又说："你以为二圩是麓城？谁有闲钱来请家教？你就安心在麓城安营扎寨，津阴你望都不要望一下。"老爸讲得太有道理了。我轻轻地"嗯"了一声。

跟自己搏斗似的，我数着钟点过了三天。清早我把手机从老妈那里拿过来，打开看见章伟两天前发来一条信息：请最后考虑一下，能不能来古阳？有编制。我前前后后搜索了几遍，希望看到一句温暖的话，没有。我想，一句带色彩的话都没有，就想把我骗到那个角落里去？不可能。就算有再多色彩，也不可能。我迷惑的是，两年来他赤橙黄绿青蓝紫，说了那么多色彩绚丽的话，怎么说没有就一句都没有了？这种公事公办的语气，让我说说自己内心感受的机会都没有。接到冷的，回送热的，我许晶晶就是想贱，也没有借口啊！我回信息说，你还是回麓城来吧！打算等他回了信息，再把晚两天回信的原因解释一下。一整天把手机握着，几分钟看一次，到了晚上，居然没有回信。我有点不相信，章伟他真的这样不给机会？我也有点不相信，自己和章伟的事情，真的就这样了结了吗？我一会儿生气章伟太狠心，一会儿自责自己回信太晚。神神经经到了晚上，终于下了决心，算了。

算了。这两个字像两个病毒，在心尖上带来了刺痛。过了一会儿，病毒繁衍起来，遍布心房，沉重而沉痛，让我艰于呼吸。我似乎看到了病菌们密密麻麻在蠕动的场景。我张大嘴，用一下一下的深呼吸来反抗那种窒息之感。终于在房间里待不下去，就出了门来到了街上。

二圩的深夜这么安静，这是我不熟悉的。灯光昏暗，一条小街隐隐约约，两边的房子里沉沉的，悄无声息。我听到了自己的脚步声，嗒嗒，嗒嗒，像钟表声一样清晰。在微风中，我感到了胸口的窒息感缓解了。二圩再怎么不好，空气是纯洁的，这个麓城比不了。但这实在也不能成为爱上二圩的理由。一个多月以前，章伟动员我去古阳，理由说了千万条，也没有说到这里来。不一会儿来到了街的尽头，前面是泥土路，路的两边是农田，黑黑的看不清种了些什么。我站在路边看着田野，似乎听到了在夏日的泥土中，萌芽的种子在与自己的外壳做最后的诀别时发出的微响，这启发着我去静心感受身体之中的新旧细胞在做最后的诀别之时发出的微响。这才是生命最原始的本质。今天晚上没有月亮吗？我抬头在天空中搜索了一下，没有。有很多星星，可能有几百颗吧，沉静地闪着微光。我想起自己和章伟经常坐在校园的池塘边数星星，最多的一次，也就数出了三十几颗。如果不是小时候在二圩看到过更多的星星，我真的会以为，天上就只有这么几颗星星。我想起自己读小学的时候，夏天在外面乘凉，天上有更多的星星，我没有想过，它们到底是怎么回事。今天，我知道，那是离我非常遥远的世界，它们发出的光辉，以光的速度，经过几十年几百年，在今天晚上来到了这里，与我相遇。

这样想着，我的心情突然开朗起来。我挥手跟星星们说了声"再见"，回到了家里。

八月的最后一天，我回到了学校，赶上了报到。这是多么亲切的地方，比二圩镇还亲切。可是，这种亲切感很快就被忧伤覆盖了。校园的每一条小路，还有教室、食堂、图书馆，到处都晃动着章伟的身影，都能激活我真切的记忆，像电影一样真切的记忆，触动着我的神经末梢。这让我领悟到，自己为什么在报到的最后一刻才来学校，原来是为了逃避这些不可逃避的记忆。也许，真的就像秦芳前一天对我说的，女孩对男生不能动真情，动真情就是给自己挖坑。她说，对男生要有堕甑不顾的勇气，谁没有谁倒霉。这些话毁了我的三观，也毁了我对世界的期待，可是，她说得对啊。一个女孩，又怎么能一厢情愿地面对世界呢？

14

对我来说，生活中出现一个机会，哪怕是非常小的机会，都是那么珍贵，我得拼了命死死地抓住。在保研上榜那一瞬间似乎抓住，却又飘逝了。机会就像记忆中的蒲公英，微风吹来它的花絮，就在自己跟前，飞得那么轻盈，那么优雅，伸出双手合拢，那就一定捧在手心了，可小心地分开双手一看，竟然什么都没有。自己眼睛盯着的，没有看见它飘走，可就是没有。抬头再四下张望，没有。这让我感到，世界上有一种神秘力量，它专门与自己过不去。

我心中充满了怨恨，恨章伟，恨翁萍，恨整个世界。秦芳早就说过，对什么事情也好，对什么人也好，你把它往好处想，就是给自己挖坑。当时我说："不能相信你这些毁三观的话！谁迫害过你吗？我看小吕对你很好啊！"她说："你不知道呢，我老爸一辈子吃了多少暗亏，不然怎么五十多岁了还是个科长！"又说："他老人家想退休之前搞个处长，副处长也可以，现在过年龄了，没机会了，这是他老人家一生的痛。"我说："你爸爸心态老了，你也老了吗？"又说："你对我这么好，我偏要把你往好处想，怎么着？如果我想着，自己对面站着的就是一个挖坑的女孩，你愿意吗？"她笑了说："我例外，我例外，我也不会这么想你，这么想你，我们就不会相亲相爱这么些年了。"

冷静下来想想，心中的恨也没有什么意思。恨章伟，恨翁萍，恨研究生院，又能把人家怎么样？恨谁都没有用，自己强大才是真的。一想到这里，就戳中了心中的痛点和泪点。怎么强大，有钱吗？有权吗？有才华吗？还有颜值呢？都没有。一个什么都没有的人，心中充满了恨，这又是多么懦弱啊！像自己这样的女孩，要什么没什么，连长相也不敢跟校花比，更不敢跟明星比，心中却满是欲望，什么都想要，除了钱，除了爱情，还想要自尊。什么都没有，什么都想要，这中间深深的鸿沟，我真的不知道用什么来填平。唉，一声叹息，然后，又一声叹息。

意识到了自己的处境，我心中的危机感陡然上升。叹息有什么用？听众都没有一个。疏远的人听了烦人，亲近的人听了心痛。要是章伟还在多好啊，每天都可以尽情倾诉，哪怕是倒垃圾呢，也比这么憋在心里好吧。这么想着，我在心中咬牙切齿地骂章伟，骂完了又拿起手机，希望看到一条来自他的信息。可是，没有。这让我很遗憾。至少我们在感情上还没有分裂吧，我心中还抱有信心，信息总是会来的。怎么会是这样？我想发信息过去，又想起秦芳的话，谁心软谁就输了。既然古阳我是绝对不去的，那我就不能心软，相信他很快就会感受到麓城与古阳的强烈反差，然后，抛开一切，回到麓城。

推荐保研这件事就这么完了，可我还活着。活着就要有活路，一个人总得往前走。往前走的动力很强劲，可方向很迷茫。我把以前看过的教材和著作拿起来翻阅，随便翻几页就感到非常腻味。这里面有前途吗？没有，自己把这些书再读十遍，也还是没有。在有些瞬间我觉得应该宽容自己，受到了一次沉重打击，又受到了一次沉重打击，自己应该休整一年半载，喘口气，在阴暗的平静中好好舔舐一下伤口。那么深的伤口，不能好好地同情怜悯一下自己吗？这样想着，我为自己找到了理由。可是，心灵的更深处有一个声音提醒我，喘口气，休整一下，别人行，我不行。老爸常说，八十岁公公打藜蒿，一日不死要柴烧。有些人呢，哪怕他十八岁，躺在那里，不要说要柴烧，要什么都有，一辈子都有。不能比。我的起点就是这么低，也许终点比别人的起点还低，远的不说，就说秦芳，那也是不能比的。不想失眠就不要比，不想得神经病就更不要比。

因此我总得进步，总得拼命向前。在迷茫中，我忽然从手机上得到了启发。那么多明星，她们凭什么？十有八九，是凭颜值吧！万人瞩目，钱财滚滚，我从来就没有想过自己也可以学一学她们，想都不敢想。现在我觉得，为什么不敢想？自己不是校花，更不是明星，但也不是一个丑姑娘吧！下午，我趁宿舍里没人，把秦芳的那面镜子拿过来，架在自己的书桌上，反复地审视自己。生得不算太难看吧？人不算太老吧？心里跳上这两句不知道从哪里看来的话。我拿出口红，轻轻涂了一圈，又把秦芳的化妆包打开，拿粉饼在脸上敷了一下，再把头发拢了一拢，再看看镜中的自己，看久了觉得自己的头上幻出了一种浮光，一瞬间觉得光芒四射。我晃一晃头，发现这不过是一种幻觉，但这种幻觉还是给了自己信心和力量。这是许晶晶吗？这是许晶晶。如果再把睫毛美化一下，那真有勇气说，一枚美女哟！我朝镜中的自己调皮地一笑，娇羞地一笑，又狡黠地一笑，眼珠往左边轮了几圈，又往右轮了几圈，想象着手机中的那些美女，娇媚地对自己眨了眨眼。我再一次把各种笑脸给自己演示了一遍，就把笑意定格在娇羞上了。在把笑收回来的那一瞬，似乎悟到了人生的某种真谛。在这个世界上，颜值就是正义，就是公理，讲别的没用。我可以批判这个世界，但它不会因为我的批判而受到半点触动。既然如此，把自己打扮得光鲜亮丽，那也是一个进步的方向。

这样想着我看到了生活中的一点亮光。不，这不是一点亮光，而是一线亮光，一片亮光。我惊异这么几年，我怎么到今天才有这么强烈的感觉。经常看见秦芳对着镜子折腾，半个小时，一个小时，我觉得有点可笑，到了晚上，又要洗好一会儿，这周而复始的，何必呢？看到有些同学化妆太过，心里还很是不以为然，有这点时间，这点钱，做点什么不好？又想到章伟居然没有挑剔过自己，就凭这一点，他也值得我放到心里想一想。

下午我等秦芳回寝室，邀她一起去吃饭。从食堂出来，我说："什么时候陪我去化妆品店买支口红？"她奇怪地望着我，说："咦，咦，又找上男朋友了？"我说："哪有？快毕业了，马上要去找工作，我觉得还是不能太粗放了，得装饰一下。"她说："都跟你说过多少次了，今天才想起要装饰一下？"又说："人就这么一辈子，女孩的青春就这么一次，现在不装饰，到六十岁装饰了给谁看？"我捏她胳膊说："你太妖精了，总想着给谁看。给自己看不行吗？"她"哎哟哎哟"叫了几声，抚着胳膊说："都捏红了。"我说："你把我的鸡皮疙瘩都叫出来了。难怪吕晓亮每周都过来看你。"她用审视的眼光盯了我一会儿，微微点头说："淑女！"又说："给自己看，那是假的，给别人看才是真的。给女人看，那基本上也是假的，给男人看，那才是真的。我们不要骗自己。有些女孩红口白牙赌咒说，是给自己看，她天天举面镜子出门吗？有多矫情？我都不想跟她们说话。"我笑了说:"秦芳不矫情,我就是要媚,要骚,要把小肚脐显摆出来,若隐若现,要男人为自己心跳。"她说:"说对了,有男人为你心跳,你就什么都有了。就是小吕太讨厌,不准我自由行动,天天查岗。"又说:"就算我没啥事,能让他们心跳,我的人生也有成就感。为了这个目标,我不也得好好装饰一下吗?这也是我的一大人生幸福。听说过真有化妆给自己看的女人,她接受不了没有化妆的自己,睡觉前还要补了妆才上床。有病。"

我们围着足球场转圈,身边不停地有跑步的男生女生越过。从哲学上把这个问题讨论完了,我说:"你那支口红多少钱啊?"她说:"我有三支口红,阿玛尼、魅可、纪梵希,你问的是哪一支?"我说:"随便哪一支。"她说:"最优惠的是魅可,三百多。"又说:"这是你自己问我的啊,我没主动跟你说这些,不小心还会伤感情。"我想告诉她,我也有那么一支,什么牌子忘了,反正十多块钱。犹豫了一下,没有说。她说:"今天是你问起这件事,是不是我不该跟你讲这些?"我说:"我没有那么敏感呢。"又说:"我们能够朋友几年,那也是个奇怪的事。"她说:"那是你人好吧!"又说:"我看坏人看得有点多。我们同学中就有,是吧?你知道的。"这让我想起了保研的事,说:"也是。"她说:"不过我也不把他们想得有多么坏,我都能理解,我自己到了那个份上,就比别人好多少?不敢说,真的不敢说。"我说:"你就是个坏人,还天天想着要有人为你心跳呢!"她挽了我的手臂说:"跟吕晓亮太平淡了,我有时候想暂时把他放一放,自由一两年,再把他找回来。"我说:"有个人忠于你,你要珍惜呢,不珍惜就没有了,再找一个忠于你的?想得美!"又说:"把男人放一放,你想找就能找回来?我现在有点想把章伟找回来，找不回。"她说："我有绝招，男人吃这一套。"我笑了说："看见过你在他面前撒娇，肉麻。"她说："就是要让他肉麻，这也算绝招吧？还有别的，不好说。"瞟着我，露出舌尖，含在嘴唇之间，等我催问。我从她眼中看到了那种邪意，说："小淫妇。"她"嘿嘿"笑了。

这天晚上，我躺在床上，翻来覆去地想，是不是真的该花点钱把自己装饰一下？想到青春只有一次，就充满了渴望。又想到老爸的辛苦，觉得自己不能那么做，那太残酷了。半夜按亮手机，看到银行卡里还有一千多块钱，是这两个月的生活费，心里就凉了。那么多女孩去傍大款，我忽然理解了她们。

第二天我去了校门口的化妆品店，在里面转了好久。营业员向我推荐五千多一套的雅诗兰黛化妆盒，我说："有点小贵。"她说："带男朋友来，一定要把他带过来，就说看中这一套，要他当场刷卡。事前千万别跟他说，临场发挥。"我说："这不是套路他吗？"她说："总不能让他白占便宜吧？"我说："有没有学生套装？"她的热情马上降了很多，敲着玻璃板说："这里有一千多的，你自己看吧！"又说："还是刚才那一套环保一点。"我知道这些化妆品跟我都没有关系，想买一盒八十多的粉饼，看看营业员那眼神，竟没有勇气开口，说："要上课了，明天再来。"她在后面嚷道："把男朋友带来！"

15

这个世界上有一种神秘的力量在跟自己过不去，想做的事都做不成。越是想做，就越是做不成。太难了。生活就像一个瘪了气的皮球，自己怎么拍，都拍不起来。而且，你越是发狠用力，就越是充满了失败感。意识到这一点我很沮丧。自己再怎么努力，除了证明自己的无能，还有什么意义？

在大学的最后一年，我坠入了迷茫，什么事都不是个事。男朋友？不找。读书？没意义。装饰？没钱。天下的路千万条，哪一条都不属于我，就像一个疲惫的夜行旅人，周边没有一点光亮，也没有一家客舍。必须做的事情，是还有九个学分要修。最后一年，成绩与保研无关，与奖学金无关，考及格就可以了。想起三年前刚进大学的时候，杜书记给我们上新生课，讲人生规划，然后一起唱起校歌："璀璨星光，为我导航，青春迸发，生命之光……"让人血脉偾张，雄心勃勃，气焰万丈。当时，我想象着自己正骑着轻巧的单车，走在一条宽阔的大道上，大道两旁开满了细碎的白花、红花、紫花，散发着醉人的清香。远处的朝阳正喷薄而出，把金色的光辉洒在眼前的道路上。耳边是穿行产生的轻微的风声，伴随着这风声的是清悦的鸟语。单车越踩越快，有一种飞翔的感觉，似乎可以腾空而起。虽然，接下来的大学生活比较平庸，但这种飞翔的感觉还是让我记忆了几年。可是现在，那种感觉再也找不回来了。没有一条道路是好走的，没有一个目标是明晰的。眼前一片混沌，像有云遮雾障。这云雾用手拨不开，往前走依然是云遮雾障。云雾中似乎有一点微光，那就是即将到来的秋招。章伟在去年秋招还有今年春招的经历，让我知道那里也不是一片灿烂阳光，可是，万一有幸运女神降临呢？这样的故事，总是在校园里流传，让人心中晃悠着不熄的火花，也许，下一个就轮到我。

我花了几天时间，做了一份应聘的简历，把自己从小学一直到现在所有的亮点都搜罗起来，写了进去。把简历反复修改，打印成册，拿在手中，还像那么回事。我的人生居然有这么闪光的时刻，这是我自己没有想到的。在大学期间参加了两个学生项目，一个是大学生恋爱观调查，一个是为盲人制作音频读物，都在省里获了奖。虽然我在其中只是个打酱油的角色，但作为项目组成员，那是真实的。我夸大了自己在项目完成过程中的作用。开始心中还有一丝丝不安，生怕同学看见，后来了解到，大家都是这样做简历，那一丝丝不安很快就消失了，就像一团毛线，抽着抽着，就到了尽头。

国庆节刚过，院里召开了毕业班就业动员会，学校就业办的毛主任介绍了今年就业的形势，杜书记做了报告，早几年毕业的师兄师姐分享了心得。总之是形势不容乐观，眼界不能太高。秦芳凑在我耳边悄声说："学校的想法只有一点，就是要完成就业指标，他管你占哪个茅坑呢！"我说："听毛老师的口气，有个茅坑让你占，是多么幸福的一件事情啊！"

动员会以后，气氛突然紧张起来。大家私下都在议论，谁谁在暑假割了双眼皮，谁谁垫高了鼻梁，谁谁打了玻尿酸、瘦脸针，谁谁做了丰胸，还有人花两万多做了媚眼翘睫手术。这些传闻让我非常紧张，大家都在行动，我待在原地不动，那不就掉队了吗？再怎么样，我也得有一套像样的职业装，还要做一下头发，把脸上美白一下，脸颊左侧有一块指甲大的黄褐斑，我自己从没当回事，连章伟也没当回事，现在都不得不认真对待了。还得有一套质量过得去的化妆品吧！心里算一算，就被那钱数吓住了。我在手机上查找麓城的每一家美容机构，一家家打电话过去询问价格，有怎样的优惠。几天之后，把情况都摸清楚了。再怎么节约，也得上万块钱。这可把我难住了。美容院是我这样的人能进的吗？高档一点的化妆品套装，居然也进入了我的视野。找工作也不是找男朋友，颜值就这么重要吗？可是，大家都觉得重要，我就不能觉得不重要。我觉得这个世界是不是病了？不管它病没病，疯没疯，自己不跟着走就不行。自己必须跟着病，跟着疯，总比被淘汰要好些吧。

这天晚上，寝室只有我和秦芳两个人，在说找工作的事情。这时我的手机响了，是美容院打来的，告诉我一个好消息，打玻尿酸和割双眼皮都有了特别的优惠。挂了电话我说："我随便问一句，她们就每天打电话来。"秦芳说："如果优惠，去打一针也可以考虑，不过他们有点钓鱼的意思，会一步步把你往深处套。"我说："算了，没意思。这个世界太没意思了，美貌成了一个神话，这个神话还不是男人们造就的？"她说："说来说去，还是资本家造就的。这是一个好大的产业啊！电视台、明星、美容机构、化妆品生产商、生活杂志，还有手机网络，都发了大财。他们万众一心推动这个神话，让我们小老百姓买单。"我说："你倒还好，家里还扛得住，叫我们这些普通人家的女生情何以堪？"她笑了说："所以那么多女孩要找个干爹。"又说："毕业季，没有办法。我这里还有八千块钱的私房钱，你先拿去吧！什么时候发财了还给我都行。实在没发财，也不要放在心上。"我说："秦芳，你真的是一个真朋友，我什么时候被逼到实在没有办法了，再来找你。"这时有人回来了，我们就没说下去。

周末许盈盈到学校来了，打扮得很贵气，还化了淡妆。我看着有点别扭，在餐厅推销啤酒，用得着这么夸张吗？在宿舍待了一会儿，我们下了楼，准备去食堂吃饭。她说："姐，我们去外面吃吧！"我一听就有点火，你是什么大人物，动不动就到外面吃？觉得她有点自私，太不体谅我了。她看出了我的不快，说："姐，我们找个好一点的地方说说话吧！你想吃什么，你带我去就是了，这一带你熟悉。"听她这大包大揽的口气，我心里的火一下冲了上来："你以为你能赚多少钱，你？你留着那几两银子，以后麻烦事多。"她挽着我的手说："我也没几两银子，可这几两银子还是有的。"我拉着她往食堂去，到了门口她不肯进去，说："这个地方我来一次吃一次，我都吃腻了，不知道你怎么吃过来的。"我突然想起她在餐馆上班，每天吃好的，把嘴吃刁了。我说："你年纪轻轻把嘴吃得这么刁，将来嫁个什么人，才能让你这嘴满意？"她拉着我往校门口走去，说："说真的，我肯定得嫁个有钱的人，这真的是没有办法的事。一辈子这么短，"她左手食指伸出来，右手掐去一半比画着，"年轻的时代又这么短这么短，"右手拇指往上爬了一点，"女孩的黄金时代又这么短这么短这么短，"手指只剩下指尖，"就这么点时间，没钱的日子我过不了。"我把她的手拖下来说："你别以为钱是个那么好的东西，那就是个坑，"又一根指头伸出来，顶着她的面颊，"对你这样的女孩更是个坑。"她笑笑不回答。我想着自己上了哲学课，对时间有了理解，盈盈她的朴素的理解，竟然更加具有现实的质感，让我的理解显得虚浮。我说："你有这些想法，哪个男人想骗你，那是最好骗了。"她轻轻笑了说："不可能。"又说："除非他把钱堆在我面前，让我自愿上当。"我故作生气地望着她，她也不恼，望着我诡笑。我说："就怪老爸老妈把你生得这么漂亮，丑一点，你还会这么得意？"她嘻嘻笑着说："别的怎么都行，丑就千万不能丑。我们这样的人就更不能丑，一丑就什么都没有了。"我说："你们这样的人是什么样的人？"她说："我们这样的人，没钱人，"停顿了一下，"穷人。那怎么活啊！一个人活在这个世界上，总得有点东西撑着吧！有钱的人用钱撑，我们呢？"我觉得她说得也实在，可还没二十岁就有这么现实的想法，这不是什么好事。我想反驳她，说知识吧，那是戳她的痛处；说人品吧，真有点空泛，就说："可撑着的东西还多着呢。"她幽幽地说："我又没有一张麓城师大的文凭。"

这时到了鱼鲜酒家，她一眼看中靠窗的那个位置，就坐了下去。我心里惊了一下，这就是我和章伟每次来都优先选择的，难道这世界上真的有通灵之事吗？喝着鱼汤许盈盈说："姐，你现在是不是有点难处？"我说："没有啊。"她："秦芳姐跟我说了，她说她能帮你，要我劝劝你，不要那么敏感，这个话她自己不好说。"我说："我没有那么难呢，一个女孩就不能素面朝天去应聘？"她说："哪个单位会聘个村姑呢？连我们餐馆，招服务员都要看看人才怎么样，更不用说像我这样推销啤酒的，你不那么样一点，啤酒公司都不会请你。"我说:"我还有几件拿得出去的衣服呢。"她从包里掏出一个信封说:"这里有点东西,特地给你送过来的,你去把自己美化一下。"我捏了捏信封:"多少?"她伸出一根指头示意了一下。我一下就火了,说:"你哪来这么些钱?是你自己赚的?"她说:"我在麓城打工都有两年了,这么些钱我都没有?几个这么些钱,我也有。"这让我有点难堪,自己这几年做家教,也就挣了个生活费,她居然存了几万块钱!

我把信封推回去,说:"你年纪小,不知道世道深浅,有些钱那是拿不得的,有毒。"她又把钱推过来,说:"这钱没有带毒,你先拿着。这个我不骗你,真不骗你。"我又推过去,提醒她几句,她又推过来,解释几句。推过来推过去好几次,我最后把钱收了,说:"我就是怕你吃亏。"她说:"姐,我没有你想的那么傻呢!"我偏了头打量她,真的长大了吗?

16

学校的招聘会场在立德厅,条椅搬到四周,中间就空出了好大一块。那天早上我很认真地洗了脸,对着镜子描了眉,敷了粉,涂了口红,把刚割的双眼皮扑闪扑闪眨了几下,理一理刚做的头发,感到还满意,就对自己笑笑,去了立德厅。

我以为自己来得早,谁知已经来了很多人。看那上百张展台,大都是中学招老师，忽然意识到，自己读了几年的学校，真的是一所师范大学。转了一圈，想发现省电视台或者省报的展台，没有。有几家民营企业招文秘，我想别浪费了简历，只有二十份呢，就没有递过去。麓城几所重点中学的台前挤了一大堆人，前面的人问个没完，后面的人催着"快点"。招聘的老师在大声喊："我们只收研究生的材料，一般的同学不必耽误自己的时间了！"县城中学展台前的人就少多了，有女生前去问情况，招聘的老师就非常热情地解答，还拿矿泉水给同学喝。我在一旁看了好一会儿，那位女生就是本县人，在用本地话交流，问了半天情况，最后还是没投简历，我很理解这位女同学，要是我，我也不会投。哪怕津阴电视台来招人，我也不会去。忽然想到，章伟怎么连这个女同学都不如，居然回了古阳，还是个研究生。

转了两圈我没发现有自己的机会，就准备走了，碰见一班的刘薇，问她："投了简历没有？"她说："都是招中学老师的。我回去了。"眼睛朝门口望了望，似乎问我是不是一块走。我说："既然来了，就再转转。"她说："那也跟着你转转。"转了一会儿她说："怎么没有几家好单位？走吧！"我说："再转几分钟。"

我在礼堂中转了又转，几家麓城普通中学的展台前已经排起了队，不像前面挤成一堆了，麓城师大的同学还是有点素质的。我也排在队伍后面，想问一下他们学校要不要搞宣传的人。刘薇排在我后面说："我也来充个数。"等了半个多小时，轮到我了，我就问那个女老师："学校需要宣传干部吗？"被否定后，我又问："有没有适合新闻专业的毕业生教的课？"女老师说："你有教师资格证吗？"我摇摇头，几年来我从来没有想过可能会去当中学老师。她说：

"有资格证可以考虑上初中的政治课呢。"又翻了翻那几沓简历表，"前面好像有几个思政专业的了。"我忙说："我就问问，我就问问。"把位置让给刘薇。她说："我想问的你都问了，我就算了。"又说："走吧，都是招中学老师的，我们又没有考证。走吧？"就一起离开了。

下午我觉得闲着也是闲着，又去了立德厅。想着那几家民营企业，选一两家好点的，递几份简历出去也无所谓。我去得晚了点，有些展台已经撤了，明天会来一些新的单位。我忽然发现有一个展台是南方电网，很低调，只占了一张条椅的长度。上午可能是挤着的人太多，我还以为是哪个重点中学呢。他们已经在收拾材料准备撤了，我赶紧凑过去，问："你们办公室要不要人？宣传部门也行。"收拾材料的那个人抬起头来，还是一个挺帅的小伙子。他说："招啊，办公室两个，宣传科一个，安全处一个。"我赶紧把简历呈过去，打算一项一项解释给他听。他收了我的简历，放在一大沓简历的最上面，说："我们拿回去看。"我说："这么多人报名啊？"心里非常失望。他说："还招几个搞计算机的。"趁他回过头跟后面一位大姐说话，我把那沓材料翻了一下，想看看有多少跟自己专业相近的，一眼就看到了刘薇的名字，心里紧了一下。我说："帅哥，给个电话号码吧！"他看了我一眼，把手机拿出来，又朝后面那位大姐望了一眼，说："不好。"又善意地笑了一下，摇摇头，"不好，不行。"把手机放在桌面上。我拍了拍自己的简历说："你认真看看啊，求你了。"他连连点头说："好的，好的，唉。"我说："帅哥，一定帮帮忙啊，我还是个预备党员呢！"他说："好的，好的，唉！"我说："看看很为难吗？看你这气叹的。"他笑了说："没有没有，会看的，会看的，领导会看的。唉!"我恳求说:"电话号码?"他瞟身后的大姐一眼，眨巴眨巴眼，嘴角朝后面的大姐抽动几下:"不行啊，别人会说不公平。"我只好算了。

还没走到宿舍，我忽然有了一种强烈的冲动，南方电网的岗位实在太诱人了，我得尽更大的努力。那个帅哥还是愿意给我电话号码的，只不过觉得不方便罢了。我得回过头去，看有没有机会搞到联系方式。我快步向立德厅走去，边走边想，女孩的颜容是多么重要，我如果不收拾一下，恐怕他也不会对我眨眼吧?一个女孩，如果被漠视，她的机会就去掉一半了。快到立德厅我几乎跑了起来，跑了一段路，又意识到自己脸上是扑了粉的，可不敢出汗，出了汗，脸上一花，那就出洋相，什么都完了。

我放慢了脚步，到立德厅已经气喘吁吁。冲上楼看见那个位置已经空了。我长长地吁了一口气，身子往下一挫，整个人都耷拉了。马上我又振作起来，往楼下冲去，停在台阶上，四下张望。正觉得没有希望，突然看见一辆南方电网的中巴从礼堂后面缓缓转出来。我冲下台阶，想喊一声，手刚扬起来，又放下了，看着中巴从身边慢慢开过去。

第二天我又去了立德厅，去之前打扮了一下，比昨天更精致一些。本来我还有点羞愧，几年都不怎么化妆的，现在一上来就到高潮。进了大礼堂我直奔昨天南方电网的展台而去，却发现是外地的一所中学。转了一圈，也没有找到南方电网的展台。再转一圈，还是没有。大部分招聘单位都换了，昨天那一批大概是去了别的学校，今天这一批，应该是从别的学校转过来的。

昨天我精挑细选，只送出去两份简历。回到宿舍和别人交流，她们都是广撒网，只要不是特别不顺眼的单位，就放一份。我想着自己也应该放宽尺度，大概是那么个单位，就先递一份再说。我在大厅转了一个多小时，简历都送出去了，还剩一份。准备晚上再去打印五十份。

宿舍里最不着急的就是秦芳了。我问她："你就那么有把握？是不是也要有个备胎？"她说："我不用，我的情况，应该是瓮中捉那个啥。"左手把右边胳膊的衣服推上去，右手扬起来，五指张开，凌空一捞，将一把空气抓紧，又张开给我看，笑嘻嘻的。我说："你们电视台在什么地方招聘呢？我也去递份简历，欺骗一下自己这颗受伤的心。"她说："电视台根本就不对外招聘，在那里实习一两年的大学生，一个个都非常优秀，又有了经验，还等不到一个岗位，还有必要对外招聘吗？"我说："什么时候有实习的名额了，你帮我申请一下。"她说："这个由各栏目组的制片人决定，我看我老爸能不能帮你问到一个机会？一个人除非特别特别，特别优秀，不然没有熟人是不行的。"我说："我的熟人不就是你吗？"她笑了说："我是一个什么大人物？我去搭信求官，那是求不到的。"我很想说，你老爸不是个人物吗？想起她以前说过，老爸五十多了还是个科长，觉得这样说有点不好，就说："那什么时候你还是跟你老爸说一声吧！"她说："哪怕是个实习的岗位，那也是个好大的面子呢！"我说："你老爸的面子大，帮我试试吧！"她沉默了一下，说："他老人家面子大，五十多岁当个科长？他想上去，还真不是为了钱，一半是为了自己的尊严，另一半就是为了我。为了我在卫视有个岗位，他已经策划了五六年了，从我读高中就在想这个事了。这几年，他过年必定出去拜访，以前是不拜的。"她把手摇一摇，"不拜的。五十岁了还去跟别人套近乎，就是为了我呢！有些领导比他还小几岁呢！心里很难受，那就不去了？还是得去。"我说："羡慕你有个好爸爸。"她说："我从来没想过自己跟当官有什么关系，现在有了感觉，大小有个位子，那人生是不同的，很不同。"我说："那不容易啊，看你老爸！"她说："看章伟！"又说："天下的好事，哪一件是容易的呢？太难了。"

17

天下的好事，哪一件是容易的呢？太难了。这句话激发了我的斗志。我想着秦芳那是一路绿灯走过来，又一路绿灯走过去的，谁知道她过来过去都这么艰难。连她都不容易，那我就更不容易了。我得努力再努力，哪怕一片鱼鳞大的机会，我也得努力再努力地去争，不争就没有。

一连十几天，我都在立德厅转悠，又去隔壁麓城大学转了，想看看南方电网在不在，想转出一个机会。我知道天下没有馅饼掉到自己口里的事，但还是抱着一线希望。这一线希望就像黑暗中远处的微光，那就是目标，也是前行的动力。

开始我送出简历，还有点拿着捏着，要那个单位有点顺眼，才递出去一份。后来就感觉到，自己根本就没有资格这么拿捏。五十份简历很快就派完了，我又字斟句酌精心推敲，把简历做到极限，再打印了一百份，管它顺眼不顺眼，是个单位就呈上一份。一百份派完了，校内的秋招也就结束了。

那些日子我每天都盯着手机，看有没有面试的信息。几乎是每隔五分钟看一次，手机就没有离过手，整天都是烫的。我发出去了一百多份简历，其中大部分岗位是自己根本就看不上的，竟然没有一家跟我联系。这让我的自信心大受打击，我就那么差吗？

总算来了一个电话，是云南一个县城的中学校长打来的，希望我去他们学校教语文。我根本就记不起自己曾向这个学校投了简历，这应该是不可能的啊！校长告诉我，一个月有五千多块钱，而县城的房价一平方米只要四千。学校会提供单间的宿舍，并保证不会把我分到乡镇学校去。我含含糊糊地答应了，挂了电话马上在百度上查了，县城离昆明还有三百公里。待遇是不错，可这又怎么能考虑？那还不如跟着章伟去古阳呢。我当下回了信息，说男朋友不同意，不能去。我私心希望那边还会打电话过来，提出更优厚的条件。虽然还是不能去的，但至少能让我有一点安慰，自己并不是那么没有价值的。没等来电话，我有一点失落。唉，如果这个学校在麓城，那就不用多想，尽快去面试。可外面流传的消息是，麓城好一点的中学，门槛都是研究生了。

又来了几个面试的信息，都是外地的，比云南近，就在省内，我都是当场就回绝了。为了麓城，我已经付出了太高的代价，如果自己竟然放弃了，那沉重的代价不是白白付出了吗？又叫我怎么说服自己？左等右等，等得有点绝望的时候，终于有一个麓城的公司来了电话，让我第二天去面试。我在百度上搜索了一下，竟然查不到这个宏业公司，心中就有了一点疑惑。但既然公司在麓城，我还是得去试一试。

晚饭后在宿舍坐得有点无聊，秦芳说："唱歌去吗？"我说："我还有心思唱歌？明年的饭票都不知在哪里。"她说："去吼一嗓子嘛，把心中的郁闷都吼出来。"我说："这不是跟喝酒一样，今天一醉方休，可事情还摆在那里，明天又一醉方休？那不是骗子骗自己吗？"她说："那就算了。"又说："明天早上我帮你装饰一下吧，第一印象太重要了。"我说："女为悦己者容，要我去取悦别人，觉得自己真的好可怜。"她说："那么多明星，谁不是装饰出来的？没有人见过她们的素颜。她们如果以素颜示人，饭票都没有。"我说："这也是她们的可怜之处。"她说："颜值是女人在这个世界的通行证，你还想去对抗？娱乐场不用说，没有这张通行证，那只能被关在门外。职场呢？情场呢？也差不多。"我说："我再漂亮一点就好了。唉！"她笑了说："这有一半是天生的，还有一半，我明天帮你秀出来，出水芙蓉！"

第二天清早起来，秦芳帮我装饰，花了一个多小时。看看镜子里那个人，我说："这是我吗？有点动人呢！"她用手机给我拍了几张照，说："以后有人给你介绍男朋友，你先把这几张照片发过去。"我说："见了面人家会说我是个骗子呢！"

本来想坐公交车过去，又担心车上挤来挤去，出了油汗，会影响装饰效果，就按秦芳的吩咐，在校门口打了个车去。到了王府花园，是一个住宅小区。带着疑惑我找到三十五栋，有老人带着小孩出来，真的是居民楼。我想着，一个公司开在居民楼里，那它得多小呢？上了二十楼，进门一看，果然是一套住房。厅倒是有那么大，摆了两排带隔断的办公台，有十几台电脑。

我没有看到人，就咳嗽了一声。在一张办公台的后面，有个脑袋探出来，站起来一个男人，三十多岁的样子。他打量我一眼，说："你是来应聘的？"我说："是的。"他说："是小方吗？"我说："我叫许晶晶。"他连连"哦哦"几声说："你提前来了啊，他们要九点上班。"又说："我姓关，是公司的董事长。"他把我叫到里间，是一间小小的会客室，给我烧了水说："我们是家小公司，专门做全国二手矿山机械。"他告诉我，公司已经在进行 B 轮融资，业务马上就要扩大到所有的机械产品。现在是开拓期，所以租用民房办公。要招一个人来做文案推送。底薪四千，还有业绩奖和年终奖。我想问奖金大概是多少，嘴微张了一下，眼睛望着他，没有说出来。他马上说："奖金不高，给高了投资方不同意。就这么多钱，投资方要求我们多熬几年，全国有几家类似的公司，但市场容量就这么大，最后只能剩一家大的。我们希望把对手熬死，而不是被对手熬死。不要说你们，我自己的入账也很有限。为什么？都是为了一个梦想。但工作两年以后，可以一块钱一股买三万股。如果公司上市了，这三万块钱可能变魔术变成一百万。网络股，溢价是很高的。所以，梦想是情怀，但不是纯粹的情怀。"我心里跳了一下，又不自觉地翻了一下眼睑。他马上说："上市是我们的终极目标，不然这个公司也没有必要存在了。我是清华毕业的，"他用手里的笔在自己额头上点了一下，"到哪里拿不到几万一个月？为什么还要出来闯？就是为了一个梦想。"我笑笑说："我都不敢做梦了。"他也笑了说："梦都不敢做，那就没有明天。"我连连点头："是的，是的。"他说："公司二十来个人，都是抱有梦想的。不然都是名校毕业的，谁会为几千块钱，每天工作十几个小时？"我问："那一周上几天班呢?"他说:"六天。"手比画了一下,"周末加班是常态,推迟下班也是常态。工作时间有点长,公司管两餐饭。"又说:"我们公司虽然小,那也有文化,那就是奋斗文化,狼性文化。你不要在心里骂我没有人性。没有这样的精神,我们就不能生存,更不用说梦想。我昨天晚上十二点下班,今天早上七点钟就来了。我对自己有这个狠劲,员工才跟得上来,对吧?"他"嘿嘿"笑了:"没有这个狠劲你不要创业,不要有梦想。"我说:"我都有点被你感染了。"他说:"那你考虑下加入我们的团队,铁血团队。"

关总又问我计算机水平怎样。我点点头,又摇摇头,说:"不知道能不能跟上你们的节奏。"这时有人来了,他吩咐一个叫小江的小伙子带我出去,小江给了我一份材料,要我明天就做好推文发过来。我有点畏难地:"技术方面我不熟悉啊!"他说:"技术方面不做要求。房子盖好了,你装修得漂亮就行了。"我说:"能不能后天?"他马上说:"那就不是我们公司的节奏了。"小江送我到门口说:"我们相信你会独立完成的。"我愣了一下说:"那当然,当然。我没有想到这还是个问题。"

我进电梯时,正好有个女孩出来,一瞬间看到她打扮得非常精致。电梯往下去时我想着,这个女孩是他们的工作人员呢,还是关总说的那个小方?大概是另一个应聘者吧。刚才我应该问一下,公司今年聘几个人。

回到学校,我拿着笔记本电脑,找了一间人少的教室,马上开始工作。那些机械方面的东西我根本不懂,觉得有点重要,就抽一段出来,拟好文字,再配图调色,我心里一点底都没有,不知道自己的装修跟房子能不能协调。到晚上七点,做好了四个页面,才想起还没吃中午饭。可能是这个念头有了心理暗示，突然感到特别饥饿，头上冒冷汗，站起来时没站稳，又扶着桌子坐下来，突然眼前一片黑。挣扎着睁开眼睛，看到前排座位上有个男生，顾不上唐突，问他有没有东西吃，水果也行。他赶紧跑过来，看了我说："你低血糖了，很危险啊！我给你买点东西来。"就跑出去了。一会儿他拿来一杯牛奶，一个面包，两个苹果。我从他手里把苹果抢过来，往口里塞，只觉得从来没有吃过这么好吃的水果。男生说："还没洗呢！"我说："没事！"把东西全部吃完，喘口气说："好多了。"掏出纸巾擦头上的汗，又掏出二十块钱给他。他说："没事。"背着书包走了。我想去追他，浑身疲软，站起来喊了一声"帅哥"，没有回应。心里说："还是有好人啊！"

　　到晚上十点多教室关灯时，我做好了六个页面，完成了一半。我提着电脑回宿舍，走到楼下感到宿舍环境不能让人静心，就到校门外的"七天"开了一间房，洗了澡，继续工作。快十二点秦芳打来电话问："是章伟来了吗？"我说："扯你的蛋！我在'七天'赶材料呢！"她笑了说："扯我的蛋，扯错人了！"我没时间跟她斗嘴，就把电话挂了。凌晨做完了，我一页一页看了一遍，觉得还行。就定了闹钟，六点半起来，打电话把一个计算系的老乡叫过来，请他帮我把下关。他八点钟过来了，还给我带了早餐。看了我做的材料他说："一看就是文科生做的。"我说："是的呢，我至少得理解别人说了什么，才能搞到位，是吧？可我哪里又理解呢！这份工作，能到手也很可怕。"他要帮我调整，我说："不行，规定了要自己完成，我不想撒谎。"他指导我一页一页调整，到中午他说："发出去算了，又不是正式文件。"我说："比正式文件还要紧呢！"发了出去。

18

过了几天，关总打电话来说："告诉你一个喜讯，你被我们公司录用了。"我心里没有一点高兴，那也叫作公司？真的敢说！但我还是用不胜惊喜的口气说："真的？我没想到自己还能被你们看上呢！"他告诉我说，去应聘的是七个人，录用两个。我说："我没想到自己有这么好！"他说："我们的公司是不用钱不找熟人的，标准只有一个，就是择优。像有些公司那样靠关系，早晚走上绝路。"我说："你们这里居然这么公平，好难得啊！那你们会有美好前景！"他说："那是一定的，当然，当然！英特纳雄耐尔一定要实现！"我说："当然，当然，那是一定的！"

去，还是不去？这是个问题。我给家里打电话，老爸说："有编制吗？"我说："有……岗位吧！"他说："那不叫作工作，那叫作打工。十几年前我也打工，到头来呢？女孩子找工作，钱少点不要紧，一定要稳定，稳定！不然三十多岁被老板踢出去了，你怎么办？盈盈没读书，她只能打工，你读了书，也去打工，那你读了这几年，不是浪费时间浪费钱吗？"老爸说的句句在理，我不得不认真想想。在他看来，只有公务员和教师才是工作，别的都是打工。挂了电话，我有点高兴的心情全没有了。

我又去找秦芳商量。她说："董事长说了那么多梦想，这有点忽悠人吧!"我说:"我的心情有点被他煽动起来了,他还说了英特纳雄耐尔呢。仔细想想,还是得冷静啊!"她说:"这就是一个字,赌!万一梦想实现了呢?"我说:"万一……这个万一我赌不起啊!我这青春才有几年?"她说:"他把自己当马云,这中国才几个马云?"我说:"你左边说一句,右边说一句,那到底怎么办?"她望着我,很认真地说:"我们虽然是老铁,但这个事我可不敢为你做主。万一梦想实现了,你在麓城就有房有车了,财务都自由了。万一不能实现,你在麓城也不至于流落街头,工作还是会有一个的。到哪天退到无处可退了,还有男朋友、老公,是不是?连这个都没有,那还有我呢,是不是?"我一把抱住她,眼泪涌了出来,说:"是的,是的。"松开她,掏出纸巾擦眼泪,说:"是的,是的。太难了。"又拉着她的手,想说,我真的好想像你一样有个好爸爸啊!话到了舌尖,没有说出来。事后想一想,幸亏没有说,说了怎么对得起我那可怜的老爸呢!

　　小江又打电话来,要我尽快带协议书去签合同,签了以后,马上就开始工作,算是实习,等明年拿到毕业证书,合同生效,就按月开工资了。又说,希望你不要违约,如果违约,就造成了公司工作被动,五千块钱押金就没有了。他问我能不能理解,我握着手机连连点头说:"理解,太理解了。"我想问,实习期间有没有生活和交通补助,不好意思开口。但不开口肯定就没有,心一横说:"公司离学校有点远,能不能……"他马上说:"公司每个月会给你报销一张公交卡,还能坐地铁,一百元。"我希望着每天能报销四十元的打车费,每天转两趟公交车过去,实在太费时间了。小江的话让我心里凉了半截,账算得这么细,这叫作公司?口里说:"那好,那很好，那太好了！"

去，还是不去？我坐在宿舍里，双手支着头，想。脑袋想痛了，也得不出一个结论。去，如果公司没有发展，投资人的耐心耗完，公司再也融不到资，就垮了，自己人生最美好的时间也打了水漂；不去，麓城就这一家接收单位，如果后面没有更好的，那怎么办？家里说这不叫工作叫打工，秦芳也不敢给拿个主意，结论就全靠我自己了。左想右想，右想左想，最后问自己，钱先放在一边，我在工作中会感到快乐吗？挣扎着把那个文件做出来，叫我感觉很不好。我能挣扎一天，但我能挣扎一辈子吗？我对着空气摇了摇头，看见宿舍外面是蓝天，很清澈，几朵白云的边缘也很清晰，自由地飘着。我盯着一朵白云看了很久，看它是怎么轻盈地移动，跟另一朵白云交织在一起，然后，又分开，保持着原来优雅和轻盈的姿态。我又摇了摇头，摇了几次，似乎就摇出了一个结论，不去。

有了这个决心我如释重负，这种感觉让我意识到，自己做了一个正确的决定。我把这个决定告诉了秦芳，她说："求职是为了生存，还要找感觉，那是不是有点太奢侈了？天下有几个人上班有感觉的？工人面对流水线，医生面对病人，有那么好的感觉？一个老师每天看几十本作业，有那么好的感觉？电视台的主持人很风光吧，他们每天要出镜，要把栏目做出来，栏目收视率每天公布，坐下来喘口气都很奢侈，你去问问他们的感觉？"我说："唉，理想主义害了我。像我这样的人，家里没矿，一片空白，又有什么资格谈理想？"

说是这样说了，可内心还是有着一种执念，希望有一个好运气。秋招还没有结束，春招还没有开始，天下这么大，难道就没有一条缝让我钻进去？

19

十一月份，省里又在会展中心组织了一场大型招聘会，据说有三千家单位设了展台，连招三天，每天一千家。全省的大学生都来了，就像一个大型的农贸市场。我准备了两百份简历，在里面挤了两天，回到学校，数了数，还剩二十多份。第三天不想去了，优秀的人，在学校招聘会上就被掐掉了，剩下的像我这样一般般，招聘单位也一般般，双方都提不起精神。到了下午，我想着闲着也没啥事，怀着一种万一能捡个漏的念想，又乘车去了会展中心。

人比前两天少多了。我在一楼转了一大圈，简历也送出去十几份，在二楼又转了一大圈，还剩下三份简历。我想着三楼是不是去看看。有点走不动了，在一家展台前找张凳子坐下，讨杯水喝了，跟广东阳江来招教师的工作人员闲扯几句。他们问我愿不愿意去阳江，一个月有八千多块钱。我说："我男朋友在麓城呢！"又问："你们阳江没有回去的大学生吗？"他们说："有啊，都做生意去了。"我说："发达地区就是机会多。"还是递了一份简历给他们。

最后两份简历，我想到三楼随便丢给谁算了。上了三楼，在一个不显眼的展台上，竟然看到了南方电网的那个帅哥和大姐！我上去打招呼说："帅哥好！"以为他会认出我来，谁知他根本就没认出来，浮上一点微笑："美女好！"我心里非常失望，自己居然没能给他留下一点印象。我想提示一点什么，恢复他的记忆，又觉得那实在太难堪。我把简历递给他说："我是麓城师范大学的。"他接过我的简历，放在一大沓简历的最上面，说："我们上个月去过麓城师大。"他还是没想起来。我说："怪不得看着你有点面熟。"他笑了说："是吗？我看着你也有点面熟。"还是没有一点记起来的表情，面熟不过是句口水话罢了。我放弃了那种努力，拍着自己的简历说："帅哥一定帮我认真看看。你们单位有点什么成绩，我会捏成一朵好漂亮的花，我是专门干这个的，新闻专业，很会捏的。"他说："那好，那好。"也没把我的简历打开看一眼。

说了好一阵没有说上路，说下去就有点勉强了。我扬了一下手，就退到楼梯口，看看会不会有跟那帅哥单独说话的机会。又去了厕所，出来洗手在镜子里看到了自己，发现了问题。今天出来没抱什么希望，因此也没有把自己装饰一下。我太大意了，没有遵守游戏的潜规则。镜子里这张脸，自己看着都不动人，又怎么能让别人心动？我一拍挎包，幸好还带了化妆盒。我马上打开，拿出粉饼，在脸上细细地擦了一圈，又涂了口红，再看看自己，比刚才确实好了很多。我还想描一下眉，忽然从镜子中看到一个人影过去了，是那位大姐。我马上把眉笔往包里一塞，就快步往帅哥那边走去，一边拢了拢头发，没有时间绕来绕去，我直接说："帅哥，能不能告诉一下电话号码？"他说："你还没走啊？"我说："我好不容易等来一个机会，能不能告诉我一下电话号码？"他说："我真的帮不了你，我只是一个办事的。"我往厕所那边望了一眼，说："没有时间了，能不能请教一下你的电话号码？"他说："说了帮不了你。"我一急，甜甜地笑了一下，说："你真的不愿意跟一个女孩联系一下吗？"我自己都没有细想，这话就从我口里滑出来了。他往厕所那边望了一下，说："来了。"轻声地把电话号码告诉了我，"来了。"我在口里重复了一遍，来不及输到手机里，不停地念着那个号码，快步走开，在楼梯下到一半转弯处停下来，把号码输进了手机。

我在会展中心前的马路上等车回学校，打算过两天跟帅哥联系一下，尽快见个面。远远地看见公交车来了，我心里一闪，他回家把我拉黑了怎么办？我犹豫了一下，公交车开过去了。我掏出手机给他发个信息：我是刚才找你要电话号码的女生，想跟帅哥联系一下。过去了两辆公交车，还没有回信。我有点着急，急切间又发一条，请他晚上一起吃饭。发出去以后，觉得自己胆子怎么这么大了，居然敢请陌生男人吃饭？又想想这根本就是没有戏的事，自己的认真是不是有点滑稽？正想着看见帅哥和大姐从台阶上下来，他两只手提着塑料袋，应该是收到的简历。下了台阶，就有车把他们接走了。我猜测他刚才忙着收东西没看到信息，现在上车了应该看见了吧？又过了几分钟，还是没有回信。我在心里对自己说："我已经尽到努力了，算了。何况他也说了，自己只是个办事员，帮不上忙，这应该是真的。算了。"

这时公交车来了，我上了车。上车后心里非常急，想一想又不知道在急什么。一件没边没影的事，哪就到了急的份上？再看一看手机，还是没有信息，我就在前一站下了车。在车站我犹豫了好久，看着车一辆一辆开过去，天也要黑下来，就下决心打个电话过去。我在心里盘算着，他应该下车了吧，身边不会有单位的人了吧？算了五分钟，又等了五分钟，看着手机上漫长的时间一分钟一分钟过去，体会到了数时间的痛苦。拨了号，他竟然接了。我问他下车没有，他说，刚下车，快到家了。我说请他吃个饭，他迟疑了一下说："我真的帮不了你，这是件好大的事情。"我说："我不说这件事行吗？"他在那头嘿嘿一笑说："那说什么呢？"我说："就说你说的这个什么！"他说："我真的不知道这个什么是什么。"我说："不知道没有关系，跟一个女生联系一下不行吗？到时候你说是什么就是什么。"他说："有味。"就约好了地方。

我马上打的过去，他已经坐在一张小桌子旁了。坐下来我说："我没想到自己胆子有这么大。"他说："我保证自己不是一只老虎。"又说："我姓张。"我一听这个音就想起了章伟，说："你不会叫作张伟吧？"他说："张洪伟。"我问他南方电网的情况，怎么好怎么好他说了一大堆。我说："这些我都百度过了，我是想里面的人都是怎么进去的。"他说："你不是说不说这件事吗？"我说："绝对不说要你帮忙的事，是朋友就不要让朋友为难。"

他只点了三个菜，我觉得他这人还挺善解人意，一百块钱就能搞定，原来心中的那点压力就没有了。我说："你们到底要招多少人啊，到处摆台？"他说："摆台是程序，其实我们公司大部分都是内招，一般的人是很难进来的。"我说："什么人是不一般的人？"他说："子弟，读了大学的子弟。可是子弟太多也消化不了，前几年划了一条大学本科的线，可是现在大学本科的也太多了，两年前改为一本，还是太多，今年改成重点大学了。当然，你特别优秀，别人也是挡不住的。一个大公司，总要有一批能人吧，不然怎么撑得起来？”又说：“我们到处摆台，首先是个程序，子弟也要在这个窗口交材料，那才公平，是吧？”我说："在同一个地方交的材料，那能不公平吗？真的太公平了，嘿。"他说："还有就是，也想发现几个优秀青年。"我说："太难了。"他说："我们的子弟，大学就是读的相关专业，考大学前就把位子盯好了。"又说："公司领导最大的烦恼，就是上面推荐的人太多，根本就消化不了。把他们解决了，子弟就没有岗位了，所以对子弟的学历要求越来越高，只能用这个标准卡掉一些人。"我说："你们领导也不好当啊！"他说："压力太大了。外面的人不知道，我在办公室搞了这几年，看得多。老职工问题没解决，坐在办公室不肯走，还有到董事长家里去搞静坐的。你说我一个小萝卜头，我能帮你吗？就算我是个中层干部，我也帮不了。"

　　这样过了一会儿，我觉得有点别扭，说："走吧！"他站起来，又坐下去，说："只要有熟人就有办法，你在烟草公司、中国电信那样的单位认识关键的人，可以交换着互相帮助，一个单位都是子弟，说起来就是个问题，社会上有议论，互相帮助就把这个问题淡化了。"我说："那我也没有，如果有，我就直接去了。"他说："我家也不是南方电网的，是烟草公司的。我是交换过来的。本科文凭肯定还是要有一张。"我说："不管怎么样，今天还是很高兴认识你。如果过几年你当了处长，我还在麓城漂流，我再来打扰你。"他说："我当处长？"摇摇头，"不要说处长，一个科长都要熬多少年动多少脑筋。"我说："不会吧，你这么能干！"他哼哼几声说："能干？能干有毛用？"我说："连你都有委屈，哪天我能够享受你这份委屈，我一辈子都安心了。"他又哼哼几声说："你到我这个份上就知道我的委屈有多大了。我现在记你一个电话号码，还得看别人的脸色，这是你看到的。"我说："我没有你那么大的心。"我到柜台去买单，他跑过来按住我的手，把单买了。

出了门他站在那里，我望着他，示意他走。他走了几步，又停下来，悄声说："找个地方休息一下吗？"我惊了一下，想着是不是前面说的"联系女孩"给了他错误的暗示，说："你是好人。"他说："收到一张好人卡，真的悲哀。"又说："有些事情没有必要那么认真，大家能高兴一下，就高兴一下。"我开玩笑说："你能帮我进公司，我就让你休息。"说完自己也吓了一跳，我真是这样想的吗？没有，没有，没有。我在心里对自己摇了三下头，说："我还没有找过男朋友呢！"他吃惊地说："现在还有这样好的女孩？那就算了。我不想伤害你。"我说："说了你是好人，是吧！"

20

秋招就这么结束了，我连半根稻草都没捞到。唯一的收获，就是看清了就业的形势很严峻，非常严峻。每个毕业生都有理想，可这理想在这严峻面前，犹如精美雅致的古董，一碰就跌得粉碎。当然，也有顺风顺水的人，这些人就两类，一类有强大的家庭背景，他们就像孙悟空，要风，风就来了，要雨，雨就来了；另一类人是业务上非常拔尖的人，他们也像孙悟空，武功超群，单位要生存要发展，就像唐僧取经，少不了孙悟空。这两类人我都不是。家庭背景，我永远也不可能得到，投胎是个技术活，我不可能钻回娘肚子里再生一次，何况，娘还是这个娘，不能改变什么。能力超群，本来还有一点希望，可保研没保上，考研来不及，这条路也没得走。早两个月来学院介绍经验的一位学姐，公务员考上三个地方，最后选择去了北京。当时她说："人情社会就像一张网，你平时看不见，哪天你走到跟前，才会知道这张网织得有多么密实。你要冲过去，你就必须特别有力量。"这么优秀的学姐，真的让自己感到惭愧。想在麓城考上公务员，考上一个好学校的教师，研究生文凭就是个门槛。章伟有这张文凭，可他还是没有考上。我呢？我就更不敢想了。

　　失败让我看清了自己。我既没有背景，又没有超凡的能力，我不被边缘化，难道让那些孙悟空边缘化？正因为他们有了机会，才没有了我的机会。不要说门没有，连门缝也没有，这种局面，真不知道该如何是好。我想起自己家门口有几棵橘子树，夏天的时候，会飞来一些有着彩色背壳的甲虫。我和盈盈捉了那些甲虫，用细线卡进它们背部的缝中，线上拴了字条，写上自己不喜欢的人的名字，如"张小飞是坏蛋"，然后放飞。看着它飞向远处，拍手大笑，期待着它被张小飞捉到。想到张小飞看到字条时那惊愕的表情，简直叫人快活死。记得某一天下午，我发现一只金龟子停在纱窗内，背上泛着绿色的光，上上下下地爬着，可就是出不去。我想象着自己就是当年那只闪亮的金龟子，前景明亮，出路没有。当年那只金龟子经过几个小时的寻找，在傍晚时终于找到一条缝隙，爬了出去，飞走了。啊啊，我的命运，会不如一只金龟子？

意识到了形势的严峻，我想给宏业公司打个电话。岗位还在呢，我再厚着脸皮去找关总；岗位没有了呢，被当场拒绝，那就实在太丢脸了。在给自己证明了一万次，打这个电话不必那么羞愧之后，我拨了公司的座机。接电话的是个女的，自我介绍是小方，这让我几乎失去了说话的勇气。我以一个新求职者的口吻，说出了自己的愿望，没说完就被告知，公司已经没有适合我的岗位了。得到这个信息，我马上就挂断了电话。望着手机我觉得自己太没礼貌，至少要说一声谢谢吧！

尽管从同学那里知道，在网上找工作那是隔山打牛，可作为最后的挣扎，我还是花了几天时间，在智联招聘和前程无忧等几家大型招聘平台上发出了几十条求职信息。十多天后收到一条回信，福建龙岩的一家公司愿意考虑我去做推销员。我在手机上百度了龙岩的位置，微微抽动嘴角嘲笑了自己，收起了手机。

这天我收到了一条信息，是一个叫李亦明的人发来的。他说，自己是一班的男生，仰慕我已经几年了，希望跟我见个面。这个李亦明是谁，我一点记忆都没有。同学三年多，我居然没有一点印象，可见这男生有多么平凡。身边竟有一个人仰慕自己几年，再怎么说，那也是一件值得惊喜的事情。我悄悄问秦芳："你认识一个叫李亦明的男生吗？一班的。"她眯了眼，疑惑地望着我："知道啊！你怎么会问起他？"我把事情跟她说了，她说："听说他还追求过翁萍呢！翁萍怎么会理他？"我一听就失去了兴趣，说："那我也算了。"停一下又说："李亦明非常不怎么样吗？"秦芳说："也没有，就是有点矮小吧！"我仿佛记得有那么一个男生，身材有点印象，面孔却怎么也想不起来。我说："没有印象。"摇了摇头，"没有印象。"秦芳说:"印象还是有一点的。"把头扭到左边低了一下,"哦,在这里!"又扭到右边低了一下,"哦,在这里!"我笑了说:"那就算了,我喜欢高大一点的男生。"她马上说:"像章同学那样!"我也笑了说:"是的。"突然意识到,高大也是章伟的一个优点,我从来没什么感觉,只觉得这是一件自然而然的事情。

我给李亦明回了信息,谢谢他的表扬,问他有什么事情。有事就在信息中讲。我还有点盼着他回信,把自己的仰慕说得具体一点,那也是我喜欢听的。他两天没有回信,我在心里对自己说:"仰慕,呵呵。男人的话,吹一口气,放一个屁,你半点都不能当真。"谁知第三天,他的回信来了:"听说你还没有找到工作,我希望能给你一点帮助。"这句话就大大地激发了我的想象,难道这世界上真的会有什么意外之喜?

这一次我没跟秦芳商量,自己就把李亦明约到了星巴克。我提前半个小时去了,在靠窗的那张小桌旁坐下。不一会儿他来了,在我对面坐下说:"没想到女神还会提前来。"我说:"我不觉得自己有必要为了提高身份,故意晚来半个小时。我没必要。"看到他又瘦又矮,比我还矮,心里一点感觉都没有。我忽然觉得应该理解男人,他们把女孩的颜值看得那么重,这很正常,自己对男生也一样。年级有几个漂亮女生,绯闻多多,传出来都很难听了,可身边的男生从来没断过,而且很优秀。男生们都屈服于自己的欲望,人品在他们那里真的不重要。男生们把这些女生当作女神,在与女神激情时刻的想象中跪下了,舌舔。有时候我都为那些男生惋惜,这惋惜中有羡慕和嫉妒,还有一点点恨。这点小情绪是不能说的,说出来自己就太掉价。

服务员送咖啡来了，李亦明拿过去反复搅拌，双手捧着送到我这边。我客气地说声"谢谢"，说："听说你想给我一点帮助？"他说："我们先说点别的，好吗？我其实仰慕你好几年了，有几次上课坐在你后面，好想给你塞张字条，可我终究不敢。"我说："难道会有人觉得我很凶？"他说："也不是，只怪我自己。"我没有什么心情跟他谈感情，说："你怎么知道我找工作有一点点不顺利？一点点。"他说："那时候我坐在你后面，看着你的头发，心里一跳一跳的，就偏了头看看你的侧影，刚刚看到一点鼻尖，就不敢动了，怕这样有点太显形了，别的同学会察觉的。"我说："麓城也有几家公司愿意接受我，我家里一定想要我找稳定的，稳定的工作才是工作。"他说："下了课我跟在你后面走了好几次，你知道吗？我觉得你走路的样子很生动。"

　　没有办法，我只好跟他谈感情的事。仰慕的话从他口里说出来，我也不想听了，如果他还是没眼色说出那个"爱"字，我真的没有心情承受。我说："听说你有女朋友了。"他说："谁说的？造谣！我还没有谈过恋爱呢！"我摇头表示不相信，他说："是真的。"我想把翁萍的名字说出来，看他很认真的样子，觉得这样有点残忍。我说："我也帮你把咖啡调一下吧！"伸手把他的咖啡拿过来，搅了一下，送过去。他伸出双手来接，我直接放到桌子上，他还是双手把杯子扶了一下。我想着这男生还是个老实人，虽然不是很灵性，要是他有章伟那么健硕，我还是愿意停下来考虑一下。我说："你不是说想给我一点帮助吗？我真的很需要帮助。"他说："这跟感情还是有点关系。"他这样一说，我就没有了兴趣，那怎么可能？我说："帮助还要谈感情，那就有点不纯粹了。"他连着"唉唉"几声，说"你知道我为什么隔了两天才给你回信？我跟家里谈判去了。"我不作声，望着他，等他。他说："家里在麓城晨报给我找了一个机会，我想把这个机会让给你。"我几乎跳起来，说："那怎么行？你家里会说你傻呢！"他说："所以我跟我家里求了两天。如果你是我的女朋友，我觉得我家里还是会考虑的。"我被这个男生感动了，说："你有点傻，你家里也会傻吗？我今天是你女朋友，明天又变了怎么办？"他说："所以我跟家里斗争了两天，"他说"斗争"的时候，右手握拳向前猛地一击，"他们不相信你，我还是相信你的。如果以后实在有变化，那我也愿意牺牲一次。"我没想到天下还有这么痴心的男生，还被我碰到了。我说："最后的结果连我自己都不知道，你就更不知道了，你家里是大人，怎么会做这样的事？"他说："如果我坚持，他们最后会同意的。"我惊异地望着他，他说："他们觉得对不起我，所以最后会听我的。"我真的想问问他父母哪点对不起他，没说出来，这有点残忍。我说："你知道这件事有多大吗？"他点头很认真地说："知道。晨报有几个别人推荐来的大学生，编外记者都几年了，还没有机会转正呢！"我说："天下可怜的人好多啊！"

我心里转了又转，转了又转，秦芳说，这个世界就是比谁心狠，心狠的人才是赢家。我想着是不是心一硬先答应下来，过了一年，再把事情推掉？这样想着我说："那你怎么办呢？"他说："我家里总是有办法，才会答应我吧！"

听了他这话我心里一下子松弛了。并不是我有岗位他就没有了，他家里有能耐搞到两个岗位。我说："你爸爸真的好能干啊！"他说："主要是我妈妈。"我说："你妈妈这么能干，她不怕你的女朋友到时候跑了吗？"他身子往后一缩说："你，你不会吧？你才不是那样的人呢！"又说："到时候你真的不愿意，我也愿意帮你一次。"我问："那为什么？"他说："我也不知道为什么，就是心里愿意呗。你也可以假装是我的女朋友，别的事以后再说。我骗他们，说我跟你在一起已经几个月了。"我一听"在一起"，就想起了章伟，说："我们哪里在一起了？这话不能随便说呢，你家里人会有想法呢。"他说："我知道你以前有个男朋友，你们在一起，后来分手了。"又说："你们真的在一起了，我不会那么在意。"我不明白他说的"在一起"是什么意思，居然说出了"不在意"。我说："你知道的真多，你还知道什么？"他说："你懂的，我也懂，我至少也是个本科生吧！"我想着自己经常夜不归宿，那是全年级都知道了。我沉默了一会儿，说："那你还想跟我好？"他说："我是看你这个人呢！你是个好女孩。"我笑了说："不知道，说真的连我自己都不知道。"

这时服务员过来，问要不要再续一杯。李亦明说："我们再坐一会儿。"服务员去了，他说："过几天到我家去看看吧？我妈说想见见你。"我说："是不是有点太正式了？"他说："本来就是一件正式的事啊！"我双手叉在胸前说："我想想。"我靠在沙发上，看着眼前这个男生。嫁给他，怎么可能？我觉得他有点可怜，一份真心，都喂了狗。我给秦芳发了一条信息，要她救命，马上打电话过来，说有急事找我。秦芳马上就打电话来了，我接了电话说："我得走了，秦芳找我有急事。"站起来挎着包就往外走，李亦明追上来说："什么急事？有那么急吗？"我说："不知道，肯定是有那么急。"他说："那过几天你去不去我家呢？"我说："去，还是不去？

这是个问题。"他说："假的也没关系，演真点就可以了。相信我最后还是会感动你的。"我说："我那么会演？我那么会演我就是个心机婊了。"他说："那还是去吧，你什么都不说，就说是我女朋友就行了。"我快步往前走，说："让我想想，让我想想。"离开了李亦明，我心里一下就轻松了，有明确的解脱之感。

21

找一个爱你的人，还是你爱的人？这种终极的灵魂拷问，对我来说，根本就不存在。我不爱一个人，别的都放一边，那一夜一夜的，怎么熬得过去？章伟爱我吗？也不能说一点都没有，但一个股长就把他的魂勾跑了。这爱是多么脆弱，根本就不配这个"爱"字。也正因为如此，几个月来，我没跟他联系，太伤我的心了。我联系他，我就跪了。但如果他跑到麓城来跪给我看，说心里话，我是会接受的，我还在暗暗期待着这一天。这种期待不是相信自己多么有魅力，而是相信麓城的魅力。我在麓城上了三年多学，已经为它倾倒，留在这里成了一种不可移易的信念。难道章伟在这里上七年学，不会对它念念不忘？麓城到底好在哪里，我也没有去细想过，房子还这么贵，工作还这么难找，但它已经成为一种无须细想的本能选择。我想，那上百万"北漂"，大概也是这样一种心态。

从星巴克回来已经九点多钟了，我把秦芳叫到操场去散步，说："告诉你一个你想不到的消息，我刚才跟李亦明喝咖啡去了！"就把事情说了。她说："是个机会！"我说："什么机会，找男人的机会？我什么时候还找不到一个这样的男人吗？"她说："要你嫁给他，你肯定是不甘心的。"我说："肯定！"她说："加上一个工作的筹码呢？"我说："筹码！这是做生意吗？一辈子的事！"她说："工作不也是一辈子的事吗？"我生气地说："这是什么意思？我没工作我也不会找他吧！"她说："话不要说绝了。一个女生，没有与生俱来的东西可靠，那就要找一个可靠的东西来靠一靠。女人要改变自己的命运，家里靠不上，能力又不够冲破罗网，嫁人就是一个应该考虑的途径了，不然怎么说嫁人是第二次投胎呢？"我停下来说："秦芳，你是不是说得太残酷了？"她说："不残酷，有点现实。"我叹气说："我真的好悲观啊！"她说："你觉得林青霞漂亮吗？你看她嫁了一个什么人。"她在手机上百度了照片给我看，"她老公还没有李亦明帅呢！"我接过她的手机看了半天，说："不可理解。"她说："有什么不可理解，有钱呗！你看那些美女、演员、主持人，谈感情就咬住缘分两个字，她们最后都嫁给谁去了？她们才不玩浪漫呢！"又说："林青霞莫不比你傻？那些明星、主持人莫不比你傻？"我说："那样不好。"她说："好不好另说，现实就是如此。"又走开几步，说："你还是离我远点吧，扑哧扑哧直冒傻气，别传染给我了。"

身旁有夜练的人气喘吁吁跑过。秦芳说："去年我在这里晨练，看见你和章伟从外面回来，两个人还隔着几步路，装着不认识。就像昨天的事，谁知一年多了。"我说："在时间面前，谁都是渺小的。"又说："这点青春，又怎么禁得起打熬！"她说："所以李亦明的事你还是要想一想，人家也就是矮一点。"我把脖子左边一扭右边一扭说："哦，在这里！哦，在这里！"秦芳笑了说："实在不行，我就劝你，心不妨硬一点，就跟他家里演一场鸿门宴，先把工作搞到手再说，明年这时候，就说性格实在合不来。你忍一忍，一年很快就过去了。"我说："他也算个很痴情的人，我不想害他。"秦芳说："你找理由跟他吵架，吵得他主动退场，就不怪你了吧！吵架的理由，一天可以抓一百条。放屁是臭的，这也可以是理由。为了生存，你的心只能硬一点。"又说："晨报的岗位，万千双手伸着想抓着呢！"

听到"岗位"两个字，我心里被鞭打似的抽搐了一下。沉默了一会儿我说："要是他有章伟那么高就好了。"秦芳说："说真的，人家也就是矮一点，别的都还好吧！矮一点也不是什么原罪，看惯了就没有什么特别的感觉了。"又说："你看我家那个小吕，也不怎么高大上，我不也认了？"我说："再怎么样，比你还是高些吧！再说你因为这个，都抱怨过几十遍了！"她说："所以我在他面前就是公主！你也可以品味一下当公主的感觉！"她把我的心说动了一点，我说："要是他有章伟那么高就好了。"

秦芳哈哈笑了，说："前任是个多么可怕的存在啊！"又说："如果你跟李亦明恋爱了，章伟来麓城找你，你会理他吗？"我犹豫了一下说："会，肯定会。"她说："如果他说，有些事情回到以前，就一次，谁都不知道，你会同意吗？"我又犹豫了一下说："会，可能会。"她说："你看，前任开过车，现在又带着车钥匙回来了，继续开，现任是多么可悲啊！"我说："谁叫李亦明他不高大上？他高大上了，我在心里跪了他，我肯定就做个守法的公民。"

107

在秦芳的推动下，我的钢铁意志软和了一点。舍着这身子不是自己的，心一铁，豁出去把自己嫁了，那肯定是不行的。现在不是旧社会，我还没有悲哀到这一步。但试一试感觉，也许在习惯中就接受了呢？再退一步，像秦芳说的，为了生存，心硬一点，花一年时间来演一场大戏？这有点伤天害理了，再说，我也不是一个合格的演员。

我也不明白自己是一种怎样的心情，有点好奇，有点想试一试，还有点挑战自己的情绪，就答应了李亦明，到他家去看看。说是去他家看看，实际上是送货上门，让他父母看一看。我刚认识他，这实在有点快了。可李亦明说，自己跟家里讲了，我们已经相处几个月了。他说："这个时间很重要，非常重要，如果说刚刚相处，家里就有别的想法了，他们很难相信一个人。"去的那天早上，他又发信息来说，一定要穿高跟鞋，这很重要，非常重要。我回信息说，穿平跟鞋不是跟你更协调吗？他打电话过来，问我有多高。我说："一米六几。"他说："六几到底是六几呢？"我说："六几就是六几，有差别吗？"他说："差别太大了，我家里喜欢高一点的女孩。"我真的想说，你家里是想让你的下一代扭转局面吧！这话太伤人，没说。我说："说真的，我就是一米六五，你家里觉得不够，那就要你妈妈另请高明。"他说："你就说一米六七吧！两厘米很重要，非常重要。"我说："哪里有那么多非常重要？"想着两厘米，也不算撒谎，就答应了他。

22

那天上午，李亦明说来楼下接我，我怕同学看见自己跟他走在一起，要他到校门口去等，指定了离校门口几十米远的那家化妆品店门口。他见了我说："你一点妆都没有化啊？"我想，去你家还要化妆？又不是去章伟家。我说："你不知道我平常不化妆吗？是不是觉得我素颜不出众？"他说："还是稍微化一下吧，第一印象很重要！"跑进化妆品店，询问了营业小妹，买了几百块钱的化妆品，要小妹给我收拾了一下。这时有人给他打电话，他说："车来了。"推门出去说了一声，又进来说："不急，让他等。"我想："还有车接？小看你了。"化完妆上了车，我看是一个男人开车，疑心是不是他爸爸，刚想喊一声"李叔叔"，李亦明却叫他"张师傅"，又说："这是我妈妈公司的车。"张师傅说："小李的妈妈是我们董事长呢！"李亦明说："副的，副的。"到了他家，是一栋别墅，我心中跳了一下，幸亏刚才化了妆。司机开车走了，李亦明说："我们是暑假前认识的，别记错了。"我说："是不是这很重要，非常重要？"他连连点头，悄声说："是的。"

我一进院子，看到车库里停了两辆车。他妈妈从菊花丛中探出头，说："小许来了？"放下花剪，领我进了屋子。我看到别墅有点紧张，进到屋里，他妈倒是很和蔼的神态，我心情一下就放松了。

他爸爸从楼上下来，个子跟他妈一样矮小。他妈矮吧，人还是很精致的，他爸爸却有点打不起精神的神态。我喝着茶，他爸说："带你参观一下房子吧！"我心里想看看，可也不想表现出有兴趣的样子，说："不用了，不用了，挺漂亮。"坐着不动。他妈说："你们俩到楼上说说话吧！小许就会随意一些。"我觉得他妈真的很懂得人，怪不得能当董事长。

我跟李亦明上了楼，他爸妈住在车库上的那间房，二楼的主卧室，是李亦明的。我说："你是你们家的权威人士啊！"他说："所以你跟我你会享福。"我当然也想享福，可是被别人这样理解，人都矮下去一截。我说："你觉得我是那么喜欢享福的人吗？"他说："每个女孩子……喜欢享福有错吗？"我看着地板乌红色的，很有质感，蹲下去摸了一下说："这是实木的吧？是不是要一两百一平方？"他说："听我妈说，好像要一千多吧！"我本来还想问下那张床，都不敢问了。穷人不识货，这不是什么光彩的事情。我说："好吓人啊！"他又带我看洗手间，有十几个平方，跟我家的主卧室一样大。我说："我不看了，再看我吓出心脏病来了。"他还要带我看三楼，说是他的书房。我说："我跟你一样，就没看过几本书！"就下了楼。

这时李亦明的二舅和二舅妈来了，我刚点头打了招呼，大舅和大舅妈也来了。我心里想，好隆重啊，是不是叔叔和姨也会来？正想着，二叔和二姨真的来了。二舅妈说："听说明明找女朋友了，这是我们家族的大事！计划生育，我们整个家族就这么一个男孩，他的使命很大呢！"又说到李亦明父母家族各有三兄妹，生了九个儿女，只有李亦明这一个男孩，当年外婆和奶奶竞争上岗抢着带，闹出了很大的矛盾。我起身说："耽误各位长辈的时间了。"大舅妈说："晶晶身材还很好的啊，有一米六几吧!"李亦明朝我使眼色，我装作没看到，说："一米六五。"大舅妈拍了李亦明妈妈的腿说："正好够了。"二姨说："谁嫁到我们家来，那就是跌进福窝窝里了，不上班也没有关系。上班也赚不了几个钱。"我马上想到那个岗位，说："我还是要上班的呢，这不是赚不赚钱的问题。"二舅妈又问："你爸爸妈妈在哪里上班?"我说："跑运输的。"怕他们还问我妈，就指了一下李亦明说："都跟他说过了。"我被他们问得身上发热，就站起来把外套脱了。大舅妈说："身材还是不错的。"我听了，也本能地用双臂在胸前挡了一下，又马上放下来，身上就更燥热了。

李亦明吃糖，把糖纸随手往地上一扔，我瞟见了，想着是不是要捡起来扔到垃圾桶去，他妈一只脚伸过来，踩住糖纸，慢慢移过去，把糖纸捡起来扔到垃圾桶里。我把脸往另一边侧一点，装着没有看见。过一会儿李亦明又扔了一张，他妈拍他一下说："明明!"他望着他妈，一脸茫然。他妈没说什么，把糖纸捡起来扔了。

这时李亦明爸爸过来说："吃饭了。"又对我说："听明明说你喜欢吃红烧肉，特地做了一碗，看看合不合你口味。"我都不记得什么时候说过这话，是不是那天喝咖啡飘了这么一句? 觉得李亦明好像有点傻傻的，心还是很细啊。二舅妈对我说："还特地为你做了甲鱼炖羊排呢。"

吃饭的时候我心里在打转转，觉得嫁到这个家庭里来，也不是一件完全不能考虑的事情。今天过来，我是冲着工作来的，现在心里好像有了一点点变化。一个女孩，青春就那么十几年，如果能少奋斗十几年，这个诱惑实在是太大了。她可以有很多想法，但归根结底，生活是现实的，也是庸俗的，她如果逃不出这种庸俗，那还不如就服从了这种庸俗。这样想着，我觉得自己应该更加主动一点，活泼一点。我想找个话题来说说，想表扬一下他们的房子，说没想到有这么这么好，这个话题很好，有展开的空间，可是，对房子这么热心，他们对我的感觉就不好了。我低头吃饭，感觉有几双眼睛在看着自己，这让我不敢抬头。实在忍不住了，我装着舀汤抬起头来，发现几双眼睛从我的脸上移开。我想着刚才燥热出了汗，脸上的妆是不是有点花了？要去洗手间补一下妆了。我把伸到嘴边的调羹停下来，悬在那里，等甲鱼汤冷些了，才慢慢喝下去。夹菜的时候，我很小心地夹最表面的那一层，夹着什么算什么。李亦明则用自己的筷子往深处搅，翻遍了才夹出自己看中的那一块鸭肉。虽然别人都不这样夹菜，但也没人对他有什么异议。我心里想，这个男生，真的是他们家族的宝贝啊！

大家吃了饭都坐到沙发上去了，李亦明还在吃，我就坐在旁边陪着他，想躲开那些长辈，又有点显示亲密的意思。李亦明吃完了，抽了一根牙签，问我要不要。我摇摇头，他就开始剔牙屑。他剔一下，就在自己的饭碗边刮擦一下，剔一下，刮擦一下，不一会儿白瓷碗沿上就有了一圈牙屑，每一点相隔的距离还很均匀，给人训练有素的感觉。我看着心里非常起腻，强烈地想提醒他一下，往沙发那边瞟了一眼，忍住了。

不一会儿亲戚们都说要回去，李亦明妈妈把他们送出门外，好一会儿才进来。李亦明被他爸爸叫到楼上去有什么事，客厅里就剩下我和他妈，气氛忽然有了一点异样，我坐在那里，有了一点尿胀的感觉，也不敢说去洗手间，就忍着。他妈笑眯眯地说："小许啊，我们也难得有一次说话的机会，就好好谈谈心。"我连连点头，说不出一句话。她说："小许，你看我们家缺什么？"我说："什么都不缺，"四周张望了一下，想发现都缺了什么，没有找到，"什么都不缺。"她说："缺人呢，八间房子，有六间是长年空在那里的，洗手间都是六个，缺人呢。我年轻的时候，最大的愿望就是有一间自己的洗手间。"我说："阿姨是成功人士。"她说："你觉得李亦明这孩子怎么样？"我说："很好。"又说："也不张扬。今天我到了门口，才知道他家里是别墅。"她说："这孩子实心眼，这么多年来，我和他爸都特别担心他受到伤害。"我说："有您和他爸爸保护他，谁能伤害他呢？"她说："心灵的伤害也是伤害。"我心里惊了一下，马上说："知道了，阿姨。"她说："他唯一的缺点，就是个子不那么高，我和他爸爸都负疚二十年了，也想尽量弥补他一点，这也是我每天辛苦工作的动力。"我正想着应该怎么表态，信口开河的漂亮话，我实在说不出来，正想着，她说："关于这一点，你有什么想法？"我一时有点迷惑，说："关于哪一点？"她笑了说："不是在说明明的身高吗？"我说："我没有什么想法。"马上又补充说："我自己也有很多缺点。"她似乎得到了一个承诺，说："那就说好了。"

　　我松了一口气，以为谈话就结束了，朝楼梯望了一下。他妈说："你跟明明认识多久了啊？"我心一下又紧了，又转了一下，说："我们在一个教室上课都有三年多了。"她说："那你们的这个……那个……这个关系，有很久了吗？"我不知道她到底知道多少，说："有一段时间了。"又说："上个学期，上个学期。"我想她是不是会揭穿我，可她点点头，没说什么。看来，李亦明真的是这样对她说的。她把椅子往沙发边挪动一下，说："还有一个问题。"

听到"问题"两个字，我身子不由自主往后一仰。她笑了说："也没什么。"又笑一笑，"你以前找过男朋友吗？像你这么优秀的女孩，追求你的男生有很多吧！"我实在不能撒谎，也无法含糊其词，就点了点头。她说："他是麓城人吗？"我用力摇头，轻声说："不是，是古阳的。"她马上说："你去过他家吗？"我也不知道哪里来的力量，马上更用力地摇头，否认了。她望着我笑，我心里放松了一点。她笑眯眯地说："那你们是不是有过什么特别的关系呢？你知道，现在的年轻人是很自由开放的，我们也不是那么封建的脑袋，都很理解的。"我背上像有团火在烧，说："什么特别的关系……"马上坚定起来，"没有，没有。"

这时楼梯上脚步声响了，是李亦明在下楼，他爸在后面叫他上去。我得救地说："他下来了。"李亦明下楼下得飞快，坐在我身边，问我："说完没有？"我望了望他妈。他妈说："随便谈谈。"我感激地把身体往李亦明身边挪了挪，头不由自主地往他肩上靠了一下，马上觉得这个动作非常虚伪而卑鄙，又直起了身子。他妈抿着嘴理解地笑了笑，把我的动作理解为害羞。我把左手掌在脸上遮了一下，羞羞地笑了，似乎是想印证她的理解。

从别墅出来，我长长地吐了一口气，感到了内心的松弛和舒展。我意识到，这是心灵的自然选择，它决定着事情的发展方向。

23

回到宿舍，秦芳一个人对着镜子在认真臭美。我说："深刻的美丽，蚀骨销魂。镜子把你照得越来越美了！"她指着镜子说："那里面的这个人，有那么生动呢，真的便宜了吕晓亮呢。"我说："就回学校了，我还以为你在家，你爸爸正给你喂苹果呢。"她说："不是在等你汇报工作吗？"我说："你就是好奇心太强了，那要害死猫的！明年去单位了，还这么强，那害死的就不是猫了！"她笑了说："装聋作哑，我也会呢，到那天。"

听了我的汇报，她说："女人不能跟着感觉走，找老公本来就是一件很理性的事情。"我说："他不那么剔牙屑，我可能心一横也就算了，可现在那个印象钉在我心里，我想拔也拔不去呢！"她说："那，那么多男人抽烟呢，一个男生抽烟，一嘴的烟气，你就不跟他亲嘴了？"她噘起嘴唇哑着舌发出一阵特别的声音，"还不是说几句就算了。一个女生，把事情体会这么细，会害了自己呢！"我说："我也想骗了自己啊，"在胸口用力戳了几下，"可是我怎么骗得了它呢？"她说："你啊你，晶晶，你啊你，你真的比麓城的女孩都讲究。"我说："我可能真的没有资格讲究那么多。"她马上说："不是那个意思，"摇摇手，"不是，不是……是……一个女生吧，她讲究那么多，就把自己的路都给堵了。"我又用力戳了胸口几下："心啊心啊，我要怎么骗你，才能骗到你呢！"更加用力地戳着，"你说啊，你说！"

秦芳跑过来拉住我的手，说："轻点，轻点，那里面真的是心呢，肉的呢！被你这么戳穿了就不好了。"又笑了，一根指头在我乳房上轻轻戳了一下，"把它戳扁了也不好，这是你安身立命的本钱，你还以为你……我们……有多少本钱？"我笑了说："就这点本钱？你是不是有点太小看我……我们自己了？再怎么说，也是个本科生吧。"她也笑了说："我说真的呢，这个事实你得承认。说到本科生，哪个角落不能扫出一簸箕？"她回到桌子那边坐下，说："这么大的事情，除了你自己，谁敢给你下指示？我只能说，哪怕在麓城，富二代也不多。要是我是你，我就把自己那点小情绪一刀砍断。"说着一只手在桌子上乱翻，"刀呢，我那把水果刀呢？"我说："要是我是你，我根本就不会有半点犹豫，更不会去他家。"又说："可惜不是，可惜啊，可惜。"我心里一阵裂痛，我不是秦芳，除了自己这个人，还有一张快到手的文凭，我一无所有。我就这么一点点生存资源，我一无所有。在这个瞬间，不同家庭背景产生的差异，是如此清晰，如此沉重，如此无可奈何。秦芳看到我的表情，有点慌了说："我没有别的意思。"我说："我也没有别的意思呢。"

接下来我猛烈地攻击李亦明，说他不但矮，还是个被宠坏的巨婴，行为也有点委琐……这种攻击大大地超出了我内心的情感，其实我想着他还算个不错的男生；我的攻击，就是想催促秦芳说出更有力量的理由，推动我的心情往接受的方面转化。我不能说服自己，我要靠外面的力量来说服自己。秦芳说："李亦明还是不错的呢，没有那么坏呢。"这太软弱了，太苍白了，打不动我的心。我说："没有想过自己一辈子会嫁给一个不那么坏的人。"她说："我看你那小脑瓜里都塞了些什么？要清理一下内存了！"又说："天下就没有什么都好的好事！要是他有章伟的健硕，我们学校的校花都会去贴他了！"这一下我的心被击中了，里面发出轰响。我垂下头说："是的，哪有那么好的好事，有也不会轮到我。"

外面起风了，深秋的风卷着最后的残叶砸在窗户上，发出一声声微响，我望着窗外说："下雨了，起风了。一年一下子就过去了。"她说："青春一下子就过去了，一辈子也一下子就过去了。你学过哲学，说过，时间以沉默的残酷吞噬一切伟大，所以我们只能缩在一个最小的角落体验人生。许晶晶语录。"我说："有些事物不敢想，想想就万念俱灰，叫人放下一切执念。"又说："可是我为什么还会有这些执念？"她说："你想得太多了。"我沉默了一下说："到头来是害了自己。"又说："其实我是一个庸俗的人，没有资格去想什么有使命的人生。那天我在校门口看见那个讲宇宙的哲学教授提着一袋青菜，还有一小块肉，我就更明白自己是个庸俗的人了。"

窗外风更大了，寒意渗进宿舍。我去关窗，看见外面的树已经落光了叶子，树干举着树枝，像一个个沉默的巨人。我说："要是我现在三十岁就好了。我就不想那么多了，可现在才二十一岁，还想试一试自己的命运。要我在这个年龄就认了命，我不甘心，也不服啊！"秦芳说："对世界你就不能抱幻想。想着还有很多的机会在时间之中等待自己，这就是个最大的幻想。"我说："我可能就不该多读了这几年书，心里纷纷扬扬、飘飘洒洒有好多梦，乱七八糟，好多梦。"她说："你还是想得太多了。"我点点头，没有作声。她说："这样的大事，我可不敢劝你，将来谁知道呢？恐怕你家里也不敢劝你。"我说："他们会骂我傻呢。他们的标准只有一个，不能穷。那个男人是不是睡过十个女人，他们不管。他们只关心自己能够体会到的事情。"秦芳说："我很理解你爸你妈，他们被压了一辈子，想翻身，是不是？希望就寄托在你身上了，是不是？"我说："李亦明是家族独子，使命重大，我是家族唯一的大学生，使命也重大。可是我连自己都管不了。"又说："我看李亦明也属于连自己也管不了。"她说："那就退一步，把工作骗到手再说。"我说："那怎么好意思呢？"她哼哼几声，顿一下，说："不好意思？天下多少人做了不好意思的事，都发达了，有谁去追问他好不好意思？明星嫁个土豪，过两年离婚分财产，她不好意思了？"我说："他妈说了，他实心眼，担心他受到伤害，其实就把这条路给堵了。"她说："看，看看！人家事先就把你的路堵了，她有没有不好意思？"

我一晚没有睡着，把事情放在心里反复权衡，像一个赌徒犹豫着是不是应该大笔下注。麓城晨报的工作我是想要的，但心心相印的感觉更加可贵。窗外的天一点一点亮起来，我的心中也一点一点轻松起来。一个女人，嫁给一个男人，待在一起感到的是压抑和沉重，离开却是舒展和轻快，这是不行的。虽然很多女人都走上了这条路，我还是不行。我不能在二十出头的岁月，就放弃所有的梦想。最后，我在心里对自己说："要我嫁给一个自己不喜欢的人，我就成了自己不喜欢的人。"我把这句话轻轻念了三遍，心中就彻底轻松起来。李亦明发信息过来，我就敷衍着，说这几天在图书馆查毕业论文的资料。我想着怎么跟他说，才能够不伤他的自尊。

这天许盈盈来学校了，我带她去爬麓山。爬到半路她说："爬不动了。"我说："才十九岁，爬这点山都爬不动？"就找了一块大石头，坐在那里喘气，看风景。她说："姐，你最近怎么样啊？"我说："还行，一般。"她说："有什么进展没有？"我以为她是问工作的事，说："没什么进展，好工作太难找。"她说："找个男朋友帮你一下。"我看着她，这话有点什么意味在里面。我说："帮一下，天下哪有白帮的事？"她说："也是啊！"迟疑了一下，又说："老妈昨天给我打电话了，听说你把一个富二代男朋友甩了，都要气哭了。"我说："是他们找女婿还是我找老公？"她说："姐，这是个机会，还是不要浪费了吧？"我生气地说："不要浪费了，那你去找！"她瞧了我好一会儿，吞吞吐吐地说："老妈……她……她跟你的想法一样，老妈她……"我眼珠都要爆出来，说："你？老妈？到底是老妈还是你？"她说："都有点是。"我说："到底是谁？"她蚊子嗡嗡般地说："我。"马上又把声音提高八度，"我！"我说："你小小年纪，看不出啊！他，"我用手比画了一下身高，"你觉得自己会喜欢他吗？"她说："有些事情跟喜欢不喜欢也可以没有多大关系。"又说："像我这样的人，自己这个样子，文凭也没有一张，家里这个样子，我又有什么资格说什么喜欢不喜欢？能在麓城住到一个别墅里面，其他的都不重要了。最重要的是，我不想穷一辈子。有一次看到一个女孩挎着 LV 的包包来吃饭，世界在我心中就不同了。我一定要逃脱被上天规定的命运，这最重要，最最重要，最最最。"

这个人是我的妹妹？我盯着她看了好一会儿，说："你什么时候变得这么庸俗？"她说："我连大学都没读过，我能不庸俗吗？世界就是庸俗的，这没什么不好，接地气。"我说："太功利了也不好！"她说："我的姐姐，你是活在梦里吗？这个世界哪里还有不功利的事情？我今天不交房租，今晚就要在麓城的街上流浪呢。"她说得如此真实，我找不出什么话来反驳。我把所有的事情都跟她讲了，把剔牙屑的动作表演给她看。她说："我在餐馆这两年，看得多了，无所谓。"我说："你想好了？"她说："不用想。"我说："你再想三天，想好了给我一个答复。"她竖起三根指头说："三秒钟就够了。"她说："姐，我真的不幼稚，幼稚的应该不是我。"又说："姐，你再想三天好不好？你真的没想法了，我再来想。"我也竖起三根指头说："三秒钟就够了。"她说："那好，你尽快安排我们见一次面好不好？古人说，肥水不流外人田。"我咬牙切齿说："这样的话，我听不得！庸俗，庸俗，庸俗！"

　　过了两天我跟李亦明约好了见面。下午盈盈过来了，我怕秦芳知道，就让她在外面等。下了楼我看她的打扮，说："盈盈，你是不是太夸张了？看这嘴唇，就像刚刚咬死一只狗。脖子下面露出那么多曲线干什么？都十一月了，肉袜子穿到大腿上！你又不是明星！"她说："你别管，男人就吃这一套。"又说："李亦明是不是个男人？是，那我就对了。"一只手摸着头发，短皮衣被带上来，露出了肚脐环，像一只深邃的眼睛，在跟人打招呼。我说："由你吧。"就跟李亦明打电话，说我妹妹来了，能不能带过来？得到回答后我说："太荒唐了。"她挽着我的胳膊说："姐，先说清楚，我不是来挖墙脚啊，是你确定退出我才来的，先说清楚。"我说："我也没把你当小三吧。"

　　到了餐馆还早，我们面对面坐下喝茶。过了半个多小时，李亦明来了，盈盈把身子往里面让让，李亦明犹豫了一下，看我一眼，我夹眼微微点头，他就坐下了。这时盈盈把外套脱下来，把李亦明让到里面，站起来说："活动一下。"两只胳膊做出运动的样子。她一只手去摸头发，平滑的腹部露出来白白的一段，肚脐环扑闪扑闪地跟人打招呼。我想，盈盈这招牌动作又上来了。李亦明的眼睛转向盈盈，瞟我一眼，又马上移开。点菜的时候我想让盈盈看看李亦明的状态，就点了鸭子，还有排骨汤。吃饭的时候我很沉闷，盈盈倒是很活跃，话一串连一串，还给李亦明夹菜，搞得他有点不知所措，不停地看我的脸色。李亦明用筷子在鸭子碗里翻找鸭腿，我以为他会像那天一样，一人独吃两只，谁知他夹了一只要给我，我把碗端开不要，他就给了盈盈。盈盈朝我使眼色，用筷子在鸭腿上点了一下，意思是李亦明并不是像我说的那样，吃饭只顾自己。李亦明把排骨汤喝得"哗哗"响，我又向盈盈使眼色，她把眼睛转向一边，不理我。每次菜端上来，我就赶紧舀两勺，李亦明夹过的菜，我就不想吃了。盈盈倒是很无所谓，李亦明的筷子在鸭子碗里翻天覆地搅了几遍，她还在里面夹着吃。这让我觉得他们俩还真的配得起，我得认真推动一下。

吃完饭李亦明又开始剔牙屑。我把脚伸过去碰了盈盈一下，提醒她观察。她马上把脚缩回去，很欣赏似的看着李亦明。我忍不住了，说："李亦明，我能不能代表全世界的女孩给你提几条意见？"就把喝汤、翻菜和剔牙的事讲了。李亦明连连点头说："是的，是的，我注意。以前怎么没有人跟我讲过这些？"我说："养猫的觉得猫每一个动作都是可爱的。"盈盈说："姐，你代表全世界的女孩，要把我除外啊！"又凑到李亦明耳边说："她不代表我。"

离开的时候，盈盈说："亦明哥，能不能告诉我电话号码？"李亦明掏出手机，又停下来，询问地望着我。我说："你们随意。"盈盈拨响了他的手机说："亦明哥，你是一个很博学的男生，我有什么事，就请教你啊！"我说："你不要去骚扰别人！"突然意识到这句话能把自己所扮演的角色洗白，说："人家在写毕业论文，没有时间来解答你的问题，你不要去骚扰别人！"

我就跟李亦明发了信息表明了我们之间不可能。他马上回信息问为什么。我说，没有什么为什么，就是感觉。这是真话，也是重话。我想着他还会有更多的"为什么"要问，可是没有了。他竟然没有死死纠缠，连一点都没有。这让我感到轻松，也有一种遗憾。唉，对男人的激情，你就是不能太认真。

过几天我打电话问盈盈："跟李亦明联系没有？"她说："联系了。"再问："情况怎么样？"她说："还好。我这么漂亮一个女孩，拿这样一个男生还是拿得住的。"又说："我跟李亦明一起去吃饭了，你提的那几个毛病也没有再犯，还买了一台笔记本电脑给我呢。"我说："自己的感觉怎么样？不能骗自己！"她说："像我这样的女孩，能在麓城活下来，就是飞天了，有什么资格谈感觉？"我的心里好像有一大堆话要说，又觉得说什么都没有用，就说："你自己要想好！"到年底我好久没有盈盈的音信，打电话过去问："去李亦明家里没有？"她说："没去，他妈不让去，我没有文凭。"我说："那他自己怎么说？"她说："他自己怎么说？他自己能说什么？他就是个妈宝男。"

24

过年前几天，我和盈盈一起回到津阴。吃晚饭的时候，盈盈吃了几口说："没味。"就拿起手机点外卖。老妈不知怎么回事，询问地望着我。我去抢盈盈的手机，说："你想把老妈气死吧！"盈盈把手机扔在凳子上说："点都点了。"我踢了凳子一下，手机掉在地上，盈盈马上捡起来捂在胸口说："新苹果呢，坏了你赔不起。"老爸说："什么新苹果老苹果，你老实点！"老妈这时明白了怎么回事，几乎要哭出来。我说："她吃惯了那些垃圾，重口味，味精一大勺。吃吧，吃吧，有一天得了胃病胃……那啥，哭都哭不出！"盈盈说："姐，我是吃自己的钱好不？如果我真的有一天被你说中了，得了胃……那啥，那……谁负责？"老妈说："盈盈，你想吃什么样的？妈明天给你做啊！"

不一会儿有人敲门送餐来了，盈盈开门接了，也不吃，放在门边柜子上，赌气回房倒在床上。老爸说："别理她！"老妈提了外卖，送进房去，说："盈盈，盈盈，饭你还是要吃的，饿坏了怎么办？你妈老了眼花了，做不好了，我明天慢点做。"我冲着房间说："妈，你才四十多岁，你老什么老？我们院里一个老师比你小一岁，去年还生了个崽呢！"老爸筷子反过来，在饭桌上顿了几下，说："瞎说什么！"我吓得脖子一缩，说："是真的呢，四十六生了个崽呢!"妈走过来说:"那是人家条件好,保养得好,你妈早早就不行了。"

这时秦芳打电话来了,告诉我省经视台《人间真情》栏目组急需一个实习生,春节期间做节目,明天就要去。我说:"还有三四天就要过年了。"她说:"主要是有机会伸一只脚进去,可能栏目组就把你留下来了。"一听到有工作机会,我马上兴奋起来,也没跟家里商量,就答应了。秦芳把栏目制片人范哥的手机号告诉了我。

妈知道我不在家过年,慌得弯着腰双手不停地拍着腿,说:"怎么办?怎么办?"又说:"鸡都杀好了,要不你明天中午吃了鸡走吧!"我说:"明天下午就要报到。"她又拍着腿说:"怎么办,怎么办!"爸听说与找工作有关,问:"有编制吗?"我说:"还谈不上呢!"他叹口气:"去吧!"又叹口气说:"你们都看见了,你爸是个没有用的人,帮不了你们。很惭愧,很难受,这种局面,不能再传到下一代了。"我没有回答,不敢回答。

晚上睡觉的时候,我和盈盈还在赌气,靠在床上,各看各的手机。到了十一点钟,我说:"瞌睡了。"就脱衣睡下。她马上也熄了灯睡下。朦胧中我感到她的脚伸到我被子里来,在我的腿上轻轻地碰了一下。我把身子移开一点,接着睡,她的脚又伸了过来,偷偷地碰我的小腿,脚指头在我腿上微微地摩擦。我把她的脚踢回去,说:"别吵!"她说:"姐,你没睡着?还在生我的气?"我不理她,她钻到我被子里来,说:"那边好冷。"我没赶她,也不应她。她说:"我今天是跟妈赌气呢!我说要把那只鸡炖了,她舍不得,想留着过年吃。在餐馆,我什么没吃过?我就是想起过年妈炖的土鸡,好香好香,我就是想回忆一下小时候的味道。"我说:"你还有道理，是吧？要我说，这就是白眼狼！"她说："你看我们家这个情况，一只鸡算个啥，还舍不得。这也太可悲了点。老爸明天清早还要去麓城送茭白，后天还要去，这也太可悲了点。"我说："靠你努力！"她说："怎么能靠我？我有文凭吗？我有你那张文凭，这次我就钓到一个金龟婿了。文凭是金字招牌呢！"我说："你不知道，文凭如今都烂大街了。麓城的研究生一扫就一簸箕，不要说一个本科生。"

盈盈把胸脯顶着我的背，热烘烘的。我说："烦躁！"就躺平了睡。她说："你知道亦明哥的妈妈为什么不同意我？她想找个有文凭的人，帮助他们家打理生意，最后肯定是接管。像我这样，七不通八不通，我能接管？"我说："谁爱接管谁接管，他家还愁找不到人？"她说："找肯定找得到，可是这个好处就被别人拿去了。"

我心里突地抖了一下，把被子掀开，盈盈马上缩成一团，装死狗一动不动。我又把被子盖回来说："你什么意思，你？"她坐起来，两只胳膊抱在胸前，说："我的意思很明白。"我说："那你去啊！"把她拖进被子里。她说："我没资格，我有资格我肯定去了。"她几乎哭出来，"我没资格，我没资格！"又说："现在流行门当户对，人家能够接受你，已经是很好的人家了。他家里真的不算狗眼看人低的。"这个问题我没有想过，现在想起来，还真的是不错的人家。我说："都过去的事了，提也没有用。"她说："你就不能把他找回来？"我说："我没有那么厚的脸皮呢！你说我还有勇气进他家门吗？"她说："脸皮算什么？厚一厚就过去了。得到了才是真的。"又说："人家分手几个月几年，装着偶然碰到，又重新开始的，多得是。"我惊了一下，以为她在说章伟，心中马上浮上来章伟的身影，回过神来，才意识到她在说李亦明。我说："我没有那么狡猾！"又说："你在麓城才待了两年，就学得这么狡猾了！"她马上说："被逼的，要活着，还想改命。"

我不理她，把被子扎紧装着睡了。她轻轻推我一下，见没有反应，就转身钻进自己被子里，说："姐，你看我们家这个样子，总还是要翻身吧？不能再拖到下一代吧？翻身要有一个带头人吧？难道由我来带头？不可能吧？两代人等着翻身，有了个翻身的机会，还不死命抓住？还想等下一个机会，我看这一辈子是难等到了。"我笑了出来，说："可能我们家一定要卖掉一个人，大家都觉得我是最合适的人选。"黑暗中我把眼睛闭得紧紧的，嘴唇也抿得紧紧的，似乎这样就可以逃避这一切。心中慢慢浮上来一个声音，盈盈她说的是事实！要翻身，要翻身！盈盈见我不作声，又说："古时候当皇帝的有那么多小……小……，那么多爱人，那些爱人都那么喜欢皇帝？总要从现实出发吧！"我忽然连自己也没料到，就笑了起来，说："我们家一定要卖掉一个人，大家都选中我了。"她说："首先是为你自己好吧！再说，李亦明这人不坏，这就是很难得的好人了。"我说："给你买了笔记本，那肯定是好人吧！"她说："要说的我都说了，第一还是为你自己好，是吧？"又说："我也不敢说自己是多么好的人，但也不至于因为一台电脑，把自己的姐姐卖了吧！第一还是为你自己好吧！"我说："为自己好谁不会？以后几十年，我就等不到一个可心的人？"她"哼哼"几声说："一辈子才几十年呢。一个女人，二十岁得不到的，三十岁更得不到。我不想等到四十岁，到那天也不会有至尊宝驾祥云来接我。我没有资格做梦，我就不做梦。"又说："老妈说女孩一定要找个好人家，都说了几十年了，你就没有听进去一点。"我说："她们那一代人，没有学过文化，从来就不考虑感情的。"她说："那我也属于没有文化。"

盈盈不再说话，一会儿就睡着了。我怎么也睡不着，想着如果从纯粹理性出发，她的话确实是对的。可我许晶晶是个人啊，一个人又怎么能扭着自己，像强盗扭着一个农夫，去做一件事？这样想着，觉得自己是不是应该找个理由跟章伟联系一下。这也就是装作偶然碰到。我把手机拿出来，想这就发一条信息过去。想来想去，想不出一个合适的理由，所有被想出来的理由后面都是一个字：装。太羞耻了。我把手机收起来，对着夜的空虚轻轻吐出两个字：犯贱。

天还没亮，我坐在老爸车的副驾驶位上，回麓城去了。

25

中午一点，我到了麓城经视台门口。守门的不让我进，要我打电话叫楼上的人下来接。我想着人家可能在家里午休，就在门口转悠着等待。

入口处侧面一块醒目的公示板引起了我的兴趣，是昨天各栏目组收视率的统计表。一共有十几个栏目，排在第一的是《欢乐谷》，《人间真情》排在倒数第二。看来电视台的人活得也不像自己想象的那样潇洒，收视率天天公示，一个没有特别的本事，又没有强大的精神承受力的人，也吃不了这碗饭。

两点钟我给范哥打电话，一个叫华姐的人下来接我，自我介绍说在项目组搞剪辑。上电梯的时候她问："是谁推荐你来的呢？"我说："就是一个同学，她家里是电视台的，她爸爸姓秦。"华姐表示不认识，就不再说什么。到十四楼进了项目组，知道是这一期节目做好了，准备过年时作为重头戏播出，结果闹矛盾的夫妻不知怎么又和好了，打电话过来，坚决不同意播出，项目组只好在年前这几天抢做一期补上。项目组的两个年轻人，一个回哈尔滨了，另一个出国旅游去了，临时找了我来帮忙。这让我有点失望，过了年，他们回来了，哪还会有我的位置？

第二天清晨要去东平县，交给我的任务就是联系各方面的人。我乘公交车回学校，路上转两趟车花了差不多两个小时。校园里冷冷清清，风吹着树叶在地上旋转。旋涡的中心树叶特别多，升了上来。我想着人少连风都要嚣张一些。还有一个食堂开着，只开了一个窗口，几个学生坐在那里沉默地吃饭，不知道他们为什么也不回家过年。晚上我缩在被子里，外面的风呜呜地叫，从窗缝里渗进来，一丝一丝地冷。我缩成更紧的一团，心里忽然觉得非常委屈，却想不起来是谁让自己委屈了。

幸好还有手机。我先给东平的男女当事人打了电话，再次确认了没有问题，然后把头蒙在被子里，点开手机翻着通讯录，看谁能陪自己说话。秦芳打电话过来，我把情况说了。她沉吟了一下说："可能是我没把情况问清楚，我还以为是要一个实习生呢。"我说："那我年三十可能还可以赶回去，如果我老爸来麓城送货，我就不用挤车了。"她说："你还是要表现好一点，争取过了年就在这里实习；再表现好一点，争取实习完了栏目组聘你；还表现好一点，到台里竞台聘，聘上了虽然没有编制，那也算电视台的人了。"我说："千山万水，那我也得渡吧！总不会比四渡赤水更难吧。怎么……"差点口滑说出"怎么能跟你比"，在舌尖上咬住了，"怎么能想着一步登天呢！"

半夜我被冻醒了，一个激灵醒来，发现自己不知什么时候睡着了，衣服没脱，手机还在手边。一看时间是四点多钟，虽然定了闹钟，也不敢再睡，准备按计划五点半出发。五点四十赶到公交车站，黑黑的，街上没有一个人影。我用手机照亮车次的时间表，要六点钟才发第一趟车，开到这里大概六点半。电视台的车八点十分出发，来不及了。我正犹豫是不是要拦一辆出租车，有几辆出租车经过，我手一扬，就有一辆停下了。我问："到电视台多少钱？"司机说："看表呢，它说多少就多少。"我上了车，盯着表看它跑得飞快，心里扯着痛。到了电视台还不到七点，心里又后悔，应该赌一下公交车吧！出租车超过十公里，还要加价百分之二十，付了五十多块钱，心里又扯了一下。

我们这一组一共有六个人，范哥、华姐、两个摄影师，还有我和负责采访的小梁。还有两个小组在别的地方跑。到了东平县范哥交代小梁，要给我一个采访的机会。虽然以前也做过好多次采访，可正式上节目还是第一次，我高兴坏了。范哥说："小许，你还没从学校出来，学校的那一套跟我们不一样。我们这是节目，节目就是要抓眼球，解决问题那是社区大妈的事。人家多少年的问题，我们是神仙，这一两天也解决不了，何况我们不是神仙。"我连连点头说："是的，是的。"

今天的委托人是一个三十多岁的离婚女人，患了乳腺癌，已到晚期。她想在生命结束之前，把八岁的儿子交给前夫，但那个男人已经另有家庭，那边的妻子坚决不肯接受。

见到这个叫阿香的女人，我心里惊了一下，已经瘦得没有了人形，走路也一步三摇。带着一个叫多多的小男孩，系着红领巾，胆怯地依偎着妈妈。看到这个情景，我觉得自己有了一种责任，一定要让这个男孩有个好的归宿。

小梁采访阿香，阿香情绪激动，瘦弱的身体爆发出极大的能量，把十多年的事情前前后后都哭诉了一遍。范哥在一旁对我们说："效果还行。"接下来要采访阿香的前夫邓先生，他却临时推托不肯过来了。我急了，几乎是求他，他说："没有什么可谈的。"好说歹说，他说："说真的，那个孩子还不知道是谁的种。"就把手机挂了。我马上跟范哥汇报了，范哥很兴奋，说："出戏了，出戏了！"把大拇指跷了几下。范哥打电话给邓先生，好说歹说，邓先生总算同意我们的采访，却不想见阿香。范哥说："面对面可以把事情讲得更清楚。"又说："你把心里的委屈讲出来，我们也可以为你主持公道吧！"邓先生同意了。

下午邓先生一见阿香，两个人就爆发了激烈的争吵，几乎要动手。范哥示意摄影师抢拍镜头，又在两人肢体刚接触时把他们拉开，像一个拳击裁判。邓先生说："我可以跟多多去验血，如果是我的种，我就负责！"我一听急了，一去验DNA又要等两三天，我还想年三十赶回家呢。阿香叫道："不是你的是谁的？都八九岁了！"不同意去验血。多多惊恐地望着父母，要哭的样子。范哥马上提醒摄影师把镜头抢拍下来。

吵了半个多小时，邓先生突然头也不回地跑了。小梁把话筒给我，让我跟阿香继续沟通，吩咐我，一定要问"如果病情往不好的方向发展，多多你打算怎么办呢?"。我接过这话筒，有了沉重的心理负担，这个问题对阿香来说太残酷了。我跟阿香谈了一会儿，最后说："多多以后你打算怎么办呢?"阿香马上大哭起来，搂着多多浑身颤抖。小梁嗫动着嘴唇，示意我"病情，病情"，我没有勇气再说，把话筒递给她。她迟疑了一下说："算了。"又说："效果还行。"她说"还行"，我的紧张感又松弛了一点。

　　范哥要我把阿香的情况跟当地的社区报告一下，这让我一下子对范哥有了好感。社区的人说，情况我们都知道，真到那天，多多可以送到他外婆那里去，实在不行还可以由国家抚养。我觉得是个好消息，把这个话告诉阿香。阿香马上跳起来哭喊："娘家多多不能去! 去了多多就是个农民了! 孤儿院也不能去! 去了他就是孤儿了! 农民了! 孤儿了!"她的反应吓了我一跳，是自己惹祸了。摄影师马上过来抢拍镜头。范哥拉着阿香的手，劝慰了半天，阿香才安静下来，范哥又给了她两百块钱。

　　我们在东平县住下了，第二天还要去三十里外拍一下多多的外婆，看看那位乡下老人能不能对多多的命运做最后的承担。晚上范哥带我们去吃烧烤，大家都很快乐，一点都没受白天这事情的影响。范哥喝了几瓶啤酒，妙语连珠，对每件事都能即兴发挥，跟人体的敏感部位联系起来。说到明天时间紧，他说："时间就像乳沟，挤挤总是有的。"说到自己的个子高，他说："身体的每个部位，尺寸都是成比例的。"小梁说要去买几个梨子来，给大家清清口。摄影师说："要选母的，好吃点。"小梁说："梨子还分公母? 我怎么知道谁是公的，谁是母的？"范哥说："世间万物都是相通的，大家想想自己就知道了。"大家笑了，我也捂着嘴跟着笑。小梁买了梨子回来，又一个菜上来了。小梁拿筷子敲着菜钵说："这是什么菜啊！"我看他们点菜，知道那是牛鞭，忍着笑不作声。范哥说："这是牛身上的一样东西，动物身上都有。"小梁说："人身上有没有？"范哥说："有的人身上有，有的人身上没有。"小梁说："那我身上有没有呢？"范哥说："你身上有时候有，有时候没有。"小梁说："那什么时候有，什么时候没有呢？"范哥说："这个问题，我不知道，要问你男朋友。"大家哄地笑了，小梁明白过来，说："坏蛋！坏蛋！"摄影师对我说："这是范哥的独门绝技，台里有不是那么严肃的宴请，总是把他叫去活跃气氛。"范哥说："我读大学的时候是个帅哥呢，后面总有一群女生，泡姐姐出钱。这几年愁节目，头发都开始掉了。"说完把头发拂上去，露出额头。我说："天下就没有一件容易的事。"范哥说："所以说，成人的世界不容易，他们要承担责任。"我说："难，难。自己看电视，觉得这个工作真好玩，进来了才知道难，难啊难。"范哥说："你刚出道，有些事情要慢慢适应。采访中的痛点、泪点，就是节目的看点。有一阵子我也想温和一点，结果观众大量流失，我还受到了台里的警告，栏目差点都停了。市场有市场的规则，你跟规则过不去，就是跟自己过不去。栏目被取消了，这二三十个兄弟到哪里去找饭？"电视台在我心中一直是很神圣的，范哥说出"找饭"，我有点幻灭的感觉，但也知道他说的是真话。我见范哥还望着我，就用力点点头说："不容易，不容易。"觉得自己是在敷衍，这种敷衍马上就变成了一种真诚的表达："真的不容易，太不容易。"

晚上我和华姐睡一间房。她先去洗漱，完了躺在床上看手机。等我洗完出来，看见她似乎在流眼泪。见我出来，就侧过了身子。我装着没看见，躺在床上背对着她，也看手机。一会儿听见轻微的抽泣声，持续了一小会儿，我装不下去了，转过身子说："怎么了，华姐？"她用手帕擦眼睛说："没什么。"又说："阿香太可怜了，多多以后怎么办？"我说："是的。"又说："我以为自己是世界上最委屈的人，原来还有人比我更委屈得多呢。"她说："你有什么委屈？风华正茂的。"我就把自己保研的事，找工作的事，男朋友的事，跟她说了。她说："唉，相逢何必曾相识。"又说："我其实跟阿香差不多，我就是还没得癌症，又有个能厚着脸皮拿钱的地方。"她告诉我，她老公前几年借了几个朋友一百多万办餐馆，亏了无法交代，有一天忽然带着儿子跑路了。那些朋友找她逼债，逼不出就找台里的领导，在领导办公室一坐就是半天。领导不胜其烦，要她辞职。可这一辞，全部人生就都塌了，于是她死赖着不走。两年后稍微安静了一点，有天晚上外面有人轻轻敲门，开门看见五岁的儿子站在门口，楼梯上一个人影一闪就不见了。看着儿子那可怜的打扮，她知道老公在外面是实在混不下去了。儿子送回来，这太令人高兴，可是也带来无穷无尽的烦恼。幼儿园接送，病了上医院，经常要请假，范哥几次跟她说，是不是回去一心一意带孩子？把退休的父母叫来帮忙，可他们有自己的生活。前几天父母准备跟团去四川旅游，结果儿子病了，就退团了，各种怨言。她说："你看我这辈子还有一点希望吗？没有。"我说："找个踏实点的男朋友。"她说："找男人，我这个样子，谁要？逢场作戏都没人来，万一有个人来，也是不堪的人，作呕。"她把头一偏，做出呕吐的样子，"想着把儿子培养好，看会不会有一丝光亮。他在社会上流浪这几年，已经输在起跑线上了。别人的孩子进这个那个培训班，我送不起。将来？不敢想。"我想找几句话安慰她，想来想去，想的都是自己的委屈，差点流泪。华姐熄了灯说："我说得太多，耽误你休息了，真的对不起。"

半夜里我被梦惊醒了。刚醒来的一瞬间还记得梦的片段，再回想又飘逝了。想不起是找工作还是情感上受了委屈，反正不是什么好梦。我不知道自己是在什么地方，睁开眼想了好一会儿，才在洗手间微光的启示下明白过来。脸上有点涩涩的，我摸了一下，是在梦中流了泪。那一切都不是真的，只是个梦，只是个梦！我突然觉得自己非常幸福。

26

初六那天，范哥打电话过来，问我是不是愿意去项目组实习？年前在回麓城的路上，我几次想向范哥提这个要求，但想到每天要来回跑，早上还要打的，辛苦就算了，哪有那么多钱打的？就没有提。现在范哥来问，我马上就答应了。

答应后我心情非常沉重，离学校那么远，我怎么能按时上班？不可能天天打的吧。我打电话把情况给秦芳说了，私心想着，她也在台里实习，我实在不方便了，能不能在她家挤一下。秦芳说：

"那你就在附近租一间公寓。"我有点失望，说："那也是个办法。"心想租间公寓，这对有钱人家来说，是多么小的一件事，对我则是件多么多么大的事情啊！钱，这是一只怪兽，它从来不张牙舞爪，可它比张牙舞爪更让人害怕。正想着，秦芳又打电话来说："房子我去找，这一带我很熟。我出一半的钱，也住过来。"我简直感动得要哭，好朋友就是在关键时刻不装傻不躲避不退缩，帮你排忧解难。我说："那不好吧？你家就在台里。"她说："家里人最近喜欢碎碎念，我躲避一下。"我还想说什么，她说："我要去看房子了。"把电话挂了。

　　两天后我在雅郡公寓和秦芳见了面。我说："这有点太高级了，我生下来还没住过这么高级的房子呢。"她说："总是给人住的吧，我们不是人吗？"我说："人跟人怎么好比？"又问："我该付多少钱？"她说："暂租三个月，押一付三。"我说："我两千四，我先给你一千五好不？我带了两千块钱，还是狠了心问老爸要的。"她说："好，好。"接了钱也不数，插到口袋里。她第一天晚上没过来，第二天又没过来，这让我很不安心，发信息要她来，她回信说，没事，没事。

　　实习了一个多月，每天在外面跑。有一天坐范哥的车，他说："听说你在附近租了房子？"我说："和同学合租的，不过她家就在台里，很少来。"停了会儿心里悠的一下，又说："时不时也来一下。"觉得这个补充说明有点别扭，中间隔得太久了，有防范的意味。范哥没有回话，这让我心里有点慌，马上找点话来说，就问华姐的事。范哥说："这个人，不想说她，要说，那就是狗皮膏药。"我说："她可怜呢！"他说："可怜应该去找慈善部门，电视台不是慈善部门，项目组更不是。总有一天要把她退到台里去，让台里去解聘她。"我说："别啊，太可怜了。"他说："可怜的人我们见得太多了，天天见的都是。幸福的家庭都是一样的，碰撞不起来，一片和谐，节目谁会看呢？你会看吗？反正我不会看。"

又过了几天，我在办公室看片子，总觉得华姐剪辑得有点没到位。范哥进来，我就叫他过来，对着片子把自己的意见说了。他说："这个华丽萍，不知道她的心在哪里。"又说："到底是重点大学毕业的，你不错，再有几个月就能独立上岗了。"我马上说："那项目组就把我留下来啊！"他说："上面推荐来的人，我有时也顶不住呢！"我不知他是不是在说另一个实习生小廖，就说："范哥，你就顶一下，我还是可以做个人用的。"他不回答，从兜里掏出一卷钱，说："这是项目组给你的生活补贴，只有一千。"我说："一千很少吗？对我来说就很多呢。"他说："现在还有这么没钱的女孩？"又掏出一个信封，说："这一千是我个人的表示。"我说："那我怎么能收？"他说："马上收了，不然范哥生气了。"我捧着不知所措，说："不好，不好。"又说："只是我自己有呢，还是大家都有？"想知道小廖有没有。他说："这一千当然只是你有。"我说："那……那……那不行啊！"他："哪里这么多话！"又说："不要到别的地方多说什么，电视台，你知道的，信息传播中心，传来传去就变成一个问题了。"就出去了。

下班回去的路上，我打电话把这件事跟秦芳说了。她很感兴趣，仔细问每一个细节。我说："什么事到你那里就变成八卦了！传出去范哥会骂我的！不告诉你就好了。"她说："你站在那里等一下，我就过来。"不一会儿一辆红色小车停在我跟前鸣喇叭，车窗

136

打开，是秦芳。我上了车说："真给你买车了？"她说："台里谁还没有一辆好车？起步都是三十万的，十几万的没人敢开出来，丢不起那个脸。"到了公寓她说："我们说话，点两份外卖对付一下。"

秦芳躺在床上，双腿往上伸得笔直，一个鲤鱼打挺坐起来，说："我觉得范哥是在下钩子了。"我说："钓我？不会吧？我就是平平常常……"她打断我的话，说："太矫情了，难道你不认为自己能为男人带来快活吗？这快活只能给章伟一个人独享吗？"我说："这这这这这……这有点想得太多了吧？"她说："根据我对世界的理解，这这这这这，"她模仿着我的口气，"这想得一点都不多。这也是我对人的理解。"我沉吟着，说："不会吧，我穷是穷一点，也不至于为了一千块钱把自己卖了。"她马上说："这只是敲门砖好不？门他现在是敲了啊，你让不让他进来，可能决定着他让不让你进去。"这一下说到了我的痛处，我说："一个没有背景的女孩，在这个世界上好被动啊！"她说："那么多女明星，她们的人生是怎么变被动为主动的？"又说："如果真的是这么回事，我说如果，你是不是要考虑一下？"我说："别人的事我管不着，发生在自己身上，就有点太窝囊。"她说："你发现没有，不论在哪里，漂亮的女孩机会更多。女生利用自己的优势，作为进步的阶梯，这是普遍的事情。"我说："优势，秦芳你真的会说话。你说身体，可能更准确点。"她说："没必要说得那么难听吧。"我说："我其实也不反感范哥，但是里面有个交易，那就没意思了吧？再说，我也不想做小三。"

我去烧水泡茶。接了茶秦芳说："说来说去，晶晶，你还是想得太多了。"我说："我们说了半天，都是自作多情，人家根本就没有这个想法。"说这句话的时候，我心里又顿了一下，似乎是真的没有这回事，还有点失落。一个女孩，总想通过男人来证明自己，我也不例外。秦芳说："要是范哥对我有想法，我还会有点高兴。回不回应他，那是另说。"我心里惊了一下，世上真的有通灵吗？我深心的一闪念，竟然被她说出来了。我说："你就愿意全世界的男人都对你有想法。"她笑了说："对头。"又说："那些丑八怪要除外啊，歪瓜裂枣，居然敢对我有想法，那真的叫人气愤啊！"我捏她的鼻子说："女色鬼。"

秦芳也不回应我，半天说："今天不说我，说你。我看你心里还是挂着章伟吧？他把你害惨了。"我说："没挂。挂他干吗？不知道。"她说："你不知道我知道，他把你害惨了。你心里没有那个影子，你可能会接受李亦明。"我说："连我自己都说不好。"她说："要是我，我才不为一个离开我的男人精神守节呢，一脚，把他从心里踢走，当他是个足球。"我说："是的，踢走，一脚，凌空抽射。"把腿用力扬起来，"一脚。"又叹气说："女孩就不该用心去爱一个人，时代变了。"她马上说："知道时代变了，你还爱。"我说："傻吧。"

秦芳很快就睡着了。我靠在床上，听着她均匀的呼吸。也不知过了多久，她从黑暗中伸出手来摸我，说："还没睡？"我说："我想着一件事。范哥的事，万一不是我自作多情，哪天情况紧急了，我发信息说'救命'，你要马上打电话过来，说找我有急事。"她说："好的。"又说："我上次救过你一次了。"我说："怕你忘记了。"她说："我觉得会有这一天的。一个男人，他不傻，他会白拿钱给你？"我说："你是习惯性地把事情往坏处想。"她说："多少次往好处想，结果就是个坑。章伟就是个坑。"

27

三月里春招开始了。我心里非常煎熬。如果能在项目组留下来，哪怕只是栏目聘吧，那也已经是最好的选择了。跟秦芳一样有个编制，不敢想。又如果留不下来呢，那就得马上去找工作。以实习生的身份在项目组待着，再等待机会，哪怕等一两年，别人能等，我不行。父母盼着我大学毕了业，带动全家翻身得解放，这个使命太沉重，不敢想。可反过来还要父母负担，这太残酷，也不敢想。

形势逼人，我没有拿着捏着的资格。有天晚上，我靠在床上想了很久，想给范哥发个信息，手机拿在手中，犹豫了一会儿，又去看别的视频。看了一会儿，一看到十点半了，在心里对自己说，太晚了，明天再说。似乎是为自己的拖延找到了理由。第二天上班，想着信息一定要发了，就输入了"好想留在项目组工作啊"几个字。在要发出的一瞬间，又犹豫了，觉得晚上发可能更好。晚上加班回到公寓，还没洗漱，就拿出手机准备发信息，想一想又先去洗漱，坐在床上又觉得有必要先放松一下心情，就去看视频。看看快到十点半，就在心中命令自己，今天想发就要发，不想发也要发，不让自己细想，把那条白天写好的信息发出去了。发出后松了一口气，求人是难，但也没有自己想的那么难。求就求了，就算不成，那也不会抱怨自己。

我一直盯着手机看，没有回信。看累了，到别的空间去逛逛回来，还是没有回信。再逛一下回来，还是没有。这样反复几次，绝望了。我想着是不是给范哥出了一个无法解决的难题，这让我感到羞愧而沉重。或者是他怕老婆，不敢在这个时候和我对话，还可能是他已经睡了。做了种种设想，再把这些设想清理一遍，想给自己一个确定的答案，没有。我熄了灯缩在被子里，过一会儿看一次手机，就睡着了。

第二天在办公室见到范哥，我还没来得及用一个眼神询问，他就递给我一个眼神。我心里踏实了，不由自主地回了一个卖弄风情的眼神。下班之前接到他一条信息，要我在办公室等他。快下班时我注意到范哥根本就不在办公室，刚才还在的。别人都走了，我就坐在电脑前等他，过了半个多小时他进来了，把门带上。我看着他那轻轻关门的动作，心里有点紧张。他走过来给我一个信封说："跟上次一样。"我捏一捏信封，打开，说："我就拿项目组补贴的那一千好了。"他说："范哥的钱很脏吗？"我说："不好，不好。"他说："太啰唆。"我就不敢说话了，把抽出来的钱又塞了回去。

范哥坐在过道另一边的桌子旁，说："信息昨天晚上就看到了。"他没说为什么没回信，我也没问。我说："有点希望吗？"又温柔地瞟了他一眼。他的眼睛中有个火花闪了一下，这让我感到自己在玩火。我并不想玩火，我只是想表达一下亲近。我忽然感到自己很可耻，只有心机婊才会这样去做。我不喜欢那些心机婊，更不想做一个自己不喜欢的人。我想找机会纠正一下刚才眼睛发出的信息，至少不要让他有错误的理解。范哥说："难。"又说："一个这样的岗位，说起来并没有正式编制，但毕竟是万里长征跨出了第一步。好多人想来占这个坑呢，还有的是台里的领导压下来的。也许我能让项目组多进一个人，我的权限到这里就顶天了。"我说："这个人能不能是我呢？"他说："还有台里的领导推荐了人过来，现在在北京电视台实习，还有我同学的妹妹，浙江传媒学院的，都跟我说几年了，过几天就会过来，我总不能连一个面试的机会都不给吧！"我一听头脑中就"嗡嗡"响，觉得没有希望了。我说："别人都好强大啊！"他说："最多最多，我能帮一个人，也只能帮一个人。"我根本就不抱希望了。还是顽强地说："这个人能不能是我呢？"

范哥好一会儿没回答，似乎在思考。这种静默让我感到窒息，自己给他出了个天大的难题。半天他说："可能不是你，也可能是你。"我马上说："那就可能是我吧！"他沉吟一会儿说："你有男朋友没有？"我说："有过，分了大半年了。"他说："那就是说……你们相处了多久啊？"我说："一年……多。"他说："知道了。"我说："知道什么了？"他说："什么都知道。"又说："哪有相处一年多没有故事的呢？也好。"我说："听不懂。"他说："过来人什么都懂。"我像被他剥了衣服站在雪地里，心中有点生气。他很诚恳地说："我也是过来人呢，我都理解。"又说："一个健健康康的女孩，又有过一点经历，这半年多没有男朋友，会不会有点想……想法呢？"我说："没有你们那么多想法。"他说："我一个健健康康的男人，"望了我一眼，"不说这些。现在女孩太不容易了。特别是像晶晶你这样的女孩，家里不能提供资源，又到哪里去找资源支撑自己的人生呢？"他这么一说，我的心情就放松了，气愤也没有了。我说："我在这个世界上是孤军奋战，一步步都靠自己走，一步一步。"这样说了，忽然有想哭的冲动，肩耸了几下，把眼泪压下去了。他说："女孩的成长，太需要贵人的提携了。那些混得好的女孩，后面都有隐身的男人。"我想起了秦芳，说："也有不隐身的，那就是她爸爸。"他说："你太需要一个贵人了。"我说："完全靠自己奋斗出来的女孩也有，那不是一般人，那太少了。"他说："我想帮你，可我不是贵人，我没有那么强大，我的压力太大了。"我说："我都理解，你不容易。"又说："我需要一个贵人，可是我也不想让他为难。"

我站起来，说："该回去了。"他也站起来，两个人在过道上，身体碰了一下。他忽然拉住我的手，说："那个人能不能是我呢？"我不知所措地站在那里。我低了头，想把手抽回来，他抓得更紧，说："给我一点力量，让我去反抗那些力量。"一只胳膊从我身后转过来，手撑起我的头，嘴很温柔地从脸颊上滑过，停在我的嘴唇上。我一只手想捂住嘴，被他拉开了，说："把舌头伸出来。"我闭紧嘴唇，咬紧牙关，发出"呜呜"的声音。我摇摇头，刚想吐出"不要这样"，舌就被他吸过去了。我也说不清楚这给自己带来了怎样的体验，似乎在边缘的模糊之处。好一会儿我把他推开，说："可以了。"觉得嘴里的唾液黏黏的有些异样，不好意思用力地吐出来，又没有勇气咽下去，就这么含着。他说："你不会想着我是个坏人吧？"我摇摇头。他说："也不会想着我欺负你吧？"我又摇摇头。他说："你没事吧？"我装着用力咳嗽，抽了几张纸捂住嘴，把口水吐在纸巾上，扔了。说："我不想当小三，从来就不想。"范哥说："真的这么纯粹？"又说："就小小亲热一下，又没有做什么别的。"我说："我不知道，你是不是真的喜欢我？"他说："真的。"这种承诺避重就轻有气无力，连"喜欢"两个字都绕开了，更不用说"爱"。我说："这不像一个让人放心的回答。"他说："你要放什么心呢？"我说："我要放'心'的心。"他唉了一声说："把事情搞得太复杂了。"我说："本来就没有那么简单。"他说："也不必那么复杂吧！"我说："你们一飘就掠过去了，我们还留在原地发呆，还在想到底发生了什么。你们呢，连背影都看不见了。"突然想起章伟，"看不见了，背影。"

范哥叉着胳膊，望着我。我避开他的眼光，望着桌子上的一本书。半天他说："这个时代，信息时代，所有的事物都在快速地流动，一个人太认真，还有执念，他就只能看着别人远去的背影。"我说："我也没有什么执念，我只是有一点自己的想法，也可以说理想吧。"又说："一个女孩，二十岁出头就没有一点想法了，你不觉得那样的女孩很可怕吗？"他说："你这样想，我就跟你说一声对不起吧！"我说："没关系，你还是大家的范哥。"又说："万一哪天你跟你夫人闹分手了，我是说万一啊，你要尽快告诉我。"他长长地叹气说："你觉得我儿子会同意吗？"我说："你真的是个好爸爸呢。"

我朝门口望了一下，范哥站起来说："我们走吧！"又拉了一下我的手说："让我再亲一下。"我把手背送到他嘴边，他轻轻地亲了一下，放下了。我掏出信封说："这个还是给你吧！"他瞪我一眼说："胡说！"

过两天去上班，看到几个人围在电脑前看一个女孩的求职简历，说是浙江传媒学院的，马上就会过来面试。我想这大概就是范哥同学的妹妹，凑上去瞟了一眼，是个很漂亮的女孩，心里就叹息了一声。又过两天，那女孩过来了，是她哥哥带来的。女孩一见范哥，就亲热地说："总算见到大导演了！你做的节目我看过，那叫一个精彩！"她哥哥跟范哥说到班上哪个哪个同学的近况，口若悬河，说了好久，范哥才有空跟女孩谈了一会儿。大家都坐在自己的电脑前，没听见似的。女孩哥哥邀范哥出去吃饭，女孩说："今天见到这么大的大人物，我要抓住机会合个影，发到朋友圈让大家看一看，让他们都羡慕嫉妒恨。"她哥给他们合影，她挽了范哥的胳膊，又把范哥的胳膊拉到自己的身边，说："哥，给我多照几张！我要同学羡慕一下，看我见到谁了！"我低着头，撇着嘴在心里骂："太会来事！"骂完又叹息了一声。

急着要完成毕业论文，我一个星期去电视台两次。这样又过了两个星期，小梁打电话过来说："你还打算继续在我们项目组实习吗？"我心里往下一沉，挣扎着说："还有没有别的可能性呢？"她说："这个……要问范哥。"我说："知道了。"

28

想去的地方不能去，能去的地方不想去。春招快结束的时候，我就在这种状态之中。

几个月来，对电视台抱了一线希望，最后失望了。这失望在胸口结成了一个硬块，像一个边缘清晰的肿瘤，孤独地悬在那里，怎么也化不开。

在那段日子里，沉溺在这种失望之中，独自静静地感受那块肿瘤，成了一种有幸福感的体验。这种体验让我为自己的拖延找到了理由，受伤的心灵需要时间静养，我因此原谅了自己的无所作为。

终于有一天，我在食堂里碰见了吴老师。她端着盘子从人丛中晃了出来，突然看到了我，向我投过来询问的一瞥。我想回避已经来不及，轻轻叫了一声"吴老师"，不等她回答，就快步越过去了。我仿佛听见她在后面叫了一声"晶晶"，我装着没有听见，就混入了排队的人群。我没有回头，似乎看到了她在人群中找我。我觉得自己很对不起她。院里在统计就业率，各班一星期上报一次，比赛似的。也许，吴老师也在躲避杜书记的眼光吧！郝班长几次问我说："晶晶，情况怎么样？吴老师很关心你呢。"这关心让我感到羞愧，也感谢她没有亲自找我谈。真找我谈，我不知道怎么回答。就业协议每个人只有一份，我如果为了院里的统计随便签了，就没有别的机会了。

但那询问的一瞥有着怎样的分量，我不能装着不懂。我必须就业，而且得快。我不能像那些家境优越的同学，随意挂一个单位应付院里，应付学校，其实根本就不去，待在家里慢慢寻找机会。我觉得自己很可怜，但也知道，我没有怜悯自己的资格，也不能让父母的期待完全破碎。情势紧迫，我在心里对自己呼喊"天啊，天啊"，有一百多个松懈和放弃的理由，但理智告诉我，这些理由都不是理由，这种呼喊也没有任何意义。

我每天都抱着一沓简历去招聘现场，有顺眼的单位，就放一份，甚至连跟招聘人员谈一谈的冲动都没有。我知道这都是没有任何意义的，一份像样的工作，起码有几十双眼睛盯着，像几十只大狗盯着一根骨头，怎么会轮到我？凭什么？一件好事，总要凭点什么，才能成功。什么也不凭，就凭自己愿意，那是不可能的，就像不能凭着自己的意愿就成为范冰冰、杨惠妍。那不可能。以前还想着，也许自己就走了个运，偶然中的偶然，忽然就得到一个机会。现在已经彻底死了这条心，那也是不可能的。那些简历的命运是，不管去了哪个单位，或者就在招聘会散了之后，都通过某个清洁工之手，进了废品收购站。

　　这样过几天，我开始把简历投向那些根本就不打算考虑的岗位。原来我在心中把这些岗位叫作垃圾场，现在赌气似的，我把自己当作垃圾推出去，每投出去一份，就在心里骂自己一句："垃圾！"又感叹这些单位也不想想自己长成啥样，竟然也好意思到重点大学来招人，不知道谁给他们的勇气。

　　有一家地产中介公司打电话来，叫我去面试。我轻轻撇着嘴角笑了笑，说自己这几天在赶毕业论文，暂时没时间去。女经理似乎猜透了我的心思，就说，对这个行业不能有偏见，做得好的，一个月都能有几万块钱。又说北京大学毕业生也有做房产中介的，要我别不信，去 58 同城上看看他们公司北京营业点的网站就知道了。放下电话我查了一下，还真有北大毕业的房产中介。可是我还是不能说服自己，重点大学毕业去当房产中介，同学知道了，他们会怎么想？我老爸老妈又会怎么想？

　　去年章伟考公务员失败给我留下了心理阴影。当公务员虽然是我向往的，但对考取却完全没有信心。章伟是研究生，他都考不上，我又怎么考得上？这半年多来找工作，我都没有往这里想过，不敢想。可是现在，春招眼看进入尾声，我还没有着落，吴老师偶然发信息来问一下，我就满心羞愧，好像面对一个债主，债已经到期了，可我身无分文。其实她并没有催我，更没有给我一个降低要求的建议，但我还是非常羞愧，自己拖班集体的后腿了，拖全院的后腿了。两百个本科毕业生，每签一份就业协议，全院的就业率就增加零点五个百分点，这不是个小数字。杜书记急，吴老师急，我老爸老妈急，秦芳也急。我呢？我更急，觉得自己太垃圾，无脸面对每一个人。

这天，我坐在宿舍沉思，想到了一切一切的可能性，最后，都归于了零。我想象着自己在一片漫无边际的荒原中，四周都是枯黄的衰草，簌簌地在风中起伏，发出细微的声音。我轻轻拨开草丛，想发现一条小路，给自己一个意外的惊喜。我弯着腰，伸出一只脚去探寻，衰草在脚背上颤动，带来一丝细小而明确的微痒。一瞬间，似乎发现了一条羊肠小道，往前蹚几步，前路又变得非常暧昧，似乎刚才的发现只是一个一厢情愿的幻觉。没有路，还是没有路。我突然惊醒了。希望本来无所谓有，也无所谓无，但是对于我，却非有不可。没有，就无法生存，而且，这希望只能近切，不能茫远。在这个世界上，并没有一个能让我稍做停泊的港湾，没有。

兜兜转转，我还是被逼到考公务员这条路上来了。我没有跟秦芳商量，自己心里就这么定了。定了之后，我记起去年那位学姐考公务员连中三元，就去院里找杜书记，想要学姐的电话号码，看看

147

人家有什么经验，让我走一下捷径。只有几个月就要考试了，得赶快。

杜书记问了我的情况，说："好。"这个肯定太微弱，太柔软，让我心神不宁。杜书记把学姐的电话号码告诉我，又跟我谈了一会儿，最后说："找工作就像找对象，要求不能太高，太高就错过了。"我满口答应着出来，下楼梯的时候差点摔了一跤，抓着扶手才站稳了。杜书记看得多，看得透，看得准。他说我不能要求太高，那就是说，我不配要求高。我想想自己，可能大概真的是不配。凡事都有个凭什么，这是现实，我又凭什么呢？我把自己问住了。凭运气肯定是没有的。以前还有幻想，有了这半年来的经验，也知道了幻想就是幻想，幻想只是自己的心情，在现实面前，是纯粹的苍白。

刚下楼就接到了学姐从北京打来的电话，她说是杜书记要她打的。她说了考公务员的几条经验，我都应了，心中还是一片茫然。最后我问："学姐，你准备了多久呢？"她说："那也准备了有一年多呢。"听了这么多，只有这句话最实际。人家有香，那也是从苦寒来的吧。这让我心里又有点发冷，有点后悔去找杜书记，他那么负责，我却争不来这一口气。

晚上我把想考公务员的事告诉了秦芳，想看看她是怎么想的，有点抓一根救命稻草的意思。秦芳"唉，唉，唉"，叹了三口气，望着我。我心里有点发冷，说："没有别的办法。"她说："那就试试。"又说："要是我老爸官大一级就好了，卫视台压也要把你压进去。唉。"

学姐说还是要上一个速成的考公培训班。我记得食堂转弯处有培训广告，就过去看了。培训一个月，要交两千多块钱，这让我心中发冷，身体轻轻哆嗦了一下。马上又看到包考上，没考上退款，又安心了一些。实在没考上，钱还在那里，怕什么？

两千四百块钱把我难住了。找家里，没有那么硬的心肠；找秦芳，没有那么厚的脸皮。我给盈盈打了个电话，刚说到进培训班的事，她说："姐，你有钱报名没有？"一句话让我轻松了，不知道盈盈什么时候学得这么聪明了，我还准备绕几个圈呢。我说："准备要家里支援一下。"她说："我也是家里吧。"说马上打三千块钱到我银行卡上。我还没来得及说谢谢，她就把电话挂了。

第二天我带着钱去报名，在前台听到有一个大妈在高声叫嚷。她女儿去年没考上，今年找到了别的工作，不考了，要求退钱。前台不同意，说："一次没考上，不等于永远考不上。一次性考上的只有百分之几，如果其余的人都像你这样要退钱，我们从北京请来的老师的差旅费都没有，还不说课酬，那么多，"她双手一上一下比画了一下，"那么多，还要租教室，你凭良心吧！"看到这个场景，我插在裤口袋捏着那沓钱的手松开了。大妈吵了半天没有结果，骂骂咧咧进了电梯，说："明天叫她爸来。"我马上也闪进电梯，表示了自己支持的立场。出了大门，大妈说："实在也不是孩子不努力，都努力两年了。实在是努力的人太多了，一个区政府的岗位，都有两三百人来抢，实在是不能怪孩子，实在是……太实在了。"

我站在大门外犹豫着，心中发冷。我伸手去捏了捏那沓钱，感到了一点潮湿。反身进了大门，在电梯口犹豫了一下，我又捏了捏那沓钱。在电梯门打开的那一瞬间，我转过身，走出了大门。

29

走在大街上，我看到了人、树、房子，还有车。公交车、小轿车、摩托车……这是麓城。熟悉的景象让我感到了一种陌生，有一种晕眩的感觉。一个念头浮上来，这是麓城，麓城把自己绑住了。这些年来，自己围绕着麓城去安排一切，让自己陷入了悲剧。麓城有什么了不起？哪里没有人，没有房，没有树，没有车？既然麓城容不下自己，那我也不必厚着脸皮去拥抱它，像对待一位有着不可移易爱的情人。今天，我已经有了勇气，背对着它，绝尘而去。

想到这里，我心中颤抖了一下，让我清晰地感到了自己有颗心，它在跳动。自己为什么会有这么可怕的想法？麓城，这些年来，已经成了一种执念，一个信仰。也许，现在，经历了这么多之后，自己应该重新审视这个信仰。

我想起了章伟。我现在才彻底明白，去年他经历了什么。他为了男性的骄傲，向我掩饰了自己的难堪处境。我没有充分理解他的处境，他的难堪，只想着他没有把自己放在心上，一念之下，就做出了决绝的选择。也许，这是信仰的偏执。放弃麓城，就能跟章伟团聚，这也是我心中的呼唤。

我掏出手机给章伟打电话，发现自己已经过了该转弯的街口。我往回走，拨了三次，都没有接，第四次接了，是章伟。他在那头说："刚才在开会，有什么事？"我以为他接到我的电话会非常惊喜，这种惊喜也会让我惊喜。没有惊喜，没有。我说："有什么事？没有什么事。"他说："没有什么事？那……那……应该有点什么事吧？"我说："真的没有什么事。我……没有什么事。"他说："总有点什么事。"说起来他还是了解我的，感觉这么精准。我迟疑着说："我……我是不是不该给你打这个电话？"他说："世界上哪里有这么多该和不该？是不是找工作不顺心了？"他这么一问，缓解了我的难堪。我说："应该是的，是的。"我想着他会说要我去古阳，可他没说。我说："古阳……你回去都快一年了，这个地方还好吧？"他说："怎么能跟麓城比？"又说："在麓城找一份马马虎虎的工作，也比古阳强吧！"我说："太马虎了，怎么跟家里交代？跟自己也交代不了。古阳……偏是偏远一点，有个编制总比较安心吧。"他说："我是本地人，我还不安心呢。我的理想，就是有朝一日调到麓城去。发展得好，那也要个十年八年，不容易呢！麓城毕竟是麓城。"我说："古阳……地方是小了点，生活还是可以很安逸，这就够了。"他叹息一声说："古阳这么小，生活在这里，一辈子都看得到头，这有点可悲。不像麓城，生活展开了很多可能性。"我说："古阳……"忽然烦躁起来，"古阳对重点大学的毕业生直接给编制的政策还有吗？"我想着他会兴奋地问，难道你真的打算来古阳吗？这样说话的空间就打开了，我还能够以"为了爱情放弃麓城"的姿态面对他，这即使不那么伟大，也是一种牺牲吧。

可章伟在那边迟疑了一下，轻声说："还有的，还有。"这种平静的态度让我感到意外，还有点不爽。可是问题已经提出来，就必须继续下去。我说："那我递一份简历给你，你帮我报个名吧！"他缓声说："难道你真的打算来古阳吗？"我说："是的。"他说："真的？麓城都不待了？"我说："是的。"他说："真的？那为什么呢？"我想说"为了你"，我本来也有一大半是为了他，但他的态度让我说不出口。我说："那为什么？你说那我为什么？"我期待他的回答，希望他抓住这个机会。他说："没想到啊！"我无法判断他是指我竟然准备离开麓城，还是我打算跟他恢复感情。我说："麓城没有什么好的工作，我家里觉得还是有个编制比较好。"我心里的想法本来还没有这么功利，这话说出来，连自己也感到太现实。其实我还是有浪漫的，可这浪漫没有展开的氛围，说不出口。我马上又补了一句："当然，还有别的。"

我等着他来追问这个"别的"，没有等到。他说："编制很重要，的确，很重要，真的。"我带着一种被刺痛的快感说："我明天就带简历过来，找哪个部门，你帮我打探一下。"他说："明天？有点赶，太赶了。"我说："又不要你赶。"又说："你到底是什么意思？你不欢迎，我就不来了。"他马上说："欢迎欢迎，强烈欢迎，真的强烈。"我本能地把事情往好的方面想，说："强烈就要有个强烈的态度。"他说："那后天吧，我明天去组织部问清楚政策。"我说："那我也上网看看你们的政策。"

我打开电脑正准备上网，章伟又打电话过来："晶晶，你现在是在麓城吧？"我说："是啊，怎么呢？"他说："我问一声。"我说："那我后天就过来古阳了。"他说："好，好。"我听他的声音有气无力，说："你今天病了吗？"他说："我该怎么说？我像大黄狗那样大声叫好吗？汪汪！汪汪！"我忽然有了回到从前的感觉，说："再叫几声给我听。"

第二天下午我在宿舍收拾东西，准备明天去古阳，忽然接到电话，一看是章伟的。他说："我是送快递的，这里有一个包裹，你看看是不是你的？"我疑惑了一下，看看手机是章伟的号码，也是他的声音。正打算问怎么回事，他说："你到窗口看看，是不是你的？"我探头一看，章伟正站在楼下向我招手。我兴奋地挥动双手嚷着："来了，来了!"又转头对秦芳说："章伟来了呢，他来找我呢!"秦芳怔了一下，张开嘴唇正准备说什么，我已经跑到了门口，咧嘴朝她笑了笑："嘻嘻，嘻嘻!"就跑下楼去。

　　我朝章伟飞飘过去，一头扎在他的胸口。他双手撑住我的肩，说："有人，有人。"我说："你怎么来了？"他说："当然是来看你吧。"我说："怎么不说一声？"他说："当然是想给你一个惊喜吧!"我说："那你是来接我去古阳，明天？"他说："当然，这个……当然。"我很自然地去牵他的手，他让了一下说："有人，有人。"我说："以前就没人吗？"又说："是不是在古阳培训了一年，变保守了？"

　　没有谁提议，我们很自然地就往池塘那边走。在路上他忽然变得沉默，这使我的兴奋显得不合时宜。我终于意识到了这一点，觉得自己的兴奋有点可笑，也沉默下来。两个人默默走着。到了池塘边，我试图把气氛扭转过来，说："好久没来过这里了，刚发现柳树枝都长这么长了。"他说："柳树。"我说："把池塘的水都染绿了。"他说："绿了。"我说："这风吹过来都有点夏天的意思了。"他说："夏天，夏天。"我说："去年夏天，就是在这里，我们……你怎么了？"他说："没什么。"

　　我们在柳树下坐下来，微风轻轻吹过，柳枝在我的头发上轻拂。我拉过一条柳枝贴在面颊上，又嗅了嗅，感受到了植物的气味。我把几片柳叶揉碎，凑到他鼻子前说："这里有大自然的气息。"他应付式地说："是的，大自然。"我说："你怎么了？是不是觉得浪费了这一年有点可惜？"他说："可惜，可惜，可惜我……"我打断他说："前面还有很多美好的时光，也许，今天晚上。"说出了这句话，我为自己感到羞愧，我没有这么想，它自己就从嘴里溜出来了。

　　章伟并没有像我想象的那样给予积极的回应，好一会儿说："可惜我……怎么说呢？"我这才意识到了他有什么话藏着掖着，说："怎么说？实话实说。"他说："我先给你讲个故事好不好？"我说："有什么话不能直说吗？"他说："这个故事就是前几天的事情。我们国土资源局有个副处长，其实就是你看不起的副股长，我的朋友，专科毕业，他当副股长已经十几年了，为了去掉这个副字，努力也有十几年了，他老婆帮他一起努力，逢年过节，你知道的。早两个月全县竞岗，他又努力了多少多少，终于成功了。前几天我第一时间向他报喜，他正在开车，马上把车停在路边，对我说，有点激动，怕出事。我再说话，他没回话，听见他在那边号啕大哭，十几年的委屈都爆发出来了。我就这样听他哭了十几分钟，再喊他，他不好意思地说，一激动忘记关机了，要我不要告诉别人。"

　　这个故事让我有点心酸，天下不容易的不是我一个人。我说："你到底想告诉我什么呢？"他说："一个人不走这条路，那就算了，想走这条路，那肯定是要往前走吧！朋友是这样，我也没有办法免俗。有时候我想一想，宇宙这么大，地球连屁都不算一个，一个股长能算个啥？可事情具体到自己眼前了，我也不能说自己当个股长

154

就了此一生了吧？副局长、局长也不能真的不想吧？县城，你知道的，也不是不讲道理，但这个道理，得按他们的套路去讲。我能改变这种状态吗？改不了。那我就不争取进步了吗？要争取。那怎么争取呢？得找贵人，是不是？"

章伟的话我都听懂了，听懂了却非常迷惑。我说："你跑这么远来，就是跟我讲这个故事吗？"他说："也可以说，是的。"我更加迷惑了，说："你要在古阳发展，我也不反对了吧？不但不反对，还支持吧？不但支持，还愿意加盟吧？那你到底想告诉我什么呢？"他"唉唉"地叹气，说："我不知道怎么说，有些事。"我这时才有了一丝警觉，推他说："怎么说？直说啊，不管什么事。"他不作声，我急了，推他说："你说，说，说！"

他不说话，双手抓着我一只手，我感到他的手是冰冷的。我又推他说："说，说，说！"他低着头，不说话。我忽然发现他流泪了，惊恐地问："你怎么了？"他低着头不说话，我再次推他说："说，说，说！"他抬头望我一眼，又低下去，说："我对不起你。"我轻笑一声说："对不起也不是从今天开始的。"他说："我……我……我下个月要结婚了。"

我的头脑中"轰"地响了一声，呆望着他，没哭，没笑。没想什么，似乎不理解他说了什么。他歉疚地望着我，腮边挂着泪，说："晶晶，晶晶。"我还是呆望着他，没哭，没笑，也没想什么。他使劲摇我的手说："晶晶，晶晶。"突然哭起来。他的哭声让我恢复了对事情的理解，就笑了一声，说："这是好事，哭什么呢？你看，我还笑着祝福你呢！"话刚说完，不知道怎么一来，伏在他肩上，"哇"的一声痛哭起来。

章伟把我抱过去，眼泪滴在我的脸上。我闭着眼抽泣着，感到了眼睑的血色，我知道后面是明亮的天。在晕眩中，我有了一种昏昏欲睡的感觉。多么熟悉的怀抱，这是港湾，又是天堂。眼前的血色消失了，我感到他的嘴唇贴到了我的嘴唇上。我本能地张开嘴，正想把舌头吐出去，忽然一个激灵，一只手撑着草地，从他的怀里挣脱出来。我说："是个领导的女儿吧？"他蚊子似的说："是的。中师毕业，在教育局上班。"我说："认识多久了？"他说："半年。"我说："半年就准备结婚？"他不作声，好一会儿说："刚去就认识了，我犹豫了几个月，后来发现，既然有人说到了这件事，如果我摇头，我在古阳就玩不下去了。给脸不要，这是什么性质的问题？"我忽然产生了一种恶毒的冲动，说："如果我来挖她的墙脚呢？我们就在麓城重新开始。"他避开我的眼光，说："有点晚了。"我说："我不在乎你们之间发生过什么，那些事我都知道，我也了解你，我就当什么也没发生。"他沉吟一会儿说："那就太对不起别人了，她没做错什么，她是好人。"又说："如果她是个现代女性，我会考虑你的提议。可现在这样的话，对她伤害太大了，叫她在古阳怎么做人？那个地方很保守，小道消息传得起飞，小城里大家都无聊，靠小道消息提神。"

　　人走到了绝路上，就有了一种豁出去，然后一身轻的感觉。虽然所有的事情都坏到不能更坏，至少我还活着。这样想着，我心中开朗了一点。我说："你这次回麓城是专程来的吧？"我怕他说出一些不真实的话来，让两个人难堪，马上又说："为了阻挡我去古阳，坏了你的好事。我没有猜错吧？没错！"他说："你就把我想得这么坏吗？"我说："那还要我怎么想呢？"我多么希望他说出一些理由，打破我的猜测。哪怕这些理由有些牵强，我也愿意接受。他双手撑着头，看着脚下的草地，不说话。我说："谢谢你没有编一套话来哄我，虽然我是很愿意听的，谢谢。"忽然涌上一阵恶意，说："我明天就去古阳，我也想享受一下你们的政策。"他猛然抬头，惊恐地望了我一眼。一个男人，有着这样的眼神，我的心马上就柔软了。他说："你真想去，我就陪你去。"我说："到了古阳怎么办呢，下了车一前一后装着不认识？"他说："那我也可以牵着你的手，反正我豁出去了，我不去想后面会发生什么。"我说："算了，你的前途就是你的命，我不想要你的命。"

我站起来往宿舍走，听到脚步声，知道他跟在我后面，这脚步声是多么熟悉，我也说不出跟别人有什么不同，反正听得出。在桥上我停了一会儿，看见两只黑天鹅在追逐嬉戏。我想着，人都觉得做个动物是件很可悲的事情，其实也不一定。我双手扶在栏杆上，想着，章伟就是一坨屎，在时间之中风干了，我以为是巧克力，拿起来一闻，还是一坨屎。章伟的一只手慢慢爬过来，抓住了我的手。我没有动，感到了传递过来的温热。我说："我走了。"他说："一块吃个饭吧。"见我迟疑地望着他，又说："晚上好好说下话，一年都没有好好说话了。"有点羞涩地轻笑了一下。我说："算了。"他说："都快一年了，你不想吗？"我说："我想，可是想归想，我从来不随便处理自己，我不是处理品。"把心一横，说："算了。"快步走了。走了几十步，感觉他没有跟上来，觉得自己有点太狠了，特别想回头看看他是什么状态。脖子几次不听使唤似的要扭过去。我用双手把脖子扶正，头有点晃动，有一种盲目的力量在跟双手搏斗。我把手放下来，咬了咬嘴唇，直到感到剧烈的疼痛，向前走去。

30

吴老师打电话来，要我去教研室找她。她没说什么事，可不说我也知道，那只能是找工作的事。

我的心沉痛而羞愧。大学几年，我不是最优秀的学生，但也算比较优秀的学生。家庭条件不好，这没有影响我的自尊。几年来我没有自卑感，我的成绩还不错，长得也算可以，靠奖学金、勤工俭学维持了自己的生活。穷是穷一点，该有的东西，笔记本电脑、智能手机，也都有。上食堂吃饭，跟同学一起，我就吃好点，自己一个人呢，就吃差点。我从来不哭穷，除了秦芳，没有人知道我有多穷。更何况，几年来我有着一个信念：毕业了，工作了，我就跟大家一样了。

还没有毕业，这个信念就受到了打击。找工作的历程让我知道，自己跟别人是不一样的。这个不一样平时看不出，关键时刻就显山露水了。我在拉全院就业率的后腿，几年来的自尊和骄傲一钱不值。我就像潮水退去时的裸泳者，又像那个穿着虚拟新装的国王。

下午我硬着头皮去新闻史教研室，在门口停了几秒钟，感觉到自己的腿在发抖。我推门进去，吴老师马上就站了起来，节奏之快像一个预设好的动作。我做出手势说："您坐，您坐。"似乎自己才是这间房子的主人。吴老师看了对面一位男老师一眼，他马上说"有事"，就出去了。这种回避给了我一种暗示，自己的处境有点难堪。

吴老师轻轻咳了一声，又咳了一声，似乎是在拖延时间。她轻轻笑了一下，轻声说："院里交代我问一下你的情况。"我鼓起勇气说："没有什么情况。"说出这句话，我心里放松了一点，事情糟到绝处，也就交了底。吴老师说："我没有催你的意思，我就问一下情况。"我说："我知道自己给学院添麻烦了。"她说："领导有领导的想法，少一个同学就业，学院在全校的排名就可能下降几位，领导也不是那么好当的。"我说："所以我知道自己……"她用一个手势打断了我的话，我顽强地说："知道自己成了一个问题人物。"吴老师说："不要这样想，其实你是不错的，可能是缺少一点机缘。"又说："也不怪你，前几年扩招，现在到了毕业的高潮，今年是最难的就业季。"

我笑了一笑，说："我什么都没有，家庭背景有吗，没有；有钱吗，没有；有权力有资源的亲人有吗，没有；连颜值也没有。"吴老师马上打断我说："千万别这样说，你还是很不错的。"我说："我知道我自己。"又说："我什么都没有，只有一张文凭，可大学生多如牛毛，没有一张文凭都不好意思上街了。我什么都没有，又什么都想要，想要体面，想要稳定，想要多点报酬，还想要尊严，这怎么可能，我凭什么？我真的很恨自己，什么都没有，又什么都想要，这个世界也不是福利院。"她叹息一声，说："是有点现实。"我说："还有点残酷，太……太现实了。"我吸了一下鼻子，有点酸，就捏了一下，想阻挡什么，竟忍不住抽泣起来。吴老师轻轻拍我的手，说："我们不伤心，伤心就是伤自己，"又拍我的肩，"再说，也没有用。坚强才有用。"她的话提醒了我，可怜自己，同情自己，都有理由，却没有意义，那是一条可怜虫。莫斯科不相信眼泪，麓城就相信？我用力耸了几下肩膀，强忍住抽泣，说："我就是觉得自己太不行了。这个世界不是福利院，谁想得到一点什么，就肯定要有相应的付出。这就是交换吧？我什么都没有，我拿什么跟世界交换？"说了这句话，我意识到了这是灵魂之问，让我的心不敢正视，又无法回避。

吴老师也笑了一笑，说："这其实是每个人都要遇到的问题，你遇到得有点早，不过，也好，要知道伤心总是难免的，所以要把自己打造得很强大，还要很坚强。"我说："我真的想很强大，太难了。"她又笑了说："世界上的好事，没有不难的，冲过那个坎，才能成就自己。当年我读博士有多难，什么都放弃了，感情都放弃了，没有一步是容易的，冲出来剩了自己一个人，一个人。"我早知道吴老师三十多岁了还没结婚，想着她不过是心高气傲，这时才感到其中又有多少血泪。我不敢问，只是说："谁都不容易，也不只是我。其实我也没有什么可抱怨的。"

想到世界上还有其他人也在默默承受痛苦，我心里轻松了一点。我说："我打算过两天去上海看看机会，那边有个中学同学，刚在一家民办的教育机构找到了工作，问我是不是去看看。上海太大了，又没有编制，我本来不想去，现在院里压力这么大，我还是去吧。"吴老师沉吟了一会儿，几次抬眼望着我，说："你那同学是男生吗？"我说："女同学。"她马上问："有男朋友在那边？"我说："应该有的，肯定有的。"她说："你呢？"我说："应该没有，肯定没有。"她说："那我劝你慎重。我自己就是在上海读的博。"又说："上海那么大的城市，是没有什么浪漫的。你一个人在那里待几年，没有编制能扎根吗？能买得起房子吗？过几年看不到一点希望，回麓城来了，你还是你。但你还是你吗？最好的几年青春，就被隐形的杀手杀掉了，叹息都没人要听。还有一种杀青春的方式，就是碰到了优秀的渣男，青春被杀掉了，哭都只能偷着哭。"

我突然发现吴老师眼角有泪花，我偏过头装着没有看到，叫了一声："老师。"听见她在笑，就转回来，发现泪痕没有了。她说："这个事好大，你自己拿主意，我只是表示一点感想。说不定会碰到一个优秀的男生呢？"我也笑了说："网上经常有人说，上海有好多优秀的女孩，还剩下了，掘优秀的男生都掘地三尺了，就像一个好点的工作被多少人掘地三尺了，怎么会让我碰上？"她马上伸出指头点了点说："这是一句头脑清醒的话。"我说："天上掉馅饼的事，去年想过，今年不想了，怎么可能？不可能。"她马上又伸出指头点了点说："这也是一句头脑清醒的话。"又说："晶晶，你有点成熟了。"我说："被逼的。"又说："我觉得自己正在变成一个自己不喜欢的人。坏人，可能会多一点机会。"就把李亦明和范哥的事说了。吴老师说："我还是支持你的，有些机会，就在眼前，你也不能要，你要了，你就不是你自己了。"我说："唉，也是。"她说："李亦明这个同学，不是我们班的，我还是有点知道，人不算坏，没有不好的传说，其实也算一个机会。"我想起了章伟，说："可能是优秀的渣男在自己心里捣鬼吧，捣鬼。"她说："我知道，我知道，有些事情我是知道的。"我和章伟的事，包括夜不归宿，我想早就有同学跟她反映过，我早就准备着她找我谈话，我该怎应对。现在她说"知道"，我心里很坦然。既然她都说到了"优秀的渣男"，我便把她当作了朋友。

有人敲门。那位男老师在门口探了下头，吴老师说："快了。"又说："我送你下去吧。"推开门，男老师还站在门口。走到学院前的花坛边，吴老师说："无论沉入怎样的困境，心里还是要有光明。"我说："有时候我心里一片黑暗，对现实对生活没有什么明亮的想法，觉得这个世界需要重新理解，那就是，在自己心里杀掉所有的光明。但看到世界上还有吴老师您这样的人，还有秦芳这样的人，还有家人，我又没有勇气那么黑暗了。"又说："我不想变成一个自己不喜欢的人。"吴老师握了握我的手，说："其实我还是放心你的。"又说："毕业论文我给你打了个优，你准备院里的二次答辩吧！"我说："老师，您还是给我一个良吧，我没有心思准备院里的答辩。"她说："那怎么行？"我说："求你了，吴老师，这几天我要去找工作。"

过两天吴老师打电话给我，说："有一个机会。"语气充满了惊喜。物理学院苏教授的课题组需要一个工作人员，处理各种日常事务。这不是学校的编制，是课题组聘的，但五险一金什么都有，待遇还行，节假日跟学校一样。我一听没有编制，有点犹豫说："万一哪天课题做完了，课题组解散了呢？"她说："他们的经费都是几百几千万，项目是做不完的。"

我答应试试，就在网上查了，苏教授才五十出头，退休还早得很。这个岗位，先做了再说吧。我马上在网上报了名，报名之后有一种想哭的感觉，这哪里又是一个有前途的岗位呢？打杂几年，一辈子就是个打杂的了。心有不甘，不甘，但也没有别的选择。我打电话给吴老师，告诉她已经报了名。她说："物理学院管学生工作的张书记，我还有过一面之交。明天晚上我请他吃个饭，你们见个面吧，事先有个印象，到时候帮你说句话。事情有没有人说句话，那是很不一样的。"我答应了，心想，一个这样的工作，还要找熟人吗？几分钟后，吴老师打电话来说："那就定在明天晚上。"又说："张书记讲清楚了，这个岗位，转正是不可能的，提拔更是不可能的，就是个服务性岗位。我看你还是去吧！"我说："那就去吧！"

吴老师说她请张书记吃饭，这是我的事，不能叫她买单吧。我查了一下，银行卡上只有三百多块钱了。心里不踏实，又去向秦芳借钱。秦芳转了五百块钱到我卡上，说："这是个机会！你别吊儿郎当，要抓住呢！别又错过了。"听她的口气，李亦明和范哥，都是我错过了机会。我说："以前有些机会太烫手了，没敢接，这次不烫手，我就接了吧！不甘心呢！"她说："天下几个人甘心？不能再玩浪漫了。"我说："浪漫不是我这样的人能玩的，不甘心也不是我这样的人能想的。"说完心里有点沉重，希望她给我一个有力的批判，证明我也不必这样自轻自贱。谁知她叹口气说："慢慢来吧。"我心里有些失落，她并没有把我当作一个有潜能有前途的人。

下午五点我化了妆，把最喜欢的连衣裙拿出来换了，又穿上高跟鞋，在宿舍中间的空处转了一个圈，又转了一个圈，裙子飘起来，我心里也有点飘了。我，许晶晶，我也不比谁差多少吧！秦芳在一旁说："吃饭的时候别像平时那么死吃，勺子伸到嘴里，别把口红弄脏了。"又给我补了妆，把连衣裙从后面系紧。

正准备出发，吴老师打电话来了，说："刚才接到电话，张书记临时有事，来不了。"我心里一沉说："那就明天？"吴老师停了一会儿说："你讲话方便吗？"我说方便。她说："刚才张书记说了，这个事情，不简单。你是第一个报名的，后面又来了四十多个人报名，研究生有一多半。而且，"她停了一下，"而且，通过各种方式打招呼的有二十多个，学校领导出马的都有。"我说："知道了。"她说："估计张书记是看到这个情况，不敢来了。"我说："知道了。"想着这又是一个隐形的城堡，看着路都是通的，其实有很多无法捉摸的障碍，自己是没有资格进去的。吴老师说："晶晶，吴老师很想帮助你，就是能力太差了。"我说："不能这样说，吴老师。"她说："别的事情我还能用上一点力，找工作这件事，实在是……"吴老师鼻子抽了一下，我说："没事，吴老师。"她说："那你还去不去面试呢？"我说："你说呢？"又说："不去了，去也是自讨没趣。"

　　放下电话，我似乎还没有清醒过来，看见秦芳惊恐地望着我，就笑了笑说："你怎么了？"把事情说了，又说："那五百块钱还给你吧。"秦芳眼泪流出来，侧过脸低下头不让我看见，用手背去擦泪。我说："我自己都没有伤心，你伤心什么？"说完笑了一笑，突然，自己也没想到，"啊"的一声痛哭起来。秦芳走过来抱着我，说："晶晶，晶晶！"我说："我现在知道了，这就是我的命运，是这个命呢，这个命啊！"她伏在我的肩上，颤抖着说："晶晶！晶晶！"

31

　　水果刀在灯光下发亮，静静地躺在桌子上。

　　我盯着这把刀已经有半个多小时了，心中痒痒地有一种期待。宿舍里很安静，这让我的期待更加强烈起来。终于，下了决心似的，我右手慢慢移过去，像一个小偷悄悄地靠近目标。手在水果刀的旁边停顿了一下，又惊恐地缩回来。反复几次，突然，猛地冲过去，抓住了刀柄。

　　"你想干什么？"我轻声问自己。摇了摇头，在心里回答说："我也不知道。"我把刀横着贴在左手的手背上，感到了那种带有凉意的快感。我把刀立起来，刀刃在手腕上来回刮了几下，回忆起某一次理发，美发师用刀刃剃掉我后颈的细毛。我把刀刃立在手腕上，停住了。我想象着，只要这么轻轻一拉，血就会喷出来，那会不会是灯光下的美丽景象？我产生了一种幻觉，手腕上沁出了第一滴血，红的，像白色的皮肤上开出了一个小花朵，醒目地绽放。这种幻觉推动着一种快意的期待。如果我倒在血泊之中，第一个发现的同学会发出怎样的惊叫？我把刀轻轻地移动了一下，带来了一种微痒的感觉。这太不够刺激了。我思考着，思考什么，我不知道。我忽然想起，这把水果刀是秦芳的！要是我搞出一点什么事来，那不是在陷害她吗？这样想着，我把刀在手腕上摩擦了一下，放下了。放下刀我想，也许，在这个世界上，有的人根本就没有做深入思考，就那样告别了世界。

这样想着，我猛然站起来，快步走出宿舍。出了门我舒了一口气，我终于成功地逃离了那把水果刀。下了楼我漫无目的地走着，刚下晚课的学生潮水一样涌来，单车和电摩托飞快地掠过，铃声和喇叭声混成一片。我逆流而行，走了十几分钟，迎面来的人渐渐少了。慢慢地，断流了。再往前走，就是一片寂静，初夏的风中晃动着几对恋人的身影。我站在小桥上，看着水中沉静的月亮，又望望天空，那里有几颗耀眼的星。我张开双臂，对着天空做出了拥抱的样子，感到了板结的胸口有了一丝柔软，渐渐地浸润开来。有些机会，它本来就不属于自己，没有得到，其实并没有损失什么。自己就像一个不会游泳的人，连救生圈都没有，怎么可能到池塘的深水之处捞到大鱼？没有那个本领，又没有那个条件，那就只能在浅水处捞一点小鱼小虾。这几个月来，自己总幻想着，换一个池塘也许会有更好的机会。现在彻底明白了，那不可能。不会游泳，又没有救生圈，换一个池塘也是没有意义的。就只能认了命，丢掉捞大鱼的幻想。

这就是现实，这就是我，这就是我眼前的现实。说甘心，那是假的，为什么自己就不配有更好的命运？说不甘心，那毫无意义。你有一万个不甘心，不能改变任何一点什么；你觉得自己比窦娥还冤十倍，也不能改变任何一点什么。毫无意义。如果一定要说意义，那就是自我折磨，跟自己过不去。聪明人不能跟自己过不去，这个道理我懂。可懂了，心里还是堵，很堵。我把这个道理反复想了几千遍，像一个清洁工拿着机器疏通下水道，一遍，百遍，万遍，在几乎要绝望的那一刻，突然，"哗"地一下，通了。这突如其来的畅通让我感到了轻松。这大半年来的思路，都是错的。总是往高处攀，总是跟每一个同学比，说到底，是把自己看高了。想起四年前，我还在津阴一中，只有十三个人考上了重点大学，居然有我。这个意外之喜让我成了学校的名人，走在校园里，总有同学指指点点，投来羡慕的目光。我目不斜视，好像对这些毫无感觉，心里却有一种飘飞的轻快。我轻轻划动着双手，似乎这就是一双翅膀，只要自己一用力，就会像鸟一样飞向天空，俯瞰大地。班主任见到我，竟说出了一堆感谢的话，说我为班级争光了。从没打过交道的校长不知怎么也认识了我，招手叫我过去，介绍给在校园参观的邻校老师。那时候的世界一片光明，走路都带着风。那时还有太多的梦想，太多的期待，现在却发现，那就是人生的高光时刻，一去不复返了。这才几年，现在是乌云蔽日，连云缝中的阳光都见不到一线。

水深鱼大，那不是我的菜。我的菜就是小鱼小虾。有一张隐形的网，你看不到它，但它无处不在。你每次走到它跟前，就发现它无处不在。它把我隔在浅水一端，只能以羡慕的眼光，不甘的倔强，看着别人在网的那边捞到大鱼。没有任何条文规定我的命运，因此我怎么呼喊都没有用，没用。但是，就是那种无形的力量规定了我的命运。

我痛苦地接受了这个事实。接受之后，心里有了一丝新的希望，就像一个被逼到悬崖边的游击队员，望着下面深不见底，就这么纵身一跳，未必真的就是绝路。怀着这样的想法，我心中有了一点光亮，哪怕像萤火虫的光那么微渺，那也是光亮。我在电脑上把早几个月看不起的单位，或者当时想都没想就回绝了的单位，又重新搜索了一遍，选择了十几家，把求职书又发了一次。每次回到宿舍，第一件事就是打开电脑看看有没有回信。等了几天，有的回信说，已经另聘他人了。大多数干脆连信都不回。终于有了一封回信，是云南一个县城的中学，要我过去面试，待遇还相当好，还说给我报销来回的路费。我突然记起，去年秋招，这个中学曾经给我发出过加盟信息。我又一次在地图上找到那个县城，想一想自己在那边人生地生，日子可怎么过，就失去了勇气。如果一定要去县城，那也得在家门口吧。真有在悬崖边纵身一跳的勇气吗？

我把自己的心情跟秦芳讲了。她说："你那么喜欢麓城吗？"我说："有点喜欢，你在麓城啊。"她摸了摸自己的脸，说："好大的面子。"又说："你可以去试试那些教育机构，麓城上千家呢，容不下你？虽说没有编制，文化人起码的尊严还是有的。"我说："我老爸在镇上教了十多年小学，没有编制，说端就端了。我又走他的老路，他会骂死我呢。我们那个小地方，面子就是第二条命，我读了一个重点大学，他在当地都吹了几年了，忽然走上了他的老路，叫他怎么出门？实在不行，我就去云南算了。云南那边人生地生，在麓城，除了你，我也是人生地生啊！如果我去上海，也是人生地生，连秦芳都没有一个。"我又回到了那种极差的心情，说："从未想过自己会是如此地走投无路，"摇摇头，"走投无路。"她说："去年李亦明真的可算一条路，那真的是一个救生圈。"我说："你们是自带救生圈来到人间的，我呢？我没有。"她说："那就要把眼光削得尖尖的，抓一个。那次送到你面前，你也不抓。如果说跳悬崖，还不如眼睛一闭就在那里跳了。可惜你太相信爱情了。玩浪漫，玩

168

浪漫，那是玩不得的。"我说："我不过就是想让自己的心有个安顿的地方，我二十岁出头，这点要求都不让自己有吗？谁知道到今天，连身体都无处安顿，还别说心。"又叹息一声，"唉，我就是多了这颗心，还有这个躯壳。"秦芳说："再过半个月，宿舍就要赶人了。你工作不定下来，往哪里搬呢？我们不能再谈玄，得做实事。明天我把车开过来，我们把全市的教育机构跑一遍。麓城师大毕业的，找不到一个工作？鬼来了。"我说："鬼真的有呢，它是潜在的敌人，无影无形，每时每刻隐身站在我对面，跟我对着干呢。"

第二天上午，秦芳打电话要我去校门口，说自己快到了。我说："你就把车开到楼下来吧，大家都想看看。"她说："那太张扬了。"我到校门口，四下张望，听见秦芳叫我，看见她在那辆红色的小车中向我招手。秦芳说："我们先从附近找起吧，前面实验中学旁边有十几家。"我说："不在附近找呢，碰见老师同学，都不敢说自己在哪里混吃混喝。"

这一天我们跑了几家教育机构，像学而思、新东方这种品牌的，一看我是学新闻的，当场就回绝了。我一再说自己是师范生，又做过几年家教，主要就是教语文，还有政治，对方听都不要听，说："学生家长要刨根问底呢。再说高考又不考新闻，再说没有教师资格证，教育局要查的。"秦芳在一旁为我说话，对方对她说："到底是谁在求职呢？"

到教育机构去求职，自己觉得已经很委屈了，谁知道还攀不上。每家机构的墙上都挂了一些骨干教师的介绍，也确实让我自愧不如。上午出门还信心满满，只有半天，这信心就瘪了大半。秦芳开着车不停地骂人，我就在心里把她的话接过来，骂我自己。到了下午，我已经体会到了基本的状态，说："往小地方找，可能会有点希望。"说了这话，自己差点流泪。已经是在边缘地带求生存了，谁知还得去边缘的边缘。

去了几家小的教育机构，有一家叫优博的我觉得可以考虑一下。没有别的理由，就是校长很和蔼。校长姓马，原是麓城一中的语文教师，几年前被刘董事长挖出来，办了这所学校。学校有十几间小教室，是董事长的私人物业。马校长问完我几个问题，说："要是你是学中文的就好了，我们正缺语文老师。"我说："我做了几年的家教呢，主要就是教小学生语文，还教过初中。"秦芳说："她教过的学生都考上了四大名校。"马校长望着窗外，自言自语道："窗含西岭千秋雪。"我马上说："门泊东吴万里船。"秦芳说："这对她来说是小儿科，连我都知道。"马校长望着秦芳，又望着窗外的天，说："孤帆远影碧空尽。"秦芳望着我，我说："唯见长江天际流。"马校长说："不错，不错。"又说："你来了，先在前台招呼一下，等考上教师资格证就可以上课了。"我看了墙上的教师介绍，都是小小的照片。不像前面几家，大幅照片挂着，国家领导人似的。这里的教师，确实没有那么光彩，我的学历还算拿得出去的，这让我心里感到了一点轻松。还有一个让我心动的理由，这家机构是股份制，工作了一年，就会给一点分红。我也不好意思问能分多少红，但这总还是给了我一种得到尊重的感觉，也令我有了一种朦胧的想象。出了门秦芳说："马校长不会是个骗子吧？"我说："我这个一无所有的人，有什么东西让他骗呢？"

32

三天后，我把就业协议书拿到优博去签了。刘董事长签了名说："今天本来还有别的业务，小许来了，我特地把那边的事推了。"又说："小许以后有什么事可以直接找我，我能办就办，办不了我也直说，一是一，二是二。"马校长说："董事长就是个一是一、二是二的人。"协议书在身上带了几个月，就这么签了，这让我体会到了父亲在女儿出嫁时的沉重心情。

签之前我和秦芳把小车停在楼下讨论了半个多小时。她说："是不是再等等？协议一签就落子无悔了。"我说："等什么呢？"她不作声。我说："已经等得身心疲惫山穷水尽了。"把事情从头再讨论了一遍，又回到了原处。我说："说了是山穷水尽了吧！"说出这几个字，我有了心痛的感觉。以前看到那么多人从事那些不怎么样的工作，还有点想不通，天下这么大，难道不能找一个更好的岗位吗？现在才理解了，人家已经尽到了最大的努力后，山穷水尽，最后落草到这里来了。

从优博出来，我给吴老师打了一个电话，告诉她已经签了。我把优博美化了很多，连会有股份都说了。秦芳在旁边斜眼看着我，轻声说："吹，吹。"挂了电话我说："不轻轻吹一下，自尊心何处安放？"过了几分钟，杜书记打电话来了，说："小许，你终于签

171

了！我代表学院祝贺你，特别是要感谢你！你知道你这一签有多大的意义吗？我们的就业率提高了零点几个百分点，一下子超过了三个学院。"我说："一个老大难，现在也解决了呢！"他说："不能那么说，一个文化人，从事文化工作，那就是得其所吧！"又说："工作没有贵贱，当厅长省长是为人民服务，清扫垃圾也是为人民服务。"秦芳在一旁轻声说："这个话肯定不是那个扫垃圾的人说的。"我说："杜书记，我想是想当省长为人民服务，当不到呢。"我还想说，哪怕当个书记也行，没敢说。

后勤处下了通知，毕业生限期交房离校。参加完学校的毕业典礼，我没回宿舍，直接就去找房。在公交车上，我心里还回响着刚才几千人一起唱着的校歌："璀璨星光，为我导航，青春迸发，生命之光……"泪水又一次流了出来。四年前，参加开学典礼的时候，听到广播中播放这首歌，那种生命的热情，又浮上了心间。红旗，欢呼，校歌，还有张校长激情的演讲……多么迅速又悲伤地，大学时代就这么过去了，曾经拥有的坚强的依靠，也消逝了。汽车，路人，我……从此，我只能依靠自己，在麓城，生活下去。公交车过了一站，又一站，熟悉的景象，陌生的景象，从眼前流过。喇叭中不时地报出到达的站名。我用手背去揩拭眼泪，却有更多的泪流了出来。

转了一趟车，到了优博。我在附近找到一家房产中介。一个人住一间小公寓，这是我不敢想的。我一个月只有三千块钱的收入，不可能拿一半去租房。中介是一位小姐姐，知道了我的情况，说："前年我跟你的情况差不多，也是跟别人合租的，要不你也合租吧。"给我介绍了几间合租的房，最便宜的也要八百。我说："有没有五百一间的？房间小一点没关系，干净就行了。"小姐姐说："那只有地下室，有点潮没关系吧？反正你只是晚上睡一觉。"我说："那不行呢，会得关节炎呢。"她说："那也是，到春天被子都是润润的。"她很耐心地帮我找，翻到了一间八平方的房子，那也要六百。旁边一位帅哥说："小妹，要对自己好点呢，一百两百，留在那里是没有用的。"我说："那是你们有钱人才这么想，我暂时还不能这么想。我还欠了同学的钱呢。"另一个帅哥从电脑后探出头来说："有钱不花，就是傻瓜。"小姐姐说："别听他瞎哇哇。"帅哥说："瞎哇哇，这都是你自己说出来的，有钱不花，就是人渣。"小姐姐说："我们谈我们的事。"找出几片钥匙，带我去看房。

在路上小姐姐告诉我，自己是麓城工业大学毕业的，学的是安全工程。我说："那是好专业呢！"她说："你们文科生，听见工程两个字，就以为是好专业，其实没屁用。提着仪器到煤矿检查瓦斯浓度，那个事我也做不来。毕了业就在麓城闯啊闯啊，最后落到这一行来了。"我说："我落到民办培训学校了，进大学时的理想，都是幻想。"她说："我现在的理想就是要找个靠谱的男朋友，刚才那个瞎哇哇的帅哥想追我，那可能吗？嫁给他，我一辈子就吹灯了，我还是想一辈子的生活中有点光。"我说："那个帅哥哥还是有那么帅呢，帅也是光。"她说："帅也是光，那是大小姐们的想法，我没资格想，我要活，我要活。"我想起了李亦明，心中突然堵得发痛，就不再说什么。

看了那间八个平方的卧室，在六楼，通风采光都还行，放了一张大床，就去了一半，床上的板子也有点稀稀拉拉的，上面还有一条遗留下来的床单。小姐姐到阳台上接电话去了，一个女孩从隔壁出来说:"你想租这间房?那你要想好呢,三家人共用一个厨房,你去看看能转身不?"我去看了厨房,真的很小,又脏,没吃完的饭菜就放在案板上。她打开冰箱给我看,说:"都放满了。"我说:"真的有三家人?"小姐姐过来说:"是三个人呢。"那女孩说:"三个人各自做饭,那不就是三家人?"小姐姐过来说:"这是小孙,在这里都住了三年了。"

又看了三个地方,比来比去,性价比还是第一家最高。我说:"能不能跟房东讲一下,六百块钱把水电煤气和网线都包了?"小姐姐说:"电是看表分摊,不分摊,大家一年四季开空调,房东怎么受得了?其他就一百块钱包干,一共七百。"我提出再去看看那个小房间,她说:"看来看去,也看不出一朵花来,还是那个样子。"在我的坚持下,还是去看了第二次。下楼时碰到一个女孩,小姐姐说:"这是小孟,麓城大学的研究生呢。"又对小孟说:"给你找了一个伴。"小孟说:"我正好喜欢热闹点。"就上去了。我对小姐姐说:"你跟房东联系一下,要她优惠五十块钱。"她说:"房东是铁板一块,优惠这么多,那是要她的命。"我说:"打一个嘛,打一个嘛。"她打了电话,房东在那边大吐苦水,把买房的成本细细算来,说:"这个价钱租房,简直就是做慈善事业。"小姐姐好不容易才挂断了电话,说:"她同意减二十块钱。"又说:"房东是不合算呢,成本在那里。"

我打算下定金了,一听要押一付三,算一算自己没有那么多钱。小姐姐说:"还有中介费,一个月房租。"我说:"我还以为只要五十块钱呢。"她说:"我们就算能喝西北风活着,五十块钱,那门面费都不够,我们也要交房租呢。"我一下子泄了气说:"我再想想，让我再想想。"她说："你就算帮我一个忙吧，我一个月要租出三套，卖出一套，才算完成了基本指标，你这才三分之一套呢。"我说："我真的要好好想想，还要去化缘一点钱来。"

离开小姐姐，我又去看街边的小广告，房东直租的。电话打了几个，只要是单间，就要七八百。有个房东说，把一套房优惠租给我，要我自己去找两个人合租。我心里算了一下，的确也是优惠，如果真找到人了，我自己可以少出两三百块钱。可我又去哪里找人呢？我站在大街边，捏着手机发了一阵呆。眼前的街道向西边冲过去，鲜红的落日挂在前方，圆圆的一个金球，被晚霞稳稳托住。我细眯着眼去感受夕阳的余晖，看着那只金球渐渐沉入晚霞之中，终于，晚霞的弧线也消失了。我觉得自己就像一个外星人，刚刚被神秘的力量抛到了这个世界上。

回到学校，在暮色中看到行人来来往往，忽然觉得有点陌生。这就是麓城，这就是麓城师大，这就是我，许晶晶。我掏出手机，给小姐姐打了电话。

33

回家是痛苦的，可还是不能不回。

从读中学的时候开始，每次回家，我就提前几天在心中期待。这期待像含着一颗糖，在回家的路上慢慢地融化，到家的那个瞬间，甜蜜就渗透到了全身。读了大学，离家既久，期待就更加悠长，盼望着幸福在那一刻释放。

可是，这一次，回家是痛苦的旅程。在登上长途客车的那一刻，我就感受到了心的紧缩感，像有一只隐形的手，在把它捏紧。离家越近，我的负罪感就越强烈。老爸期待了四年，老妈期待了四年，他们不会想到，事情是这样一个结果。

因为怕他们询问，我事先没有给他们打电话，拖一天算一天。这几个月来，每次发现能够再多拖延几天，哪怕一天，心中就会感到一点轻松。后来，再打电话来，在情急之下，我发了脾气，在电话中说："你们是不是以为在麓城找一份像样的工作，就像喝一碗蛋汤？"

我在家门口停了一下，侧耳听听，里面很安静，似乎没有人。这正是我希望的状态。我慢慢掏出钥匙，轻轻地插入，旋转，缓缓把门推开，悄悄地走进去，家里没人，连比我早两天回家的盈盈也不在。这真是一个好消息，我心中一下就舒展了。我可以静下心来想想，怎么跟老爸老妈对话。

外面有响动，是老妈的脚步声，总是慢半拍似的。接着就是盈盈的笑声。我正想着是否要倒在沙发上装睡，门开了，老妈惊喜地嚷着："晶晶回来了！你回来了！回来了！"又抱怨我怎么不告诉一声。她站在沙发前，眼光询问地望了我一下，嘴唇微张，又闭拢了。我装着不懂她的意思，懒洋洋地说："头晕，有点中暑了，车上好热。"她马上要去给我煮凉茶，我说："算了，好些了，好了。"盈盈把手提袋放在茶几上，去给我倒茶。老妈把提袋打开，往外掏出真丝上衣，皮凉鞋，乔其纱长裤，一边说："说了不要买这么贵的东西，盈盈她硬要给我买，我穿就太可惜了。"我说："盈盈发财了。"想起了房租押一付三，还是她转给我的。

老妈又一次向我投来询问的目光，我眼皮抬上去，似乎是不理解，来反问她。她慌了，目光转向真丝上衣，拿在胸前比画。气氛有点不对，我说："累了。"就走到房间里，躺在床上，不一会儿，厨房传来了切菜的声音。

吃晚饭的时候，老爸回来了。我听到他在外面讲话，又推开门说："晶晶，你回来了？工作找得怎么样？"这一声发问像一拳打在我胸口上。我坐起来说："找到了。"老妈从厨房跑过来，也站在门口。老爸说："有编制没有？"我含糊地说："有工作就是有编制吧，没有编制怎么工作？"他说："胡扯。"又说："来，来来，到客厅来讲清楚。"我一只手撑着床沿站起来，拖着沉重的脚步，像戴着镣铐上刑场的囚犯。老爸让我坐在沙发上，居高临下地问："有编制没有？国家编制？"我摇摇头说："没有。"老妈在一旁急得跳脚，说："没有国家编制，那算找到工作？崽吔，崽吔，你怎么这么傻呢？"我说："我傻？我不傻，问题是我找不到。"就把优博的情况说了。老爸说："崽吔崽吔，你会走我的老路呢。"我说："那我也没有办法。"又加一句："真的没有办法。"老爸说："你当年是一中的优等生，"跷起大拇指，"又读了重点大学，找个工作总该有点看相吧？"我说："那是麓城呢。"盈盈说："那不是津阴呢。"老爸横她一眼，她就不作声了。

我垂着头一声不吭，像一个被审讯的罪犯。我错了，我对不起家人，也对不起我自己。可是，我错在哪里？我不知道。我想着，这就是自己跟罪犯唯一的区别。事情的结果摆在这里，我没有什么可辩护的。也许，我应该再努力一点，考上研究生。这能改变什么吗？我看来看去也看清楚了，改变不了什么，只能是把问题推迟三年。到那天，问题还是问题，赤裸裸摆在那里。老爸说："我自己一世人，活得不像人，我就指望你们争口气呢！那也不是为我，也不是为你妈，是为你们自己。我和你妈，将来老了，不拖累你们，自己解决自己的问题，到那天，也自己解决。"我心中一冷，一股寒流从头淌到了脚跟。我惊恐地瞟了他一眼，不敢看他怨恨而哀伤的眼光，又垂下头去。他说："我早点把话说明了，你们也可以放个心，自己努力去飞，去飞，飞！飞啊！我就可以指着天空对别人说，看，看，那是我许家的孩子。"

老爸见我不作声，说："我说什么，你听见没有？"我轻声说："听见了。"他说："我也不是今天才说，都说了十几年了，你听见了你还这样？早两个月我还跟你妈说，你重点大学毕业了，找到好工作了，要摆十几桌酒，现在呢？怎么摆？别人轻轻问一声，我怎么回复？"老妈插嘴说："酒就不在外面摆了，自己家里还是要摆一下，看女儿都大学毕业了，重点大学呢。"老爸吼一声："摆个鬼！要摆你们自己吃，我就喝杯白开水，白开水！"

我一直垂着头，眼泪一滴一滴地滴在手背上。我看着泪水慢慢流到手背的边缘，然后，突然一滑，坠落了下去。我想象着自己就是那颗坠落的泪珠，在生活的边缘往下滑，慢慢地滑，滑，突然，坠落在地，摔得粉碎。我移动一下脚，想看看那颗泪珠的状态，却没有看见。又斜着头，再移动一下脚跟，还是没有。一滴泪可以这样无缘无故消失，那么，一个人，比如我，也可以。

老爸端着杯子，喝了一口，说："白开水。"又说："你自己表个态，怎么办？"我直起身子说："我能怎么办？我没有用，我捶死自己，好不好？"说着想也没想，扬起右手在自己左肩上狠狠捶了几下。老妈过来拉我的手，盈盈说："姐姐，姐姐！"老爸说："让她捶，捶痛了她就知道痛了！一个人她不痛，她怎么会知道痛！"

我猛地站了起来，仰着头嚷道："天呢，天呢，我到底错在哪里？别人进步了，找到好工作了，他们有人帮，谁来帮我？谁来帮我呢？"一阵委屈涌上来，我说："大家去问一下，那些找到好工作的人，有几个是凭自己赤手空拳找到的？像我这样赤手空拳的人，想找到一份好工作，可能吗？"

老爸的神态一下子变了，跌坐到沙发上，一声不吭，一副可怜巴巴的样子，半天站起来叹口气说："我这个当爸的，我这个当爸的！"右手在自己头上狠狠敲着。我赶紧拉住他的右手说："老爸，别打，你别打自己！"他又用左手去敲自己的头，说："都是我，都是我！"我大声喊："盈盈！"盈盈马上冲过来，抱住了他的左手。我和盈盈一人拉着老爸的一条胳膊，用两只手在胸前紧紧抱住。我呜呜地哭，盈盈也呜呜地哭。老爸抬着头，望着天花板，眼睛怔怔，傻了似的一声不吭。老妈急得跳脚，双手不知所措地颤抖。

好一会儿老爸说："松开。"我和盈盈抱着不松。老爸说："松！"用力一挣，松开了。老爸说："不怪你，都怪我。"我说："我没这样想啊，我没这样想啊！"他说："这样想也是应该的。"又说："没办法，你还是去考公务员吧，你堂妹的邻居，纯粹的农民，他儿子考了麓城的公务员呢，在政府里呢，政府里！"我说："好的……"盈盈说："姐姐以后的生活费，我给她拿吧！"老爸说："这点钱家里还有。"我一边应着，心里慌得很，家里寄托了这么大

179

的希望，这责任太重大了。几百个人抢一个位置，我如果考不上，那怎么敢回这个家？怪不得有些大学生实在出息不了，都不敢回家，还有去流浪的，真可怜啊！这样想着，我意识到这件事不能就这么答应下来，不然以后就可能被逼上绝路，连回旋的余地都没有了。我挣扎着说："公务员……考的人好多啊，一个平平常常的位置，几百个人冲上去抢。"老爸沉吟了一下，说："那也是……先做饭吃吧。"

吃过晚饭，盈盈说："姐，我们到外面去吹吹凉风。"出了门她说："姐，你上次跟我说游泳圈的事，有的人天生就有，我们是不可能了。总不能回到一个富贵人家重新生一次吧！只能自己学会游泳吧，你还有希望，我是不可能了。端盘子、开啤酒能叫作会游泳吗？所以这辈子唯一的出路，就是找个新的游泳圈，嫁个好点的人家。"我说："你睁大眼睛看看清楚啊！优秀的渣男把你的青春掐走了，你的计划就落空了。"她说："我心里硬得很，几句甜言蜜语想哄我，那不可能。反正我是不见鬼子不挂弦。"我停下来瞧瞧她，又瞧瞧她，说："什么时候变得这么狡猾了？"她说："我一无所有，再不狡猾点，那就没有一点希望了，墨墨黑。"我说："谁说你一无所有？还是有那么漂亮好不？"她说："一辈子就这点资源了，这还要感谢老爸老妈。"又说："标准的好男人，肯定也瞧不上我，李亦明瞧得上我吗？我不能做这个梦，我恐怕只能去找那些有点什么问题的。"我说："有这么悲哀？"她说："那硬是这么回事。"我说："还是要找自己喜欢的。"她嚷起来："我的好姐姐吧，我们……我这种人，有什么资格去谈感情！感情是重要，生活更重要，是吧？事情在那里，你不去找它，它自然会来找你，你躲到哪里去？我本

180

来想好好谈一次恋爱，有个初中同学在县里开了家小店铺，他有点帅，对我有意思。我看了他家那个小门面，心都凉了。想着还是算了，恋爱也来不及了，就几年好时光，耗不起，直接找个好点的人家，管他怎么样呢！"

盈盈的话让我心里难受得很。我们这种人家的女孩，连找份真爱的资格都没有了吗？我心里涌上来很多话想反驳她，就没有一句很得力的。我说："你不要轻轻松松就把自己卖了，左边右边，上面下面，多看看，总会有合适的，你还小呢。"她说："上下左右地看，看到三十岁，眼光还不下来一寸，那样的女孩，那要有资格吧？她剩下来她还有机会，我剩下来就万事皆空了。我二十四岁一定要把自己嫁了，还有四年。"我觉得有点恐怖，时间太逼人了。我抬头看看，天已经很黑了，月亮出来了，蓝色天幕上还缀着几颗星。看到星光我心中痛了一下。宇宙运行，一百年是那样，一万年还是那样，可是对我们，一年那就是一年。我说："急什么，你急什么？"

暮色中有人喊我们："晶晶，盈盈！"在灯光下，我看见是老邻居张阿姨。我和盈盈一起喊："张阿姨。"张阿姨说："大学毕业了？"我说："毕业了。"她说："在麓城工作了？"我说："在麓城。"她说："麓城了不得。"我说："一般般。"她说："找了个什么工作呢？"我说："老师。"她说："在麓城当老师，了不得。那多少钱一个月呢？"我往高处说："三四千。"她说："才三四千？阿姨看着你长大的，你怎么逗阿姨玩呢？"我说："只有这么多呢。"她说："开玩笑，开玩笑，是怕阿姨借钱吧！"她走过去了，我忽然想到，这"张阿姨"已经喊了二十年了，现在还有资格喊吗？立起来都比她高了。我觉得这么喊有点矫情，好像自己多嫩似的。就像自己刚进学校，去食堂吃饭，亲热地喊舀菜的师傅："阿姨，茄子，阿姨，西红柿炒蛋。"想要她多舀点。忽然有一天，我听见别人这么喊，觉得很不自然，装嫩呢。人家才三十多岁，你有那么小吗？以后就不再喊了。

我回过头去看张阿姨的背影，身子在路灯下模糊地晃动。我站在那里想看得更真切一些，盈盈拉了一把说："姐。"

34

优博的工作很简单，就是守在前台，等人来咨询。

我的任务是要尽量留下每一个来咨询的家长，把他们转化为客户。说服他们下单，把孩子送来，我的工作就算完成了。

每一个家长都是犹豫再三。来了，又去对面的学校比较，然后再回来，问一些更详细的问题。每说服一位家长，他们付了学费，我就会有一点小小的成就感，马上发信息给马校长，报喜似的。家长一去不回头，我就有一份自责，这种自责给了我很大的压力，拿了工资，总要做出点业绩来，才对得起老板。

工作时间很长，不能漏掉一个客户。早上九点到晚上十点，老师们下课了，我才去搞了卫生再下班。每个星期有一天，会有一位没课的老师替我值一天班。这就是我的业余时间。有时候一天只来两三个人咨询，我就坐在那里看手机，或者跟那些来咨询过的家长联系，尽量把他们捞过来。很多家长白天要上班，我就晚上通过短信跟他们聊。晚上十点回到小房间，还在聊，经常同时跟四五个人聊，最终的目标，就是要他们下单。招生的情况如何，这是马校长着急的事情，没有人让我急这个。但看着马校长急，我也跟着急。有时候觉得自己非常可笑，学校又不是我的，我急个啥呢！这样想了，便想开了。可想开了，该着急还是急，觉得自己有点贱，拿着这薄薄的一份工资，犯得着吗？

学校的老师，也有几个专职的，大多数都是兼职。兼职老师在麓城的中小学教书，都不是附近的。他们像地下工作者，姓名不公开，大家都"张老师，李老师"地叫。他们怕学生认出来，传到所在学校去，说他们不专心于本职工作。他们在优博是最有身份的，但照片不上墙，由我向家长们介绍。在我口中，他们都成了大师级人物，没有成为国家名师，只是少了一点机缘。

有人的地方就有江湖，要分出圈子和等级。要说这个优博学校吧，在麓城的培训机构中，已经属于比较低的等级了，主要靠低学费来招揽生源。可是，就在这个等级中，还得分出等级来。兼职的老师匆匆来了，又匆匆去了，按说他们都有一定的声望，招生要靠他们的名头，在优博的等级是最高的，但他们最不在乎，只要按时拿到钱就行了。十来个专职的老师，就自成一个江湖，谁上课上得好，或者跟家长们沟通得好，能够巩固既有生源，发展新的生源，谁就是江湖高手。

我没有教师资格证，连上课的资格都没有，就成了最低的一等，这一等只有我一个人。上完课她们匆匆回家，我得留下来打扫教室，整理桌椅。上午没课的时候，她们就分成语数外三个小组在教室里磨课。我的目标是当语文老师，有几次去看那四位老师是怎么磨课的，她们当我是空气，也不理我。有两次还问我："有什么事吗？"我应着"没事没事"，就走开了。我并不生气，只觉得可笑。你们几个专科生，虽然专升本拿了本科文凭，或者自考升了本，学历跟家长们说起来，还得遮遮掩掩，相片挂在墙上，前面的学历都不能提，真敢那么看得起自己啊！

当然我也理解她们，我来了，给她们带来了一点小小的不安。如今到什么地方都要讲出身，出身不好，那就是一生的遗憾。如果出身不重要，清华北大还能那么让人景仰，还会有那么多人要往里面挤？这么多教育机构能够生存，不就是家长期望自己的孩子有个好出身吗？这有点俗，但没有家长敢超凡脱俗。孩子的前途，从幼儿园就开始，就逐步确定。那些家长没有能力选择好学校，又送去参加各种培训的孩子，大概会输在起跑线上，也就输掉了一辈子。我的出身没有清华北大那么高贵，但也不差，在优博那是最响亮的。等我把教师资格证拿到手，那就看看，马校长相片后面，排在最前面的那会是谁呢？

语文组的组长叫文霞，大家都叫她小霞老师。有一天她走到前台来抱怨说："许老师，昨天教室的桌椅摆得有点乱，地上还有纸屑，这会影响学生对学校的观感呢，这不是个小问题呢。"把事情提到"问题"的层次，我有点生气，我说："哪间教室？"准备跟她过去看看。她说："我要学生摆好了，今天的课都上完了。"又说："下次注意点。"我答应着，努力去回想她今天上课的那间教室，我昨天打扫整理了的啊。等她去了，我把那间教室认真打扫了，心中有点虎落平阳的感觉。一个专科生，自考的本科，竟然用这种口气跟我说话。我又到教师介绍栏去看了一下关于她的介绍，其他的学历信息都没有，只有麓城师大本科毕业这一条。谁才是正牌的麓城师大本科毕业的呢？那只有我啊，许晶晶啊。没有关系，我不跟你争这一时之气。我把心中的怨气压了下去，心平气和地眯了眯眼，撇了撇嘴角，在心里笑了笑，呵呵。

过了几天，文霞又忽然亲热起来，过来跟我说话。我说："这几天教室都整理干净了吧！"她似乎没明白我说什么，愣了一下才想起来似的，说："还记着那天的事？我都忘了。"我说："那我不能忘呢，忘了又会受批评了。"她说："小事，小事。"我说："也是个问题呢。"她说："我这个人，最大的缺点就是心直口快。"我说："这是优点呢。"她说："那要看对谁，对你这样的人，胸怀宽广，从来不斤斤计较，那才是优点。"被她这样一说，我又觉得自己是不是胸襟有点太狭窄了，这样一件事，还在胸口堵了几天。

星期四晚上下了课，文霞走过来说："晶晶老师，帮个忙可以吗？"我停下手中的事，扶着扫帚，望着她。她说："明天本来该我值班，你休息的，可是我明天真的有一件很要紧的事，你帮我值了这个班，我下次还给你。"这已经是第二次了，上次代她值了一天班，她还没还呢。我好几次都想提醒她，忍住了。我说："我一个星期才休息这么一天。"她说："就算换个班吧，下次还给你的。"我鼓起勇气说："上次还有一天没还呢！"她做出突然想起的神态说："是的，是的，看我都忘记了。"我不知道她是不是真的忘记了，也许是真的，就像借钱给别人，忘记了的总是别人，记得的是自己。我说："我明天也有点事呢。"她说："你的事可以推迟一天吗?"我说:"后天又是周末了,事情是最多的,学生都来了。"她说:"那就推迟两天。"她这么顽强,我都不知道说什么才好,就不作声。她说:"那你就答应帮我了?"我说:"过几个月就要考教师资格证了,得准备一下。"她吃惊地说:"这个地方,香吗?闻着一点都不香,你还准备长期抗战?糟蹋你这个人才了。"我指了她一下说:"看这么多人才都糟蹋了。"她说:"我们是没出息,没办法。"我说:"我也是没出息,这辈子混混就算了。"说出这句话,我一阵心痛,在心里对自己说:"这是敷衍她的。"她说:"真的要混吧,你现在这个岗位还好混点,教课吧,学生的成绩上不去,家长那怨气,恨不得挖你老家的坟呢。"又说:"去年还有一个说让赔钱的家长。"

　　我不作声,也不想撕破脸,希望她自己知难而退。她说:"我男朋友从广州回来了,我要去接他一接。"我说:"你就跟他说,你有事,要他自己过来。"她说:"你谈过恋爱没有?你没谈过恋爱,你不懂,仪式感是很重要的。"又说:"下次我给你介绍一个男孩子,要不要?"我摇摇头。她说:"女孩年轻要抓紧呢!青春就像一条泥鳅,稍不抓紧,就滑走了。"

　　我最后还是答应了文霞。答应了后,我心里觉得很憋,很窝囊。你的事是事,我的事就不是事吗?欠我两天了,她大概会忘记,她不记得,我会记得。我一定要开口要回来,这没有什么不好意思的。别人好意思,自己不好意思,那就趴好了等别人来骑吧!

35

这辈子混混就算了。

晚上我躺在床上，朦胧中觉得心里有件什么事，翻来覆去，怎么也找不到恰当的睡姿。忽然心间就跳上来了这句话，身子颤抖了一下，清醒了。

当时是为了敷衍文霞随口说的，现在想起来，心间就有了一种物质化的痛感，浑身汗都出来了，背上有黏黏的感觉。我摸到遥控器，把空调又下调了几度，汗消退了，胸口也平复了一些。我在凉席上平躺着，似乎找到了恰当的睡姿，盯着空调上的那一点微光，在心中安慰自己，现在的状态，就是我的命。我不是没有努力过，我努力了，我没有对不起自己。我不能这样跟自己过不去，我得承认现实。我命由己不由天，这只是一个浪漫的说法。睁眼看看周边这么多人，世上这么多人，卖奶茶的，在超市售货的，下米粉的，做保洁的，在教育机构上班的……又有几个人过着自己想要的生活？我不过是他们中间平凡的一员罢了。说不甘心，那又有什么用？别人就那么甘心吗？他们谁没有努力过？最后还是接受了命运的安排。那么我呢？我能拒绝这种安排吗？

这样想着，我有了一点安慰，也有点心平气和了。我怀疑这是一种温柔的自欺，我强烈地感到自己多么需要这种温柔的抚摸。我昏沉沉地侧身准备睡去，突然一个念头涌了上来，不能屈服啊，不能！我嚅动了一下嘴唇对自己说，有什么不能？天下这么多人都能，就你不能？你算老几？这样想了几次，心中安静了一些。可是，那念头就像进攻上甘岭的美国士兵，被打退了，又涌上来；被打退了，又涌上来……可是，我又有什么资格拒绝命运的安排呢？

资格。这两个字像两颗钢钉，钉在我大脑的缝隙之间。一个人，她没有能力安排自己的命运，就没有资格拒绝命运的安排。看到世界上有那么多优秀的人，就看到了自己是多么平庸。那么出路在哪里？想来想去，唯一的出路，就是平复自己这颗躁动的心，告诉自己，没有资格，就不要胡思乱想。我想起前几天在楼下看大妈们跳广场舞，有个中年妇女过来跟我说话，说看得出我心中有郁结之气。我一下子就有了得到理解的感觉，把她当作知己，倾吐了一番。她马上建议我参加她们的礼佛研习小组，说："心中有了佛，意气自然平。"她告诉我，自己经历了怎样的家庭和工作方面的挫折，几乎走不出来，在法力无边的佛的引导之下，找到了心灵的安静。当天晚上她拿给我一些资料，并反复叮嘱我一定要静心研读。第二天又问我，周末是否愿意去麓山天麓寺礼佛？我要上班，我没有去。不上班我也不会去。我才二十二岁，我不能走那条路。

我平躺在床上，听着空调那轻微的震响，一直听到天明。

总算有了一个空闲的周末，我跟秦芳约好，要去广电中心找她。到她家已经快中午了。她爸爸叫我吃饭，我反正是吃过很多次的，就答应了。秦芳说："我跟小吕下午去看看房子，一起去啊！"才知道她已经准备买房结婚了。我说："这才毕业几个月，有那么急吗？"她瞥了一下肚子说："出问题了，他家里不准我采取措施。

反正是这么回事，就提前了。"我说："你不是有文化吗？文化呢？"她笑一下说："大意了，玩脱了。"我有点不能接受说："你说好要玩几年痛快的。"她说："那以后再玩，也是一样的。"

吃过饭我跟他们去看房，小吕已经踩好点了。在车上我对秦芳说："本来想跟你好好谈下心的。"她说："小吕是聋子，还是哑巴，你尽管说。"小吕侧脸往后面看了一下说："你们说什么？我没听见。"秦芳说："说了他是聋子吧！"我说："铁树开花，哑巴说话。"又说："这个教育机构总待下去也不是个事，不算个正经工作，连公积金都没有，待遇比人家不知低了多少又多少。"秦芳叹息一声说："慢慢再看机会。"她没说一个明确的方向，这让我有点失落。我说："太难了。"她说："是不容易。"我失落感更强了，说："教育机构的天花板太低了，搞下去一眼能看到一辈子。我想找个天花板高点的地方就好，哪怕当个小学老师呢，那总还有个小教几级可评吧！"她说："你们马校长天花板肯定高，不高他也不会从名校出来。"我说："钱肯定比原来多，但压力大多了。他就是想当官，在学校争取校长没争上，出来想办个连锁教育机构，三年了，连这一家都很艰难。他说，出来想在市场上打鱼，没想到鱼这么难打啊！我看他是后悔了。"她说："你奋斗几年，搞到他那个层次，应该还是有希望的。"我心里亮了一下，说："也不容易。拼命十年，达到他那个层次，应该还是有点希望吧！事情都是人做出来的。"她说："到时候你办个连锁学校，我来投资入股。"小吕突然踩了下刹车，我身子前倾了一下。小吕说："秦芳，你不要信口开河，天下没有那么容易的事。"我说："帅哥怕我十年之后向你借钱呢。"小吕说："我能想那么远？我只是想告诉你们，天下的事没那么容易。如今能做出一点事的人，不管他在哪里做，那都不是平凡人。"

车到了售楼部，下了车我对秦芳说："帅哥看我，不但平凡，还很平庸。"小吕说："秦芳她看我，说什么都是错的。"又说："晶晶，你看我们都认识这几年了，不是老朋友，有些话我也不会说。对别人我只会说，你的目标能不能再上一个几个层次呢？就凭你，定这么小的目标？我要是对你这样说，那基本上肯定就是陷害你跳坑。"

这天下午他们去三个楼盘看了四套房，说明天带家里的大人来看看，就定下了。看完了他们送我回去，一路上在计算付款的事，算出来两个人的公积金就够交按揭款了。这也是一件让我伤心的事，就沉默不语。后来感到这种沉默表达了一种狭隘的情绪，朋友买了房，我应该为她高兴才是。我几次想插话表示自己为他们高兴，没有找到恰当的机会，怎么说都显得有点勉强，甚至虚伪，就沉默着。幸亏我坐在后排，他们聊得正欢，没有注意到。

终于，小吕还是意识到了我的情绪，说："晶晶，到时候你找房子，我开车来为你当高参，我看了几十套了，脉把得准。"我说："我在梦里吧，我的梦有点多。"又觉得自己这话怎么听都有点酸，又说："争取，争取。"小吕说："晶晶，在麓城，要一个女孩子出类拔萃，那太残酷了，麓城的聪明人太多了，连他们都平凡着。"我说："就是说啊！我想掀开压在头上的这块天花板，找一个能看到天上云彩的地方，那硬是找不到呢。这天花板太低，压抑人啊！"秦芳："像我一样，做个没出息的人，也不错。"我说："比不了呢。"小吕说："要我是你，我就花两年时间，硬是要把公务员考下来。你的基本素质是够了的。"我想说，两年？没条件呢。没有说。

这不是什么光彩的事，就叹息了一声。小吕说："还有一个办法，就是趁年轻找个好男人。""男人"两个字又让我想到大叔们，又叹息了一声。秦芳说："好男生，男生。"她太了解我了，我的一点小心思，她都知道。小吕说："我代表全世界的男人，哦，男生，给你一个建议，那就是要趁早。这是女孩的核心价值。时间很可怕，对女孩更可怕。"秦芳点了他额头一下说："是不是遗憾我过了十八岁？"又说："我也给你们男生一个建议，那就是要努力，你们男生的核心价值就是要达到更高的层次。"小吕说："这个我不劳你教导，我也知道。"秦芳说："那你还每天懒洋洋的？不怕我跑了？"小吕说："那真不怕。"秦芳说："晶晶听到没有？世界它就是这样的，男人他捏着你的软了，他就变脸。"我说："这世界是不是有点太现实了？我得抓紧，什么事都得抓紧。"

36

每天晚上离开学校，心中就有一种幸福感。走在灯火辉煌的大街上，想着那间小房，就像一只倦飞的鸟，快飞回自己的窝巢。我真的很能体会小鸟们的心情，我跟它们一样，渴望着一个归宿。归，宿。前人造词，真的太聪明了。

房间里三个女孩，小孟，小孙，还有我，都是在麓城漂着的女孩。刚开始我想着，同是天涯沦落人，应会有特别好的理解和同情。我想错了。她们并没有跟我建立朋友关系的愿望，这跟学校同学之间的关系完全不同，友谊的氛围营造不起来。三个女孩，各煮各的饭，各炒各的菜，经常还得不动声色地抢厨房，占个先手。三只小电饭煲，在台板上一字排开，保持着客气的距离，像三个有修养的陌生人。有一次我提议说："是不是饭一起煮算了？省好多事。"想着如果得到响应，菜也可以一起炒。小孟说："要得。"小孙说："我周末经常不在呢。"小孟马上说："我胃不太好，读研究生的时候东一餐西一餐，把胃吃坏了，只能吃烂巴饭，别害得你们也跟着吃。"我望了望小孙，她扭头去看窗外。我说："是不太好搞。"第一次大联合就这么破产了，以后也就不会再有。

我经常是晚上快十点了，才回来做晚饭，把第二天的中餐一起做了带过去，在学校微波炉里热了吃，这样比点外卖，一个月能省几百块钱。有天十点多还在做饭，小孙从房间出来说："这么晚吃晚饭不好呢，书上说晚饭要早吃，带着积食去睡觉对身体特别不好。"我说："是的，是的。"加快了切菜的节奏。她叹声气说："这个菜板的声音好大哦。"又说："我有点神经过敏。"我马上放慢了节奏，说："我悄悄地切，悄悄切。"以后我做饭吃饭就尽量小声，在厨房蹑手蹑脚，做贼似的。

第一个月交电费，摊到我头上，三分之一，有两百四十块钱。这把我吓了一跳，有肉痛的感觉。我心里算了一下，我房间是小空调，只有一匹，只在晚上开，一天也就五六度电，三块多钱，一个月电费应一百块钱才对，加上冰箱、照明，最多也就一百二三吧，怎么会两百多？我想给房东打个电话，是不是算错了？忍了几天，想着这钱得长期出的，那怎么行？就打了电话，房东说："这是个数字时代，数字说话，我还会多赚你们这几个钱？"把这个月的电表拍照发给我。我去楼下看了，又看了租房合同上的电表度数，的确是这么多钱。这让我哑口无言。忍不住我还是跟小孟说了，她说："我从来都是出这么多钱，你不说我都没想过，你一说我觉得真是个问题。"又说："小孙房间大，空调大些，她肯定用电多些。这我们也不好计较，等会儿说我一个研究生心眼比针尖还小。"她这么一说，我也只好算了。

这个周一是我轮休，早上我坐在床上看考教师资格证的辅导资料，十点多起来下面吃了，走到阳台上去看看街景，听到一阵嗡嗡的声音，发现是小孙房间空调的外机在工作。我以为她还没起来，等到中午，她房间还没有一点动静。我有点担心她是不是病了，就敲了几下房门，没有反应。晚上六点多钟小孙下班回来，我马上对她说："你房间的空调忘记关了。"她说："哦，哦，忘了，忘了。"望也不望我一下，就进了房间。

过了几天，我休息的时候，去洗手间经过小孙房间，忽然想起来，就把脚在她房间的门缝处探了一下，一股冷气传了过来。我马上跑到阳台上去看了看，空调外机果然还在工作。难道她今天没去上班？还是又忘了呢？我细心去听小孙房间的动静，没有一点声息。下午小孟回来了，我非常气愤地把事情跟她说了。小孟也很气愤，说："难道我们每个月为她付一百多块钱的空调费吗？我这才赚几个钱？"我说："如果只有我自己，我每天可能只舍得开两三个小时，下半夜就关了。"

晚上小孙回来了，小孟对她说："小孙，你去上班要记得关空调呢！"小孙说："我不是忘了，我是回家一进房间就需要一个好点的环境。我脸上长痘了，一热痘就燥起来了。"我说："这每个月的电费，实在是太高了。"小孙不接这个话，说："人家正是谈男朋友的时候，脸上憋出痘，被男朋友甩了怎么办？"小孟马上说："那电费的事怎么办？"小孙说："你问我？我……"四周张望一下，"那你们觉得不平衡，你们也整天开着吧！"进房间去了。

　　小孟望着我，我也望着她，两个人都摇头，不说话。到晚上小孟发信息过来说，我们就舍几百块钱，也整天把空调开着，她肉痛了，她才会知道痛。我想着这也不是个办法，就没回信。第二天小孙上班去了，小孟说："我昨晚气得半夜没睡。"又说："对有些人你讲道理、讲好话，是没有用的。"我说："好，就听你的。"

　　晚上我回到家，房间里一片漆黑。我浑身燥热，马上跑到房间想开空调，小孟摸黑过来说："保险丝烧断了。"我说："小孙呢？"她说："住到宾馆去了。"我说："爱自己倒是爱到骨头缝里去了。"就打电话要房东找人修保险。房东说："你们开空调开得太厉害了！"又说："你们是不是太有钱了？我自己家里都不是这样用电的。"告诉我一个电话号码，要我自己去找人。我打电话找来了一个修理工，几分钟就修好了，收了五十块钱。小孟发了十七块钱给我，说："我明天要她把那十几块钱给你。"又说："下次她还那样，我们就还这样。没有办法，实在是没有别的办法。"

　　第二天早上小孙回来了，说："来电了？什么时候来的？"主动发了十七块钱给我，又说："来电了早点通知我，让我省了这一百多块钱。"我说："修理师傅说了，线路也得让它休息休息，用久了会发热烧保险丝。"小孙从喉咙里发出一阵模糊的声音，"嗯嗯嗯嗯"，好像是要咳嗽了似的。

有天小孙的男朋友来了，两个人津津有味地在厨房做饭。我等到快七点钟，就去外面吃了个快餐。小孙和男朋友吃了饭就出去了，小孟说："应该不会回来了。"我说："房东交代了，男生不能留宿。小孙还是守规矩的。"到十点多钟我去睡觉，小孙果然没有回来。睡下不久，听见外面有点声响，从门缝看到客厅灯光亮了，以为是小孟上洗手间。睡到半夜，我去上洗手间，里面灯光是亮的，就在过道上等着。洗手间灯熄了，门一响，朦胧中看到黑黑的一个高大身影从里面出来，是个男人。穿着短裤，打着赤膊。我的心差点从口里跳出来，腿软得走不动，双手叉在胸前，遮住了小背心，又发现自己穿着短裤衩，马上蹲在地上。那男生说声"对不起"，从我身边越过，到小孙房间去了。

我逃回房间，喘息着，感受着心脏的跳动。躲了一会儿，我还是要去洗手间，就轻轻开了一条门缝，客厅里黑黑的没有动静。我把衣服穿好，探头去察看了一下，没有人。我踮起脚跑到洗手间，把门闩好。出来的时候又探头看了一下，闪出来，回到房间。

第二天小孙不好意思地对我说："昨晚上是你吧?"我说："真的把我吓着了。"她说："就知道是你，是她早就叫起来了。"嘴唇往小孟房门口努了一下。我说："这……这，没有心理准备。房东说了……"她说："还不是想省两百块钱。"又说："没吵着你吧?"我以为她是指男朋友洗澡是不是影响了我，看她那害羞的表情，忽然明白了，说："这房子质量还行，再说我的床没靠着你那边的墙壁。"

接下来好几天，我晚上躺在床上，老想着什么时候，在麓城有一处自己的房子就好了，哪怕只有一间，这个念头越想越让人痴迷，像一颗图钉，被用力地摁在太阳穴上。

37

这天晚上，我收拾完教室准备回家，刘老板进来了。他望着我，有点疑惑地说："小许，怎么还没走？"我说："不是要把教室打扫一下吗？"他说："让你这个正牌大学生干这些事，太委屈了。你什么时候考资格证呢？"我说："还有几个月。"他说："等你拿到证了，要马校长安排你当语文组长。"我说："那不行呢，我会被吃掉呢。"他说："行不行，由我说。"我说："那不行呢。"

我从里面的教室一间间把灯熄了，关了门出来，刘老板还在楼道口等我。下楼的时候他说："小心点。"似乎想伸手来扶我，又缩回去了。他要送我回家，我说："走路才要十几分钟呢。"他说："就不能给我一次为人民服务的机会？"上了车我说："是奔驰呢，是学校赚的钱呀？"他说："学校就没赚过钱。"又说："这房子是我盖的，开发商没工钱付，就把三楼这一溜房子赔给我了。我拿着也没用，就听了别人的教唆，来办个学校。"我说："这也是教育事业呢。"他说："没什么文化，就想附庸一下风雅，谁知道这个风雅是附庸不得的。"我说："学校情况不太好。"他说："我有我的老本行，我不靠这个。"

刘老板把我送到楼下。下车的时候有点冷，我身子哆嗦了一下，他说："都深秋了，你怎么才穿这点衣服？"上楼时我觉得心里有点怪怪的，刘老板怎么这么晚了还来？也没什么事啊！我心中顿了一下，难道？不会，不会。是我自己想多了。心中却有了一点点感觉，好像有一颗种子在悄悄地吸收水分，然后静静地萌芽。

过几天我晚上回家，刚进小区大门，身边停着的一辆车喇叭响了一下。我望了一眼，觉得这司机没素质，没啥事按喇叭好玩吗？我往前走，车灯闪了一下，又一下，照在我身上。我有点生气，再看看那辆车，有点像刘老板的车。这时车窗摇了下来，伸出一只手挥动着，是刘老板。我站住了，说："刘老板，您怎么在这里？"他说："你说，我怎么在这里？"我心里一惊，说："不知道。"他下了车说："陪你在院子里走一下？"我说："晚上降温了，有点冷。"夹紧胳膊身子抖了一下。他说："我这里正好有一件外套，要不你试一下？"不等我说话，打开车门拿出一个提袋，说："你就罩在外面试试。"我心里有点别扭，说："这个，不好，不好。"他说："应该还行。"说了一个牌子，我没听过。我说："不好，不好。"他说："没关系，才一两千块钱。"我说："不好，不好，还是不好。"他说："你先拿回去看看，你觉得真的那么不好，过两天你拿给我。"说着递了过来。他是老板，我不接还不行。我接过来，心想，难怪有些人会犯错误，别人送的东西，自己不接还不行啊！抹下脸来做包公，那有点难。

刘老板说："陪你在院子里走一下？"我说："好。"他把袋子接过去说："等会儿再来拿。"我们就在院子里转圈，我有意地和他保持一点距离。他有时候就停下来，也不催我，等我跟上。他说学校的事说了几句，很自然地说起了自己盖房子的本行。他越说越兴奋，说起自己怎么拿下一个又一个项目，反正就是赚了不少的钱，说出来的数字都是百万起步的。他说："我跟别人最大的不同，就是赚了钱从来不认为这都是自己的。谁帮你赚了钱，帮了多少，那事前事后都要润滑润滑。有些人结了账，抱着一堆钱，想着这都是自己的，该润滑的事先已经润滑过了，那他就没有下回了。一个人千万不能把银行卡上进来的钱都看成自己的。"我说："这个我懂。"他说："我们的生存方式，你们刚出校门的学生，可能接受不了。我是从来不带任何一点浪漫的心情去看世事，一是一，二是二，都是落地的。"我说："我这两年经历了一些事，差不多也是这样的心情了。"他哈哈笑说："那我们三观一致，我遇到知音了。"又说："一是一，二是二，这样也好。都是聪明人，事情可以摊开说。天下熙熙，是吧？"我说："都这么聪明，是不是有点没意思？"他说："那你想错了，这样反而是有意思的。一件事情，总是落不了地，那才是真的没意思。怎么落地怎么来，天下的事情，国与国，人与人，都是这样玩的。"我说："你们资本家，看世界跟别人是不一样的。"他哈哈笑说："资本家？不够资格，将来可以争取一下。"

　　院子不大，转了几个圈，我说："太冷了。"刘老板说："那你上去吧。"走到车那里，把外套拿给我。我接了说："谢谢老板。"我拿着袋子去了，在转弯的地方停下来，看他离开。他的车没有动，我在隐秘处等了一会儿，还是没有动，我就走了。回到房间，我马上把外套拿出来，是一件紫色的，看了标牌，英文的，在心里翻译过来，是路易·威登，价格是六千多。我穿在身上，很合身，马上就有了一种舒适熨帖的感觉。对一个女孩来说，这种感觉是多么有魅惑的力量啊！从来没想过这样的大品牌会跟自己有什么关系。这时刘老板的电话来了。他说："小许，你到家没有？能不能过来一下？"我想都没有想，就下了楼。刘老板站在那里等着，把前排副驾驶座的车门打开。我上车的时候，外套在车门上擦了一下，我马上意识到自己犯了一个错误，这么快就把外套穿上了，把自己内心的迫不及待都展现了出来。

车开动了。在车启动的那个瞬间，我心中的某个开关似乎被启动了，浮上一个念头，自己是不是正在犯一个错误？也许真的像秦芳说的那样，每次把别人往好的方面想，这是一个坑。我说："到哪里去？都这么晚了。"他说："能不能陪我喝杯咖啡？"我说："我喝了咖啡会睡不着呢。"他说："那你喝牛奶。"我说："牛奶也不能喝。"他说："那就看我喝。"他口吻中的霸气让我有点不舒服，但马上又觉得这样的男人让人感到踏实。到了一家叫"老树"的咖啡店，坐下来，刘老板说："我这个人习惯了一是一，二是二，有什么事在心里存不住。"我问有什么事，他不回答，讲自己创业的故事，怎么从一个在中专学土建的、毕业二十年，走到了今天。我听他说，也不插话，等他说事情。说了好一会儿，他说："你好像不喜欢听？"我说："我在听呢，怎么把一桶金变成一百桶金。"他说："那我们说点别的。你知道你爷爷叫什么名字吗？"我说："当然知道。"他说："那么老爷爷呢？"我摇头说："不知道。"又说："应该没有人知道自己老爷爷的名字。"他说："那么你是否想过，他那一辈子有什么意义呢？一切都灰飞烟灭了。"我说："他生了我爷爷，我爷爷生了我爸爸，我爸爸……"他笑了说："你生了你儿子，你儿子生了你孙子，这是你一辈子的意义吗？"我说："我是凡人，我从来不去想从哪里来，到哪里去的问题。我就想自己的事。"他说：

"这就对了。"又说："你自己有什么事呢？"我说："好好活着，活得好一点。"他说："这就对了。接地气的人生才是真正的人生。"我没料到他还能说出这样的话，惊异地望了他一眼。他马上说："你们平时可能大概把我看成一个大老粗，其实我还是喜欢看看书的。"我连连点头说："知道了，知道了。"

刘老板把咖啡杯拿到眼前，对着灯晃了一下，玻璃杯底就泛出一个紫色的光斑。他又晃了晃，光斑就在杯中跳跃。他说："活得好一点，你想过没有？"我说："当然想过。"他说："那你告诉我。"我说："我不说。"他说："那我替你说。说到东边，又说到西边，说到天上，又说到地上，只有一个东西能解决所有的问题。"又说："百分之九十吧。"我说："是的，钱。"又说："一个没钱的人，跟一个有钱的人谈钱，这是一件很难堪的事。"他说："没关系，马克思还谈钱呢，《资本论》，资本不是钱那又是什么？他很有钱吗？"

我不说话，两只手掌轻轻搓着，发出一点轻响。刘老板望着我，沉吟了一下说："你觉得你自己能够解决自己的问题吗？"我说："不能，年轻人太难了，像我这样的人更难。"他说："那现在有一个办法……"望着我。我摇摇头，我自己也不知道，这是表示不明白呢，还是表示抗拒。他说："一是一，二是二，我来说，你听着。"盯着我的眼睛，我也不回避，也望着他。他说："你能不能给我两年时间？我保证你半辈子。"我心里已经有了准备，但还是装着惊讶地"啊"了一声，身体抖了一下。他说："你刚来我就注意你了，这个女孩不错。"我说："可能没有那么好，会让你失望。"他说："先不下结论。你好好想想。像我这样的人，会缺女人……女孩吗？不会，我也是要反反复复看看想想的。"我说："我还要找男朋友呢。"他说："所以我说两年，我为你考虑好了，不妨碍你的人生安排。在麓城你马上就会有房有车了，我先兑现，再说后面的事。"又说："我不敢说要你的爱情，但还是希望有一份真情。我用实际的东西来表达这份真情。一是一，二是二，都要落地，都要落地，落地。"

有房有车，两年，少奋斗二十年，麓城……这些字眼像一粒粒子弹，打在我的心坎上。落地，这个男人。我望着刘老板，想从他脸上找到一个答案。他也静静地望着我，不作声。我感到了局面的难堪，说："要是去年，我想都不会想。"他"嘿"地笑了一声，说："校门里的世界和校门外的世界，不是一个世界。生活，它有点……"他停住了。我在心里吐出了"残酷"两个字，我没说出来，说出来就太残酷了。我说："有点现实。"他说："你可以把我的建议理解为一种交易，我一辈子都在交易，我不用回避这个有点尴尬的词，就是这么回事，你看报纸、网络上的征婚信息，还有麓城公园的相亲角，有什么条件，要什么条件，那不是交易吗？交易没有你们想象的那么不堪，一是一，二是二，也行吧。"

我忽然感到他说的话也没有那么难接受，如果用落地的眼光去看世界，甚至句句在理。我正揣摩着"落地"这两个字，刘老板说："人一辈子，一晃过去了，所有的追求都要落地。一个人一辈子不落地，那就是麓江沙滩上的一粒沙；落地了，那就是麓山。"他推开窗户，手挥起来指了一下，说："看，麓江，江边都是沙，对面是麓山。"我往外看去，窗外的麓江在灯光的映照下，闪着细碎的光；远处的麓山，在泛蓝天际的衬托下，露出黑色的剪影。江水静静流淌，波光轻轻跳动。我忽然悲伤起来，麓江几百年它还是那个麓江，许晶晶几十年甚至几年，她就不是这个许晶晶了。要落地，落地。

刘老板把窗户关起来，说："江上的风太大了，看把你吹病了。"我觉得这个男人的心思还是很细致的，说："谢谢！"他说："你怎么不说话？是不是对交易这两个字很反感？"我说："没有那么反感，是这么回事。"说了这句话，我意识到了自己对生活又有了新的理解。很难接受，但又很难反抗。刘老板说："那么你？"我说："事情太大了，要想一下。"

咖啡店要关门了，我看看手机已经是一点多钟。刘老板说："在江边走下吗？"我说："风大。"他开车送我回去，说："不要那么反感交易，有市场就有交易，交易也可以是很温馨的。"我想说，再怎么温馨，那也是交易。我没说出来，应付似的"嗯"了一声。他说："一个人，他要跟世界发生有效的关系，就需要资本。我的资本就是我能盖房。生意不那么大，但也不那么小，靠性价比抢占市场。一个人总要靠点什么，才能完成跟世界的交流。"我说："说交易是不是更直接一点？"他说："说交流是不是更温柔一点？"我说："我没有用，我什么都没得靠。"他说："那不能这样说，你还是有点什么可靠的。你这么年轻。"又说："一个人，他来到这个世界没有什么可靠，那就找一个可靠的。可靠，"他肩膀向一侧倾斜着，"可靠。""可靠"这两个字，说了这么多年，忽然感到了那具有生命感的真切。我叹气说："唉，就这么几年。"他说："所以就要把资源调动起来，存是存不住的。好好想想，不要没开始就说不屑于。那没有什么意义。"我说："是的，钱在你手里，我说没意义，那是没有意义的。"

38

回到家里我想打个电话给秦芳，把这件事当个笑话告诉她。掏出手机又明确意识到，这个电话不能打。我得想想。如果我真的考虑接受刘老板的建议，那就必须瞒着所有的人，秦芳、父母、许盈盈。这不是什么光彩的事，传出去就不要做人了。

那几天我一停下来，就把这件事提到心头来想，我不去想它也会自动浮现上来，像一只无形的手从深井中吊起一桶水。有房有车，一瞬间自己就能从社会下层到中层了，想靠自己的力量实现这个跨越，这一辈子恐怕都没有希望。有房和车，我不能说这不是自己的渴望。我就像一个又饥又渴的人站在苹果树下，轻轻一跳，就能摘到那红艳诱人的苹果。跳，还是不跳，这是一个问题。我摸黑从床上爬起来，赤着脚踩在瓷砖地板上，凉意渗上来。我踮起脚，身子轻轻往上跃了一下，又跃一下，但脚还是没有离开地面，似乎一离开，就会永远浮在空中。

我没有给刘老板回信，心中似乎在等待什么。到底在等待什么，我自己也不知道。我下了决心不主动回信，回了信我就有点贱。有一天下了班，在回家路上，我在路灯下看着自己的影子一长一短，一长一短，身边有无数的小车飞驰而过，心中觉得特别孤单。刘老板没有消息，我也不回信，也许事情就这样过去了。意识到这一点我感到了轻松，轻松之后又是一种明确的遗憾。毕竟，这是一个改变命运的机会。不谈爱情，不谈永恒，就谈眼前的这两年。两年一下就过去了，我二十五岁，一切还来得及、来得及。也许刘老板前面已经换了一个两个，后面还有三个四个，这跟我都没有关系。意识到自己在一本正经地考虑这件事，我感到了悲哀。

在上电梯的时候，我的食指在按钮上按了一下，忽然感到，似乎有一根指头按在我的胸口上，启动了我的心灵。我忽然明白了自己在等一个推动，情感的也行，物质的也行，也许，有了这个推动，我心中的天平就会倾斜。

过了几天刘老板发来一条信息，说下班后他在前面街口转弯的地方等我。他没有问我有没有事，也没问我愿不愿意。一条短信，也有着隐秘的霸气。我感到了自己似乎很愿意服从这种霸气，男人决定方向，女人顺着走就行了。但心中马上又有一种反抗的冲动杀了出来，像赵子龙在长坂坡左冲右突。不，不行，我没有那么轻贱。

下了班我来到街口，刚扭头四下张望，刘老板的车就转过来了。到了前几天那家咖啡店，刘老板上楼的时候抓住了我的手，我轻轻挣了一下，就服从了。坐下来他好久不说话，我说："怎么了？"我用询问的目光望着他。他避开我的眼睛，自言自语似的说："说，还是不说，这是一个问题。"这调动了我的好奇心，想着上次都谈到交易了，还说要签合同，还有什么说还是不说的问题？我说："说。"他说："既然你要我说，我就说了。"我说："说。"他说："其实我还有个更重要的想法，这……我还是说吧，不说我也难受。"我说："说。憋出毛病我是不负责的。"他说："你知道我有两个女儿，我不想让别的男人来接我的班，我想有个儿子。"我疑惑着，你想有个儿子跟我有什么关系呢？身子抖了一下，忽然明白了，说："这有点把我吓着了。"他说："所以我说，这是个问题。如果真的实现了，你一辈子都是有保证的，因为他一辈子是有保证的。母以子贵，几千年都是如此。"我说："这有点太……你怎么不跟你女儿的娘生呢？"他说："四十多了，不合适，能不能生，是个问题，生下来品质怎么样，更是个问题。"我说："你可能要去找别的女孩，要我做一个没有名分的人，把一辈子赌在这里，这事情有点太大了。"他说："既然生，肯定还是想生个智商高的。每一个能赚钱的人，都不是一般的人，能不被别人玩，还能玩别人，这能是平凡人吗？"我说："这就证明了你不平凡。"他说："我那么平凡，也不可能坐在你对面来说这件事。"我说："聪明的女孩多得是。"他说："那她们怎么考不上重点大学？我自己没上重点大学，内心对这些大学还是很敬畏的。男孩的智商是跟母亲走的，这就是为什么……是吧，明白了吧？"我说："谢谢你的表扬。但是我还是不想对不起你夫人，你搞这么大的动静，她饶得了你吗？"他说："我的事她管不了。她生不出儿子，她还觉得很对不起我呢。"我说："天下的好事，都被你们占尽了。"他说："所以大家都拼了命赚钱。"又说："这对你肯定也是一件好事，一辈子就轻松了。你说你去奋斗，有一天会出人头地，你自己相信吗？"我说："这样我……我们是不是太亏了？"他说："有的女孩跟错了人，那可能是要吃大亏的。我，你可以相信。名分真的不是问题，我有两个身份证，名字、出生年月都不同，你想要有个名分，是没有问题的。正常地见你父母朋友，没有问题；到你老家办酒，也没有问题。一切都是正常的状态。"我说:"这事情还是有点大。"我感觉到他已经把事情想得很周全了,忽然想起一个漏洞,说:"你老是说儿子,儿子,你怎么知道一定会生儿子呢?"他说:"这些年科学进步了,你是大学生,你要相信科学。"我说:"现在不准搞性别测试了。"他说:"规则还能把我这样的人难住?"又说:"你要相信我,像我这样的人,既然说了,那唾沫星子也是钉子。"

有钱人说话就是不同。不得不承认钱是个好东西。我提了这么多问题,他应该知道我是仔细考虑过的。他的回答很完整,他也是仔细考虑过的。他会不会兑现所有的承诺?从我的内心来说,我是倾向于相信他的。马校长说,刘老板是个好人,讲诚信。据说优博刚开办的那两年,学校亏了不少钱,但刘老板对马校长的承诺,收入至少是原来的三倍,是兑现了的,二十多个老师的收入,也是兑现了的。学校的每个人都说他人很好,这也符合我自己的感受。于是,最后的一个问题就是,我怎么能给自己一个说法?

我又想了几天,还是没有结论。本来以为刘老板推动一下,我内心的天平就会倾斜,谁知道这种推动来了,新的平衡又形成了,还是不知该如何是好。我给秦芳打了电话。秦芳说:"你不会跟那个刘老板走。"她怎么比我自己还能下结论?我说:"我还在七上八下呢。"她说:"七上八下几十次,你最后还是不会跟他走。"我说:"奇了怪了,你这个说法有点武断。"她说:"因为你相信爱情。"这句话像一束光,射到我的心上。秦芳她太了解我了。这些天来,我在心中回避着的,对自己隐瞒着的,就是这个问题。我没有去细想这个问题,因为一细想,结论马上就有了。相信爱情,这作为一种生命的执念,化作了一种本能,在做顽强的抵抗。我说:"太谢谢你了，有了你这句话，我就知道往哪里走了。"她说："大家在读大学的时候，都是相信爱情的。一个男同学会打篮球，会耍三节棍，那他也比富二代更有吸引力。但一出校门，形势就逆转了。"我说："为什么要逆转？自己还是原来那个自己，为什么要逆转？"她说："现实太现实了，你想要现实不那么现实，那是不现实的。每个女生都想好好生存，但很难实现，太难了。有钱的男人出现了，就带来了希望。"我说："钱太重要，毕业了感受更深。可是感觉也很重要吧，钱买得来吗？买不来的，是吧？我实在是没有办法骗自己。虽然我是最艰难的人，但我还想奋斗一下，试试自己的运气。"

半个月过去了，我没有给刘老板回信，他也不催问。有一次他来学校，挑起眼皮询问地望了我一眼，我微笑了一下，把头低了。再看他时，他宽容地笑了笑，点点头，似乎是表示理解。这让我有点愧疚，觉得对不起他。人家看得上我，才来做这个交易的吧。我开始还有点担心他会不会给我某种难堪，等了一个星期，没有，又等了一个星期，还是没有。我放心了。真要给我难堪，我也不怕，总不能把我抓去杀血吧，最多就是这份工作不干了。我心里总还有一点期待，这么大一件事，不会就这么没有声息，结束了吧？一个月后我终于对自己说，结束了。他这么轻易地就放弃了，说明他也没有投入特别多的感情，不过是一个念头罢了。因为他的一个念头，我要投入一辈子，这太不平衡了，太不公平了，风险也太大了。这里没有平衡可言，就像古代的皇帝跟他身边的妃子贵人，没有平衡可言。细思极恐，我为自己的选择感到庆幸。我没有什么可遗憾。

春节前几天，一月份的工资下来了，还发了三千块钱的分红。

我干了半年，三千块钱，那一年就是六千。这叫什么分红？我在心里仔细算了一下，刘老板把收的学费都发下来了，只有这么多。我有点失望，这哪里看得到前途？可看不到又怎么办，还能去哪里？学校开完年会，下楼时我走在前面，刘老板追上来从身边过去，微微侧了脸轻轻说："给你补了五千。"右手食指放在唇前，做了个别声张的动作。第二天银行来了信息，真的进来了五千块钱。回去过年，这五千块钱真的太是钱了。这笔钱是什么性质？我不知道。我给刘老板发了一条短信：谢谢。

39

大年初三我从津阴回麓城去，参加优博的招生宣传。在长途汽车上，我想起去年也是这个时候，自己兴致勃勃地去电视台报到，今年却是满心的沮丧。我不能不去想前途在哪里的问题，可一想起来，心中就是隐痛。

坐在我前面的是一个四十多岁的男人和一个大学生模样的女孩，亲热得不得了。女孩嘴里不时地说出"你老婆"几个字，虽然声音很小，但我的耳朵还是很敏锐地捕捉到了。男人不停地给人打电话，在谈什么食品的生意。他的手机响了，男人对着电话叫"老婆大人"，又说自己在朋友家打牌。汽车的喇叭不合时宜地响了，男人马上把手机捂住，已经晚了。他重申"在朋友家打牌"，前后的几个人都笑了起来，我也跟着笑了。

我从侧面去细看那个女孩，还是有那么漂亮的。以前我觉得小三简直不配在这个世界上做人，现在却有了一点理解。人只有一辈子，来去匆匆，好日子谁都想，不能无限等待。当小三就是一条捷径吧。这种理解也受了马校长一番话的影响。那天马校长从杜秋娘的《金缕衣》说到她妾的身份，马校长说，小妾也不是谁都能做的呢，要长得漂亮才行。杜秋娘不做妾，你让她怎么活？我当时想，不做妾当然也能活，只是会活得辛苦凄惨。但即使有了这么一点理解，也有机会，我还是没想过自己要往那条路上走。我有点辛苦凄惨，但还没有那么辛苦凄惨吧。至少，我还没有把活得多么豪华当作人生的最高境界，心里愿意更重要。

招生是学校的生命线，也是每个老师的责任。每招到一位新生，学校就奖励老师三百块钱。去年马校长通过公立学校老师的关系，一次招进来了五十多个学生，大家都羡慕。这样的好事轮不到我，我只能一个一个地去找。刚开始去商场前广场"扫街"，真的让我羞愧万分，万一碰见老同学，传开去了，叫我怎么见人？跟在文霞她们身后，见带小孩的家长，不是想抢上去，而是想躲，说起话来蚊子哼哼似的。自己都没有信心的神态，怎么叫别人有信心？搞了几次，胆子壮了一些，我不偷不抢，凭什么要胆怯？似乎说服了自己，事到临头，还是难理直气壮。扫街是求人的事，求人就是被动。这个被动，也折射了自己整个人生的被动。把宣传单塞到别人手中，还希望能扫个码。每扫到一个码，心中就燃起一朵希望的火花。当面确认之后，再去微信聊做动员工作，总之就是要让家长们下单，这是终极目标，也是尘埃落定。好多次家长收到宣传单，转身就丢了，让我觉得自尊心受到了伤害。这时商场的保安就会过来大声斥责我，指着地上的宣传单，要我对商场的营商环境负责。我马上弯下腰，把宣传单拾起来，连连点头表示抱歉。这也让我明白了，一个人，只要他在求人，点头抱歉就是一种标准的姿态。

我每天下午去附近中小学门口扫街，傍晚去商场门口。我给自己规定的任务是，一定要扫到二十个，才算完成这一天的任务。加了微信，就算扫到了，宣传单递出去，基本上是白费。晚上回到家里，又一个一个跟那些家长联系，动员他们来学校看看。十个人中，如果能成功动员一个，那就非常幸运了。那些名校的兼课老师的名字不能说，只有马校长这个招牌那是要大说特说的，可能有一半的生源都要从这里来，也难怪他的收入是我的十倍不止。名声就是效益。这让我也看到了一点希望，我要努力，我要拼命向前，希望有一天，我也能达到那个层次。他的课我观摩过，是上得好，但也不是不可企及。

有一天我在整理新生的名册，有个家长的电话号码有点眼熟，马上拿出自己的手机一查，这是我前几天扫到的，还跟那位妈妈来往了几十条微信，怎么现在登记在文霞名下？我头脑的血往上冲，心中告诫自己，冷静，冷静，可无论如何也冷静不了。我浑身燥热，把外套打开，双手抓着，用力地扇了几下。还是热，热，就把外套脱了，打电话给那位家长。那妈妈说，她带小孩去学校考察，是文霞接待的，自己当场就交费了。我说："接待你的那个人，没有问你原来跟谁联系吗？"她说："她没问，我说了，她可能没在意。"我马上去找马校长，把事情说了，又把手机上的几十条交流信息给他看。我说："这是不是有点太欺负人了？"马校长说："可能文老师真的没有在意。"我说："这么敏感的问题，她那么敏感的人，她会没在意？"又说："她真的是没在意，抓取别人的劳动成果，她不在意，这是不是太没有良心了？我也是个人呢！"我抽泣着，掏出纸巾擦泪。

马校长望着我笑，说："怎么就哭了呢？这点小事！"我说："对你当然是小事，谁能跟你比呢？"他说："把眼泪收了，收了！"我说："我不是哭那三百块钱，我是哭我的委屈！"马校长说："说来说去，还是个小事吧！"他这样说，我的心里发冷。我说："别的地方没有公道，优博也没有吗？"他说："谁说没有？没有公道学校还玩……办得下去？"我抬起头，期待地望着他。他说："优博刚开办，文霞就来了，这五六年过去，她也算个元老了，还是骨干教师，是不是？"我打断他的话说："骨干教师就有欺负人的权利吗？"他说："我们也不要提那么高，问题解决了就行。奖励的问题，我帮你解决，事情就到这里打止了。"我说："这只是钱的问题吗？是人品问题好不好！"马校长眼睛眯了一下，脸上掠过一丝不悦的神色。他说："那我把她叫过来给你赔个不是？"脸上的神情有了一点严肃。我马上说："那我就听您的安排吧，钱，我也不要了。"他说："那你还是有意见？"看来这钱还不能不要，我说："那我只好还是要吧。"

下班回家的路上，我一直在想"骨干教师"几个字。一个教育机构的老师，编制都没有，哪里有什么社会地位，也谈不上什么"骨干"。听马校长这一说，忽然觉得这也是一个具有神秘感的目标，值得争取。是不是"骨干"，那待遇是不一样的，今天的事情就证明了这一点。人家是"骨干"，受委屈的就只能是自己。走到小区的门口，我就下定了决心，自己要尽快地成为"骨干"。回到房间，我晃着头，尽量把疲倦沿着一条想象中的弧线甩出去，拿起了考教师资格证的复习资料，看了起来。

元宵节那天，我去扫街。十天来，我已经扫成了九个学生。我抱着最后的希望，想凑起一个整数。见到带小孩的家长，我就紧紧跟定，至少要说服他们让我扫一个码，然后看着他们当场加上我的微信。有些家长很不耐烦，那我也得跟在后面，反复劝说。我觉得自己这样做真的不要脸，但没有别的选择。

我正在竭力说服一位妈妈的时候，忽然听见有人叫"许晶晶"。我回头一看，竟然是李亦明。我吃惊地张开嘴，半天才合拢，叫出了他的名字。我本能地把手中的宣传单往身后一藏，马上觉得这个动作的意味太过明显，又拿回到前面来。我说："你怎么到这里来了？"他说："我姨妈住在那边，"他往近处的高楼指了一下，"我妈妈要我来拜年，明天就不算拜年了。"我希望那位妈妈赶快离去，可她偏偏等在那里，想和我继续沟通。我干脆主动说："我帮学校搞宣传呢。"他似乎没有理解，询问地望着我。我只好说："我们是民办学校，要搞招生宣传。"他说："你为什么不进一家公立学校呢？"我想起古代有个什么皇帝，他问大臣，民饥何不食肉糜？我说："很难进去。"他说："连你都进不去吗？"我真的谢谢他高看了我，只是这种高看让我难堪。我说："好难呢。"他说："对别人难，对你有什么难的呢？"我忽然想获得一种道德上的优越感，就像保尔在铁路工地上偶遇冬妮娅。民办学校怎么了，不也是教书育人吗？在我鼓起勇气的那一瞬间，马上又气馁了。差别摆在那里，这是精神胜利能够填平的吗？我说："好难的呢，没有熟人。如今干什么都要熟人。"他说："我跟我妈说一下，看能不能给你找个什么机会？"我马上说："好，好好，好好好。"这时他身边站了一个女孩，真的好漂亮，看了看我，就挽起了李亦明的胳膊，似乎在宣示主权。李亦明说："我还是那个号码。"我说："我也是。"女孩扯了他一下，又很不友好地瞪了我一眼。

我那几天怀着希望，希望接到李亦明的电话，给我带来一个意外的喜讯。等了好多天，没有消息，终于失望了。失望之后又觉得，抱有希望，这本身就是可笑的。他妈妈能对我有好印象吗？我想着他妈妈也许在幸灾乐祸，一种羞愧的感觉浮上心头。

几个月后，我考到了教师资格证。第二天，就开始上课了。

40

这天晚上十二点钟，我接到了一个电话，用我老爸的手机打来的，却是一个女人的声音。我还没来得及问她是谁，她说："你爸爸开车出事了。"我的头一下炸了，说："人怎么样？在哪个医院？"她说："还不至于呢。"告诉我，老爸开车送桃子来麓城，出隧道口的时候，撞坏了指示灯。现在车被扣留在路产大队了，经路产勘测，要理赔两万多块钱。我说："人呢？人呢？"她说："车和人都在望麓路产大队。"我一听人没事，松了一口气，马上下楼，拦了一辆出租车，就往路产大队去。一路上我给老爸打电话，知道是下午四点多钟出的事。我说："都半天了，怎么不早点说？"他不作声。

到了城郊的望麓路产大队，已经一点钟了。大厅中没看见老爸，业务大厅的女同志指了一下，才发现他蹲在墙角。我把他拉起来，说："这里有沙发，你蹲在这里干什么？"在他浑身上下拍了一遍，确定没有受伤，说："人没事就是万幸。你怎么到现在才打电话？"路产工作人员说："大叔很倔呢，就是不肯跟你们打电话，怕麻烦了儿女，有爱心呢。打电话给车老板，老板不肯负这个责。"老爸说："没想到老江这么坏！"我拿老爸的手机跟车老板打电话，拨了好几次才接通了。我还没说话，他在那边说："看样子今天是不想让我睡觉了。你不知道我晚上十点以后不接电话的吗？"我说："我是他女儿呢，车被扣在这里，怎么办呢？"他说："我跟老许是有协议的，出了问题自己负责。"我问老爸："出了什么事情都是你负责？有协议吗？"老爸说："都是嘴巴讲的。"我说："报了保险公司没有？"路产的人说："下午查了，保险前两天就到期了。"我马上跟老江说："这车保险过期了，你怎么还要人家开？别人也是一个人呢！"老板说："这个是我忘记了，修车的钱我承担，撞坏了东西，我管不了。"又提醒说："这么热的天，桃子坏了，对方不接收，我也是不管的。"就把电话挂断了。

我对老爸说："你看你都在帮什么人赚钱！下次别干了！"他说："不干了，那干什么呢？"我说："实在要干，那就自己买辆车。"他伸出两根指头说："二十万呢！"我说："我和盈盈想办法给你凑嘛！"他连连摇头。我望着他，觉得他很可怜。又恨自己没有能力帮他实现这个愿望。路产的人说："我早就要去休息了，你们明天来吧！"我说："车上装的是桃子呢，坏了还要赔，又是上万块钱。"她说："那我还是不能放行，一定要交了理赔款才行。"我说："欠在这里，过几天来交钱行不行？谁一下子拿得出两万多块钱？"她说："这是原则，放了你的车，我的工作就没有了。"我掏出银行卡说："我这里有一万块钱，你们能不能打个折？"她说："两万五，这是队长下午现场勘查定的，国有资产呢，不能流失。"

我对老爸说："反正今天搞不成了，明天再说。"他说："桃子，桃子，几千斤桃子。"我说："那也要明天。"又说："已经很幸运了，人没事，车还能开。"

我们在路产大队门口等了一个小时，才等到一辆出租。回到小区门口，下了车，老爸说："怎么要八十多块钱？"我说："又是晚上，又超过十公里，都要加钱的。"我安排老爸吃了蛋炒饭，洗了澡，就睡到我房间。我躺在沙发上，想着明天到哪里凑钱。想到刘老板，自己拒绝了他，又问他借钱，这实在有点难堪。想到李亦明，他没问题，但是他妈、他女朋友，都有麻烦。又想到秦芳，借一两万块钱，应该还是有的。虽然是这么好的朋友，说到借钱，总还是很难开口。人被逼到这个份上，不开口也得开口。想起自己这一年来，快餐都不舍得吃一次，才存了这一万多块钱，一下子就没有了，心里好痛啊。

灯光亮着，我睡不着，躺在沙发上看手机。窗外露出一点微白，我想，只好问一下盈盈了。没办法，自己扛不下来。忍到天亮，就给她打了电话，把事情说了。盈盈说："可以搞定，我这就过来。"我说："我这里有一万了，还差一万五呢。我本来想自己想办法的。"她说:"说了可以搞定。"

八点多钟,我们三人在楼下吃了粉,就出了小区去打出租车。正是上班的高峰期,出租车一辆一辆过去,就是没有一辆放空的。盈盈不停地向前方眺望,说:"没有个自己的车真的是痛苦,明年要解决一下。"我很意外,说:"你拿什么解决?"她说:"当然是钱吧。"我看了老爸一眼,想着老爸会教育她,谁知老爸望了她一眼,再望我一眼,没作声。我说:"你打工哪有这么多钱?"望了老爸一眼。老爸望了盈盈一眼,还是不作声。我再望老爸一眼,说:"有些莫名其妙的钱,不能要啊!"盈盈说:"钱就是钱,天下的钱没有好坏香臭之分。"我说:"老爸,你看盈盈都说了些什么!"老爸还是没听见似的,没有一点反应。这时拦到了一辆出租车,就上车了。

两万五千块钱都是盈盈付的。我掏出银行卡,要付一万,盈盈说:"算了,老姐,你的钱来得太可怜了。"我要路产的人拿盈盈的卡只刷一万五,盈盈对路产的人说:"听我的,听我的。"老爸把车开出来,盈盈又拿了两千块现金给他,要他去修车。

那几天我心里越想越不对,盈盈到底在干什么,她的钱是哪里来的?这一年多来的经历,让我知道在这个世界上找钱有多难,哪里会有容易的钱?觉得应该给她打个电话,想想还是当面说比较好,就拖下来了。

这天我去电视台找秦芳,回来的时候,忽然想到盈盈就住在前面一点,就临时下了车,转进一条小街,去了她住的地方。敲了门,开门的女孩我是认识的,就问她:"盈盈在吗?"女孩说:"她搬走了!"我吃惊地说:"我怎么不知道?她什么时候搬走的?"女孩说："你都不知道？有一个月了。"搬走这么久了，竟然不告诉我，这让我有了一种不好的想象。我嘴中喃喃说："盈盈不是那样的人，盈盈不是那样的人。"越是这样安慰自己，心中的疑惑就越强烈，像一只蜘蛛叮在我背上吸血，我的手都够不着弹开它。我停下来，背靠着一棵树，用力蹭了几下，觉得那只蜘蛛应该被蹭死了，又想象着它血肉模糊的状态，浑身都痒了起来。

我打电话问盈盈："你在哪里？"她说："在家里。"我说："我正好路过这边，我来看你。"她说："我搬家了。"我说："搬家了怎么不告诉我？"她说："刚搬的，还没来得及。"告诉我就在附近，说过来接我。

见了盈盈，我说："搬家这么大的事，怎么没听你说？"她说："前几天刚搬的。"她的新家在一栋公寓里，进了房间，我看着是一张单人床，心里松弛了大半。我说："住套间了？多少钱？"她说："才一千多。"我说："钱它是钱呢，不能乱花，留着有用呢，不会霉坏呢。"她说："花掉了才是自己的。"我忍了忍，实在忍不住了，说："你到底哪来的这么多钱？"她说："肯定是赚来的吧！"我说："赚也有个好赚，还有个歹赚。"她说："姐，我没做坏事。"我生气地说："赚钱是怎么回事，我不知道吗？天下有容易赚的钱？何况是你！"她也生气了，说："是不是我没读多少书，我就不配赚多一点钱？"我笑了说："到底怎么赚的，让我学一学。"她也笑了说："真学还是假学？真学我就告诉你，假学就不告诉你，我没有必要讨骂！"

两个人斗嘴斗了半天，最后我说："你不说，你就是做坏事了。天下的渣男多得很，有些还很优秀。"她说："钱，你想也想得到，肯定是男人那里来的。但我有办法，我要掏他们的钱，我不奉献什么。"我冷笑说："你好聪明啊，男人好傻啊！到哪里去找这么傻的男人呢？"我生气要走，盈盈拉住我说："来都来了，让我请你吃个饭吧！"我说："你觉得我还能吃下饭，是不是？"她说："碰到你这样的姐，没办法，告诉你诀窍吧！"她告诉我，她早就没有打工了，餐馆有个厨师每天晚上下班，就在门口等她，她害怕，就辞职了。这半年多来，在一家婚姻介绍所工作，专门扮演女朋友的角色。介绍所把她的照片精选几张，放在名册的显眼位置，有男人看中了，介绍所就要求对方交金牌会员费，然后安排见面。见面是温馨的，结果是没有的。唯一结果就是那笔钱换了主人。我说："天下真有这么傻的男人，他不问你在哪里工作？"盈盈说："我说我幼师毕业，在津阴县一家幼儿园工作，想到麓城找个男朋友。他去津阴调查？我不会说津阴方言？想见我，得过几天，还要出一两百块钱的路费。"我说："你这不是骗，那又是什么？"她说："怎么就是骗？我见了觉得不合适，不行吗？哪天真正碰到一个合适的，那我也可以考虑呢。"又说："不过，真的没有。都是一些什么人啊！"我叹气说："还是要注意安全呢！你自己也说了，都是一些什么人啊！"她说："冷清的地方我不去，他家里更不去，电影院也不去，那不是什么好地方。怎么说，怎么做，什么时候进，什么时候退，一套一套的，介绍所的人都跟我说了。安全得很。"我说："还是不好，还是有点不太好。"这样说了，我心中幻现出一张久病失血病人的脸。

218

41

在周末，下午的课与晚上的课是连着上的。

快到五点半下课的时候，妈妈们一个接一个出现在楼道里。她们提着饭盒、菜盒、汤盒，坐在长椅上，轻声交流着培养孩子的心得。下课铃一响，神兽们一个接一个冲出来，享用妈妈带来的美食。标配是三菜一汤，四菜甚至五菜的都有，两菜的很少。妈妈们满意地看着自己的孩子吃完，掏出纸巾给他们把嘴擦干净，一个接一个地离去。八点钟，她们会再次出现，或者是换成爸爸，接孩子回家。

这天，我注意到有个叫小鹏的学生在别人吃饭的时候还待在教室，桌子上放着一盒牛奶，手里抓着一个面包。我说："小鹏，不能在教室里吃饭的。"他看看牛奶，又望望我说："许老师，这不是饭。"我指着面包说："那也是饭。"他就乖乖地拿起牛奶离开了教室。

下一个星期，我看见小鹏站在楼道里喝牛奶，我说："你妈妈怎么总是不给你送饭？天冷起来了，总是喝牛奶，不好。"他默默地望着我，不说话。到八点多钟他爸爸来接他，我说："小鹏爸爸，你们家里最好还是送点热乎的饭过来，看别的孩子，都是三菜一汤呢。"小鹏爸爸说："谢谢老师关心，没人做啊！"我说："那也不能喝冷牛奶，孩子看着别人吃得那么热乎，他心里不好受呢。"小鹏爸爸叹息几声，不说话。我说："你们大人少打几圈麻将就有了。"他说："还有时间打麻将？公司加班呢。"我说："两个人都加班，你们是好重要的人物啊！"他又叹息几声，不说话。我说："下次就别让孩子喝冷牛奶了，我点两份快餐，我一份，小鹏一份。你把钱给我就行了。"他说："那就太好了！"从钱包里掏出三百块钱递给我。我掐指说："这个学期还有几次？算不清，多退少补。"他说："说笑。时间我没有，难道别的什么都没有？"

又一个周末，晚上快下课的时候，我接到小鹏爸爸的电话，说："我是彭先生呢。"我说："小鹏爸爸，还没下课呢，快了。"他说："路上跟别人的车剐蹭了，可能要晚点来。"我说："能不能通知小鹏妈妈来接？"他说："还是我来吧。"下了课老师同学都走了，小鹏在教室做作业，我就在前台看手机。小鹏不时跑过来问几个问题。九点多钟，他爸爸来了，说："人呢？"我说："在做作业，快做完了。"他说："那就等他做完。你有事吗？"我说："看几点了？有事也没事了。"他说："怕你男朋友等得急呢。"我脱口说："男朋友？没有，跑了。"他马上同情地说："哦，他也跑了。"又说："要不我给你介绍一个？我们公司理工男很多。"我说："那你自己也是理工男？"说了这句话觉得有点不对，还没想清楚，他说："我以为只有女人喜欢跑呢。"这话有点意思，但是我不问。我说："也许是人心不古吧！"他神情兴奋地说："你也是这样想的？"这时小鹏过来了，他说："我们走吧。"他拉着小鹏走到门口，我伸手去关灯。在摸到开关的那一刻，我注意到了彭先生的侧影，鼻子非常直挺，就停留了一下。这时，他突然侧过头来，冲着我笑了一下。我感到

220

自己的目光被他捕捉到了，躲避已经来不及，像一个小偷被抓了现行。我马上按下开关，楼道黑了，我感觉躲进了一个安全的密室，头脑中浮现出灯光熄灭之前，小鹏爸爸笑脸的剪影。

走到外面，冷风从我脸上掠过，让我感到了双颊的灼热。我在心里悄悄骂了一声"发神经"，对彭先生说："我去了，你开车小心点。"彭先生说："有人接你吗？要不我送你吧。"我说："走十几分钟就到了。"我转身离开，刚走几步，彭先生说："我还没吃晚饭，要不你也一起吃点什么吧！"小鹏嚷道："我要吃，许老师也要吃。"彭先生说："看孩子请你呢。"我说："我晚上不吃东西，怕发胖。"小鹏过来拉着我的手说："许老师也去。"我在心里问了自己一声，去不去？还没来得及回答，脚步就向车那边挪了过去。

在车上我关切地谈起小鹏的学习，谈起现在的孩子竞争有多激烈，彭先生说："已经意识到了挑战的严峻性，实在是没有更多的精力投入到孩子身上。"我说："你也可以少赚一点钱吧！"他说："除非你下了这辆战车，上了车不拼尽全力是不行的。"我又谈到小鹏令人担忧的身体，同龄孩子都显得比他结实。当我们谈孩子谈得更多，我忽然意识到，这不是我应该关心的事情，我没有这种身份，因此这些关心都显得有点虚伪。我不再说更多的话，有点后悔竟然上了车。彭先生一个人说了一阵，见我没有了反应，也沉默了。

我吃了半块牛排，就停在那里。彭先生确认我不再吃了之后，把剩下的半块端了过去。我伸手去阻拦，他做了一个没有关系的手势，我就把手缩回来了。我说："我吃过的。"他说："没有关系。"我说："还是有点不好。"他说："哪里有那么多不好？"

以后几天，彭先生每天都给我发来几条信息，谈的是孩子的教育问题，顺势也表达了对我的关心，如天冷了要注意保暖之类。这本来是一种礼貌性的话，我还是感到了一点温暖。生活在麓城，我太孤独也太缺少关爱了，因此随意的一声问候，对我来说都很重要。

　　元旦那天，阳光很好。我本来想去秦芳那里，可她临时有事出去了。盈盈忙着约会，越是假日，她就越忙。上午我下楼在小区走了一圈，似乎想找点什么事关心一下，下了楼才知道，没有什么事是要我关心的。我有点失望地回到房间，在电脑上看麓城教学名师们的示范课。这时彭先生打电话来了，问我是不是愿意带小鹏去尖山公园玩一下。我想都没有想就答应了，心中有一种踏实的感觉。彭先生开车来接我，小鹏见了我，高兴得不得了，叫我"阿姨"。这个叫法让我有点难以接受，他以前是叫"老师"的。下了车小鹏拉着彭先生和我的手，我忽然意识到，自己现在扮演的角色有点暧昧。彭先生在一块草地上铺开塑胶地毯，放上零食和饮料，又在旁边撑起了一个小帐篷，小鹏就在帐篷中进进出出，非常兴奋。他把彭先生叫进帐篷，又叫道："阿姨也进来。"叫了几次，我应付地探头进去看了看说："会挤着你们。"彭先生马上把脚收拢，腾出一块地方。我假装没有意识到这个动作，回到地毯上坐下。

　　中午彭先生说去吃饭，小鹏不肯离开，就叫来三份外卖。两点多钟，小鹏在帐篷中睡着了，我和彭先生觉得有点难堪。彭先生说："小鹏这孩子太可怜了，缺少关爱。"我说："现在的小孩子都是珍珠宝贝，万千宠爱集于一身。"他说："所以我觉得特别对不起孩子，欠他太多了。"我说："怎么会呢？"这话说出去，连我自己也不知道到底想表达什么。彭先生说："可能小鹏的情况有点特殊吧。"我说："怎么会呢？"这一次我明白了自己想知道的是什么。彭先生说："她妈妈到美国去了。"我问："什么时候回来？"他悲伤地望着我，说："什么时候？大概是永远。"这话有点答非所问，意思却是明确的。我说："不会吧，自己的骨肉。不可能。"他说："可能是不可能，也可能是可能。忽然她的大学男朋友就从美国回来找她了，忽然旧房子就起火扑不灭了，忽然就抛开一切去了。我们大人承受也就算了，让小鹏承受，我心里好痛啊！他只有一个童年。有时候觉得，人生太残酷了。"他双眼茫然地望着前方，有种想哭的神情。这句话一下子说到我的心里去了，我说："是的。"我觉得没有必要就这个问题展开讨论，那不合适，又轻声说："是的。"彭先生望着我，嘴唇微微张合了几下，终于也没有说什么。

42

那几天我发现自己的心中在产生某种变化，没事就会想到小鹏，有事也会想到小鹏。在小鹏身上没停多久，心情就滑到彭先生身上去了。次数多了，我有点怀疑自己是在玩一场捉迷藏的心理游戏，小鹏只是过渡，心中真正的目标是彭先生。彭先生在黑灯前那个瞬间的影像，好像是一张照片紧贴在我的记忆中，不论自己怎么涂抹，都会更清晰地浮现，就像洗菜盆中的茄子，不论自己怎么用力摁下去，只要一松手，它就会顽强地蹿上来。

下一次彭先生说开车去郊区钓鱼，我停顿了几秒钟，还是答应了。答应之后，我对自己说，应该给小鹏一点温暖，他太可怜了。这样想了，我又觉得他其实并没有那么可怜，至少比农村的留守儿童好多了吧！自己那么深入地去体会他的痛苦，这是一种角色的混乱。我不是他的什么人，我没有特别的责任。天下那么多不幸的孩子，也不是我能够给予帮助的。这样对自己说了，还是没有用，对小鹏，我还是有一份关切，对彭先生，也有了一点心思。

彭先生开车来接我，小鹏见了我，欢呼着"阿姨"，从车后排座跳出来，拉着我的手，又钻了进去。这让我感到了被需要的愉悦，自己并不是一个没有意义的存在。

池塘里只有一些小鲫鱼，每钓上来一条，小鹏就兴奋地叫。我说："轻点，轻点，等会儿鱼儿就不应人了。"彭先生叫我钓，我盯着浮标，半天都不动一下。我说："鱼儿送死还选人吗？"就把钓竿还给彭先生。我带小鹏四处走走，问："谁让你把许老师叫作'阿姨'的呢？"他说："爸爸。"我说："狡猾。以后还是叫老师。"他说："好的，阿姨。"我拍着他的脑袋说："倔。"

中午的时候，我们就在农户家里烧鱼汤。大嫂过来说："瞧这一家子，好幸福啊！"我有点不高兴，我有那么老吗？老彭说："别乱说，这是我的表妹。"这让我感受到了彭先生的细心，他知道我在想什么。大嫂退了出去，在门边轻声说："都说是表妹。"喝着汤我说："想不到彭经理还烧得一手好汤。"他说："就是希望有人分享，有分享才有幸福。"我说："小鹏，再过来分享一碗。"彭先生抿着嘴望我一眼，嘴角轻轻撇了一下，挤着眼一笑。

这样我跟彭先生就有了一点暧昧，他有时在边缘试探几句。说："什么时候去我家分享一次大餐，让你欣赏一下我……我的厨艺？一个人最大的快乐就是被别人欣赏。"我说："还早。"他很有耐心，不把事情说破。说破了又没有结果，那现在的局面都不能维持了。我没有想好，有时候想到半夜，正面反面，正面反面，来来回回，也没有一个结果。

想不明白我就去找秦芳商量。到了她新家，她正在跑步机上健身，见了我说："在跟身上的赘肉做殊死搏斗。好羡慕你还没结婚啊！"我说："你家小七呢？"她说："放他奶奶家了。"我说："你心到底有多硬？还没一岁就放奶奶家。"她说："我妈还想带呢，两个老太太还要竞争上岗！"又说："我正好今天要过去。"开车到了小吕家，秦芳对小吕的妈妈说："妈，我今天又过来帮你带孙子了！"小吕出来了，我说："正好小吕也在这里，给你们报告一件事。"他俩望着我，等着。我说："也不是什么光彩的事，都有点不好说。"小吕说："跟爹娘可能不好说，跟秦芳就没有什么不好说的。"我说："幸亏我还有个什么都能说的地方。"就把彭先生的事情说了。秦芳说："他开辆什么车？奔驰？宝马？"我说："应该是辆大众。"秦芳有点失望，说："那房子呢？几室几厅，是全款吗？"我说："没去过他家，叫我过去欣赏他的厨艺，我才不去呢。"又说："你怎么一开口就说房子车子？"她说："不说房子车子，难道还说爱情？"我说："小吕，你要多赚点钱回来，这里有一个钱迷。"小吕说："压力好大。"秦芳说："我觉得没什么搞头，如果你那样欣赏这个男人，那别人也没有办法。"小吕说："有些女孩，别的资本不雄厚，最大的资本就是青春。趁着青春还在，找男朋友不能想太多，想太

225

多就会把自己的资源不知不觉消耗掉，人生就被动了。"我说："我可能是要抓紧了，不然就被动了。"小吕说："我是泛泛而论，不针对具体的人。"我说："知道你是好心呢。"秦芳说："他那个嘴巴就是个没安龙头的自来水管。"小吕说："不是你的铁杆闺密，我才不说呢。"我说："我都没觉得他讲的有什么不对，你批评他干什么？"秦芳说："这样的事情，你只能问你自己的心，小吕他敢给你敲个定局？"又说："结过婚其实没什么，就是个名。现在的男人，没结过婚，其实基本上也是结过婚的。就是小孩夹在中间有点难受。"我说："没有这个小孩，还不会有这回事呢。"又说："这个孩子我还是能够接受的。"秦芳说："这不是什么好事，你将来就知道了。自己屙出来的，那感觉是不一样的。"小吕说："秦芳这句话你可以听听。"我说："觉得他好可怜。"秦芳说："天下可怜的人少吗？你都扛起来？"我说："我不知道怎么就是扼杀不了自己的同情心。"秦芳说："这是个坑啊，你将来就知道了。"小吕说："秦芳这句话你也可以听听。"我说："那我就算了。反正现在什么都没发生。"秦芳望小吕一眼，小吕说："秦芳说的话，你只能参考。"秦芳说："现在找个有感觉的男人，能够接受的男人，也不容易。你先不下结论，把他家里几室几厅，房贷还完没有，搞清楚，再说别的。"我说："已经算了，还去搞清干什么？"又说："秦芳，你不要这么滑头，左边一句，右边一句。刚说了不行，又要我去侦察房子。"秦芳说："那也是一件大事，可以少奋斗十年。十年，什么概念？就是一个女孩完整的青春呢。"

跟秦芳讨论了很多，还是没有结果。没有结果我就不再去强求，也许，自然而然地，事情自己就会走出一个明确的方向。又这么含含糊糊过了几个星期。有一天，彭先生打电话来说："晚上带你去看电影。"我答应了。晚上九点多钟，他开车来优博接我，说："快点，赶十点半的晚场。"上了车我发现小鹏不在，说："他呢？"彭先生说："他奶奶来了，他明天还要上学，不来了。"我说："只怪我下课太晚了。"在商场的对面停了车，过马路时他来拉我的手，我让开了，他就拉着我的袖管。过马路时，彭先生闪到我的左手边，迎着车来的方向护着我。过了绿化带，又移到我的右手边，还是迎着车来的方向。我感到了他的细心，说："我不会被撞着呢，这么大个人。"他说："怕万一，怕万一。"我说："真有万一，撞谁不都是撞吗？"他说："男人身子骨硬一点。"上电梯去十楼放映场，我说："小鹏奶奶来了，她住哪里？"彭先生说："有三间房呢，两大一小，还有两个卫生间。"我说："有这么大，那每个月还贷款也不是小数。"他说："搞完了。"

看电影的时候，他一直抓着我的手，我感到了自己的脉搏在清晰地跳动，手掌也变得潮湿发热。我用力想把手抽回来，轻声说："热。"他凑到我耳边说："热一点不好吗？这么冷的天。"我挣了几下说："都被你握出汗了。"他说："那就更滋润了。"我都不知道银幕上放什么故事，全部的注意力都在那只手上。散了电影我说："我要去洗手间。"他松开我，我又不去了。他说："狡猾的狐狸。"我说："没你狡猾，故意一个人来。"开到半路他把车靠路边停了，我说："怎么了？"他说："机会太难得了。"突然一只手伸过来挽我的脖子，我挣开说："我又不是你什么人。"他说："昨天不是，今天还不是吗？"我把安全带松了，说："我坐到后排去。"就从两张椅子中间穿过，到了后排，他马上也跟着要穿过来，我双手去推他，推不动。他坐到我身边说："我看了这么久，你真的是个好女孩，现在麓城好女孩不多了。"我说："谁说我是好女孩，我自己都不承认。"他说："我三十三岁了，我不会看人吗？"这些话说到我心坎上了，自己做个好人，终于有人理解了。我说："你这个人也不错。"他的胳膊挽着我的脖子，说："错还是不错，我不在乎，我只在乎你。"把我的头挽了过去，嘴唇凑过来，说："你，你给我老实点，你给我老实点！"我想挣扎，忽然闻到了一种已经陌生的男人的气息，有一股潮湿的暖流在心中滑过，就屈服了。

43

事后我心中还是有点疑惑。怎么回事呢？这么大的事情，终身大事，还没想明白，就上路了。一吻定终身，我也没有那么封建，但一吻毕竟是吻，跟拉拉手，还是不同的。

下次见到彭先生，是他约我去爬麓山。见了他，我说："上次你勉强了我，今天不能再那样了。"他笑了说："还有往后退的吗？多大一件事！"我说："我不知道对你是多大一件事，也许你是惯犯，就是一杯白开水的事。对我那就是好大一件事呢。"他说："听你的，我只要见到你这个人，就满足了。"这话让我心里很爽，说："嘴巴皮一碰就蹦出来了。"他说："心里蹦出来的呢。"我心中有一种要飘的感觉，说："这些话我是喜欢听的，但是，你还是不能勉强我。"他说："当然，当然，你的话就是圣旨。"我说："你张开嘴我看看！"他张开嘴，我说："你早上吃了糖，嘴里还是甜的。"

我们坐在电视塔顶的旋转餐厅喝茶，下面是整个麓城的景色。麓江把城市切成了两半，河东的高楼一幢连着一幢，沿江排列成高低不齐的方阵。河西因为要保证麓山景色，楼房就低矮了许多，麓城师大的田径场在阳光下清晰可见。漫山遍野的绿爆发出来，让人有了好的心情。我往窗外看了很久，说："这么多房子，什么时候有我的一间就好了。"又说："几年前来麓城上大学，看着满城灯火，心想这么多灯什么时候有我一盏？这是个远大目标。"彭先生说："只要你愿意，今晚上就有啊！"我瞟他一眼说："想得美！"又说："这么多高楼，里面得坐多少人啊！怎么就没有我的一个座位？"彭先生说："居麓城，大不易，太不易，想来的人太多了。"我说："这让我觉得自己很失败。"他说："女孩子只要爱情成功就可以了。"

我不想跟他讲爱情这件事，就说到了小鹏，他的学习，他的身体，他的性格，什么都说到了。彭先生说："他最大的问题，是缺少母爱，这么小，就时常表现出沉默的忧郁，让我心里好痛啊。"这话让我同情心泛滥，觉得自己有了一种责任。我说："在学校也是这样的，有点可怜。"他说："你是一个好女生。"这话说得突兀，又很含糊，意思却是清楚的。我装着没听懂，去看山景。

彭先生一只手在桌面上慢慢溜过来，抓住了我的手。我收回手说："有人呢。"他说："街面上都是手拉手秀恩爱虐单身狗的，谁怕人呢？"我说："我现在还没有觉得有什么可秀的。"他诡笑说："看我们都那个了，这算什么？"我说："谁跟你那个了？"他马上说："我说的那个不是那个的那个，是这个的那个。"舌头飞快地伸缩一下。我不理他，望着窗外。他说："这里不也是一道亮丽的风景线吗？"拍一下胸口。我还是盯着外面樟树浓密的嫩叶，想着去年这个时候考上教师资格证，匆匆又一年了，这日子快得有点可怕。彭先生说："女孩的青春太珍贵了，别耽误了。"我说："要怎么才算不耽误，你到哪里去躲过时间？"他说："我虽然不是女生，我也不想耽误。"我说："你真会想，好美。"

我沉默着，不知道该想些什么事才对。彭先生说："上次你说你老爸出车祸的事，我们能不能给你爸买辆车？"我心中感到很快乐，说："我们，我们是谁？"他说："就是我。"我说："你真有这么好吗？你为什么这么好呢？"他说："因为你好，我才好的。"

这是我心中一个好大的愿望，没敢细想，他居然主动提出来了。我说："你知道那要多少钱吗？我只有一两万块钱。"他说："你的钱就不动了。"又说："二十万够吗？"我说："只要十几万呢。"又说："能不能算你借给我，我和我妹两三年就还给你？"他说："借我就不借了，我们有那么远的距离吗？"我望着他一会儿，说："知道了。"又说："你是对的。"他说："你在心里可能想着我太现实了，是吗？"我说："这也正常。"他说："我也想有广厦千万间，让天下大家俱欢颜。可我是谁？我有那个能力吗？我能够改变一个人的命运，也只能改变一个人的命运。那个人就是你，我希望。"我说："你有这份心意，我就很感激了。"他说："那等会儿把车开到一个安静的地方，你给我老实点，比上次更老实一点。"我说："对上次的事，我还有点后悔呢。"又说："有些事情，不是讲条件讲出来的。"他说："那我们也讲情怀，你真的是一个，"他踮起大拇指，晃一晃，"一个很好的女孩。"

这天条件没有讲成，彭先生三次想靠近我，都被我推开了。他有点不高兴，回去的路上一直沉默着。我吧，特别不愿意让一种亲密的行为与钱联系在一起，这不是交换吗？这实在是有点伤我自尊。我得承认，彭先生买车的提议，实在是太合我的心意了。也正因为太合心意，我得停下来想想。毕业两年来，我对钱有了更深的感情，这个我承认。好多次我都被钱逼得要发疯。为了多得一点利息，把钱存了定期，存了才记起，留下的钱不够交房租。房东打电话来，要我把钱打给她，我呢，就恳求她宽限半个月。房东自然是不同意的。我再三恳求几乎要哭，她才同意了，接着马上申明，就这一次，还不能告诉小孟、小孙。钱是个有用的东西，这个我知道，但从来没有像现在这样有切肤之痛。可是，钱再怎么重要，也不能拿感情去交换，这是我的想法。也许有人想着，这想法不对，秦芳就是这样想的，可我是还向往着感情的独立性，它不是钱的附庸。我就是这样想的。我还没到山穷水尽，因此还有资格维护这一信念。也许，如果我聪明一点，我应该承认这种交换的默契。我不聪明，觉得这种聪明没有什么意思。回家后我打电话把这件事告诉了秦芳。秦芳说："晶晶，你有点呆呢！交换本来就是正常的，好不？你看我们电视台的那些女主持人，哪个不是说等缘分等缘分，最后都嫁给谁了？她们找的男人有一百种身份，但有一种身份是共同的，有钱。你要说你比她们还聪明些，我就没有办法了。"我说："我觉得他今天讲这件事早了点，我又不是他什么人，他帮我家买车？"她说："那买了车当然就是什么人了吧！不然凭什么？"又说："这样的男人还算不错的呢！还肯出几滴血呢！你知道我大二的时候，背着小吕跟计算机系的那个研究生谈了几个月，我过生日，他陪着我去商场买礼物，我选了几样小东西才两百块钱，他居然催我回去。我生气自己付了钱，再不理他了。"我想想今天的事，可能是我的错，太一根筋了。到晚上我给彭先生发信息，他马上打电话过来，两个人东扯西扯，扯到十点多钟，我说："好几个学生家长等着我回信息呢。"才没再扯了。

下一次见到彭先生，是在一家咖啡厅。一进门，那种半明半暗的灯光，轻柔的音乐，人们的细言细语，让人感受到了暧昧的氛围。坐下来我把灯光调亮，说："你倒是选了个好地方！"他把灯光调暗，说："是说话的地方。"喝着咖啡他说："今天想跟你谈一点实质性问题。"我说："我们之间有实质性问题吗？"他说："你真的认为没有吗？"我把咖啡端起来，放在嘴边。他说："你不会告诉我，你没有谈过男朋友吧？"我说："谈过。"又说："当然谈过。"他说："我也觉得。这没有什么。"我说："难道这还有什么？"他说："有没有什么，跟别的没有关系，跟人的心，那还是有关系的。"又叹气说："人心啊，人心！"他告诉我，九年前研究生毕业，认识了小鹏的妈妈，觉得很投缘，半年就结婚了。小鹏妈妈上大学时跟同班的男同学同居过两年，她告诉他了，说："你要觉得这是个很大的事，那我们就不要进行下去了。"他没有计较，问他们为什么分手，回答是男同学出国留学去了。一年后小鹏出生了，日子看起来就会这样安静地过下去。谁知去年的某一天，她突然提出分手，非常坚决，追问之下，才知道前男友回来了，要带她去美国。彭先生说："我当时劝她，求她，求得苦呢！要她看在儿子的分上，放弃这种可怕的想法。她怎么说？说这也是为儿子好，将来带他去美国读大学。为了儿子，我都给她下跪了。没用啊！人心啊！"我说："可以理解。"他马上说："谁可以理解？"我说："这件事，还有她。"他说："你们女人，什么心思！坚决不理解！最惨的就是儿子，安全感从此再也没有了。去年我开车回家，看见路边有卖菜的，就把车停了去买菜。小鹏在玩手机，没跟他交代，就下了车。三五分钟后回来，看见他站在车边打电话，一看是拨妈妈原来的号码。见了我，那个委屈，拼命地哭，哭，哭！用力地踢我。六岁多的孩子，才三五分钟不见大人啊！我把他拉上车，两个人抱在一起，哭了一个多小时。"我叹息说："唉，可怜。"他说："我就是个傻瓜。一辆车，别人开过的，也就算了，可没想到，别人还有车钥匙啊！随时会回头来开啊！前几天打电话说想儿子了，想回来，希望我原谅她。把我看成谁了？"

彭先生说到一辆被开过的车，我心中咯噔一下，涌上来一种恶意。透过新冲的咖啡冒上来的热气，我看着他的脸有一种陌生感。他说得激动，没有注意我的神情。等他说完了，我说："我很理解你呢。"他欣喜地说："谢谢，谢谢。你是我的知音，找女朋友，不就是为了找一份理解吗？"我说："你也不要这么急着下结论，其实我跟小鹏妈妈差不多，在某些方面。"他疑惑地望着我，半天说："不会吧，你？你这么保守。其实你越保守我心里就越踏实，不高兴那是一瞬间的。"我把自己跟章伟的事都告诉了他，他很耐心地听完，说："对我打击太大了。"我说："你这样要求我，你觉得公平吗？"他说："你千万不要以为我多么封建，我是不讲究形式的。可是那个章什么啥就在本省，他什么时候一声口哨，你就过去了，让我怎么想？"我说："你觉得我有那么坏吗？"他摇摇头说："人啊，人心啊，女人的心啊！"我说："你这么不相信我，那你怎么跟我相处呢？"他苦笑说："主要是过去的教训太血淋淋了，有个心结在这里，"用力戳一下自己的胸口，又更用力地戳一下，"这里，这里！"我站起来，拦住他的手，说："轻点，轻点。"他说："我真的好痛苦啊！你这么保守的女孩，能走到那一步，那得多深的感情呢！我真的好痛苦啊！"他一声声嚷着"痛苦"，我心中并没有体谅性的理解，甚至觉得他有点表演过度了。我能理解他，但这种理解之中没有温情。

我安静地坐在那里，看着彭先生一声声叹息。我说："你好好想想，大家都好好想想。"他一只手支着下巴，呆望着我，半天说："如果我们有那一天，能不能签个协议，谁犯了错误，谁就净身出户，人也没有，物也没有。"我嘿嘿笑了，说："下定决心，绝对不相信任何人。"他说："有那么可笑吗？一个人不应该从血的教训中收获一点什么吗？"又叹息说："人啊，人心啊！"这次他没说"女人的心啊"，算是给我留了面子。我说："我理解你，"摇摇手，"是真的理解。"他说："既然有这种理解，那我们……"我没等他说完，就把眼睛闭上。他停下来，好一会儿有点委屈地说："我不在乎女孩身体的状态，我害怕的是她的心还停留在过去。一个小时不知去向，就会想着，会不会跟前男友在哪里？干什么？我也不愿这么想，可是，做不到啊！我错了吗？一个人不想在同一条河中摔两次，这有错吗？"我说："你没错，所以我说，我理解你。可是我也不愿意时刻被身边的人揣测、怀疑。这有错吗？"然后我放慢语速，一字一板地说："世上的事，就没有天然的对错，各人有各人的对错。"这句话脱口而出，我忽然意识到了这就是对现实生活的真实表达。像优博教外语的段老师，三十六了，还在把十八岁形成的爱情理想顽强地坚守着，宁可单着，决不将就。她心中的标高就在那里，要她降下来，她就宁可没有，决不将就。人人都说她错了，不切实际，连她的父母都不理解她，说她的人生不完整。可是，她错了吗？就算她错了，那也错得对。她不能背叛自己，这是没有办法的事情。她的执着，越来越没有现实的支撑了，连我都看清了这个局面。不过，我还是愿意理解她的。还有，彭先生错了吗？他不过是从自己惨痛的经历中收获了这点经验而已。那么，是我错了？我不应该从一种最亲密的关系中得到最起码的信任？正因为都没有错，所以没有结论，只能说，不合适。想到这里，我心中忽然有了明确的方向，我站起来说："我们走吧！"彭先生迟疑了一下，也站了起来。出了门他想牵我的手，我用力甩开了。他说："是不是我不该说出自己的想法？"我说："不，你是对的。"

晚上彭先生给我发了几十条信息，又是亲热，又是检讨。我呆坐床上几个小时，无数的念头纷至沓来，像一群野马在草地上奔驰，把草地踩得泥泞一片。最后，我把灯熄了，给他发信息说："为了小鹏，你还是原谅她吧！"

44

两年前，我刚进入优博，怀揣一个梦想。总有一天，自己会成为一名誉满麓城的教师，家长们把我的名字口口相传，数不清的父母通过种种关系找到我，请求我成为孩子的私教。到那天，我就像马校长一样，走到哪里都被那些焦虑的父母包围，希望从我这儿得到点铁成金的指教。然而，在教了一年课以后，梦想破灭了。在优博这个地方，或者别的什么教育机构，想成为一个名师，那不可能。我教得再好，也不会有一个金色的标签贴到我的额上，让我成为一个自带流量的网红。

标签是跟名校捆绑在一起的。马校长的名声，是从麓城一中带来的，而不是优博打造的。教育机构的老师，不可能获得有光环的标签，也不可能有得到高层次证实的机会。名师不是家长们口口相传能够打造出来的。认清了这一点，我对自己的人生有点失望，非常失望。看得到自己的前景，天花板在头顶，伸手就能摸到。这会有前途吗？没有。那么，怎么办呢？没有办法。两年过去了，我还是那只爬在玻璃窗上的金龟子，前景看得见，前途没有。这让我感到了迷茫。这样下去，怎么行呢？

前途没有，渺小的生存空间还是有的。每个月三四千块钱，日子也过得下去。可是，就连这点看不到前途的生存缝隙，也有了问题。

最开始是英语组招不到学生了。年前，一家名为吉的堡英语的教育机构在我们马路对面开张了。这是全国连锁机构，优博无论如何是竞争不过的。四个专职的英语教师惊慌不安，一有时间就到商场门口，到附近几所小学门口去发传单、扫码，想挽回局面。据说刘老板几个月前就放出话来，三十个学生是最低的成本线，但如果能招到二十个，他愿意每年贴十几万块钱，把这个组维持下去。可现在，不但新生招不进来，原来的学生也流失了。终于有一天，英语组的组长段老师突然说："大家各自逃生吧。"当时大家本来坐在那里有说有笑的，十来个人一下子都沉默了。这种瞬间到来的安静形成了一种压力，大家相互望着，不知说什么才好。黄老师脸色一变，轻声哭了起来。她在这里已经教了七年，家里还要靠她这四千多块钱，这是专门拿去交房贷的。据说，她们都曾到吉的堡去应聘，但因为只有大专文凭，试教都没争取到，就被回绝了。看着同事在流泪，肩一下一下地颤抖，我的心也在颤抖。我想说几句安慰的话，可说不出来。我就这么看着她抽泣着，觉得自己是一个狠心的无赖。我终于想起了一件可做的事，就给这个流泪的人倒了一杯水。

有个老师站起来，走了出去。文霞说："大概明天，我们的下场也是如此。"也走了出去。又有几个老师一声不响地走了。我想说出几句安慰的话来。想来想去，怎么说都觉得太苍白。那些离开的老师可能也感受到了这一点吧。我把纸巾递给黄老师，黄老师接过去，默默地擦泪，轻声说："下个月的房贷怎么办呢？"没有人回答。我说："要不我中午请大家吃饺子好不好？我还没请大家吃过饭呢。"这话像一颗石头扔下山涧，没有回响。黄老师站起来说："我该回家了。"就出去了。剩下的几个老师相互望望，也不作声，离开了。

在优博两年，我没有想过这样一个岗位，还值得珍惜。看到今天这个场景，我意识到，在麓城，也许这就是最好的选择了。这让我危机感陡增。如果有一天我也必须离开，我又能去哪里呢？形势危急。英语组的三位老师离开没几天，就有消息传来，在吉的堡的楼上，有名的教育机构学而思在搞装修，同时在招生了。我原来还想着，这些大牌的机构看不起远离市中心的地方，可这几年附近出现了很多楼盘，随着人气上升，各种教育机构都来了。在这个地方最大的九年制的月亮学校对面，出现了二十多家教育机构，什么班都有，连街舞班的生源都不错。

那天，文霞从外面进来，告诉马校长学而思语文班招生的消息，马校长神情一下就变了，半天说："哦，知道了。"英语组的解散，让他脸上几天都看不见笑意，现在更有了些沉重。文霞见自己带来的消息产生了这么严重的后果，说："我是听说的呢，可能不会是真的吧。"马校长说："好消息要打个问号，"他一根指头临空画出一个巨大的问号，"坏消息你直接相信它就可以了。"文霞说："我不知道呢，我不知道。"马校长立即把我们召拢，开了一个会，布置语数两门课的招生冲刺。我坐在那里听着，心中知道这也是徒劳的挣扎，但也祈愿能够有一个意外之喜。

所有美好的想象都会破灭。这几年来，生活就是这样告诉我的。期待越是迫切，失望越是真实。我又一次感受到，命运之中有一种神秘的力量在与自己作对，像对面有一个隐形的持刀杀手，将砍断一切美好的想象。但我不敢把这种感受告诉别人。当不祥的预感总是被证实，我觉得自己简直就是传说中的灾星。

这一天刘老板来到学校，在门口碰到我。他脸色很难看，问："马哲生在楼上吗？"我说："在，刚上去。"他就上楼去了。这两年来，刘老板见到马校长，总是那么谦恭，让人误以为马校长才是真正的老板。今天居然直呼其名，这让我大为惊异。惊异之余，也预感到了有什么大事要发生。到了晚上，文霞打电话过来说："马校长辞职了，优博大概是寿终正寝了。"我千想万想，从来没有想过马校长会辞职。优博就是马校长，马校长就是优博。两年来的经验就是这样告诉我的。马校长不在，优博还想办下去，那不可能。别的不说，光说生源，就有三分之一是马校长凭着老关系搞来的，他是优博的绝对灵魂。以后几天，消息明朗了。马校长将到马路对面的学而思去当副校长。刘老板以不结算这一年的奖金相威胁，总算让马校长同意，会兼顾学校现有学生的管理，直到结束这个学期。对家长们有了交代，但学校关门是无法挽回了。

又过了一个月，马校长把所有的学生都转到学而思去了，家长们都很高兴。刘老板因为没有付出更多的钱，家长们也没有闹事，就默认了这种结束的方式。

刘老板通知大家去吃饭，说去了就有五千块钱的现金红包。看在红包的分上，大家都去了。刘老板说："虽然是散伙饭，大家还是要高高兴兴吃。"大家接了红包，都很兴奋，说："这是年度最佳散伙饭。"吃到半途，文霞忽然掩着脸抽泣起来。刘老板说："文老师怎么了，你不是找到新的教职了吗？"文霞说："在优博七年了，半个青春都洒在这里，心里不舍得。""不舍得"三个字撞到我心坎上，像被人踢了一脚。我平时想着，优博不过是个混生活的地方，如今真的要永别，内心还是这么伤痛。两年的青春，不长，却也不短，毫无声息地，就这么流逝了。马校长说："晶晶，你哭什么？人家文霞是在这里干了七年的。"我说："一个生鸡蛋，在口袋里揣了两年，那也捂熟了呢。"刘老板对马校长说："大家都愿意跟你去学而思。"马校长说："尽量推荐！"又说："人事权在罗校长手里呢。人家是北京来的钦差大臣。再怎么样，那也是北京派来的。"

吃了饭我心中还惦记着优博，就走过去看最后一眼。我把东西清理在一起，用一个塑料袋提着，准备离开。走到门口，又转过身，推开每间教室的门看一眼，静默之中有一种想流泪的感觉。忽然听见有人叫"许老师"，一看竟是小鹏。我说："你怎么来了？"他说："来拿文具盒。"又说："许老师，你还去学而思给我上课吗？"我说："去啊，你愿意许老师去吗？"他说："好愿意。"我说："你妈妈回来了没有？"他望着我，好一会儿，羞涩地笑一下，说："回来了。"我说："好，那就好了。"

45

我给马校长打了电话，希望去学而思。他说："我跟罗校长讲一下，让你来试教。"又说："这边不是优博了，罗校长北京过来的，他说了才算。"我等了几天，没有消息。每天把手机捧在手心，发呆地看着，好像能捧出一条信息来似的。这样忍了几天，又给马校长发了一条信息。他回信说："已经跟罗校长讲了。"听这口风，不像有希望的样子，心里凉凉。这天得到消息，文霞找的新岗位，就是学而思。我怔在那里，脑袋里空空的，半天才想到，毫无疑问，这是马校长帮的忙。马校长能帮文霞，怎么就不帮我呢？我真的比别人差一些吗？

我已经这样悬了一个月，不能再悬下去。我要落地，要找到一份养活自己的工作，我没有拖延的资格。家庭背景的意义，又一次这样裸呈在我眼前。就算我有多么无奈又无耻，为自己找到一百个理由，我也不能去啃老吧。他们是什么状态？

犹豫了几天，我下了决心，自己去学而思应聘。上了楼我又犹豫了。马校长那里没有消息，那就是没有戏，自己这样强行突破，会有意义吗？最终还是要从马校长那里过。这真的是一个让大家都难堪的动作啊！这样想着，我又下楼退到街角，站在那里，想把事情理得更清晰一点。不知什么地方，有人在弹奏吉他，顺着那个旋律，我把歌声在心中唱了出来：

> 你说你感到万分沮丧，
> 甚至开始怀疑人生……

我抬起头，把耳朵侧着，想弄清楚吉他声到底是从哪里发出来的。我想象着那是一个忧郁的少年，在重大的人生挫折之中，低着头，含着泪水，在拨弄着吉他，一绺头发垂下来，发尖碰触着吉他的面板，正好指向那一滴刚刚落下的眼泪。

朝着旋律传来的方向，我挥了挥手，再挥了挥手，像跟一个老朋友告别。我往家里走去，走到半路，就站住了。我能就这样回去吗？"躲进小楼成一统"，也许能够躲半个月，一个月，但能躲一年吗？现实就逼在自己的眼前，鼻子往前一挺，就能够感受到那种冰凉。我抚摸了一下自己的鼻尖，有点冷。再用手掌心去感受，是有点冷。我忽然感到手掌上有一点温热，放到眼前一看，朦胧中有一线湿迹，知道自己流泪了。我用舌尖舔了一下，又舔一下，咸咸的，有点涩。我抬起头，望着天空，轻轻地笑了一声，更多的眼泪涌了出来。

一个星期后，我还是在学而思试教了。马校长坐在下面听讲，罗校长也在。讲完我自己的感觉不错，马校长也连连点头，说："到底是正牌大学出来的。"罗校长称赞了几句，说："发音稍微有点方言的痕迹。"他的称赞都很宽泛，这句话却非常具体。我感到了其中的杀伤力，求救地望了马校长一眼。马校长说："地方口音有那么一点点，我们本地人都没有什么感觉。过去两年在优博也没有影响教学。"罗校长说："学而思是全国品牌，要求会高一点点。"马校长说："罗校长是北京来的，可能对这个问题重视一点。"我知道自己的普通话受家乡方言的干扰，有一点点问题，可从来就没有人把它当作一个问题。我还想解释一下，罗校长对马校长说："该下一个了吧。"我嘴巴都张开了，又闭拢，走下讲台。

下一个试讲的女孩刚从北师大毕业，中文专业的，回家乡来求职。北师大的毕业生，竟然到教育机构来争岗位，这让我非常不理解。她在麓城就找不到一个有编制的岗位吗？一个教师，不管他在幼儿园，还是教小学、中学、以至大学，在公办还是在民办，有没有编制，那感觉是完全不一样的。工资不一样，住房公积金不一样，将来退休后的待遇更加不一样。这种种不一样，就决定了整个人生的不一样。我没有能力为自己争取一个编制，连一个教育机构的岗位都成了问题。这让我感觉到，对世界需要重新理解，对自己也要重新理解。一种恶意从深心浮了上来，清晰而坚定地浮了上来，我想装着没有意识到，已经来不及了。我放开心情去体会这种恶意，觉得既然生活是这样对待我，那么，我也不必对它抱有善意。

报名试教时就被告知，三天之内会有消息。我盯手机盯了三天，从早上五点到深夜一点，每过去五分钟，就会心痒痒地看一眼，不看看简直就不知道下一个五分钟该怎么过。终于在第三天的傍晚，收到了不被录用的短信。看到这条短信，我心中一下子就踏实了，有一种解脱之感。我在这条路上已经走了两年多，看清楚了职业的天花板在哪里。名师来自名校，教育机构是不可能出名师的。当不了名师，哪怕你是个多么好的老师，也只有几个家长知道，逃不脱混口饭吃的状态。这就是天花板。这种一眼看得到头，展开空间就这么一点点的生存方式，实在是让人体会不到其中的魅力。既然如此，我为什么还要沿着这条路走下去呢？

　　我把自己问住了。但是，接下来的问题就是，这条路我不走，我又有哪条路可走呢，在麓城？我不得不停下来思考麓城对自己的意义。从六年前进大学的那一天开始，麓城就是我的信仰。信仰无须选择也无须讨论，哪怕牺牲了爱情，也在所不惜。今天我把这个问题拿出来让自己讨论，这就是失败，一种撕心裂肺的失败。爱情牺牲了，两年青春过去了，一无所有。这样的失败再来一次，这一辈子就没有什么可期待的了。甘心吗？不甘心。怎么办？没办法。我的胸口像有一个微型的注浆机，把流质的铜液缓缓地注入身体的每一个部位，然后凝固，自己就成了一尊铜像。我想象着这尊铜像站立在麓城的某个路口，有很多人前来围观，对她那忧郁、迷茫又痛苦的表情，做出不同的解释，像解释蒙娜丽莎的神秘。

　　所有的问题都是麓城带来的。放弃对麓城的执念，回到津阴，也许是摆脱人生困境的合适选择。

　　我回到津阴，对老妈说是学校放假了。把这两年存下的三万块钱都交给了她。她接了钱说："帮你存着，等你明年出嫁就拿给你。"我说："我男朋友都还没有呢，明年出嫁？"她说："到明年你就二十五岁了。二十五不嫁，还要到三十五岁嫁吗？嫁给谁去？"我一直觉得自己还小，年龄不是个问题，老妈这句话，让我更加沮丧。自己简直就是个问题人物，什么都是问题。而且，一年一年过得飞快，这些问题像套在脖子上的绳索，每过去一天，绳索就拉紧一点。

意识到时间的紧迫，我第二天就去了县城，想到一中去感受一下，是不是回来当个老师，也是一个可以接受的选择。

刚进城我就下了车，慢慢地向一中走去，几年没有来过了，我想获得一些对津阴的感性体验。津阴的房子也是房子，津阴的商店也是商店，津阴的人也是人。可不知为什么，对这一切，我硬是有一种隔膜的感觉。津阴不是麓城。还没走到一中，我心中就有了这种清晰的感受。在一中大门口我犹豫了一下，觉得已经没有必要进去找人。麓城的好，是说不清楚的，可那种好，就是如此清楚地摆在那里，让人感到熨帖。

按照昨天电话的约定，我去找了赵梦娥。她比我高两届，四年前从麓城师大毕业，回到一中教语文。进了她的宿舍，我说："生活得很精致呢。"她说："我就是想房间干净一点。"又说："学校安排的呢。"我们讲起当年的学生生活，提到柳校长在全校开学典礼上说，去年是高一负责操场的卫生，今年轮到高二了。我们都笑了。我跟她讲了想回一中教书的想法，说："我就是想要个编制。"她说："我那年也是为了这个回来的，有点后悔了，还被别人贴上了被麓城淘汰的标签。现在好了，一辈子都定死了在这里，后悔也来不及了。"我说:"你小日子过得这么滋润,在麓城你就没有这小日子。"她说:"在学校当老师,待遇还行,买房买车都不是问题,最大的遗憾就是一辈子没有一点想象空间。有老师退休了,我就想,再过三十年,就轮到我了。"我说:"你这点遗憾有点奢侈,能稳稳当当地活着,那就不容易。现在的大学生,一堆一堆的,能找个地方把自己安顿下来,那就不容易。"她说:"唉,也是,所以我说,后悔也没有用了。"又说:"还有个更大的问题呢,县城就这么几个人,互相都看得清清楚楚,你到哪里去找个男人?真的没有。有那么一个两个毕业回来了,在县人事局报到时,一问没有女朋友,就被截留了。"我说:"你没有男朋友?不相信!"她说:"真的没有呢!我总不能去找学校门口下粉的吧!"又说:"有像个样子的小学老师,我也可以,没有。刚回来的时候,我心性很高呢,觉得自己简直就是仙女下凡了,多少男人会过来讨自己欢喜。拢来的人也真有,还不少,可都是些什么人啊!"这让我想起了章伟,也难怪他刚回古阳,就被副县长锁定了。赵梦娥说:"还有个最大的问题。将来有了孩子,他在津阴上学,能跟麓城的孩子比吗?刚来到这个世界,就输在起跑线上了。"赵梦娥要陪我去校办公室。我说:"简历倒是带来了,我再想想。不然我申请了,万一人家同意了,我又不来,那有点难堪呢。"

从一中出来,我慢慢地走着去搭车。等车的时候,我心中有了主意,还是回麓城去碰碰运气吧。

46

汽车快到麓城，我给秦芳打了一个电话，也没回家，就直接去找她了，私心想得到一点意外的惊喜。我知道这不可能，可还是抱着一丝顽强的期待。

进了小区，我发现这里比几个月前更漂亮了。林荫道已经有了模样，一走进去，马上就感到了阴凉。走上小桥，看见池塘在喷水，三根水柱落下来的时候，形成了一幕水帘，在阳光下幻出一道彩虹。我停下来看了一会儿，想着总有那么一天，自己也会过上这样的生活。秦芳带着小七在桥头的树荫下等我。见了她我说："你们这里什么时候变得这样臭美了？"她说："你都好久没来看我了，来了总有点什么事。"我说："小七的脸长开了，皮肤比以前更细嫩了。"她说："到底有什么事呢？"我说："我表扬一下你们小区，表扬一下你的儿子，不行吗？"又说："本来有事的，被你这么一说，我到底有多么现实？我下次再讲，今天是专门来看小七的。"把小七从婴儿车中抱起来，亲了一下，说："你看他，综合了你和小吕的优点，比你们漂亮！你看他的眼睛……"突然发现小七的眼睛是闭着的，"还有嘴巴。"秦芳把孩子接过去，放进推车，说："还没找到岗位？"她主动把这个问题提出来，我松了口气。用自己的焦虑去打破别人的安宁，这本来就是自私的事情，这让我感到内疚。

我说："本来是想分享一下自己失败的苦难的，看看大家都这么高兴，我还是别来捣乱吧。"她说："那要看谁跟谁，对吧？你跟我。"她一只手来回推了几下，"除了吕晓亮不能分享，其他就没有什么不能分享的了。"

秦芳生了小七之后，我们之间的交流就少多了。她的心思在儿子身上，我尽量不打扰。现在她这么说，让我觉得这个朋友还是当年的朋友。我说："我准备回津阴去，大概能在一中搞到一个岗位，虽然无趣，那也是有编制的。在麓城混了这两年，都混到绝路上来了。有些人北京上海深圳都能混，那真的是强者呢！我想都不敢想，到如今连麓城都不敢想了。"她"唉"地叹息一声，我心中冷冷地哆嗦了一下。我本来还抱有一线幻想，看她能不能给点帮助，至少提一点推动我前行的建议，这一声叹息，幻想瞬间破灭。她又叹息一声说："真的好想帮帮你啊！"我真的想追问一句，那怎么帮呢？但这样就太过分了，甚至有点无耻。她说："我真的好想帮你啊！"又说："如果你去搞个什么培训进修，半年一年，让你没有后顾之忧，我是可以做到的。可是，到哪里去找个有编制的工作？我只能说自己是个太小的人物了，简直就是一只小小鸟。"我连忙摇手说："我今天来看你，没那个意思。工作这两年，半年一年的房租和饭钱，我还是有的。"

秦芳掏出手机，说："把姓吕的叫下来，看他怎么说。"打完电话，她说："你说要回津阴，我心里好难受啊！麓城又不是北京上海，也有那么残酷吗？"又说："麓城的房子真的不贵呢。"我说："那要看对谁。对我，要家里帮忙，那是不可能的。这几年没要我打钱回去，已经是最大的支持了。"又说："一个人，他家里能不能推一把，那命运实在是太不一样了。"说完马上觉得有点不对，说："我不是说你。"她说："说我也没有什么不对。我没人推一把，岗位能有？房子能有？"

这时小吕下来了。秦芳说："晶晶说，她要回津阴去呢！"小吕望了望我，说："也不是不能考虑。"秦芳说："你别乱说！哪有在麓城待了几年，又回乡下去的道理？打工妹都不回去了。"我说："是在县城，还有编制呢。"她说："那也是乡下！"又说："坚决反对！"小吕说："秦芳，你最喜欢感情用事。你坚决反对，那你帮晶晶找份工作，找不到你说话就不要那么轻松。"秦芳声调一下子低了很多，说："不行，津阴不能去呢。"我说："我不听吕晓亮的，我听你的，我再给自己最后一次机会，在麓城再碰撞一年。"

小吕望着我，似乎要在我身上找出什么宝藏。我说："怎么了？"小吕说："碰撞一年，能撞出一个什么机会来？几十万人在碰撞。我看你还是很不错的，趁着青春还在，找个人，那也是一个可以考虑的前途。"我说："那我是不是有点太悲哀了？"又说："抱着这样的心思去找男人，能够找到一个好男人吗？"小吕说："你要坚守爱情，那……那……那你就把自己的路断掉了。"秦芳说："说起找个人，毕业那年有个男同学追求晶晶，家里有开公司，有别墅，还帮她安排麓城晨报的工作呢，晶晶没找到感觉，放弃了。"小吕马上说："这个同学是不是还单着？我劝你马上把他找回来。我真的敢做这个主。别的主我都不敢做，这个我真的敢。"我说："人家有女朋友了，我看见过，至少外表是很不错的。"小吕说："那也要把他撬回来。"秦芳打小吕一下，说："你看晶晶像个能撬的人吗？"双手做了个撬动的手势，"不像，不像。"我笑着摇头，说："那确实是不像。"小吕说："一个女孩，条条框框太多了，就把自己的手脚捆住了。"我说："这是一件实在没有办法的事情。"又说："这件事你说我一点都不后悔吧，那也是假的。主要是没有想到在麓城生存这么艰难。其实我的要求也不高，有个安稳的生活就行了。"小吕说："这已经是很高的要求了呢。"我说："你说我那么后悔呢，也没有。我想要找一个能够安放心灵的地方，那个人是吗？不是的呢。"小吕说："我看是那个章什么……"秦芳说："章伟。"小吕说："对对，章伟，他把你害傻了。"

我们到楼上去做饭吃。吃完饭我想走了，又不甘心什么方向都没有，就这么走了。我说："麓城这么大，就容不下一个许晶晶？我得碰碰撞撞。到哪天头破血流了，我也不后悔，至少我对将来的自己有一个交代。"秦芳说："唉，有点悲壮。"小吕说："学而思你进不去，别的教育机构你还是可以找到一家的。"我说："教育机构待了两年，够了。混混是可以的，前途是没有的。天花板我现在伸手就能摸到，一辈子？不敢想啊。"秦芳说："我要是你，我就铤而走险，复习半年一年，去考公务员。实在考不上，对自己也有一个交代。"我叹气说："说起考公务员，我心里就发麻。几十上百人来抢一个岗位，我也不是那么优秀的人啊！"小吕说："退到悬崖边上，就会有奋力一搏的勇气。秦芳上次还跟我说了，你有什么困难，租房之类，我们可以顶一下。这个是没有问题的。"我说："我不想离开麓城，就是还有你们这样的朋友。有时候心里充满了怨毒，想起还有这么好的朋友，就融化了。"又说："我自己支撑半年一年，还是可以的。"

小吕主动说送我下楼，秦芳就在家守着小七。在电梯中，小吕说:"二十四岁,对一个女孩,也不是很小了,再过三年五年,人家就要叫你那啥女了。"我说:"剩女。"他说:"就算没考上,男朋友还是要找的。"我说:"是的呢,对一个女孩,时间好残酷啊。我要是一个男的,我能有这个压力吗?"送到小区门口,他说:"对我们这些没有别的资源的人来说,青春就是一个必须充分利用的资源。"我说:"是的,我们……我。"又说:"怎么利用?"

47

我把自己关在房间里想了三天,最后的结论是,听秦芳的,考公务员。我一次又一次地否认这个结论,对自己拼命地摇头,又一次又一次地摊开双手,在心里说:"没有更好的路可走了。"这样反复了几百次之后,还是决定考一次。

下了决心后,我马上去书店买复习资料。上淘宝网购会便宜一点,但我等不及了。从书店出来的时候,我跨过大门,强烈的阳光射了过来,我往后退了一步,准备把遮阳帽戴上。我的身体停留在明暗之间,阳光在双眼之间画出了一道界线。我停住了,闭上眼睛,感受到阳光在左眼染出了一片血红。我微微偏了头,双眼都被染红了,阳光的炽热留在脸上。我想象着眼前就是一片浩漫的血海,平静地展示着自身的广阔。多少逝去的人,他们曾经挣扎、奋斗,激越地咆哮,悲伤地哭泣,如今都沉入了海底。那里有不知名的鱼，有海藻，有一条沉船，还有我。浩漫的，广阔的，淹没了多少人、多少故事的血海。血，海。既然最后的结果都是如此，我是不是能够在终极的公平之中找到安慰？还有没有必要这样焦虑？我睁开眼睛，回到了现实的世界，忽然感到非常欣慰。我，许晶晶，还在这个世界上活着，而且，正年轻，前面的路还很长。路还很长，这是最大的真实，也是最后的本质。几天来的压抑，这一瞬间都释放了。我其实很幸运，我没有必要把自己的一切看得那么阴暗，我还有挣扎奋斗的机会。

接下来几个月，我把自己关在房子里，反反复复地读那几本参考书，内容熟到能够背诵，又在华图和中公两个网络平台上大量刷题，把所有能够找到的题目找来做了。根本就没有饥饿的感觉，也没有一日三餐。我依据理智提醒自己，人不吃饭是不行的。我是一个人，我得吃饭。这样我就会去煮一点稀饭，或者下几个速冻水饺。我感到了自己是一个无缘人，沉入了生活的暗处，已经被世界遗忘。唯一的安慰，就是手机，手机告诉我，我还是一个正常的人。好几次我晚上看书看到发腻，把书往地上一扔，就去手机上漫游，不觉之间竟然发现窗外已经微明。这七八个小时是怎么过来的？似乎才过了一会儿。这样几次之后，我感到了害怕，公务员还考不考了？手机有一种麻醉性的力量，它让我觉得，哪怕就是这样宅一辈子，也不是不能接受的事情，甚至，自己还可以感到很充实，很幸福。有了这种充实和幸福，那就是可以接受的人生。我意识到，这是一种可怕的状态，我必须从中超拔出来。我在手机上设置了，一旦上网超过一个小时，手机就会响起提醒的铃声。这时，哪怕我正在阅读一段最吸引人的文字，我也必须停下来。这是纪律，必须执行。我有一千条理由对自己妥协，但不妥协的理由只有一条，那就是，妥协就会坠入深渊。

我每天都会下楼去走走。在小区转烦了，就到小区外面的马路上去转。每一点新鲜的事物都在吸引着我，哪怕一次小车的剐蹭，我也会站在那里，从头看到尾。这让我觉得，麓城跟自己家乡的小镇，也没有什么不同。这样的日子，让我觉得自己生活在梦中。有一个梦，有形体、有重量的梦，裹挟着我，压迫着我。我感到了孤独，比孤独更孤独的孤独。我在夜色中行走的时候，有一种轻柔的力量在托举着我，让我有那种飘浮的感觉。我用手在四周探试一下，除了虚浮的空气，什么也没有。为了证明自己是一个正常的人，我就会给盈盈打个电话，给秦芳打个电话。她们没有觉得我有什么异常，这让我放心，我并没有失去对世界的正常感觉。

离省考还有两个多月，我觉得自己把各种教材都已经看得太熟了。当年在学校，如果能这么认真地对待考试，保研是根本没有问题的，保到北京上海都没有问题。现在想回到当年，重新来过，那不可能。人生最大的遗憾，就是迈出了错误的一步，就再也不可能回去，你悔到心如刀割，那也还是回不去。我的机会不多了，不能再错一次，已经没有那个资本。

这天我在手机上漫游，看到一双运动鞋，觉得很合心意，就点开看看。再点下去，就进入了一个户外运动的群，忽然有了一种强烈的兴趣，就向群主申请了加入。群主飞鸟马上表示欢迎，并要求我发一个微信红包，不论多少，大家热闹一下。我发了一个五十元的红包，这有点小，不太好意思，但自己还心痛了好一阵子。

飞鸟问我，周末去户外运动，就在麓城周边的千君山，去不去。我一听要在外面扎营住一晚，就放弃了。再说，我都没见过他们，虽然其中有好几个女生，那我也不太安心。他们去千君山那天，每个人都在群里发照片。赤脚在小溪中玩水，长着圆爪的树蛙，小娃娃鱼，攀岩，搭帐篷，篝火晚会，让我羡慕了一整天。过了几天，他们有个聚会，叫我也过去，AA制，每人五六十块钱。我看了一整天书，实在无聊，就搭车过去。到了湘泉餐馆，十几个人过来欢迎我，让我感到了亲热。吃着饭大家聊户外运动，告诉我应该买什么样的背包、鞋、水壶、手杖等，认定我下次会去。

快十点散场了，有个帅哥主动提出送我回去。有个三十多岁的女的说："比熊，你不顺路，我带她比较顺路。"那个叫比熊的男生说："就不能让我有一个讨好美女的机会？"我连忙说："是不是有点太麻烦了？再说我也不是美女。"比熊说："你还不是美女，那谁才是？章子怡？"比熊说话就是让人舒服。我说："别乱比好不好！我都出汗了。"他说："每个人看人的眼光都不一样，我就是这样看的。"我知道他在胡说，但是，很中听。

上了车我说："我都不知道回家的路怎么走。"他就开了导航。开着车他说："我在哪里看到过你。"我说："那怎么可能？"他说："那可能是我心里有个什么偶像，正好和你气质相符。"我说："别乱说，偶像这个词不是我这种人能够享用的。"他说："说了每个人的眼光不一样。"我说："我还比较喜欢听你胡说。"他说："怎么是胡说呢，人家是真心的。"他这话说得亲热，我都有点受不了了，不敢再往深里推动，就不作声。他把导航关了，说："好吵。"这让我有一点害怕，怕他把我带到一个什么地方去，毕竟是刚认识的。我马上把自己手机的导航打开。他说："不会把你拉到山区卖了

253

呢。"我有点不好意思，说："人家是怕你走错路，好不？"他说："你很聪明，"朝我这边跷了一下大拇指，"也好。"

快到小区门口，比熊说："今天能遇到女神晶晶，何其幸运。命运之神真的太照顾我了。"我说："虽然女生都喜欢听表扬，但表扬太过了，就是虚伪。"说了这话，我忽然领悟了自己的真实想法，不过是想确认一下自己在他心目中的真实位置。我说："女神，太假了。"他说："每个人都有自己心中的偶像好不好？我从来不拿别人的偶像当偶像。"我说："还偶像呢，算了，算了。"他说："为什么要算了，你以为一个男生对一个女生有心动的感觉，是一件容易的事情吗？"我轻笑一声："以为我才十八岁？这样的话，你去对她们说吧！"他马上说："管你几岁，我只说心里的感受。"

下车的时候，我把车门推开，比熊拉了我衣袖一下说："加个微信吧。"其实我在半路就在想这件事，但总不能由我提出来吧。我说："真的有必要吗？"把手机点开了。他把头凑过来加微信，我感到脸侧有一股明显的气息吹过，看他的脸却是对着前面的。正在疑惑之中，又一次更加明显地感到了那种气息，车灯的微光下，发现比熊的嘴角有一点歪着，气息是从那里吹出来的。我连忙让开，看见他在认真地扫码，就没说什么。心想，这个男人有点不靠谱，今天刚认识，就敢来撩。这时他扫完了，朝我笑了一下。我说："狡猾狡猾的！"他又笑了笑，认真地望着我，微微点头，又笑了一下。我下了车，转身准备离开。比熊把车窗摇下来，叫了一声："晶晶！晶晶！"我走到车窗前询问地说："又怎么了？"他说："没什么，就想多看你一眼。"我说："有那么好看吗？"他冲着我的背影喊道："谁说没有？"我有了一种想回头望一眼的冲动，忍住了，一直往前走去。

48

接下来的一段日子，我每天收到比熊几十条微信。他的话句句都讲到我的心坎上，让我上了瘾似的不停地看手机，十分钟不看，心里就有痒痒的感觉，像有一只无形的手，在身体的某个部位轻轻地挠。舒服，很舒服。意识到这一点，我心中有点不安。理性告诉我，这些让人舒爽的话，可能就是个坑。可是，这种对自己的警示一点用都没有，身体之中不知什么地方潜伏着的盲目的本能，有着更大的力量。这让我觉得，一个瘾君子对毒品的依赖，恐怕也不过如此。

可是，我只有一个多月就要考试了，这种状态怎么行呢？我告诉比熊，让他晚上十点之后才可以给我发信息，他马上就答应了，回信说："这是你人生面临的最大挑战，我肯定是要理解支持。"这个男生，理解人，不任性，这让我觉得自己又跟他靠近了一点。

倒是我自己，这些天来已经习惯他的信息轰炸，要忍到晚上十点，浑身都很难受。白天看不到他的信息，我就主动发几条过去，说自己在学习间隙。这样做了，我又觉得自己很被动，甚至有点贱。自己定的规矩，自己又去打破。不听那几句好听的话，这一天就过不去吗？

这天下午比熊发微信来说："想你了。"我正好很无聊，就要回信说："我也……"觉得不合适，一个女生，要有点身份。我回信说："你发错人了吧！"他说："你是许晶晶吗？"马上又发一条："什么时候见个面？"我说："今天刚把学习计划完成了。"他说："我下了班，六点来接你。"六点他在小区门口接我，我上了车，他说："终于又看见你了。"我说："怎么像一件好大的事似的？"他说："对我真的就有那么大呢。"又说："这几天心中总有些不安，一见到你，就心安了。"我说："我又不是安神补脑液。"他说："你不要低估自己的价值呢。"我说："你不觉得我太平凡了吗？哪有什么价值？"他说："有人说，认识你自己。你对自己要有一个正确的认识，不能随意贬低。随意贬低还伤害了我，我就那么不会看人？"我还想推动他说出几句贴心的话来，想一想，这个人是谁，我还不知道呢！就忍住了。

吃饭的时候，我们说到户外运动。这方面我是个小白，都听他说。他说，等会儿去户外用品店帮你买一双登山鞋、一个登山包、一根登山手杖、一顶遮阳帽。我说："以后再说吧，这一两个月，我要备考。"于是说到考公务员。他说："七年前大学毕业，本有考公务员的打算，想想自己太喜欢自由，受不了那个约束，就放弃了。"我摇头说："我可没有你那么酷爱自由，有个天天上班的地方，我就很满足了。"

于是又说到自由。比熊说："人生不到百年，为什么要背那么多包袱，让自己不得快意？"我说："你们男人可以这样想。"他说："如今是什么时代？女人怎么了，女人就不能有个快意人生吗？她们前世就被规定好了今生该怎么生活？谁规定的？几大绳索早就解开二十年了。"我觉得他讲得也有道理，可能是自己的思想跟不上时代，就不作声。

比熊问我有没有男朋友。我说："没有。"他说："是现在没有，还是从来没有？"我说："没有。"又说："现在没有。"他说："那从今天开始，我就是你的男朋友。"我说："我都不知道你姓什么呢！"他掏出身份证递过来说："验明正身。"我伸手准备去接，又缩回来，说："我又不是公安局的。"瞟见身份证上的名字是姓钱，又说："你这个名姓得好，天天跟钱打交道。"他说："我管你同意不同意，反正你就是我的女朋友了。"我心里是愿意的，口里说："想得真美。"又说："你怎么这么自信？"他说："我哪点不好？哪点不好？不应该有这点自信吗？"

吃完饭比熊说："我带你去买户外运动的装备吧？"我说："我还有一两个月就要考公务员呢，这些事考完再说。"我这样说了，心里却期待着他坚持。最终我也不会要他出钱，但还是希望他有一种态度。谁知他说："那就等你。"我有点失望，口里说："这样最好。"他说："那就去 K 歌？"我几年没 K 过歌了，心里有点想去，又觉得在一个密闭的空间，独自面对一个男生，有点不安心，说："这些事也考完再说吧！"他说："我又不是老虎。"被他说中了心思，我有点难堪，说："我真的是在想考试的事呢！"他说："跟你打交道，真的要有耐心啊！"我说："不就是一个多月的事吗？"禁不住他左劝右劝，还是跟他去了。

到了 KTV，比熊要我坐在沙发上等，他去前台开房。我忍不住走到前台，站在他后面，想看看要花多少钱。我听见服务员说："你卡上的钱不够了呢！"他说："三千块钱，这么快就用完了？"我马上退回到沙发上，他过来说："走吧！"我仍然歪在那里，说："这沙发好松软，坐久了就不想动了。"我进了房间，说："小小的一间，多少钱啊？"他说："一百。"我说："能不能办卡，有优惠吗？什么时候我也办一张。"他说："你跟我来就行了。"又说："不准你跟别人来。我是有嫉妒心的。"

他点的第一首歌，就是王菲的《传奇》，"只是因为在人群中多看了你一眼……"他边唱边眨着眼向我示意。他唱得很好，声音中有一种颤抖的磁性，我的心也跟着轻轻抖动了几下。唱完这首歌，他又把灯关了，说："太晃眼了。"服务员送了茶水和果盘进来，我说："太浪费了，好贵。"他说："浪费不浪费，那要看对面这个人是谁。"在音乐的间隙中，他放在裤口袋里的手机发出了振动的轻响，透出来一点亮色。他没有一点感觉。如此三次之后，我提醒说："有人呼你呢，几次了。"他掏出手机，我马上把音乐给切了。他说："这里面信号不好。"就出去了。我心里动了一下，掏出手机给盈盈打电话，随口说了几句，没有什么信号不好的问题。一会儿他进来了，继续唱歌。他点了《缘分天空》，要我站起来一起唱。唱到"缘分天空，美丽的梦，因为有你而变得不同"，两个人对视着，四目相望，把头抒情地低下去。我感到了音乐的力量，它能融化人们内心的执着。比熊轻轻地攀着我的肩，忘情地唱，声音越发柔和。我肩膀摇了一下，又摇了一下，没把他的胳膊摇下去，就放弃了。他搂着我坐下去，身子慢慢倾斜过来。我还没来得及抗拒，就被他压住了。我说："唱歌，唱歌。"挣扎着想坐起来，挣不动。他丢了话筒，用下巴蹭我的脸，说："感受过男人的小胡子没有？"又把舌头伸出来，从我耳朵边滑到唇上。我使劲摇头避开，吐出几个字："太早了！太早了！"右手撑着沙发，用力坐了起来。他松开我，不高兴地说："怎么了？"又说："算了。"我把话筒塞给他说："唱歌！"他说："就怪唱歌，把情绪唱上来了。"我说："唱歌，唱歌。"他说："你不会想着我是坏人吧？"又说："你别怪我啊，要怪就怪孙楠，是他煽动的。"我说："哪里有那么多怪怪的？"他说："那我们不唱有情绪的歌了，我们唱革命歌曲。"

唱完歌出来，已经是十一点钟了。比熊说："到我家里去看看吗？只有我在家里。"我说："今天是谁给你打电话，要跑到外面去接？"他说："一个朋友。"我转过头朝向他，做了一个继续追问的姿态。他说："真的是一个朋友。"我说："知道是一个朋友，不是朋友能有你的电话号码？"他说："是一个女的打来的。也可以说是女朋友，但不是女朋友。"我说："后来她还打来好多次，你都没接呢。你看你的未接来电，有好几个。"他看了看手机，说："我都不知道，你怎么就知道了？"我说："我能通神呢，你小心点。"他摇头说："看不出，厉害，厉害。"又说："一个女生太聪明了，就是不聪明。"

这时走到了他的车旁边。比熊说："去不去我家里看看？"我说："不去。"他说："生我的气了吗？"我说："没有。没有资格。"又说："你上车吧，我自己打车回去。"他说："那怎么行？简直是陷我于不义。"

下车的时候，比熊转到我这边来帮我开门。我说："我又不是首长。"他说："首长我才没这么殷勤呢！"又说："过两天我来接你吧！想看到你，一天没看到心里就慌慌慌慌。"我说："人家要备考呢！下周吧！"又说："真的有那么慌吗？"

49

才过两天，比熊又打电话过来，要求见面。其实我也是想见的，我说："不是说好了下周吗？"他说："你真的不能理解我的心情吗？"我说："我没有你想象的那么有魅力呢！"说完又觉得这话有点自作多情，人家也没说自己的心情是被我的魅力吸引啊！他说："我自己也说不明白，反正我感到了被你吸引。"这话说得，我心里太爽了，为了多听几句，去见个面也是值得的。

就这样又见了几次面。虽然没有特别的承诺，恋人关系似乎已经不言而喻。每次见面，比熊都有一些小动作，我阻止说："以后的时间还多呢！"他说："你总是在考验我的耐心。"就停下了。这让我感到，自己的意愿还是能够得到尊重，自己还是能够把控局面，因此也有了一种安心。

再次见面是在"老树"咖啡馆。坐下来，我想起上次来这里，是刘老板带我来的，又有两年了。我沉默地望着窗外的麓江，涛声依旧，江上行船的鸣笛声依旧，可是，我敢说人也依旧吗？我有点想流泪的感觉，用右手撑着额头，遮住了眼睛。比熊说："晶晶，你怎么了？"我说："没什么。"在手移动的瞬间，用指头把渗出来的泪水擦去。

咖啡端上来，比熊对服务员说："有事再叫你。"服务员指着桌上的铃说："有需求了就按这里。"指头在键上示意一下。喝着咖啡，比熊说："认识这么久了，今天想认真谈一谈。"我说："这么久是多久？还没有一个月呢。"他说："人能活两百年，一个月可能真没有多久。"我说："那你说。"

比熊喝口咖啡，望着我笑。我说："又怎么了？"他说："看看你。"又说："看我们都在一起这么久了，能不能谈点实质性问题？"看他认真的神态，我有点紧张，生怕他问出"父母有没有退休金"之类的话来，让我怎么回答？我说："谁跟你在一起了？"他说："我们现在不就是在一起吗？"又说："问一个有点要紧的问题，你以前有过男朋友吗？"我说："有过。"又说："怎么了？"他说："在一起没有？"我说："那肯定吧，经常在一起吃饭、看书、听讲座。"他说："我说的那个在一起，不是你说的这个在一起。"我装傻说："你刚才说的，我们在一起都这么久了。"他说："那我就换一种方式说。在一起吃过饭，那么，睡觉呢？"我心中被踹了一脚似的，马上说："你是不是有个什么情结？你自己呢？"他说："我是男人。"又说："没有听说过谁要求男人。"我说："男人的特权真多啊！"又说："你有那个什么情结，我也理解，只是我们以后就不要来往了。"他说："你完全误会了我的意思。如果你没有跟别人在一起，没有这样的经历，我还真的不想跟你来往了。那太累了。"我说："那你就想着，有过经历，就不用累了。过程都是多余的，直接行动就可以？"他说："我不是已经对你尽了这么大的耐心吗？"又说："有些事情，有那么严重吗？现在是二十一世纪了呢！"我说："我觉得还是有那么严重的。没有那么严重，这两三年我都不知道得有多少经历了。"他说："找了个女朋友，都不能解决最基本的问题，这……这……是不是太残酷了？"我说："我没有觉得自己是用来解决别人的问题的。"他叹口气说："唉唉，考验我的耐心。"我说："跟我这样的人打交道，速战速决，那是不行的，没点耐心，那也是不行的。"他"嗤"一声说："不明白，你在维护什么？不明白。"又说："还有什么可维护的呢？"见我脸色不对，就停下了，摇摇头，"不明白。"

我沉默着，他说："别生我的气啊，你是最理解人的。对我这样身体有点好的男人，"他双臂张开，做了一个扩胸的动作，"要多一点理解。"我用力摇头说："不理解。"又说："不想理解。"他说："我理解你，你也理解一下我吧，我是说，也。"我说："是不是你理解了我的过去，我就有义务理解你的欲……愿望？"他说："相互理解。"他居然敢戳我的痛处，他敢。我几乎要生气，忍住了。我说："不。"又说："不理解，理解就是坑。"他沉下脸，半天说："你在挑战我的耐心。"

这一天就是这样不欢而散。比熊送我回去，路上没说一句话，我下车也没说一句。为了缓和气氛，我说："我去了。"他从喉咙里咳出一声："嗯。"

比熊三天没有来信息，这是没有过的。我想着是不是应该主动跟他联系，想想这么一主动，那就意味着跟着他的思路走了，这怎么行。事情就这么完了吗？这一声发问，让我非常痛苦。说起来，比熊也不是那么难以接受。最少，他没有嫌弃我目前的状态吧？没有问我父母有没有医保和退休金吧？这是我的软肋啊！那他就坏不到哪里去。上次秦芳介绍了一个男生，接触两三次就旁敲侧击地问我家的情况，知道之后，就消失了，让我的自信心备受打击。这么想着，我就给比熊发了一条微信：这几天在干啥？

等了半天，比熊都没有回信。我心中有了各种猜测：他没看到信息，他不打算跟我来往了，他在犹豫这份感情是否还值得坚持。到了晚上，在我起码看了五十次手机之后，他的回信来了：明天下午去户外活动一下吗？我说，好的。就盼着明天的到来。还有十多天就要参加公务员考试，可有关的题目，我已经熟得不能再熟，出来玩半天，也不会有什么大的影响。

第二天中午，比熊来接我。我说："那些人呢？"他说："就我跟你。"车开出麓城几十几公里，到了一个叫屋堂山的山下。我们在山下把车停了，开始爬山。一路上有人搭起帐篷安营扎寨，我说："这是个什么地方？"他说："麓城的露营基地呢。"爬到半山腰，我爬不动了，就停下来喘气。比熊说："缺少锻炼。"我说："你倒是不喘。"他说："说了我身体好。"又说："一个男人，身体太好了也不是什么好事。"又说："碰到你这样的女孩，还有点可怜。"我说："你大概是想碰到认识当天就缴械投降的。"他说："那又太没有价值了。"一只红尾巴的鸟停在前面的树梢上，啾啾叫着，又引来了一只。比熊用手机去拍它们，说："好羡慕它们这一对神仙眷侣！"我说："那它们也羡慕我们呢。"他说："我也想被羡慕啊，可是，可是，"他瞧着我，"可是……"我说："我们回去吧！"就往下走。路上比熊说："我到现在都没搞清楚，你到底是不是我女朋友？"我说："不急着定性，再了解了解吧！"他说："你要了解什么？我现在就告诉你！"我说："能不能约法三章，我们的手机可以互相看看？"他下意识地捂了一下装着手机的口袋，马上松开，说："怎么会提出这么奇怪的要求？"我说："就觉得你那个手机来电有点多，又经常不接。"又说："要不现在给我看一次，就一次，看看都有谁在给你发微信？"其实我也没有真的要看他的手机，好多次他避开我看手机，回信息，让我有了吓他一下的想法。我把手伸过去，他把手机递给我。我接了说："开机密码？"他说："这有点不好吧？我就那么不值得你信任？"我把自己的手机递他："你先看看我的。"他不接，说："那也可能你早有准备，把关键的信息删了，然后对我来一个突然袭击。"我把手机还给他，说："吓你玩呢。"

到了山下比熊说："今晚我们也扎个帐篷不？"我说："那不好吧，再说也没有帐篷。"他说："我车后备厢带了的。"我说："你，狡猾。"他说："躺在那里看星星，不好吗？听山里的风唱歌，不好吗？"我说："再说也没有东西吃。"他说："后备厢也有。"开了后备厢，把帐篷给我看，还有牛奶、面包、水果。我觉得这真的是让人愉悦的浪漫，但深心还是有一种声音提醒自己，一个女孩，她不能顺从自己内心本能的召唤，她必须反抗自己。我说："你，狡猾。"他说："狡猾不狡猾再说。你就说，行不行？"我轻轻摇头说："不行，我才不跟别人'混帐'呢。"他说："我规规矩矩待着，行不行？"我说："你是在骗自己还是在骗我？"又说："唉，我还要回去看书呢！再说，我还不了解你呢。"他说："哪有这么麻烦的女孩？什么事情先做起来，日久生情，到那天就了解了，而且是全面了解。"又笑一下，"日久不但生情，还生孩子，你不是喜欢小孩子吗？"他说得这么没遮挡，我忽然有了反抗的力量，说："不行，不行。"又说："不到一个月就要考试了。考完以后再说其他的，行吗？"他说："那我们说定，一个月！一个月以后……你懂的。"我说："我的意思是，一个月以后再说。"他一根指头指着我："再说？

再说是吧？你简直是在挑战我的耐心。再说！那就什么都不要说了！上车！"

快到麓城的时候，为了打破难堪的沉默，我说："等会儿我请你吃饭吧！"他说："吃饭？能不能改日？这是我最后的请求了。"我说："吃饭还能改日？你不饿吗？"把嘴巴咂了两下。他也跟着咂了几下嘴，说："我最饿的不是嘴巴。"我突然明白了，说："想得太美！"他说："那就算了。"又说："许晶晶啊，你真的是一个了不起的女孩子！"我说："我都落到这个地步了，我还了不起？"他说："了不起，了不起！你是一个合格的对手！"又说："合格对手，见所未见！"我说："你什么时候又把我设定为对手了？"他说："你这样的女孩子，见所未见！"我说："见所未见，你到底见了多少？"他说："肯定还是见过几个的。"又说："我们找个地方，吃最后的晚餐。"又说："你想吃什么？"我说："我随意，你想吃什么我就吃什么。"他说："我最想吃的东西在你嘴里，你又不让我吃。"他把舌头飞快地吐出来，往上一卷，红红的像蛇芯子吞吐。我说："蛇，蛇。"又说："能不能正经一点？"

比熊把车开到蒙娜丽莎餐厅，要了一个小包厢。服务员小姐进来，递上菜单。比熊说："有没有有机蔬菜？"就点了一份有机蔬菜。又说："那么有机鸡呢？"服务员小姐怔住了，说："先生，您说什么？"比熊说："有机鸡，有没有？有机鸡。"我以为听错了，又觉得自己不应该往邪处想，呆望着比熊。服务员小姐脸都红了，说："没有。"比熊说："有机鸡都没有，开什么餐厅？"服务员红着脸出去了，我说："你能不能正经一点，不要调戏人家。"比熊说："我是说正经的，你们都往邪处想，我有什么办法？"

拉上帘子坐下，比熊站了起来，说："请接受我崇高的敬意！"就敬了一个军礼。服务员刚好掀开帘子进来，惊异地望着他，他下巴微微一仰，服务员就退出去了。比熊又一次敬礼，说："这是对胜者的尊敬。"我觉得好笑，这太戏剧化了，说："我赢了吗？我哪点赢了？"他坐下说："我输了。"我说："你在演戏？"他不回答，把服务员叫进来，点了菜，说："是的，我是在演戏，我输了。"

　　他迟疑地望着我，说："有些话，也许我不该说，说了有点违背组织原则。"我说："你在说什么？我听不懂。"他说："那就算了，留下一点悬念吧！"我说："说，你。我这个人是很好奇的。"他哼哼一会儿说："我是一个行为艺术家，这一个月来，我都是在扮演一个征服者的角色。我们有一个小小的组织，大家都在里面分享征服者的经历。这一年多来，我已经完成了五次征服，从没失败。可以肯定地告诉你，我是不缺女人的，随时都有。我对你的压迫，不过是为了完成赢得征服的挑战。从认识你到今天，已经一个月了，时间窗口关闭了，我放弃了，我认输，这就是为什么，我要对你表达尊重，因为，在这场征服与反征服的游戏中，你赢了。"

　　我呆住了，半天说："你在说真的吗？"他认真地点点头。我说："好可怕啊！"他说："所以一个女生不要对那些来历不明的爱情抱有任何幻想。"又说："这就是为什么，我会把真相告诉你。"我说："为什么你不坚持两个月呢？两个月，"我伸出两根手指，"两个月，也许你就是胜者。"他说："没必要，太累了，我并不是真的缺少什么，随时有的。"又说："去年有个女孩，我要跟她分手，她竟然要自杀。我只好对她讲明真相，她居然表态，愿意承担这种命运。"我说："你太会装舔狗了，把她舔得那么舒服，让她欲

266

罢不能。"又说:"不但她,连我都有点。"他说:"那么,给我一个机会,也给你自己一个机会,让我舔下去?"我说:"你真的以为我跟那个女孩是一样的人吗?"又好奇地问:"后来呢?"他说:"后来,当然还是脱绊了。我们上手、出局,都有一套方法。"我说:"你不觉得你们这样去害那些女孩,太残忍了吗?"他笑一声说:"所以我从来不强迫你,自愿,一定要自愿,犯法的事,我们是不会做的。"又说:"你不知道,在我们那个群里,你已经成了名人呢!大家都知道有个叫许晶晶的女生,比熊三打祝家庄,竟然没有打下来,我被大家嘲笑了。有人想接着打,要我牵线认识你,我没有同意。万一别人打下来了,我不是太丢脸了吗?"我说:"这是理由?"他说:"是的。"又说:"还有一个原因,就是对你的敬重吧,居然连我都撼不动。我不想让你去面对他们,他们的目标,就是找到一个五毛钱的花仙子。"我说:"好可怕啊!"他说:"如果所有的事情都是自愿的,又有什么可怕呢?对那些感情太认真的女生,比如你,我会收敛一点。"又说:"如果是花了很多钱把女生拿下了,那不算本事。我们的原则,是花钱不能超过一千。"我说:"所以那天你说带我去买户外装备,只是虚晃一枪?"他说:"是的。我当时还有点担心,你真的答应去,怎么办?当然,我还是会有办法的。只不过是,会有点难堪。"

我站起来准备走了,忽然想起还有个问题,好奇心推动着我,我坐下来说:"你们这些征服者,征服的标志是什么呢?"他说:"我们是行为艺术家,既然是行为艺术,肯定是以行为的发生为标志吧!我最快的一次,三天,群里还有当天就拿下的。"我说:"好可怕。"他说:"都是自愿的。你情我愿的事情,怎么会那么可怕呢？"我说："能不能求你一件事？"他说："你说，你说。"我说：
"以后你去泡妞，能不能就泡泡那些渣……"停了一下，"那些也在
玩世界的女孩，就算了？那些认真的女孩，你害得人家要自杀，那
真的好吗？良心不会痛吗？"他笑了一下，说："良心，这真的是一
个很好的词，虽然有点遥远。"我说："你就答应我吧！"他连声说：
"答应，答应，"望我一眼，"答应。"我说："答应了就要做到。"他
说："做到，做到，"再望我一眼，"做到。"

　　走出餐厅，我看到了熟悉的麓城，灯光，车流，人群。夜风吹
来，我打了一个寒噤，抱住了双臂。比熊说："要不我还是送你回
去吧？"我说："谢谢，算了。"又说："总而言之，还是要谢谢你。"
他说："你太客气了。"

50

　　经过这几年的历练，我觉得自己已经是心硬如铁。比熊这样的
人，既然知道了底牌，那就是一笑了之。可是，自己的心似乎并不
听指挥，一静下来，就会把这件事拿出来前思后想。我在电脑上刷
题，好几次不知不觉停下来，沉入到回忆之中。比熊真的是一个心
理按摩的高手，哪怕我知道了这是一场骗局，一旦按摩停止，也还
是有一种自己也无法理解的期待，也难怪有那么多女孩上当。

　　过了十几天，比熊发过来一段音频，是他唱的《传奇》。"只是

268

因为在人群中多看了你一眼"，听了第一句，我心中晃悠了一下，一种温馨浮了上来。听到"想你时你在心田"，我感到心中有点沉沦了。又听了一遍，我感到心中有了一种湿润，马上又发现这种湿润不只是情感上的。意识到这一点，我本能地把胳膊在胸前抱紧，又把双腿夹紧，似乎想对谁掩盖什么。我对着灯光羞羞地一笑，吐了一下舌头。我捧着手机呆了一会儿，还想再听一遍，心中有一个声音冲了出来，不对，不行，不好。这种温馨就是一个坑，我不能往坑里跳，掉到坑里，就可能像吴老师那样，多少年都爬不出来。我马上删掉了这段音频，然后，把比熊拉黑。

两个多月前我报公招岗位的时候，打电话征询秦芳的意见。秦芳说："麓城税务局，要不就是国土资源局。"小吕在旁边说："晶晶，秦芳的话听不得。"把电话接了过去说："秦芳的话听不得。那些热乎乎烫手的岗位，不是为我们准备的。"在小吕的建议下，我报了上城区的社区岗位。社区都是一些婆婆妈妈的事情，我也不喜欢，但毕竟考上才是第一位的。对于一个在泥塘中挣扎的人，哪里还有选择的余地？

考试的那一天终于还是来了。这几个月来，我已经在中公等平台上刷了几千道行测题，申论的各种版本也熟记了十多套。考试的前一天，我去看考场。考场在郊区的一所学校，我搭车过去，花了一个多小时。到了之后马上想到，明天考试，清早搭车过来，是不行的。看了考场，我马上去附近找宾馆。找到几家，全都被订完了。一路找过去，走了半个多小时，有一家还有两间房，临时提价了，要四百多一间。我上去看了一下，挨着大马路，外面隆隆的车声太清晰，关了窗也不行。我站在宾馆门口犹豫了十分钟，心想也只能这样了。再上去，这两间房已经被别的考生拿走了。我觉得自己总是在失败，总是选择了那种最差的可能性。郊区宾馆少，这是早就应该想到的问题。又在心中抱怨那些安排考试的人，把考场安排在这么偏的地方，考生是什么状态，他们事先不应该设想一下吗？

　　回到家里，我决定明天清早赶过去。我安慰自己，这也不算太坏的选择，那四百多块钱是省下了。我给秦芳打了电话，把事情讲了，私心希望她主动提出明早开车送我。秦芳果然主动提出来了，这让我觉得，世事还是没坏到让人绝望。

　　到了晚上，我在电脑上最后一次刷题，把刚刚找到的题目又做了几套。我计算着秦芳快要到了，她说了为保万无一失，今晚就住到我这边来。到了十一点多，她还没来，我实在忍不住了，打电话过去，她说孩子发烧了，明天一早赶过来，反正是周末，不会堵车。第二天早上，我按约定的时间七点钟在小区门口等她，过了十分钟还没来，我急了，打电话给她，说已经上路了。我说："不用来了，我打个出租车。"她说："有出租车吗？"过了三分钟，又问我打到出租车没有。我说："怎么出租车都没有一辆空的？"她说："那我还是过来。"等她过来，已经快八点了。上了车我说："我都等出汗了。"一根指头抹了额头上的汗给她看。她说："小孩半夜送医院了，折腾了一夜。"她在路上闯了两次红灯，我说："红灯，红灯！"她不理我，就冲了过去。我提前十分钟进了考场，内衣都汗湿了。别的考生都坐在那里好久了，旁边一个男生两根指头支着一支铅笔，变魔术般地旋转。如果不想着省那四百多块钱，自己的备考状态可能会好一点，现在呢，背上都是黏黏的，心还在跳。

　　下午考完了，我在楼道待了一会儿，想找个人碰一下答案。可每一个出来的人都是神情严肃，我几次想凑上去，一看这神态，就放弃了。秦芳打电话来，说在楼下等我。我上了车说："你怎么又来了？你家小七还在发烧住院呢。"她说："中午接回去了。"又说："早上差点误了你的事。"我说："害得你闯了两次红灯。"她说："有办法销分的。"她问我考得怎么样，我说："不知道。"又说："貌似还行。"

我回津阴去等考试结果，觉得在父母身边，焦虑感会少一点。待了三四天，觉得这样有着更强的焦虑感，老妈望着我，眼光若有所问，一碰见我的眼光，马上又转开去，找出一些不相干的话来讲。一个星期以后，我再也待不下去，说优博学校叫我回去上课。老妈说："没考上我们再考一次，没事的。"老爸说："不要乱说！你那张嘴，好事没说中一回，坏事回回中，都几十年了！"老妈忙说："我胡说的，胡说的，不要当真！"又说："我明天到庙里烧个香去。"老爸说："迷信婆。"老妈说："我许的愿，次次都中了的。"老爸说："怀盈盈那年，你许过什么愿？生了男孩吗？"我说："这个话讲不得，盈盈听到了，会生气的。"

一个多月以后，考试结果出来了。上城区招九个社区工作人员，有二十七个人进入面试环节，我排在第十一位。五百多人来争取这九个岗位，我居然入围了。查到这个结果，我心跳了半天，这是几年来最接近成功的一次。接下来就是遗憾。如果没有比熊这件事，如果不想着省那四百多块钱，如果秦芳的孩子没发烧……我可能会进入前九名吧？那就让人安心多了。

这半年来，我的积蓄已经花光了。我把放在老妈那里的三万块钱要了五千，报了一个面试速成班，天天搭车过去培训。又抽空去商场买面试的服装，试了几套，要卖家给拍了照，发给秦芳和盈盈，看她们觉得哪一套更合适。最后听了小吕的意见，一千多块钱买了一套蓝色的。那天去了面试现场，我才知道，入围的有好几个是浙江大学、中山大学和中南大学的应届毕业生。我在心里叹息着，名牌大学出来的学生，怎么也来跟我们抢一个社区岗位呢？

等了一个多小时，我进去面试。我本来还想说几句自己的生存困境，争取一点同情，结果没有机会。一个女考官直接问我问题，社区的工作就像沙地，一把沙子撒上去，就看不见了，一把珍珠撒上去，珍珠还是会发亮，你对这个说法有什么想法？我回答说，哪怕是在基层的岗位上，自己也要把平凡的工作做好，像一颗发亮的珍珠。我才说了几分钟，还没说完，时间就到了。我鞠躬出了门，那个浙江大学的女生过来问我，都考了什么题目。我说："沙子，沙子。"急匆匆地离开了。

半个月后，最终结果出来了，我还是排在第十一位，没有被录取。

51

我在床上平躺了三天。

在这几天里，我什么都想到了，却又什么都没想。这一辈子该怎么活，下面的路该怎么走？这样的问题，刚刚被自己提出来，就在心中让它晃过去了。对我来说，这样的问题太尖锐，太残酷。每当它浮上来，我就去看窗外的树枝在风吹过来的时候有着怎样的姿态，设想下一阵风会从什么方向吹，将怎样改变它的姿态。到了晚上，树枝在玻璃上留下一个朦胧的剪影，我就把手机掏出来，把那些明星的情感故事一个一个地看过去，最后，手一松，就跌进了梦中。梦也没有一个好梦，乱纷纷地飞来飞去，在紧急关头身子一震醒来，哦，幸亏只是个梦。

第四天我起来了，梦游似的走到小桌子边，打算给未来的自己写一封信。我想告诉未来的自己，我不是没有努力过、奋斗过，我没有对许晶晶不负责任，我已经尽到了最大的努力，但是，我还是没有办法。我在桌前呆坐了很久，终于下决心拿起笔，写下了第一行字。

亲爱的许晶晶：

　　这是二十五岁的我写给五十岁的你的一封信。写这封信的唯一目的，就是希望你能够理解过去的自己，原谅过去的自己，不要抱怨她放弃了奋斗，让你在五十岁的时候处境如此艰难……

刚写下这几行字，我的眼泪一下子迸出来了，还没来得及去擦，就失声痛哭起来。这一次我放纵了自己，把眼泪放了出来，把声音放了出来。我想狠狠地打自己几个耳光，但又觉得没有什么道理，就放过了自己。我对自己说："哭有什么用？"就去擦眼泪，可泪水越擦越多。这样我原谅了自己，别的权利没有，哭的权利也没有吗？在哭泣中，我想象着五十岁的自己，是一家小粉店的老板娘，每天，天还没有亮就来到了店里，切粉，做汤，把昨天煮好的牛肉烧热，把葱洗净切碎，搁在台板上，和酸豆角、剁辣椒放在一起。第一个客人进店了，我心中一阵欣喜，用长长的竹筷把米粉从沸水中夹出来。然后，开朗地跟客人说话，告诉他，自己当年在哪个大学读书，怎样差点保送了研究生，又差点嫁给了一个同学，他后来当上上市公司的董事长。然后，在客人惊异的眼神中，哈哈地笑了，感叹着人生是多么奇妙，差那么一点，就差了那么多。

有人敲门。我以为是听错了，几年了，从来没有人敲门。哪怕是秦芳吧，知道我没有考上，打电话来安慰我两次，也没有消息了。在别人看来，这只是一次意料之中的挫折，只有自己知道，失败了，伤口有多么深，创痛有多么酷烈。敲门声又响了起来。我有点不相信地站起来，去把门开了，原来是隔壁的小孙。

小孙说："刚才听到这房间有点什么声音，你没事吧，小许？"小孙跟我一起住了有两年多了，有点老死不相往来的意思。她大专毕业，学营销的，在一家房地产公司卖房子，也在考公务员，报的是家乡什么县里的什么岗位。这两个月，我们偶尔交流一下考公的信息。我说："没事，不知怎么了，忽然就有点伤心。"她说："那就好。"准备离开。我忽然有点好奇，问道："你考上没有？"她说："考了三年，今年才考上。下个月到县里培训一个月，可能是分到一个什么乡去做妇女委员。"我说："比我好。"又说："祝贺你。"

我跟着小孙走到客厅的沙发那儿坐下，她说："唉，哪有什么可祝贺的，乡里呢。也就是想那个编制。我也想考麓城，我也舍不得走。我一个大专生，麓城我考得上吗？"我说："前两年知道你没考上，我也没有什么感觉。等到自己没考上了，才知道那是多么沉重的打击。"她说："前两次没考上，我都不知哭了多少次，半夜哭醒，枕头都湿透了。"又说："这次考上，又哭了。所以听见你在哭，我就敲门了。"我说："觉得很对不起你，前两年，我安慰的话都没对你说一句。"她说："我是偷偷哭的。"又说："考上了，我还是哭，昨晚哭了好久，真的要离开麓城了。"我说："麓城真的有那么重要吗？"她说："麓城太重要了，可是，我还是想要那个编制，我就是想要那个编制！"我说："太重要了，护身符啊！"

小孙不说话，叉着双臂，眼睛望着墙角，眼泪无声地流出来。我说："你应该高兴吧，你的理想，实现了！"她凄惨地笑一下，说："麓城没有了，男朋友也没有了。"我想起她的男朋友小林，说："你们都那么那么好了，那么……好了。"她说："他就不赞成我考，早就申明了，茂林县他是不会去的。他赌我考不上，没想到我真的考上了。他再次申明，茂林县他是不会去的。"我说："男人好现实啊！"就把章伟的事情说了。她说："男人真的好现实啊！"又说："他不去我也没有办法，我就是想要那个编制，我一定要那个编制！"就哭出声来。我拍着她的肩，轻声安慰她，还没说几句，自己也哭了起来。我俩互相搂着腰，把头伏在对方的肩上，身体颤抖着，放肆地哭。

小孙突然松开我，说："我不哭了。"又说："你也不要哭了，没有意义。"我抬起胳膊用衣袖擦去泪水，说："好，就听你的。"可泪水怎么也擦不完。我说："对不起，眼睛它不听话。"小孙说："那你再考一次吧，下半年是国考，今年还有一次机会。"我说："省里的都考不起，国考更不敢想。"她说："那你怎么办呢？"我说："我昨天想好了，我找朋友凑点钱，自己当个小老板，开家粉店去，我们津阴的牛肉粉是很有名的。"她连连摇头，说："NO，NO，NO。"我说："自己当自己的老板，不行吗？"她说："NO，NO，NO！"又说："跟你说实话，我家里就是开粉店的，都开了二十年了。每天十几个小时，每个月三十天，那个日子，不是一般人能够忍受的。如果这是一件好事，我就回去接班了，公务员也不用考了。店里的事，我妈妈碰都不许我碰。有一次我说，我要来接班，我妈大发脾气，说，你来接这个班，我二十年的辛苦都化水了。那不是什么发财的事。开店的人，应该是把所有的可能性都试过了，失败了，才走到这条路上来的。"我心中更加沉重起来，说："没有别的路好走啊！"眼泪又要涌出来，想起刚才的承诺，闭紧了眼忍住。小孙不说话，沉重地叹息一声。每次到了这个关口，朋友就没有什么话好说了。秦芳是这样，小孙也是这样。可见，这是所有问题中最艰难的问题。

话在这个方向再也讲不下去。我说："跟小林的事，还是再想想吧！你看你们在一起都这么多年了，你的美好时光都给他了，你们都那么……好了。"小孙说："我连人都给他了呢。"又说："这真的是一个无解的难题，当年你跟你那个姓章的帅哥发生过的事情，今天在我身上复制了。"又说："没有办法，真的是没有一点办法。我不恨他呢，我理解他呢。他在麓城苦了这么多年，才有了一线线光，他怎么会跟我去茂林？我不恨他，我要恨就恨我自己。"我说："那以后怎么办呢？"她苦笑一声："怎么办？找得到对象就找一个，找不到就自己过。感情上的事，我是不去想了，到小林这里就永远地画上句号了。"说完用力咬着嘴唇，抬起眼看窗外的天空，说："我才不会流泪呢，我的泪已经流干了。"我抓住她一只手，宣誓似的说："我的泪到今天也流干了，从此我再也不会流泪了。"

52

彻夜无眠。

终于有了勇气，去思考这一辈子该怎么活的问题。

以前，很多工作是自己看不上的，哪怕在教育机构当了两年的老师，那也是一肚子的委屈。现在想起来，我，许晶晶，我凭什么对生活抱有那么高的期待？你有超人的才华吗？有良好的家庭背景吗？有魔鬼的身材和娇美的面容吗？如果都没有，生活凭什么给你更高的评价？生活不是慈善家，它的付出是需要交换的。也许，这些年来，我凭着一张重点大学的文凭，就对生活展开了太多想象。这些想象其实有点虚妄。我的期待，我的野心，超出了我的实力。"你是一个没有实力的人。"当我轻轻嗫动嘴唇，含糊地说出这句话，生怕自己听见，真的接受不了。然后，鼓起勇气，清晰地吐出来，让自己听见，就像有一双无形的手，在用力地挤压心脏，把它挤了出来。我再一次把这句话用更大的声音说出来，似乎要挑战自己的心理承受能力。

当我把这句话对自己说了无数遍，我逐渐地接受了这样一个事实，那就是，必须大幅度地降低对生活的期待，接受自己不愿接受的命运。不能再想那么多，想多了不是什么好事。有那么多女生在当营业员，当广告推销员，当发廊洗头妹，在卖小菜，在下粉，为什么她就不能是这个叫许晶晶的女生呢？我说自己有一张还过得去的文凭吧，可是在麓城，有这张文凭的人，实在是太多了啊！

我躺在床上不敢起身，似乎一起身，迎接我的，就是那样的命运。我在手机上把招聘启事一条条看过去，然后打电话。基本的状态，跟两年前是一样的，想去的地方人家不要，人家要的地方，自己又不想去。不会游泳的人，换个泳池，也还是会溺水。最后我失望了，在床上躺平，盯着天花板发呆。这让我觉得，这样的人生，也不是不可以接受的，反正最后的结局都是一样的，到了那天，就众生平等了。

电话响了。这个世界上还有人能记起我，我有点激动。拿起手机一看，是房东打来的，提醒我，下个季度的房租，已经晚交几天了。我马上看了看手机，里面只有一千多块钱了，不够。三张银行卡都找出来，记得上面已经没有什么钱了。几张银行卡就像被侦察兵反复搜寻过的森林，不会再有意外的潜伏。但我还是下楼去，在社区光大银行的柜员机上，把这些卡一张一张插入检查，希望自己的记忆有误。可是很不幸，记忆是准确的。离开银行，我给盈盈发了信息，说了情况，要她打一千块钱到我手机上，私心却希望她能够多打几百，这段时间我还需要一点生活费。回家的路上，我轻轻撇着嘴角嘲笑自己，嘿，还想躺在那里，过一种简单朴素的生活就算了，自己有这个资格吗？能那么躺着，那是回避残酷挑战的一种方式，可那得家里有几个钱啊！我连躺的资格都没有。嘿。我不能做一个愤青，在各种抱怨中躺下来，理直气壮，一天就过去了，一年就过去了。愤青是废青的前奏，那是一条绝路。嘿。

钱。钱钱。钱钱钱。形势比我想象的要严峻，严峻得多。回到家我马上坐到电脑前，在各种平台上找工作。已经没有从容选择的余地了，是个工作，我就得去。这让我想起上小学时看到邻居家的小男孩，坐在门槛上，呼啦呼啦地，一碗饭很快就吃完了。穷人家的孩子不挑食，穷有穷的好处。

那几天，我打了几十个电话，出门应聘了几次，都没有结果。有一家大超市，工资还行，给我的工作，就是处理顾客退货问题。我去现场看了一下，一个顾客正在那里大声嚷嚷拍桌子，说衬衣的包装本来就是坏的。这个工作实在是太不适合我了。我说回去考虑一下，就离开了。

这样过了几天，我心里更慌了，哪怕是个商场的售货员，自己也只能先接受了再说。我给秦芳打了个电话，说自己准备下几个台阶去找工作了。秦芳怔了一会儿，说："不行啊，你一下台阶，女大学生这个身份就没有了。一旦贴上下面台阶的标签，再想反身向上，就很难了。"她讲得实在是太对了，我得承认，很对。我说："可是，那又怎么办呢？"她说："这实在是人类最大的难题。我实在是……你再缓一下，这几个月，半年，我先帮助你一下吧，每个月两千。"我感到了温暖，心中松弛了，说："那怎么行？你还要养孩子呢。"她说："小七是一只吸金兽，可是，这点钱，我还是可以拿出来的。"挂了电话，我手机上就进来了四千块钱。我没收，秦芳几次打电话来催我。我说："等我山穷水尽再说吧。"其实我已经山穷水尽，手上只有一千多块钱。在麓城混了三年，混出这样一个局面。再这样混三年，基本上，这一辈子就玩完了。

晚上接到一个电话，问我是不是愿意去他们公司当银行卡的推销员。我了解了一下，每天一百块钱底薪，推销一张银行卡，还有一百元奖金。她说，公司上个月最高的拿到了两万多块。这真的是大大地刺激了我。我说："这么好的工作，抢破头，你们为什么要找我呢？"她说："我们公司对员工的素质要求是很高的，你没有好的口才，怎么能说服别人呢？"别的本领吧，我没有，要说口才，我还是可以的。我说："你们怎么知道我在找工作？"她说："我们是专门跟信息打交道的，有什么信息会不知道？"

最后我才知道，工作地点在海南。我有点犹豫了，说："在海口吗？"她说："应该算海口郊区。我们会给你订机票，会派车去机场接你。"我说："还有飞机坐？"我没坐过飞机，这也给了我一点诱惑。我说："试一试吧。"她说："不满意你可以随时回来。"我安心了，说："那就试一试吧。"

三天后，我到了海口美兰国际机场。果然有车在机场接我。开车的是一个小伙子。上了车我说："还有别人吗？"他说："这是专车，你是首长。"车出了机场，越开越偏僻。我说："这是去哪里呢？"他说："不是去海口郊区吗？海南岛就这么巴掌大，都算海口郊区。"我越来越不放心，就给秦芳打了个电话，把事情说了，把司机的电话都告诉了她。这样做有点不礼貌，但我有意让司机知道，这样我才有了安全感。司机说："许小姐对我们还是有点不放心。"我说："是朋友先问我呢。"司机说："这个朋友是不是你男朋友？"我说："是的，他什么都不放心我。"他说："是我，我也难说放心。这世道，是吧？"又说："我姓焦，小焦。"

车开了一个小时，穿过一个县城到了一个镇上。下了车，我心里凉了半截。

280

53

　　窗外有三棵椰子树，光溜溜地长上来，树顶结着几个椰子。我把窗户推开一点，想把椰子们看得更真切，一股灼热的空气就扑了进来。我马上把窗户关上，等着。

　　小焦叫我等着。大概等了半个小时，一个中年男人进来了，自称陈经理，说："我们交流一下。"我站起来，想上去握握手表示一下，陈经理手伸出来，靠近我的手时又掉了过去，朝着沙发摊开，说："坐。"我坐下去，陈经理说："对这里感觉怎么样？"我说："好……好像有点偏。"他说："我们工作的性质，有点保密，这里是最好的了。"我说："不是说在海口工作吗？"他说："整个海南都是海口郊区。"我说："开始讲清楚就好了。"他说："到底是人服从工作，还是工作服从人呢？"我心中那种被欺骗的感觉顽强地涌上来，说："开始应该说清楚的。"他说："我们的工作，要不就不要上手，一上手就要认真去做。如果你觉得那么不合适，那就没有必要开始。"我说："能不能让我考虑一天？我跟男朋友商量一下。"他马上说："可以。商量好了留下来，一万块钱一个月是有的。没商量好，随时可以离开，随时。"又说："再买张机票给你回麓城，那可能……不太可能吧。应该……也不太应该吧。"我说："我知道。"又说："那我还是留下来吧。"他说："我知道你会留下来，一

281

万块钱，那也不是谁都可以赚到的。还包吃包住呢。想来的人，简直就恨不得堆起来。"陈经理问我要了身份证，说要去办一张暂住证，他说："我们这份工作，都是单线联系的，同事之间的绯闻尽管说，痛快说，工作上的事情，就不要去说了。"

第二天就开始工作。工作很简单，每天领一张电话号码表，挨个打电话，动员对方办理一张或几张银行卡寄到福建一个什么地方，办好了，就有六百块钱打到他的银行卡上。要办这么多银行卡干什么，我也不好问，不能问，反正不是什么好事。除了一个月三千块钱的底薪，办成一张，就发一百块钱奖金。据说，小冯上个月创造了收入两万的纪录。

上班第一天，陈经理告诉我负责吉林省。我打了两百多个电话，有五个人答应会按我们提示的方式去办卡，其中有一个人答应，用亲戚的身份证办三张银行卡。晚上十点钟下班，我在心中算计着，如果今天承诺的卡都办成了，我可以拿到八百块钱。陈经理说，对方承诺了，一般有百分之五十的成功率，那我也可以拿到四百块钱，加上底薪，五百。这个数字真的有点太诱惑人了。

说服对方办卡，有一套话术，这话术就写在一张纸上。如果有人问，你们拿了我办的银行卡去办坏事怎么办？我就告诉他，银行卡里只有十块钱，我又能办什么坏事？不过是我们老板开了几家公司，为了避税，用来走账方便一点。卡寄到福建那边，马上就会把六百块钱打给他，并通知我们，让他去办第二、第三张卡。有不少人接了我的电话就骂"骗子"，我也按话术的规定，不做解释，直接断线，并在相关的电话号码旁画叉做记号，这个号就永远沉没了。

我跟小冯住一间房。有天晚上她说："这个月我可能又有两万。"我说："你太会说话了，声音又好听，这钱跳着脚都要往你的账上跑。"她叹气说："我也是没有办法，一家人都靠我，连我四十多岁的哥哥和快二十岁的侄子都靠我。有时候心里难受吧，实在也顾不了那么多了，我也想做个好人呢，可是，我有资格做个好人吗？"我试探着说："你又没做什么坏事。"她说："反正也不是什么好事。"我顺势问道："公司要开这么多银行卡干什么？"她摇头说："不是说公司的事情不让议论吗？我就不说它了。"又说："肯定不是什么好事吧。"我说："那可能有点不好吧！"她说："管它好不好，到那天，真要抓人，也不会抓我。"我心里惊了一下，说："有这么严重？"她说："不过老板跟镇上的关系还是蛮好的。上个月好像要出点什么事了，我们都撤到海口去避了几天，又没事了。老板神通广大啊，没这神通也吃不了这条鱼。"

小冯的男朋友从广州过来看她，两人去外面吃晚饭，就没有回来，一连几天都是如此。她男朋友走了，小冯回来了。发生了什么事，她也不说，我也不问。有天晚上我提前到九点下班，去开门发现房间门从里面锁住了，想着可能是小冯的男朋友又来了，就坐到客厅的沙发上玩手机，想着他们等会儿就会出去。过了一会儿，门口发出轻微的响声，是有一只手在小心地拉开门闩。我抬头一看，从门里出来的竟是陈经理。我马上把头转向窗外，闭了眼，装作打瞌睡。他也不理我，匆匆去了。过了好一会儿，我才回到房间，看见小冯坐在床上跟男朋友打电话。小冯看见我，跟男朋友撒娇说"人家困了"，挂了电话，望着我笑一笑说："你今天下班比较早啊！"我说："我不该这么早就回来。"她说："刚才有人过来看我一下。"我说："是吗？刚才我在沙发上对着窗户看海，有点迷糊。可能大概是睡着了。"她说："下次我男朋友来了，他套你的话，你别上他的当。"我说："我的嘴就是一张铁门，除非他拿铜棍来撬。"她说："你知道就知道，别人还是不知道好一点。"我说："谁会拿铜棍过来呢？"她说："在这个地方，实在是太寂寞了。"我说："问题是你自己要小心点。"她说："我都采取了措施，没事的。"又说："在这个地方，实在是太寂寞了。看在钱的分上，我再忍几个月，就回广州去。"我说："你走了，我也走了。这每天做的都是些什么事！"小冯轻笑几声，说："人这一辈子，才几年？有些事情，没有必要那么认真。太认真了，跟钱过不去，就是跟自己过不去。人生短短几个秋，我为什么要跟自己过不去呢？"

54

我为什么要跟自己过不去呢？

小冯这句话，让我想了几天，没有答案。

这一个月来，每天打十个小时的电话，这事情真的不是一个正常人能做到的。可我不算正常人，我得挑战身体的极限，我得活。半个月刚过去的时候，公司第一次给我结了账，我拿到了七千多块钱现金。这让我感到公司为员工考虑得非常周全，钱来来去去，都不会留下痕迹。陈经理当着很多人的面表扬我说："晶晶刚上来就是老手。"这让我有点得意，也让我看到，自己大学几年，没有白读。也许声音没有别人温柔，可口才比别人要好，应付对方那些奇奇怪怪的问题，比别人到位。这口才很快就变成了钱，发到自己手上，心中就有了温暖的感觉。公司这么诚信，这么为员工着想，让我有了把事情做得更好的动力。

可是，工作做得越好，我就越有罪恶感。公司不准员工议论业务，可我再蠢，看了这一个多月，也看出来了，这个事不但不是什么好事，那简直就是罪孽。也许，在不知道的什么地方，还有一批人，整天都在打电话，以各种理由，动员别人往卡上打钱。一张卡用一次就会出问题，所以，需要更多的新卡。没有人告诉我这个流程，我猜的。因此，不论以后有什么问题，哪怕公安局的人来了，我也只是一个按照安排做的通话者，别的事情，一概不知。那么钱呢？用掉了。

自己在为诈骗集团工作吗？这个想法堵在我心里，像一个实心的钢球。好几次我想向小冯求证，我的那些推想是不是对的？如果根本就不是这么回事，我的心里就轻松了。有天晚上，我们刚熄灯睡下，突然下起了暴雨，外面像有千万头狮子在吼。电闪到房间的墙上，让我注意到，墙原来有这么白。风把窗帘吹起来，几乎要拉直。我爬起来关好窗，小冯说："那要把空调开了。"我在黑暗中没有摸到遥控器，就把灯摁亮，把空调开了。我说："好大的暴风雨啊！"她说："可以把它关在外面。"我说："我觉得我们公司可能也会有一场暴风雨，总有一天。"她说："那也可以关在外面，与我们无关。"又说："从理论上说，我们是一无所知的。"我说："心里好不安呢，每天都做的什么事！"她说："什么事？对任何人，我都可

285

以说，我不知道后面有什么事情。"我叹口气。她说："你就是个典型的跟自己过不去的人。我只要能按时拿到钱就可以了，别的事，我也不问，我也不说。"我又叹口气说："我也当自己什么都不知道吧。一个人，连自己都骗不了，还能去骗别人吗？"她把灯关了，说："公司是对得起我们的，钱按时来，不少一分，包吃包住，天天过年，那我还能怎么去说它？"我说："总有一天会起大风呢，比外面的风还大。"她说："想太多，风能刮倒你吗？你什么都不知道，风能刮倒你吗？"又说："红票票你就拿给超市的老板，要他当场以同样的数发到你手机里面，你发到你家里去，那就万无一失了。"我说："整天没做点好事。"她在黑暗中笑出声来说："哈哈，想太多。一个人，为什么要跟自己过不去？"我叹口气说："唉，真不知该如何是好。"

我跟钱没仇，我需要钱，除了打电话我什么都不知道，公司是对得起我的，我没有理由跟自己过不去，也没有理由伤害公司。我在心中完成了这一系列论证，心中轻松了一点，然后，每天照常工作。这工作太枯燥，时间太长，太累，可一想到会有那么多钱像及时雨宋江准时到来，心里就把自己说服了。每天一上班，就把公司准备好的润喉茶斟上一杯，过一会儿就抿一口，对保护嗓子的确有很好的效果。过不去的还是自己的内心，好多次我设想着那些往卡上打钱的大爷大妈，几十年辛苦挣来的养老钱毁于一旦，这是多么沉重的事？这其中就有我的罪过。我千方百计为自己开脱，这个事我不做，就没有别人做了吗？

这天上班的时候，陈经理向大家宣布了一个好消息，晚上下了班，公司组织大家去一个山洞酒吧"嗨"一下。二十多个人都欢呼起来。晚上七点多钟，大家提前下了班，小焦开来一辆大客车，带我们进了山，七转八转，来到一个山洞前。酒吧老板对陈经理说："按赵老板交代，都安排好了。"赵老板是公司老板，我听说过好多次，一次都没见过。进了洞里面非常凉爽，酒家老板说："这里面是天然的凉，好多年前是战备通信基地。"又说："今天是赵老板包场，大家可以尽情放松、享受。"

洞中是一个长方形大厅，一张整板条桌长二十多米，上面几十瓶啤酒、红酒围成了一个方形，中间是切好的火腿肠、水果。开始播放的是轻音乐，大家围着桌子，慢悠悠地喝酒。小焦坐在我旁边，斟了啤酒要和我干杯，我就礼貌性地喝了几小口。他说："啤酒不算酒，就是饮料，大口喝才算喝，"他抓起瓶子大口喝了半瓶，"这样，这样，你那个样子，还不如我喝白酒。"我又抿了几小口，说："人家不会喝酒嘛。"他拿起我跟前的杯子，把手中的啤酒倒了半杯，递给我说："干杯，干杯！"把啤酒瓶伸了过来。我想，瓶子里的酒你喝过的，又倒在我杯子里，你是我什么人？客气地碰了一下，把杯子在嘴边示意了一下，没喝。他说："我太没面子了。"另外拿过一只杯子，开了一瓶啤酒，倒了半杯，"这可以了吧！"递了过来。既然他说到了面子，我没办法，就喝了小半杯。

这时音乐突然变了，那种打击节奏改变了氛围。开始有两三个人下场，马上又有十几个人下场，双手高高举着，身体随着音乐节奏起伏，不知道跳的是什么舞。小焦说："我们也去蹦一下吗？"我说："我头晕了。"扶了一下额头。他说："那我陪着你，看他们表演。"那强烈的音乐打在我身上，我的胸口像一个共鸣箱，里面嗡嗡地响。灯光暗了下来，几个男女身子贴紧抱在一起，大幅度地扭动。小焦说:"我们也去嗨一下吗?"我说:"要去你去,我是不去的。"他说:"想不到现如今还有这么规矩的女孩。"空气中弥漫开来一种奇异的幽香,我有点惊慌地说:"什么气味?"小焦说:"少管闲事!"我说:"这……这……这……"小焦用手在我嘴边示意了一下说:"少管闲事。"我站起来向四周望了一下,也没看见有什么奇异的动作。我说:"这……这……这是不是有人在吸……吸……"被小焦一个坚定的手势切断了。我说:"我要走了,我要走了!"就往门口走。小焦追上来说:"陪你到门口去呼吸一下新鲜空气。"外面很热,我说:"热得受不了,头晕得受不了!"小焦把车门打开,扶了我坐进去,把空调开了。他想坐到我身边,我就坐到过道的另一边去了。隔着过道,他把手伸过来拉我的手,我用力甩开说:"不呢,不。"他说:"太认真了。"手缩回去跟我说话。

　　这时,一对男女摇摇晃晃出来了,经过客车,走过去了。我说:"他们这是去哪里?"小焦说:"应该是去海边吧,可能就半里路。"我说:"这时候去海边干什么?"小焦说:"你觉得呢?"我说:"我觉得……我怎么知道?"他说:"大概是去做天体运动。"我一下子清醒了,说:"怎么可能!他们又不是情侣。"他说:"谁规定了一定要是情侣才行,有心情就可以了。"我说:"想不通。"又说:"我们什么时候回去啊!"他说:"那还早呢。"又说:"要不我们也去海边走一下?"我说:"我才不去呢,我去看人家表演?"他说:"海滩那么大,我们不会隔远点吗?"又说:"为什么一定要看人家表演,就不能让自己也成为主角?"我说:"我没想过。"他说:"想我是想了的。"把手伸过来。我用力打回去,说:"想?休想!"又说:"我并没有醉。"又说:"我只是心儿碎。"他摸着自己的手说:

288

"真的下毒手呢!"我说:"我睡会儿。你得老实点,下次就不会打这么轻了。"他说:"不敢,不敢。"又说:"真的小看了你。"

过了几天,陈经理问我:"你愿不愿意去福建那边工作?那边的收入还高些,可能高一倍。"我说:"那么高的收入?怎么可能呢?"他说:"那边向我要口才特别好的,要三个,我想你应该是合适的。"我说:"工作性质跟这边不同吗?"他说:"挑战当然更大吧,不然怎么会有那么多钱?在这里是说服对方,在那边更要说服对方。"我说:"可以啊,有钱怎么都可以。"他说:"那我就把你名字报上去了。"又说:"人就是在迎接更大的挑战中成长起来的。"

福建我不会去。在这里我还可以欺骗自己,我不知道后面有什么事情发生。到了那边,这种欺骗都没有了,赤裸裸地就是骗。说起来吧,可怜之人必有可恨之处,他不想发大财,别人怎么能骗到他?可是,把那些大妈大爷的养老金都骗走了,叫他们以后怎么生活?彻底知道了底牌,我也不能对自己再装糊涂。本来我想着,赚到三五万块钱,我再离开,可现在,再待一天都是罪过。再过十天,又会有下一次的钱发下来了,八千块啊。可是,我真的连一天都不能再等了。

到了晚上,我实在忍不住,对小冯说:"陈经理今天找我谈话了,说要把我调到福建分公司去。"小冯说:"那是公司看得起你呢,有米呢,"她做了个数钱的动作,"早两个月公司要调我过去,被陈经理压下来了。你知道他的心思。"又说:"断人财路,杀人父母,我现在不理他了。他比钱还了不起?"我说:"那边的事不好做呢,白刀子进红刀子出呢。在这边还可以对自己说,我什么都不知道。"她说:"什么都不知道?那是骗子骗自己吧。"我说:"总比那

289

边没的骗要好些吧！骗自己的理由都没有一个，心里好不安啊，半夜醒来，望着天花板，睡不着。"她说："像我们这样的人，还能讲良心吗？谁对我讲良心呢？我一家人都靠我，侄子养得白白胖胖的，快二十岁了，不学习不劳动，天天躺在床上看手机。我想收掉他的手机，他跟我闹绝食，你看我负得起这个责吗？还有老爸老妈呢。我需要钱，太需要钱，要钱我就不能讲良心。钱和良心，我只能图一头。我总不能说，把钱放下来吧？那唯一的选择就是把良心放下来。大学文凭是有一张，基本就是一张废纸。像我这样的人，第一家里没权，第二家里没钱，第三自己学习上又是个混混，本来就没有路走，再把良心讲起来，那怎么活？"我叹气说："也是啊，可是……一个人，"我不知说什么才好，"一个人，他……他……他毕竟还是个人吧。"

　　我不想要陈经理把自己请假和跟他的谈话联系起来，又拖了三天。我要盈盈第四天中午给我发微信，就说刚才老爸脑溢血出事了，正叫了120送到医院去。我把信息编好发给盈盈，她回信说："姐，出什么事了吗？"我说："你照办就可以了。"过了一会儿，我想到为了没有漏洞，再发微信给盈盈，如果明天我打电话给她，她一定要说，老爸已经进重症监护室了。她回信说："这么咒老爸，有点不好吧？"我马上告诉她，这是铁的命令，说话的时候情绪要上来。

　　我拿着盈盈发来的信息向陈经理请假。他说："你必须回去吗？是不是要你妹妹观察几天，也许就没事了？"我说："那肯定是必须回去呢。"他说："你再给你妹打个电话，看情况怎么样了？"我马上就拨了盈盈的电话，按了免提。她在那边哭着说："都昏迷了，进重症监护室了。姐，你快点……快点……快点回来。"我"哇"的一声，哭了。陈经理说："那你快去快回，也可能我给你订机票，你直接去福建。我们现在太需要人才了。"我问他要身份证，他从办公桌中翻找出来，给我了，说："我们这边的工作，你不能跟任何人讲，你签的合同里是附带了保密协议的。"我说："当然，当然，我多这个嘴干吗？"他说："对你妹妹也不能讲，不然公司的律师会找你的麻烦。"我说："当然，当然。"

55

飞机着陆，伴随着强烈的震动，我知道自己回到了麓城，感到了安心。在地铁上我给房东打了电话，前几天退租的信息作废，还得续租。房东说："已经租给别人了呢，这个月还是你的租期，过几天别人就要搬进来了。"我好说歹说，她同意续租，但要一个月加五十块钱。我说："不是每年加二十吗？"她说："你算新租户。你把别人顶出去了，我还得跟那边说好话，加点钱也让我找个平衡，是吧？"我讨价还价好一会儿，最后没有办法，只好同意了。

进了房间，小孙在收拾东西。她说："我还以为你不回来了呢！你的东西我都给你收在这个纸箱里了。"我说："你真的走啊！这是麓城呢。"她说："是北京也没有办法。"我说："麓城还有个男朋友呢，帅哥呢。"她说："他是武松也没有办法。"又说："编制只有一个地方有，帅哥哪里都有，这就是区别。"我还想跟她讨论一下，看她说得很淡然，成竹在胸的样子，就没说了。

小孙见我把纸箱里的东西又拿了出来，就说："你不退房了？"我说："不退了，跟房东说好了。"她说："那么不去海南了？"我说："那边的事，不是什么正经事。"又说："我还是在麓城找工作。难啊！"她说："那你可以到我原来的公司去做销售，卖房子，说起来也算国企，金帆公司，还很有名呢，还有五险一金呢。"我一听有公积金，就有了点兴趣，说："可以试一下，反正也不搞一辈子。"她说："这份工作有点委屈你，你是正经名校毕业的。我们这些混混，混几年也是可以的。我们大专生，不是在卖房，就是在做中介，就这么点机会留给我们。"她这么一说，我又不想去了，这对我来说，的确是有点太委屈了。

白天在外面跑，晚上在电脑上找，这样过了十来天，没有什么像样的工作机会。像我这样的人，要什么没什么，不可能有什么好的机会。这个事实我早就看清了，在心中也彻底服气了。经历了这些年的失望和失败，还没有把大局看清楚吗？早就看清楚了，也接受了这个事实。可是，可是，心里还是不甘啊！总想着会不会有一个意外的惊喜。这是深心的一种朦胧的期望，都不敢认真去想一想。意外的惊喜，那不是做梦吗？乱糟糟的梦已经做了很多，太多，在心间纷纷扬扬，飞来飞去，从来就没有一个能够落地。一种看不见的力量，已经规定好了我的角色，反抗这种规定，其实是没有意义的。好多次我在心中设想，怎么打破这种局面？

有天订了一份快餐，跟送餐来的帅哥聊了几句，他竟然是我的校友，还是个研究生。我惊掉了半个下巴，说："你不能找一份更合适的工作吗？这么多年的书，那不是白读了？"他说："是白读了。我学材料学的呢，可是，哪个单位要一个分析材料的人呢？"我说："那你也可以考博，杀开一条血路。"他说："我的导师要我别考，风险太大了。出来找不到合适的工作，又是几年时间填进去了。整个局面他看得清，他的话我不能不听。"我说："我是说杀开一条血路，你比别人都做得好，就有办法了。"他笑了说："没那个才能，能干的人太多了，搞不赢。"又说："家里也没条件吧。"校友去了，我很不安心。看来，像我这样的人，真的是没有什么希望了。同时也滋生出一点残忍的安慰，命运也并不是对我特别残酷，还有许多和我一样的人，在承受着同样的命运。

怀着一丝渺茫的希望，我给秦芳打了电话。在电话接通的那一瞬间，我又改变了主意。如果能帮上忙，她早就帮了，根本就不用我开口。她沉默着，那就是没有办法。明知人家没有办法，还要把问题提出来，那不是叫她难堪，也让自己难堪吗？我就问秦芳，小七怎么样？小吕怎么样？说到小七，那是打开了她的话匣子，一口气讲了七八个小故事，总之她的小七，是世界上最聪明、最可爱的孩子。她讲了半个多小时，没有一点要停下来的意思。我听着有点烦了，相同的称赞，连我自己听着都有点太单调，甚至有点虚伪。好不容易找到一个机会，我把话题转到小吕身上去，她随便说了几句，又回到小七身上来了。我又耐心听了十分钟，觉得自己已经够意思，打断她说："进来了一个电话，可能是跟工作有关的。"就挂断了。

过了几分钟，秦芳打电话来，说："刚才那个工作的电话有结果没有？"她还能够打电话来追问这件事，我已经感激不尽。我说：

"就是原来帮我找这个房的那个小姐姐，她问我愿不愿意到她们那里去做中介。"这是昨天的事。秦芳说："那你去不去呢？"她居然问我去不去，这让我有点伤心。至少，在她看来，这也是一个可以考虑的机会，也就是说，更好的机会，对我来说，是没可能的了。我伤心，我也不怪她，她问，或者不问，都不影响这个现实的存在，正如我活，或者不活，都不影响地球的存在。我说："可能我真的不该读这个大学的，还算个重点大学，不甘心呢。"她说："能不能先安顿下来？"我说："可能大概也只能这样吧。"

打完电话我感到了一阵窒息，坐在床沿上大口地喘气。没跑没跳，我怎么会这样？我以为自己又要流泪了，体会了一下眼睛的状态，竟没有这个意味。我撇了一下嘴角，对自己发出一个满意的微笑。很好，这样很好，终于我又有了一点进步。我抽动了一下嘴角，那笑意就在心中开出一朵花来。

我不再犹豫，马上给小孙打了电话，问她要那个售楼经理的电话号码。她说："要你去接我的手，我都觉得有点对不起你呢。"我说："这是给我提供机会呢，让我赶上了热被窝。总得先活下来再说吧。"不经意地说出"活下来"这几个字，就像有一把带倒刺的刀在我心里剜了一下，带出了一块血淋淋的肉。我坐下来，又一次抽动嘴角，对自己发出一个残忍的微笑。

我当天下午就去见了楼盘的白经理，验了毕业证书，填了表，她问了我一连串的问题，说："没想到你口才这么好，到底是重点大学毕业的。这份工作适合你呢。"我说："刚刚在一个地方培训了一个多月。"她说："卖出一套房，有千分之二的提成，一个月提一万多的有，一毛钱提不到的也有。运气有一点，口才也很重要，你要把有下单意向的人，变成出手下单的人。这不容易啊！"这份工作来得太容易，我知道，容易的事，就不是什么好事。

晚上我在小区附近走一走，忽然接到陈经理的电话，问我什么时候回去。我说："我爸脑溢血，都成半个植物人了，一时离不开啊！"他说："公司最近会重组，你有什么事情，用一个新号码跟我联系。"就发给我一个新的手机号。这个电话提醒了我，我是不是应该把这家公司的事情，跟有关部门报告一下？我忽然觉得自己有这份责任。正犹豫着，收到了陈经理发来的一个红包，一千块钱，说是对我老爸的慰问。我马上回信说："心领了，心领了。"没有收。我开始还有些感动，一个这样的公司，居然有如此温情。躺到床上默想，又觉得有点封口费的意味。我犹豫着，又去回想，如果我汇报了，他们会不会想到跟我有关？又会不会来找我的麻烦？我在记忆中反复搜索，最开始联系的时候，他们并没有问我住在哪里，凭我的身份证找到津阴去，那也不太可能吧！想到自己的身份证复印件还在那边，我就放弃了这个想法。过了几天，这个想法又冒了上来。就像一个长在身上的瘤子，你不割掉，它就长在那里。我想着或许我换了电话号码，他们就找不到我了。再想想，换了电话号码，不更加提示了自己有问题吗？还不如他们真的打电话来问我，我一口否认的好。犹豫了一个星期，觉得这是一件对自己赖不过去的事，就打了海口市热线电话，把事情详细说了。又过了十几天，那边回电话说，工商部门找到了那个地方，但已人去楼空了。听到这个消息，我长长地舒了一口气。

56

金帆地产的大股东是麓城城建集团，国有资本，已经在麓城开发了十几个楼盘，前几年把业务推向全省了。我在金帆的第一个月，只卖出去一套房子。买家是一对年轻夫妻。我紧紧地盯着他们一个月，电话打了几十个，信息发了一百多条，总算下单了。他们下了单，我就有两千块钱奖金，这点钱比海南的钱，就难挣多了。第二个月我卖出了两套房子，这让我觉得，这个事情，可能还值得认真做做。我原来的想法是，在金帆过渡一下，最多一年，再去碰一个更正规的工作。我把公司发下来的解说范本读得烂熟，买了十几本营销学、心理学方面的书来看，又骑电单车把楼盘周边十里的每一条马路都跑了几遍，对不同时段的交通拥堵情况做了详尽了解。还有周边的学校、商场，我都去看了现场，又装作看房的顾客，把周边在售的每一个楼盘都了解得一清二楚。到第五个月的时候，我卖出五套房子，同事说："晶晶，你到底是重点大学出来的，嘴皮麻利，搞你不赢。"这话让我心里有点堵，还得装着一种无知无觉的样子。他们不知道我下了多大的功夫，我也不说。

这几个月，我交了一个朋友叫严晓梅。她开一辆白色的奔驰跑车来上班，我对她说："你这一个月的收入，还养不活你这辆车呢。"她说："我家里不指望我赚钱，只要我活着就可以了。找个不动脑筋的地方待着混两年，就回去结婚带孩子了。"按说我跟她是走不到一块去的，一条裙子穿在身上，都有十多倍的差价，这怎么能走到一块去？我自尊心太敏感，遇到比自己条件好的人就绕开走。是严晓梅她自己主动来接近我的，我犹豫了一下，想想自己也不求她什么，就接受了。每次相约出去玩，去吃饭，都是她出钱。有几次我抢着要买单，她求我说："算了吧，算了吧！给我一点小面子吧。"我见她很真诚，就算了。我说："你说这是个不动脑筋的工作，这不对呢。"就把一些诀窍告诉了她。她懒洋洋地说："哎呀，我一个月能卖出一套房子就可以了。一套都没有，别人看着也有点不好。"有个月我卖出去六套房，晓梅一套都没有。我提议把一套算到她名下，她马上同意了说："我只占个名，光彩一下面子，钱下来了还是你的。"我说："那我就不让你占个名了。"她说："那好，那我就拿了。"白经理知道了这件事，说："我入行十多年了，把业绩算给别人，这样的事还是第一次听说呢。"晓梅说："下个月我用点力完成两套，还一套给晶晶。"

过了几天，晓梅给我买了一件波司登羽绒衣，我一看标牌五千多块，吓一跳说："天啊，我一辈子所有的衣服加起来，价钱都没有这么多呢。"她催我说："我打折买的呢，才一千块。"她催我试一下，说不行就去换。我试了一下，好东西穿在身上，感觉硬是不同，人都轻了，要飘起来似的。我以前总想着，那么贵的衣服，有哪个傻瓜会去买？那不是钱在口袋里跳，跳得傻瓜们心神不宁，主动送上门挨一刀吗？这羽绒衣穿在身上就明白了，人家不傻，是自己傻。可这五千的价位还是让我心神不定，特意跑到王府井的专柜去看了。一模一样的货，营业员说："最优惠是七折，三千五是再不能少一分了，少一分我个人就贴一分，少一块我个人就贴一块。如果你硬要少，再少一百，我个人是贴得起的，我也想今天开个张。"我回去在淘宝上搜索，三千五真的是底价。我对晓梅说："你在哪里买的？发票呢？我给我妹妹买一件。"她笑了说："这是最后一件了。别的颜色都有点老气，你妹妹那么青春，不合适。"我说："世界上哪有你这样骗人的？"她说："就算我送你一件衣服，不行吗？"我说："啊哈，我知道了，那就行吧。"

这天我轮休，晓梅打电话来说："你快点过来，有人想撬你的客户呢。"我好一会儿才明白，是一个叫魏芙蓉的同事想抢我的客户。我们售楼女孩能做成几笔生意，那要靠运气。客户来了，我们由前台安排，轮流接待。谁是真正的潜在客户，谁是来看性价比的，全凭运气。上周我接待了一个女客户，一周来了三次，是很有成交意向的，几乎就要下单，最后说："我老公过两天出差回来，让他瞄一眼。"我说："没下单的房子是留不住的。要不你放两万块诚意金吧。"她在包里找了一会儿说："没带卡，那我明天来刷吧。"这个客户对我来说，是裹了泥的叫花鸡，放进地炉子烤熟就行了。

我马上给前台小柳打了电话，小柳说："这个女人的老公昨天一个人来了，我问他是不是第一次来，他说是的，我就把她打给魏芙蓉了。"我说："他老婆两万块钱定金都准备打了呢。"小柳说："这就是人家的本事吧，煮熟的鸡蛋能返生，还有人发表论文说是科学呢。"小柳告诉我，魏芙蓉跟那个男人坐在那里聊了好久，后来那个男人又等了好久，等到魏芙蓉下班，一起走的。我说："那他们都去干什么了？"小柳说："这谁知道？送她回去，吃饭，跳舞，还有，谁知道？"

魏芙蓉特别有男人缘。她平时说话都是正正经经的，一跟男客户说话，嗲声嗲气就上来了，似乎是不经意地碰一下客户的身体，如果周边没有别人，她可以嗲到让男人相信，自己碰到了前世情缘。

我马上给那女客户打电话，要她过来刷卡，说再不过来，那套房子就被别人抢走了。她说："我老公今天好像去了，他没找你？"我说："他找的是另外一个女孩呢，美女呢，说话的声音很好听的。"她说："那你现在就找他，我把他的电话号码发给你。"我说："他昨天回家吃晚饭没有？没有？那他……他，在哪里呢？他是跟……跟……跟谁吃饭去了吗？"她说："他的事情，我不好管那么多呢，管多了他发脾气，搞到离婚，对子女也不好吧。"我竭力劝她过来刷卡，会计室还有人，直接发到我手机上也行，我明天一早转给会计。她说："那我明天一早就过来。"

第二天早上我催她过来，她说："我老公说，这件事由他去搞定。"我说："你能不能跟你老公说，这个单子是我首接的？请他找我，找许晶晶，我。"她说："我老公说，男人主外，那就由他去主好了，反正钱也是他的。"

我去办公室找白经理，不在。时不时瞟着会计室，也没有男客户进去。魏芙蓉来了，我向她投去一个询问的眼光，她马上避开了。这让我感到，她知道这个单首先是我接的，但还是插进来了。我心中有一点红色的火花一闪，就点燃了。我找到白经理，气冲冲地把事情说了。我说："都是这几个人，每天面对面，还来抢单，这是什么性质的问题？"白经理叹了几口气，说："是有点不好。"又说："她也是没有办法。她太想要钱了。"我说："她没有办法，我就那么有办法？天下就她知道钱是个好东西吗？真不是好东西！"白经理说："她家太穷了。"我说："我家里就那么富有吗？到这里来上班的人，谁家里是有矿的？都是下井挖矿的。我得卖房，因为我想买房。"又说："昨天下班还上了那个男人的车呢，谁知道有什么故事？"白经理轻轻捂一下嘴，挥挥手说："这个真的不能乱说，传到她男朋友那里，事情就大了，你自己也会有麻烦。"我说："我造谣了吗？"白经理说："这次就算了吧，就一套房。"我说："是一大套呢，"我张开双臂，在空中画出一个大大的弧形，"提成都快三千了呢。"白经理说："魏芙蓉吧，家里条件太差了，你看她中午，搭餐都不舍得搭一个。"我们有个同事的父亲每天中午送饭来，好些人就在这里搭餐，十五块钱一餐，价格跟外面的盒饭差不多，图个食品安全。我有时候也报一个餐，白经理基本上天天报，但魏芙蓉从来不报，都是从家里带饭，用微波炉加热吃。我说："三千块钱，我搭餐都能搭一年了。"

回到售楼大厅，隔着沙盘，我看见魏芙蓉从会计室出来。我心里一惊，她去会计室干什么？我忍了一会儿，等她带客户去看房，我到会计室问了，魏芙蓉刚才已经替客户把那套房的定金交了。我问严晓梅该怎么办？她说："那得搞清楚呢。"我说："都是同事，有点不好意思。"她说："那她怎么就那么好意思呢？别人种下的西瓜，都快成熟了，你走过来浇瓢水，就摘走了？"又说："两个人吵架，有一个人不好意思，你说她能赢吗？"她要陪我去找白经理，我说："还是我自己去吧。"

我跟白经理把刚才的事说了，白经理说："等会儿我去警告她一下。"又说："对小魏我还是有点理解，她爸爸腿有问题，快六十了还拖条破腿下地劳动。她老娘智力有点问题。"我一听这话，心里就软了下来，说："要是我家里有矿，哪怕只有三米深，那我也不计较啊!"

57

"姐，你什么时候结婚啊?"

这个周末，盈盈叫我去爬麓山，快到山顶时，她突然这么问我。

我惊异地望着她，看她是不是在开玩笑。她一脸认真，让我迷惑了。说："怎么了?"她说："我就想知道。"我说："我连男朋友都没有，你又不是不知道。"又说："到底怎么了?"她说："我可能快结婚了。"我几乎要跳起来，说："你找了人了，什么时候?"她说："快半年了。"我说："没听你说过! 这么大的事，没听你说过! 老妈知道吗?"她说："肯定是先跟你说吧，他们又不懂什么!"

冷静下来，我问："是个什么人?"她说："大叔。"我说："你才多大? 找什么人不好，要找个大叔?"她说："你说呢?"又说："有一次在包厢里看到一个挎着 LV 包包的女人，我就认定自己的世界，从此改变。"女孩们要找有钱的男人，不能直接说，就说找大叔。理由是大叔更懂体贴关爱，真正的想法吧，当然是钱。我说："大叔是一个人吗?"她说："到月底，应该就是了，讲定了的。

没讲定我也不会跟你说。"我说："你知道你自己扮演了一个什么角色吗？很光彩吗？"她笑了说："光彩不光彩，跟我们……我这样的人，有什么关系？我有资格讲光彩这两个字吗？我这样的人，谁讲光彩谁就输了。"又说："我一生下来就输了，我只是不想输得更惨一些，更不想输一辈子。"

她的话说得这么实在，我找不出强有力的话语反驳她。沉默着走了一段，我说："你今天叫我来爬山，就是想说这件事吧？我不同意！"她说："我觉得还是应该告诉你一声，告诉一声。"我说："你年纪轻轻，为什么不能靠自己？"她指着自己的鼻子，说："你说我靠自己靠得住吗？不要说我连大学都没有读一个，就算读了，那也靠不住。"她的话让我鼻子酸了一下，马上用手在鼻子上捏了一下，把伤心的感觉强压下去。她马上说："姐，我不是说你。"我用力把眼睛闭上，说："是我没有做好。"她说："世上爹娘最靠得住，可是我没得靠。我不想一辈子惨，我也想要一个还过得去的生活。"我说："是多大的一个大叔呢？"她说："大概四十出头吧！"我说："大概？年龄都搞不清？我看你大概是昏了头了。"她说："我在婚介所工作了这么久，我会昏了头？四十二。"又说："他陪朋友过来登记，多看了我几眼，就认识了。我在那里工作了这几年，见过的男人，数数有几百吧？我就那么不会看人？看透一个人，只要五分钟。这样的机会，还是头一次，我不抓住，那就没有了。他对我是真心好呢！"我鼻子"哼哼"几声，说："真心好？这样认识的人，靠得住吗？"她说："那我只能一赌，爱拼才会赢，是吧？"我用力摇头说："太幼稚了，太幼稚了！"她说："我都想好了呢，他再怎么不靠谱，也没有关系。有一天他也许会不在乎我，这个我不抱太大的希望，但是他总会在乎自己的孩子吧？越自私的男人，就越在乎自己的孩子。基因是很自私的，他说的这个话，我是相信的，所以我愿意相信他。只要他在乎自己的基因，我就进了保险箱。"

盈盈说到"孩子"，我头脑中火花砰地炸了一下。我说："你是不是……是不是有什么迹象了？"她马上说："是的，所以我尽快对你讲一下。"我说："你知道你有多么危险？如果他现在把楼梯抽了，你挂在空中，你怎么办？"她说："我不是说了，放手一搏吗？我这样的人，不拿命来搏，我会有机会吗？"她在脸上"啪啪"拍几下，"我会有机会吗，我？难道我不知道自己是谁？"

我马上拉住她的手说："神经，你不要这样虐待自己。"她在路边一条长椅上坐下来，扶着额头，不说话。我在她身边坐下来，把她的手拉过来，轻轻摸着说："姐知道你也不容易。"她把头靠在我的肩上，哭了，说："为什么有些人就那么容易？看秦芳姐、晓梅姐，她们就走在一条铺好了的道路上。我呢？你呢？用一辈子的努力也达不到，一辈子！姐，人有几辈子？你说！"看着她颤抖的身体，我几乎也要流泪，想到对自己的承诺，忍住了。我拍着她的肩说："哭完没有？"她说："没有。"我说："那你再哭，用力哭，我看你哭出一个新天地！"她抬起身子，撩起衣服擦泪，说："不哭了。"我说："那好，我问你，你想找个条件好的，我不反对，可是为什么不能找个正常人呢？"

盈盈坐直了，又站起来，右手抬上去抚着头发，短短的 T 恤被拉起来，露出平展的小腹，肌肤细如凝脂，肚脐好像涂了点有色彩的油，显得深邃而生动。我说："你这招牌造型，吸引来的男人是

303

好男人吗？"她说："我就这点资本，不秀出来，我就什么都没有了！"左手叉在腰上，右手上下抬拉几次，我说："别以为这是什么好事，正常的男人不吃这一套。"她朝着我笑，说："你怎么还是学校里那一套？这是社会呢，姐！"我说："你这两年不是见过几百人吗？"她说："最多的一天，见了五个。"我说："这么多人，就没有几个正常人？"她说："那么正常的人，他也不会到这里来。"又说："正常人，有啊！介绍所楼下，就是一家照相馆，老板小宋，比我大三岁。"她伸出三根指头在我眼前晃了晃，"三岁，没有女朋友，很正常吧，还是大学毕业的呢！他是个酸菜老板，你知道吗？请我出去玩，骑摩托车，下午一点钟去，五点前回来，他想干啥？省几十块钱饭钱呢！你说这个正常真的那么正常吗？我开始还没看出他的意思。五点钟我回到所里，赵经理说，小宋又省下饭钱了。这基本上就是给我一个耳光呢。陪男人出去，一餐饭都没搞到，"她咂着嘴唇，"啧啧啧啧，天下还有这样的人呢，啧啧啧啧。"我说："你要理解他，几十一百块钱，对他来说，就是一笔钱。"她说："我理解他，理解的结果，就是下次不去了。在他那儿我连一餐饭的价值都没有，你说我能嫁给这样一个人吗？"又说："也算是个帅哥。"她打开手机，把小宋的照片给我看，高高大大的一个男生，确实长得很帅。她说："我以前也喜欢长得帅的男生，帅是最重要的，不接受反驳，你也知道，这是我的座右铭吧！到最后发现，那是富家女的追求，我是没有资格的。"又说："人跟人生下来就不一样。有很多想法，我们这样的人，是没有资格想的。"

盈盈的话让我心里凉凉。美好前程的幻想破灭了，美好爱情也难抱希望。我茫然地盯着旁边的一块石头，有人在石头上撒了喂鸟的米。有几只鸟想过来啄米，警惕地望着我，飞到旁边的树枝上，叫着，等着。人生这盘棋，自己真的下得太差了，要什么没什么，所有的期待都是虚幻。一种绝望之感从心底浮了上来，像一片阴暗的云覆盖着大地。我竭力想象着有束光刺破阴云，却看到那束光为阴云所吞没。我呆望着眼前的山，春天的嫩绿正蓬勃地爆发出来，空气中弥散着新绿的植物气息。五年前，也是在这样一个春天，自己跟章伟，手拉手走在这山路上，望着这一片春天的绿，感到一个美好的世界正在自己眼前展开。事业会有的，爱情会有的，内心的激情，正蓬勃地爆发出来，正如那漫山遍野的绿。可今天呢，自己正在一步又一步地后撤，把人生的底线设得更低，再低，然后，说服自己接受。接受很痛苦，不接受更加痛苦，这就是自己无法逃脱的选择。

　　我没有资格对盈盈做出人生指示，也许，她是对的。二十三岁，就能够如此冷静以至残酷地面对现实，也许，她真的是对的。我对盈盈有了一种理解，这种理解让我有些心痛。我说："你怎么不说话？"她说："我听你说。"我说："你吧，一个女孩，追求幸福，这是你的权利，但是，你为什么要让另外一个女人受伤呢？"她说："这个事我也想过，心里的挣扎也是有的，我就那么没有良心？可想了有什么用？如果我不想放弃这样一个改变命运的机会，我就不能想那么多。我把自己捆绑起来，就没办法往前走了。我这样的人，连捆绑自己的资格都没有。来不及想那么多了。"我说："不好，不好。"这话说得软绵绵，一拳出手，没有开始设想好的那种爆发力。她说："好，还是不好，要看你站在哪里说。我只能站在自己的鞋子上说。"她把腿蹬了几下，脚尖向下，在地面敲了几下，"我的鞋在这里。"我说："你会把所有的情况都告诉老爸吗？"她说："会的，反正早晚会知道的。"我说："你不怕老爸骂你？他可是当过人民教师的。"她说："我觉得他会支持我，你信不信？"又说："要不我这就给他打个电话？"把手机递给我说，"你打。"我把手机接过来，想了想，递回给她，说："这是你自己的事。"

下山的时候，盈盈说："姐，我给你说句话。"我看着她一脸认真的样子，觉得好笑，说："说。"她说："姐，找男朋友你要快点，今年的你，就不是去年的你了！时间是挡不住的。"我说："怎么，姐很老了吗？"她说："男人，不是说你不老，他就认你啊！这两年我看得实在太多了。男人，他为什么叫作男人呢？因为他是男人。"又说："他是男人，你就不能想着他是圣人，他们并不是用心来思考的。"我说："世事有这么悲观吗？没有。"

当天晚上，盈盈发微信过来说："老爸没说什么。"

58

不知不觉，毕业已经近四年，我二十六岁了。这四年来，我不断地感受到挫败，像被黑暗的命运紧紧跟定。我一直在等待奇迹的发生，当年走近章伟，也算是一个奇迹。这一年来，售楼给了我一点点生机，可这青春职业，又能维持几年？我都不知道以前那些售楼的女孩都到哪里去了，反正是结婚生子之后就消失了，再也没有回来。我又能维持几年？如果自己能够当上经理，还能延续十多年的职业期，当不上，就只有几年。将来怎么办？想都不敢想。这让我对白经理那个位置，有了一种想象。这就算我最高的人生目标了。我才二十六岁，就要去想象职场的退出，这又是怎样的残酷和悲凉。

这让我想到了，也许，自己将来要靠男人生活。这很羞耻吗？很不安全吗？严晓梅告诉我，她的表姐，北京大学博士毕业，嫁给了一个有钱人，已经生了两个女孩子，成了家庭主妇。老公还要生第三个，甚至第四个。反正要生出儿子来继承产业，这件事才算有个完。这是婚前就说好了的。老公想得到的是一个高智商妻子，基因传承有了，面子也有了。至于其他的释放，多得是渠道，表姐也不闻不问。表姐的博士导师对她的状态很不满意，表姐说，老师，你就让我选择自己的生活吧！每天低头做实验，我过不了那个日子啊。导师说，那你何必读博士呢？这是珍贵的社会资源。表姐没回话，心里说，我不是北大的博士，人家会要我吗？表姐在读博期间做出了一个实验，搭进去三年。论文都写好了正准备发表，西安交大的一个博士抢先一步，发表了相同的论文。就是这件事，让表姐哭了三天，完全断绝了对事业的念想。既然竞争如此残酷，哪怕是个北大的博士吧，退出也不见得是一个不能接受的选择。

这个故事让我有了一点安慰。一个北大博士，她能够这样选择人生，我又有什么不能选择的？如果有真感情，那也不是不能考虑。可是，像这样的，会有真感情吗？事业也就这样了，自己没有那个竞争力，如果爱情再没有希望，我的人生，就步入完全的黑暗了。我不能放弃，我要为自己的心争一个小小的空间。如果连这个空间都没有，我活在这人间，又有什么意义？我想象着自己是动漫游戏中的一个女战士，被黑暗之神悄然跟定，紧紧跟定，不管自己多么努力地向前向前，飞越白雪皑皑的高山，跨过激流滔滔的大江，最后才发现，自己还停留在原地，在黑暗之神的羽翼之下。

困境给我带来了巨大的压力。前路在哪里？一片迷茫。自己的好朋友秦芳，还有严晓梅，她们从来就没有迷茫，更没有压力。她们的路，早就铺就，只要这么走下去就行了。条条道路通罗马，但她们就生在罗马。秦芳说，最多是个罗马郊区。罗马我不敢想，罗马郊区也不敢想，路都没有。连盈盈也在摆脱困境。这让我强烈地感受到了对自己的怀疑和否定。也许，我真的属于那种没有资格对生活要求更高的人，那种要求，也许真的就是大学生涯带来的幻觉。看着都是同学，都走在校园的林荫道上，都在一间宿舍里嘻嘻哈哈，其实，不是一样的人生啊！其间隔着光一秒钟走过的距离，却是自己一辈子都走不完的。

工作暂时就这样了，想突破，不可能。幸而每个月还能赚上万元钱，能赚几年算几年，到时候再说。找男朋友的事，紧迫感突然加剧。我能对自己说，这里有一个浪漫的空间吗？四年来的经历，所见所闻，都不能支撑这种想象。秦芳和晓梅们，她们是有资格浪漫一下的，但都没有浪漫，老老实实地走着已经安排好的道路。我心中还在想着浪漫，想着一份扎实的真感情，这是不是又走偏了人生方向？当我意识到，自己连寻求一份完美之爱的资格都没有，我对自己的怀疑和否定就更加深切，对现实冷漠的感受也更加深切。这让我觉得，自己对生活、对世界的友好态度，是否应该改变？

最后的一点安慰，是自己还没有走到无路可走的境地。二十六岁，我还年轻，我也不丑，我还有一份不那么靠谱但眼下还不错的收入。我还有一点小小的资格向生活索要一点什么，一点点。我在心中想象着，这一点是多么小的一点，浮现在心头的是一只乒乓球，马上就否定了。这有点太大，自己不能要求这么多。再次浮上心头的是一只银质戒指，马上又觉得这戒指小是足够小了，但是不是有点太高贵？我配吗？我正想着是不是应该换成一块普通的小卵石，一种横蛮的力量冲出来，坚决地阻止了我。那块小卵石刚刚在心头一闪，银质的戒指马上又浮现上来，带着一点微光，在我的心间闪耀。

每个星期，我都会订几次外卖，它符合我胃的召唤。原来是不同的人送过来，后来就总是那个叫作小叶的校友了。有一次我问小叶："最近怎么老是你送呢？"他迟疑了一下说："我争取的。"我微张着嘴唇，询问地望他一眼，他说："你是校友，我想多为校友服务几次。"这时他的手机响了，店家催他去接新的单子，他就匆匆去了。下一次他再来，就坐在那里看我吃饭，还在厨房里烧了水给我端过来。我说："你今天得闲了？赚钱要紧呢。"他说："那也不一定是最要紧的吧。我今天请假了。"我说："钱都不赚了？你上次不是说，钱就是你生命的指挥棒，只要有钱，叫干什么就干什么。"他说："心情愉快更重要点吧。"我觉得有点好笑，一个重点大学的研究生，家里寄托了多少希望，竟在麓城送外卖，这从哪里去找心情愉快？我说："你家里知道你在干什么吗？"他说："我就说我在麓城搞物流。"我说："你倒是很诚实的，搞物流。"我把饭盒拿起来，又放下去，"物流呢。"他笑一笑说："我没说谎，我心里没有什么不安。"我说："没想到现在还有这么好的男人，撒了谎还会心中不安。"

我吃了饭，他把塑料饭盒拎起，去厨房扔了，又坐回来说："这样待着，心情就很愉快。"又说："不知道为什么。"我说："对面坐的是个女孩呗。"又说："也不算丑。"他马上说："你这样说，我都伤心了。纯粹是漂亮好不。"我转过头，斜了眼望着他，说："过奖了。"又说："男人的谎言，这一句我还是喜欢听的，虽然我不会当真。以前有个很会说漂亮谎言的男人，我差点当真了，幸亏还差点，不然就直接掉到坑里。"他急了说："我真的是说真的，你怎么不当真呢？"站起来挠着头，四处张望，似乎想找个什么东西来证明，"我真的是说真的。"

我一根指头点了点，示意他坐下，他马上就坐下了。我说："你激动什么？"他说："不知道为什么。"我说："你的不知道还很多啊！"又说："你真的不知道吗？"他用力地摇头说："真的不知道。"我说："我知道，对面坐的是个女孩呗。"他又站起来，原地转着圈："那也要看是谁，对吧？"我说："是只恐龙，那你可能大概肯定不会激动。"他说："那也是啊。"又说："别这样比喻，这样比喻，我都伤心了。纯粹是漂亮好不。"我说："那我还是要谢谢你的表扬。"

小叶站起来，在房间里走来走去，有点急的样子。我说："你想赚钱，那你赶快去吧。"看一看手机，已经八点钟了，"可能还来得及送几单。"他说："我今天请假了。"又走了几圈，终于停下来，发狠地说："要不我请你去看电影吧。"拿出手机，点到一个界面，"燎原电影院，九点钟，刚上映《匆匆那年》，我们去看一看吧。"昨天晓梅还说起这部电影。我说："听别人说起过，匆匆那年，听起来有点伤感，匆匆那年，"章伟的身影在我心头一闪，"匆匆那年。"他说："去感受一下曾经的青春。"我说："今天就不青春了吗？"他马上说："还是青春，你你你。"我说："那还有你你你。"他说："那我们去吧，再晚就开演了。"我说："纯粹就是看一场电影，说好了。"他用力地点头。我说："怎么过去？有几里路呢。"他说："坐我的车吧！"我一时没反应过来，问他："你的车？"他轻声说："摩托。"我说："那我就是一个快餐盒饭。"

59

这天的电影把小叶看哭了。我在银幕的微光中看到他眼中噙着泪，心想，一个男人怎么能被一场电影激出眼泪？散了电影出来，在下电梯的时候，他说："你怎么这么冷静？"我说："我为什么要去哭别人？要哭我就哭自己，哭的理由堆起来，比电影还多。"他说："真的？我都为你心痛了。"我说："你先心痛一下你自己吧！"又说："要说流泪，我的泪早两年就流干了。我早就对自己承诺了，不许哭，哭有用吗？如果有用，我先去哭三天。"他说："你真的经历了那么多吗？"我说："不会比你少吧。"他说："唉，也可怜。"又说："你不会觉得我很丢脸吧？"我说："能流泪的男人，应该坏不到哪里去吧！"他说："想不到你对我的评价这么高。"

小叶在二楼买了两杯奶茶。我把吸管含在嘴里，说："要你请客心中真的有点不安，两杯奶茶，你得跑好几趟呢。"我本来是开玩笑说的，说出来我觉得真的有点不安，就两杯奶茶，他真的得跑好几趟。这有点太奢侈了，奶茶不是我们能够随意喝的。这样想着，我说："下次不让你请客看电影了，爆米花也不能吃，奶茶也不能喝。这随意地一飘，一天的辛苦不见了。"他说："能跟你一起分享，那就是我最大的快乐。"我说："受宠若惊。"又说："那还是不能随意地飘，那得有资格，我们不是别人。"他说："你就小看我。我一个月也挣大几千呢，不比那些坐办公室的人少。"我说："别人那几千是吹空调吹来的，你是晒太阳晒来的，能比吗？他还有退休金等着他，你只有空气等着你，能比吗？他每天工作七个小时，你差不多多一倍，能比吗？他有周末，你一年才休春节那几天，能比吗？"他半天没说话，来到大街上才说："干什么都要有个资格，看来我还是要改变一下，才有资格。"又说："你最喜欢说资格这两个字，这真的就是测量人生的一把尺子。我要努力啊！"我说："你努力再努力，每天增收能多买两杯奶茶，两天的增收，就能买一张电影票了。"他半天没说话，走了很长一段路，他说："我是得改变一下了，不改变不行啊，不改变有些事情没有资格做，有些话没有资格说。"又走了一段路，说："有些话我真的很想说，没有资格说啊！"我说："那就别说。"他说："我最近体会到，这个世界，有一道又一道的看不见的鸿沟，每道鸿沟这边和那边的人，干什么资格都不一样。没有谁规定好了这种不一样，看不见摸不着，事到临头，你就会知道，这一道鸿沟是多么清晰，又多么深，多多多么清晰，又多么多么多么深。"我说："鸿沟有多么清晰多么深，现实就有多么现实。"说了这话，我觉得这不是我真正的想法。

312

现实的确有那么现实，可是我，也不是一个完全屈服于现实的人吧。要是完全屈服，自己有多少次机会啊！都放弃了，为什么？还不是为了心中的一点浪漫，一种执念，一个理想？可是，事到如今，我还有没有资格坚守这点浪漫，这种执念，这个理想？

第二天上班，严晓梅凑到我跟前悄声说："看到你男朋友带你看电影了。我和我那个他也在那里，你没发现我！"我推她一下说："千万别胡扯，那不是我男朋友。你看见我们手牵手了吗？勾肩搭背了吗？"就把事情说了，然后说："真有点什么意思在里面，首先就要告诉你吧！"她说："那你不觉得自己在玩火吗？"我说："没觉得。我也没有什么想法，我只是有点太寂寞了。有个安全的男人在身边，生活会稍微有点色彩。"她说："有那么安全吗？没有觉得有那么安全。没有心动的人可能是安全的，动了心，最后会很悲惨。"我说："反正我没有去招谁撩谁，连一点含糊的暗示都没有，我问心无愧。"她说："你就是喜欢骗自己，人狠心起来，连自己都骗。"又说："你看我们这里那个骗自己的首席执行官，就是那个魏芙蓉，天天跑到镜子前面去看化了妆的自己，一看就是几分钟。又天天在短视频里戴着蒙古公主帽，穿着公主衣，还配了音乐，那看自己简直就是个真公主啊！前几天我坐在她旁边，她把一段音乐连续放了四十多遍，我真的觉得这个人是不是神经，哪有一段音乐连听几十遍的？瞟一眼，原来她在自我欣赏。那个投入，她哪里还知道真实的自己？手机里那个美颜了的公主才是真实的自己。她哪里会想到，别人听一段二十秒的音乐几十遍，心里难受到什么程度？"又说："我是给她留了面子，不然我就要把《大刀进行曲》用最大的声音放出来，'大刀向鬼子们的头上砍去！'"她唱了起来，笑了。

我也跟着笑了一下，说："这年头，连自己都舍不得骗一下，怎么活？我觉得魏芙蓉的心态还行，至少是自己嗨了吧？精神上胜利了吧？她这几年存了点钱，家里要几千看病，不给，最多给几百，宣称马上要在麓城买房。心不硬那还想在麓城买房？"又说："我真的要向她学点什么。"

严晓梅问我小叶的情况，我说："说起来你别不信，他叫叶什么啥我都不知道，反正就是小叶。家里大概是什么乡的吧，不然他也不至于研究生毕业还来跑外卖。"又说："应该说是从事物流事业吧。一个人，看你怎么说，你说他是什么他就是什么。嘿，物流！"她说："他家里有工作没有？"我说："我哪里知道？我最怕别人问我这个，难道我还会去问别人？"她说："估计够呛。以后他家里生老病死都驮在他身上，你怎么办？"我说："我怎么办？我又不是他女朋友。"

以后我就不在那家餐馆订外卖。过了几天，小叶发信息来说，怎么不见你吃饭了？我回信说，在公司吃老板的了，老板赚了钱，给员工开了中餐。他说，那晚餐呢？我说，我们中午两点才吃饭，我就吃撑点，晚上喝杯牛奶就行了。他说，晚上不吃饭怎么行？我说，我们这样的人，能省点就省点，还能减肥。

到了晚上八点多钟，小孟在外面敲门说："你男朋友给你送饭来了。"开了房门，小孟把身体让开，看见小叶站在后面。我把他让进来，把房门开着，说："说了我要减肥。"我把饭放在小桌子上，不动。他说："你还是吃一点吧。"我说："不饿。"他说："你还是吃一点吧！"是恳求的口气。我想着，这饭吃还是不吃，那也是一种态度，我就不吃，他就知道什么意思了。我说："不饿。"又说："还不知道是不是用的地沟油。"他说："用地沟油，我还会一次两次送来？是你吃呢。"我心软了，打开饭盒慢慢吃了几口。

小叶很认真地看着我吃，很期待的神态。我不忍心，又吃了几口，放下说："是真的吃不下了。"他有点可怜地望着我，说："我心里好慌，我有一种危机感。"我正准备问什么危机，他说："我怕以后见不到你了。"我说："这是一件很大的事吗？"他说："这事太大了。"我不接话，一接话我就在推动这个话题。他等了会儿，说："其实我也明白，有些事情我是没有资格去想的。"我说："那就不想好了。我想进省政府上班，我没有资格，我就不想。"他说："也是的啊，我有什么资格去想自己没有资格想的事呢？"我说："所以我从来不拿省政府这件事情来自我烦恼。"他说："烦恼它自己来了，我怎么也甩不脱，"把头用力甩了几下，"甩不脱。"

我不说话，也不知道该怎么说。小叶说："我知道自己没有资格，但是，我如果去创造一种资格呢？"我还是不说话，心中也有一点期待，看他怎么去创造资格。他说："我也知道自己这样下去是不行的。第一对不起家人，他们还真的以为我在搞物流呢，还抱着很大的希望在那里。第二呢，就是对不起女朋友，我这种状态，又能走近谁呢？"我说："你有这样的想法？我为你的家人和女朋友高兴。"他说："女朋友，还没有。我想争取一下，我努力行不行？三年前我想考博，导师没有同意，他其实是想把唯一的名额给我师妹。师妹明年就毕业了，我想我去争取一下，明年去考个博吧。明年不行，就后年；麓城不行，就北京。人生到了这个地步，不把命拿出来拼，那是不行的。"我说："后年，你多大了？"他说："你才二十六，你就不能等一年两年吗？我三年没碰专业了，我需要一点时间转弯。"又说："我也存了两万多块钱了，养自己一两年是可以的。"我想了一下说："两万块，养自己两年？"他说："我每天中午还可以送几趟吧！"一个男人，快三十了，这种状态，我为他心痛。我说："你是应该转舵了。"他说："我明天就去拜访我的导师。我需要时间，你能不能给我一点时间？"

60

能不能给小叶一点时间？我在心中悄悄地问自己。刚刚问完，结论就出来了，不能。他能不能考上博士？不知道。考上了要几年才能毕业？不知道。毕业后能不能找到一个合适的工作？不知道。我需要最起码的确定性。也算是对自己同时也对小叶负责吧。最后的结论还是，不知道。

这几年我觉得自己很年轻，没有把找男朋友当作一件多么要紧的事情。缘分来了就来了，没有就等着，随缘。还有一个更重要的原因，就是自己希望在一种比较主动的状态下进入那样一种关系，我的自尊心太敏感，我不想要别人看低了自己。可是，命运不可能有根本性的转折，这已经被现实反复证明。既然如此，我还在等什么呢？我不知道。命运专治各种不服。你不服气？你想反抗？我的命运我做主？自己今天不服，明天就服了，时间流逝了，你不服也得服。我已经放弃了混出一个模样再去找男朋友的想法。家里这个样子，自己也这个样子，男朋友不说什么，他家里会怎么想？我多么想为自己争口气。可是，我硬是争不来这口气。只好想着，我就这个样子，行就行，不行也不强求。我得把自己的自尊心打磨得粗糙一点。那么敏感，就什么事都做不成了。

毕竟，我已经二十六岁。自从过了二十五岁，那感觉就不一样了。心中的疑惑和忧虑一天天增长起来。我开始体验到年龄的压迫感。我没有想到这一天也会降临到我的头上，而且，来得这么迅疾。我对自己说，不要把这当回事，该怎么活还怎么活。这样想着，心里平静一点。但是，自己这样想，别人也会这么想吗？我感受到了一个巨大的阴影，正在缓慢而坚定地靠近。唉，生活，对一个女孩，对一个像我这样的女孩，是多么无情啊！

我本来想在下一个轮休的周末去找秦芳，把小叶的事情说一下。查了排班表，要到两个月以后，等不及了。一个星期只能休息一天，要这一天正好是一个周末，那太难了。我查到魏芙蓉是在这个周末轮休，犹豫了两天，在周五跟她把调班的事说了。本来没抱期望她会同意，谁知一说她就同意了。我马上跟秦芳约好，第二天上午去找她，叮嘱她一定要把吕晓亮留在家里。

周六上午我去找秦芳。小吕开了门说："秦芳昨天晚上就把小七送到奶奶家去了。"又说："我今天本来还有点事，被她扣下来了。"秦芳从卧室出来说："老铁来了！看，这就在麓城，都半年没见面了。"我说："找小吕抓一个主意！"就把小叶的事说了。

秦芳望着我，半天说："是不是可以考虑一下？"她这么一说，我心里就有点失望。难道我许晶晶已经到了那么不堪的地步，这样的男孩也值得考虑？秦芳马上说："我是说，有没有必要赌一下？

317

万一真的出息了呢?"小吕说:"要我说,肯定是不行的。你找个男朋友,最起码的条件还是要的吧!一个两个三个不知道,这几个不知道叠起来,那就是一个无!你能去嫁给一个无吗?"我一下就被小吕彻底说服了,说:"小吕,你总是把尖刀横过来,直接挑明真相。痛并痛快着!"小吕说:"秦芳以前还是很清醒的,这两年有点糊涂了,电视台的帅哥太多了,乱花渐欲迷人眼,有点蠢蠢欲动想玩浪漫呢?那能玩吗?一个浪漫一个坑!"秦芳说:"嫁给这样的人算是倒霉,一点都不懂情调。"小吕说:"这个世界是怎么回事,我能看不清?我看清了还能装糊涂?"

秦芳剥了软糖喂给我吃,我说:"这颗糖倒是挺温馨的。"小吕说:"晶晶的意思是说,我的话不温馨。"我说:"想多了。"又说:"我以前是相信爱情的,到今天我也是相信爱情的。一个女人,嫁给一个自己不爱的人,这日子怎么熬?守着床儿,独自怎生天明?这次第,怎一个痛字了得?一个人,谁都能骗,不能骗自己吧?要我没有这点想法,说大点是信念吧,我的机会好多呢。秦芳知道,好多呢,都放过了。现在真的有点动摇了,自己的想法,生活不支持啊!我没想过有一天自己会在这里动摇。"吕晓亮说:"女孩二十四岁以前,还看看男生会不会打篮球,耍三节棍,二十四岁以后,就没有这样浪漫的想法了。"我说:"生活专治各种不服!可是如果我服了,我以前的放弃,不就都被证明是错误了吗?自己不就成了人生输家吗?"小吕说:"如果你不能一次性说服自己,你就给自己两年时间,两年,碰一下运气。到那天形势不对,那就无论如何要转弯了,再不转就转不过来了。"又说:"我们不是那些玩得起的人。"我说:"我不是那些玩得起的女人,人家什么都有,有资格玩。我什么都没有，就这点青春，"叹息一声，"我没有资格向世界要求什么。"秦芳说："哪有那么悲观？你的收入也不比我差。"我说："那能比吗？我这事只能玩五年，最多八年，你能玩一辈子呢。"小吕去厨房做饭，我跟秦芳又说到了小叶。秦芳说："小叶这个人不坏，可一个男人，不坏就行了吗？"我说："他还在等我回答呢！他给我发了好几条信息，我都没回。他真的好可怜啊！生活对男人更残忍啊！"

吃饭的时候，小吕说麓城公园有个相亲角，是不是等会儿就去看一下？我说："我还没有沦落到那个地步呢。"秦芳说："去看看吧，就当散步。"小吕说："看看别人在想什么，平常相亲都是遮遮掩掩，在那里都大大方方说出来。"我说："那就陪你们去散下步。"

小吕很快就吃完了，不停地给我和秦芳夹菜。我说："秦芳的福气真的有点大。"秦芳说："我就图了个他会献殷勤。"小吕说："晶晶，你找男朋友，到底图什么？你得有个核心目标，不能什么都图。"我说："我的核心目标就是待在一起愉快，感情合拍是第一位的。也不能太矮，不然我早就找好了，秦芳知道的。"秦芳说："那是个富二代呢，有点可惜。"我说："大学文凭还是要有一张吧。太丑也不好，要过得去。这是最起码的吧，不然，我心里怎么过得去？"小吕说："就这些？"我说："就这些。"小吕说："那个小叶最符合你的标准了。"我说："一个男人，还是要有点事业吧，家里也不能太拖累，我自己家就是有拖累的，再拖一个，拖不起啊。"小吕说："给你总结一下，你要找的，就是个高富帅。"我说："是吗，高富帅，我没想过，那是小姐们找的。"又说："想想真的也是啊，我，我有什么资格想这么多？唉，以前没想过找男朋友跟钱有什么关系，那太庸俗，事到临头，发现自己也是个庸俗的人。我好恨我自己啊!"

我吃完饭，小吕把茶给我端过来，说："咱们不是大小姐，咱们只能图一头。你图哪头? 高富帅全要，想找个白马王子，那事情就有点难了。"我说："还有一点最重要的没说，一个高富帅的渣男，那也不行呢。一个男人，心里只有自己，没有别人，那很可怕呢，再优秀也是个坑。我们大学的班导师吴老师，秦芳知道的，掉到这个坑里，到现在还没爬起来。这一辈子大概就毁在这里了。"小吕说："你还想找那么纯洁的男人，那不可能，没有了，没有了。"我说："没那么想过，想就是想多了。至少不能太渣吧，害人精呢。"小吕说："那我再给你总结一下，你要找的，就是个痴情的高富帅。"我叹气说："我真的想得太多了。"小吕说："所以只能图一头，图人好，图人帅，图有钱，什么都想图，就是跟自己过不去。"我想了想说："我本来是不图钱的，可现在不图也不行，日子总要过得去吧，房还是要有一套，车也要有一辆吧。这要求高吗?"秦芳说："这在麓城都是起码的呢。"

小吕手机响了，接完电话他说："是一个大学同学打来的。"说起这个同学，小吕说："他毕业要去北京，劝他别去，那不是他待的地方。他想试下运气，还是去了。北京是个有运气碰的地方? 混了几年，走投无路，还真碰到了一个运气，找了京郊一个土财主的女儿，房子车子，什么都有了。只是那个女儿有点……怎么说呢，我第一眼看到，还以为是个男人。同学说，图一头吧，图一头。反正晚上关了灯也看不见。实在憋屈了，就到外面去打野食，反正不用自己的钱。"秦芳说："在电视台看惯了帅哥美女，看了他同学的

320

老婆，真的有点委屈了我的眼睛。"

61

　　下午我们开车去麓城公园相亲角。

　　在路上我觉得有点难堪，我许晶晶难道要到那里去找个男人？我说："我们是去玩玩的。"小吕说："说了是去散步。"我说："我没有什么想法真的要去做一件什么事。"秦芳说："不是说了去公园散步吗？"

　　相亲角有两三百人，是群众运动的场面，基本上都是老年人。树与树之间牵了绳子，大家把打印的情况说明都夹在绳子上，还有几个老人把说明挂在胸前，让我想起张艺谋电影《归来》中那个挂着牌子挨斗的男人。我们刚走进去，就有位大妈拦住小吕，指着一张招贴，说："小伙子，愿不愿意了解一下我家女儿？"小吕指了一下我说："是我妹妹找呢，"又指了一下秦芳，"这是我老婆。"大妈马上没了兴趣说："男孩子那么早结婚干什么？"秦芳说："他应该先认识认识你家姑娘再说。"大妈说："我家姑娘比谁差吗？"掏出相片，"英国留学，硕士，外企白领，一个月挣两万啊！二十六岁，一米六七。"把相片推到我们眼前，"她的眼光稍微调整一下，也不用我操这份心了。"小吕朝秦芳诡笑一下说："大妈，我早点认识你就好了。"大妈说："没缘分呗。"秦芳说："他的大学同学好多个，比他还高还帅，你要他介绍几个，认识一下。"大妈马上拿出手机来要跟小吕扫码。小吕说："我不敢扫呢，扫了回去会被扫到床下去呢。"大妈说："扫一个嘛，我又不找你。难道我女儿还会找个二婚的？"秦芳说："现如今头婚二婚有什么差别吗？就差那一张纸。"大妈说："那差别就大了去了，说起来好听吗？"秦芳悄声对我说："她应该知道自家姑娘只是没领过那张纸了。"大妈坚持要扫码，小吕被缠不过，望秦芳一眼，秦芳说："你扫啊，望我干什么？"小吕就跟大妈扫了码。这时围过来几个人，大妈对一位大爷说："这女孩是个单。"指了我一下。一位胸前挂着牌子的大爷走过来说："小妹妹几岁了？大学毕业没有？在哪里上班？家里是麓城的吗？有没有房子？房子在什么位置？收入还行吧？"秦芳凑在我耳边说："看碰个运气！"把我的情况如实说了，最后说："收入一万多呢，一个月，一个月！"大爷说："嗬，不错！"又说："你家里为什么不在麓城呢？"我说："是啊，我家为什么不在麓城呢？"大爷说："为什么不帮你在麓城买房子呢？"我说："是啊，在麓城连套房都没有，有什么资格跟你家大专毕业的儿子相处！"大爷说："你爸爸妈妈为什么不参加工作呢？"我说："是啊，他们为什么不领退休金呢？"大爷说："佩服你有勇气，就这样，居然敢到这里来。"秦芳马上说："你儿子都敢来，她还不敢来？"大爷说："就这一个儿子呢，麓城两套房呢，"手指在胸前吊牌上的那个"两"字上圈了一下，"有一套还是圈子房。"又在"圈"字上比画一下。小吕说："是用房子把羊圈起来养吗？那过年就不用买羊肉了。"大爷横他一眼，说："这个都不懂，还来这里？没文化！"走了。我说："我真的不懂呢！"小吕说："就是被二环线圈在里面的房，意思就是市中心。"我想，

322

像这种我自己看不上的，他都看不上自己，唉。我对大妈说："他家儿子你家女儿，都优秀到一块了，为什么不能走在一块呢？"大妈"嗤"地一笑："渣。"又说："跟我家姑娘见面的资格都没有。"听到"资格"这两个字，我心里紧了一下，马上又轻松了。这里就是用资格衡量一个人的地方，我还能想它怎么样？秦芳说："跟你们家姑娘见面的资格都没有，你还推荐给我们？"大妈看我一眼，说："她家又不是麓城的。"

有许多家长坐在小板凳上，前面就放着自家孩子的介绍。我们路过，他们就朝地上指一下，也不起身，我们停下来看，他们才站起来，介绍情况。我们一路看过，发现女孩的家长比较多，女孩的自身条件都很好，反正比我好。像我这样的情况，拿到这里来"上市"的资格都没有，没亮点。倒是小吕，不停地被人拦住，问他的情况。秦芳对我说："你猜我家吕先生现在想什么？结婚结早了。"小吕说："天天贬损我，其实就是在说自己瞎了眼。"我说："她今天回去，会对你更珍惜更温存一点。"又对秦芳说："温存一点，不然后果很严重。"秦芳说："你不要长他的志气，他那么珍贵，你把他拿去。"我双手护着脑袋说："我不想被爆头。"又说："这么多男生女生，为什么不相互交流一下？"小吕说："应该是交流几十遍了，相互看不上吧。"我说："她们好优秀啊。这么优秀还拿到这里来上市，她们老妈坐在板凳上守着脚下的帖子，就像菜市场的大妈守那一筐青菜，真的太委屈她们家姑娘了。"

我们一路看过去，那些招贴都差不多，房子、车子、文凭、收入、高矮、家庭。小吕说："我去找个大妈聊会儿，你们就在旁边看戏。"走到一位大妈跟前，很认真地看她脚下的帖子。帖子上要求男方有全款房，需加上女方名字，有车，不能下五十万，年收入得五十万向上。父母得有退休金，婚后工资卡交女方管。女孩二十八岁，漂亮显年轻，喜欢旅行、运动、美食。小吕蹲在那里看了会儿，大妈也不理他。小吕说："阿姨，您家女孩结婚还要彩礼吗？"大妈哼一声说："问得怪。我一个女儿，培养得这么优秀，投资了多少？要点彩礼不合理吗？"小吕说："那得多少？"大妈说："看人来，男孩也这么优秀，那就七八十万算了。"小吕说："培养男孩就不要花钱了吗？"大妈说："那是他自己的事。"瞪小吕一眼，"是他入赘到我们家来了吗？孩子跟我家姓吗？"小吕说："七八十万，有点多。"大妈说："这点还说多，那没的谈了。"小吕说："您家姑娘喜欢旅行啊！"大妈说："她当中学老师，教音乐，"做了个弹钢琴的动作，"不旅行假期干什么呢？"小吕说："咱攀不上。"大妈说："你的话有点多了。"就不再理小吕。

我们离开，小吕说："这些大妈，好狠呢。要房要车要彩礼，下手那么狠，把男方家过去几十年都榨干。喜欢旅游健身美食，还要管工资卡，还要把今后几十年榨干。这女孩是个啥？是个让男人一辈子爬不出来的坑啊！她身体是黄金打造的吗？"我说："明目张胆，怎么好意思呢？"秦芳说："不好意思就不到这里来了。"

小吕开车送我回去，上了车秦芳说："再不来了。"小吕说："晶晶有什么感想？"我说："觉得形势有点严峻。严峻是一步一步被发现的。以前找工作，放弃了好多机会，回过头看，那些机会还是可以的。有些男生也还是可以的，都放弃了。"小吕说："有些话我不会对别人说，我没必要让人家听了不高兴。晶晶，你是多少年的朋友了，该说我还是得说，你不高兴你就去恨秦芳，谁叫她找了我这个口无遮挡的老公。"秦芳说："你先找个地方停车，我想起一件事，怕等会儿忘了。"秦芳催了几次，小吕把车停在路边。秦芳说："手机拿过来，把刚才扫的那个码给删了。"小吕把手机拿给秦芳，说："纪检机关。"秦芳说："你我无所谓呢，电视台的保安都比你帅。我是为我们小七好。"点开手机，找到那条扫码记录，删了。又把微信浏览一遍，把手机还给小吕。小吕说："晶晶，你看我有半点隐私没有？就是一个潜在的罪犯。女人真的不能太精明了，太精明的结果，跟愚蠢是一样一样的。"秦芳说："晶晶，你找男朋友，要事先说明，手机相互公开。"我说："那有点不好吧。"秦芳说："总比家被别人占去好点。"又说："如今，如果每个人都可以信任，还要纪检会干什么？"小吕说："做个男人，好悲哀啊。"我说："有人管着，就是最大的幸福好不好？"

到了小区门口，小吕说："刚才想说的几句话，被秦芳打岔了。我也不跟你私聊，省得秦芳想太多，现在就说了。"进了小区把车停了，在小区走走。小吕说："晶晶，你到底要干什么，你要想想好！人品、外貌、经济你只能抓一头，每头都要抓，就会被剩下。你看那些剩下的，都很优秀，就是头头都要抓，结果什么都没有。"我说："人品肯定是第一位的吧，和一个处处只想着自己的男人，怎么相处？再加上吃碗盯锅，那别的再好都没有意义了。"小吕说："有一头了。"我说："外貌、身高，还是要过得去吧，要让那一夜一夜的漫长时光过得去吧！也得为后代想一想吧。一点都不讲究，我早就是富二代家的媳妇了。"小吕说："第二头。"我说："男人总还得有个事业吧，说得庸俗一点，穷当当的，日子也难熬呢。"小吕说："第三头。如果只抓一头呢？"我说："那还是要人好。一个坏蛋，那就是一个你一辈子爬不出来的坑呢。不是说健康是一，后面跟着财产等是零吗？人品就是这个一。"小吕说："那我们就按这个标准找。"我说："太丑了不行呢，生理性的抗拒，那是很顽强的呢，可能比对人品的抗拒更顽强，所以那么多好女孩嫁给了渣男。"小吕说："这么多头，已经不少了，都有绝对性，是吧？"我说："是的。"小吕说："那我看小叶就很合适。"我说："男人没有一个事业还是不行呢。"小吕说："说来说去，你是什么都要，一个什么都有的男人，如果不是你大学的同学，他是带着功利眼光看女孩的，家庭怎么样，工作怎么样，他是要看的。什么都要，这不行啊！这个话只有我跟你说，别人谁还会说？"我说："我好恨我自己啊，什么时候变得这么庸俗了？我最恨庸俗的人，回过头来发现，自己才是那个最可恨的人。"他说："我们玩不起，我们还是要结婚的。"我说："这么说起来，形势真有点严峻，很严峻。"秦芳说："我心情都有点沉重了。"我说："一个男生，最基本的几条都没有，我宁可不结婚。我就单一辈子，我也不能没有这几条。"小吕说："自己的想法是一回事，客观现实又是一回事，这是两回事。一个人他能要求现实服从自己吗？不能，是吧？谁都是什么都想要，我那个同学他不想找个小美女？"我说："你那个同学的榜样，我没法学。他憋屈了还可以去打野食，我能去打野食吗？"秦芳说："打野食的女生太多了，我们科里都有两个。"我说："做不来。"

这时我们回到了车子边，小吕说："我们得去接小七了。"我沉默地点点头。小吕说："这些话我昨天晚上跟秦芳商量了，她同意我说的。"秦芳说："也许你就能碰个好运气，打破那些规则。"小吕说："秦芳你这样说，安慰了她，最后就是害了她。那么多剩下的，都是被这种幻想耽误了。这个世界哪里有运气碰？谁能碰运气考上北大清华？"我说："是的，是的，是的，找工作也没有运气可碰。"小吕说："女人要趁早，男人要努力。"我说："是的，是的，是的，找男朋友也没有运气可碰。"看着他们开车离去，我感到了内心的幻灭，这一辈子，最后的也是最大的愿望，好好找个男朋友，好好地结婚，怕是没有什么希望了。这样想着，我心中涌上一段歌来："在万丈红尘中，找个人爱我……"眼泪又要冲出来，忍住了。

62

一年后的一天，我偶然去一家离家有点远的商场，在上电梯的时候，看见小叶提着美团的送餐包从电梯下来。我正犹豫着是不是要招呼一声，他已经把脸转了过去。我站在电梯口，看见他匆匆离去，有点为这个男生惋惜。说好了要拼了命去考博的呢？我掏出手机，翻到他的号码居然还在，想给他打个电话。在摁下键的那一瞬间犹豫了，这不是友善，而是残忍。收起手机，我放弃了去看看某个品牌女装的想法，马上下电梯离开了。

这段时间我又有了一点进步，那就是，我成了公司的绝对销冠。在连续五个月成为销冠之后，公司负责销售的徐总给我打了电话，表扬之后，说要我在公司的年会上介绍经验。这个电话不知怎么一来，被白经理知道了，对我的态度从此不太友好。前台在安排接待客户的时候，有几次竟把我轮空了。我去前台问，怎么回事？小柳说："也不能怪我，真的不能怪我。"

有一次白经理临时安排我轮休。第二天我去上班，有同事悄悄告诉我，昨天公司总经理令总来了，还问到了我。我的遗憾和愤怒一起涌了上来。这对我来说，怎么样也算一个小小的机会吧，就这样被白经理掐灭了。我从来没有想过要取代她，她从销售做起，当年也是销冠，十多年争取到这样一个位置，很珍惜，我能理解。要维护这样一个地位，成为人精还不够，简直要是人妖才行。

过了几天，中午食堂吃黄骨鱼。这一年来房子销售很好，白经理去公司申请，搞了个小厨房。上午大家都在传，今天中午有好菜了，厨师说了，每个人一条。我接待完客户，早点到了食堂，看见魏芙蓉舀了两条大的在碗里，见我来了，马上用米饭盖住。我端了碗也准备舀一条，谁最后来谁没有，不关我的事。刚把碗拿起来，前台就叫我，说有客户找。我放下碗跑过去，跟客户沟通了半个多小时，再回到食堂，菜盆里只剩下一条很小的了。我把那条小小的黄骨鱼舀到碗里，慢慢地吃。

这时白经理进来了，朝菜盆望了一眼说："没了？"我有点紧张，说："我刚来，就剩了这条小小的，"筷子把那条鱼夹起来示意了一下，"最后一条。"白经理敲了敲菜盆说："怎么没有了？"厨师说："我早上买了十三条，十三个人，每人一条，通知了大家的。我都数好了端上来的。"我说："我是最后来的，就剩了这条小小的。"用筷子把完整的鱼骨架夹上来示意着，"我还以为自己是最后一个呢。"白经理坐下来闷声吃饭，很不高兴。我感到了压力，本来她就要找我的事，会不会这又算一个事？我说："看见有人早早就来了，夹了两条大的，还用饭盖住。"她说："谁？谁这么不自觉？"我说："都是同事，不好说，一说她就知道是我说的，只有我看见了。"她说："就有那么几个不自觉的人。"我不知道她说的这几个人是不是包括我，想把魏芙蓉的名字供出来，想想还是算了，白经理愿怎么想就怎么想吧。快吃完了，我说："经理这个位置真的不好坐，一顿饭都吃不上热乎的，菜都没了。"白经理说："这都是小事。"我说："销售的压力，我们都感受不到，最多就是少点提成。"她说："不是人干的事呢，没有几个晚上能睡安稳觉。"我说："经理，您驰骋疆场十多年了，还感到受不了，那些工作几年的，根本承担不起这副重担！"她说："是的呢。"就说到杭州有位销售经理，一天工作十几个小时，到年终任务差那么一点没完成，受到总经理批评，当天回家就跳楼了。我说："谁受得了这份委屈？还是我们好，躲在大树底下好乘凉，风风雨雨毒日头，有经理您这棵大树挡着。"她淡淡地说："我算什么大树？大风能刮倒，太阳能晒枯。"

晚上回到家里，我心中总有点不安，想了想，好像也没有什么事情。正准备拿本销售学的书看看，心中突然一闪，今天跟白经理的对话，自己是不是太自作聪明了？像她那样的人，有足够的精明，又对世界充满着不信任，她会不会把我的话从反面去理解？我说对经理这个位置畏惧，没有兴趣，都会被理解为很向往而且兴趣极大。我有点后悔，在这么精明的人面前，耍什么小聪明呢？我想来想去睡不着，最后干脆抛开。那个位置，来了我当然不会拒绝，没来我也不会争取。无所谓。有了这个无所谓的想法，我心里轻松了。不就是卖个房吗？哪里不能卖？以我在江湖上的小小名气，麓城的楼盘，我也敢说，想去哪里就去哪里。有了这点自信，我觉得人生总算有了一点支撑，就像一个快要溺水的人，在水中扑腾着，用尽最后的力气挣扎，终于用脚尖踩到了一块石头。

过了几天，白经理在晨训的时候，把黄骨鱼的事说了，提醒大家，要想到别人，要自觉。我有点紧张地看了魏芙蓉一眼，她很不友好地瞪了我一下。晨训散了，我走到魏芙蓉那里，悄声说："我没说你什么，白经理应该是不针对谁的。"她说："有人终于找到报复的机会了！"我还想解释，她愤然离开了。

几天之后，魏芙蓉辞职了，辞职信只有一句话：外面的世界更精彩。我不知道这事跟我有没有关系，跟严晓梅商量着，是不是打个电话挽留一下。去年河南出了个顾少强，那也不是谁都能学的。晓梅说："你是经理吗？你去挽留？"又说："她早两个月找了一个在这边教英语的外教呢，英国人呢，把原来的男朋友踹了。"

过了一个月，同事间流传着，魏芙蓉跟那个英国人去泰国清迈了，英国人在那边国际学校找到了教职。我想，她都打算在麓城买房子了，怎么一下子转这么大的弯？又过了一个月，大家传看着魏芙蓉从泰国发过来的照片，她跟那个英国人在院子里种花，还骑了车在山间旅行。几个女孩都啧啧有声羡慕她。晓梅说："一个半老男人，胡子遮住嘴巴，谁羡慕她谁傻。"

再过几个月，魏芙蓉回来上班了。有人问她怎么了，她摇摇头，不说话。公司给职工买房优惠，问到她的时候，她只是沉默地摇摇头。有个保安小伙子当着她的面对我说："晶晶，你知道吗？外面的世界更精彩。"她没有任何表情，马上就离开了。我对那小伙子说："人得有点善心呢，落井下石？不好呢！"他说："我是被她的那些照片气出脾气来了。那个啥……啥，"诡笑一下，"胡子，胡子，长些是吧？不得了是吧？有病，得治，得治！"

63

我没有事业。一个售楼的女生，怎么谈得上事业？年龄的天花板在那里，技术的天花板也在那里，我再怎么会说，会揣摩客户的心，还能说动客户把亲戚朋友带过来，那也不能说有别人达不到的创意。对未来我充满了焦虑，这样下去，十年后怎么办？不敢想。尽管如此，对金帆公司我还是充满了感激，它至少给了我一个机会，让我缓解了紧迫的经济困境。公司对职工优惠卖房的时候，我向盈盈借了五万块钱，加上自己这两年多存下的十几万，用公积金和商业组合贷款，交了首付，买了一套九十三平方的房子。公司是地方国营，有一点点公积金，这也是我对公司感念的原因之一。我在麓城有自己的房子了，再过半年就可以交钥匙了。这件事让我几个晚上没有睡着，想着以后怎么装修。以后几年，恐怕连盒饭也不敢随意吃了。说好了不再流泪，而且，心灵粗糙起来也真的有两三年没流泪了。但这一次，我原谅了自己，让泪水尽情地流了下来。悲伤的泪不能流，那没有意义，幸福的泪也不能流吗？外面的北风呼呼地响，我开了窗，让冷风吹进房间，让灼热的心去感受凉意。

很快地我就感受到脸上的泪水被吹干了，有了一种紧巴生涩的感觉。我抬起手臂用衣袖擦了一下，那感觉却更加明确。我在黑暗中嚅动嘴唇说："让它去吧。"就潜入了梦中。

因为这种感激，麓城有几个楼盘要我去他们那边干销售，我没去。我在公司介绍过一次经验，是销售吴总监组织的。他先从宏观上讲了一个小时，然后我在实操层面讲了一个小时。讲完后，吴总监对我说："重点大学毕业的，那思维层次还是不同呢，口才也不一样。如果别的公司挖你，你要坚定立场，不能动。讲课也不要去，我们不能培养自己的竞争对手，是不是？"又说："看什么时候公司可以给你找一个更好的岗位，市场营销部行不行？"我说："感恩领导栽培。"

这样我就更尽心地站在公司角度思考问题。有一次带客户看样板房，客户敲一敲通往阳台的门，说："户型是小点，可是这里做个单边门，太小家子气了。"又问我，门旁边是不是承重墙，能不能敲掉另外做双开门？得到了肯定的回答后，他说："设计师的格局应该再大一点，这单边门太没有格局了。"我当天就把客户的意见转告吴总监了，他回信说，已经转告设计部。又过了几天，我骑着电单车去看其他公司的楼盘，看看人家有什么可以学习的地方，发现这个楼盘一条小路被封了，因为在二十多层的地方，有瓷砖脱落。我又给吴总监发了信息，建议公司房子的外墙用真石漆，不要再贴瓷砖。隐患不知道会不会发生，什么时候发生。十年二十年以后发生，那也是后患。

不知怎么一来，我给公司提建议的事情，被白经理知道了。有天她把我叫到办公室，表扬了一番，说："公司太需要这样动脑筋的员工，都像你这样，公司的竞争力就加强了。"出来的时候，她送我到门口，说："以后有什么好的建议，逐级上报，可能效果会更好一点。一个基层组织的报告，比个人的，可能会有更好的效果。"我说："好，好的。"出了门心里想："鬼才理你。"

没有什么特别的征兆，楼市的寒冬突然降临了。以前每天总有几十个甚至上百个客户来访，突然降到了几个十几个。客人不上门，我就像武林高手被废了武功，自己再会说，也不能对着墙说吧。售楼大厅太冷清，有时候我对着墙也在心中说上一番话，似乎那墙就是一个客人。一个月过去了，两个月过去了，情况越来越糟。楼盘降了价，降到比几个月前的内部优惠价还低。有几拨客户上门吵闹，拉横幅，讨说法，要退房。第一期的房子交钥匙已经四年，作为二手房在中介那里开出来的价格，竟低于当年的原始价，比在售第五期的新房更是低了许多。我一个月只卖出去一套房，很多同事都交了白卷。拿着两千多块的底薪，大家都很恐慌，我也很恐慌。每个月的收入不够交房贷，下个月怎么办？还有生活呢？这就像头顶悬着一把利剑，随时可能坠下，直插天灵盖。现实沉重地打击了我的自信，像那条白蛇被法海打回原形，镇在雷峰塔之下。在过去的两年多，自己的收入并不比一个公务员差，甚至还高一些，现在怎么样？一个女孩，她就像麓江上的一叶小舟，她不能永远随波逐流，她需要靠岸，需要稳定。收入少一点，没有关系，必须稳定才行。想起早几个月，自己在销售培训班上介绍经验，有了一种教师的感觉，现在怎么样？我想象着自己是一片树叶，风来了，旋转着飘向天际，高傲地俯瞰大地；风去了，就笔直地坠落下来，扎进路边的一条阴沟。

别的公司派了人在我们楼盘前蹲守，出去一个人，就尽量拉他到自家楼盘去看看。我们也有样学样，把大部分销售员派去别的楼盘蹲守，尽量把客人拉过来看看。这个秩序没有几天就乱了，所有的楼盘，不管你是不是自家的销售，只要拉人来看房子，就奖励五十块钱。这样，所有的销售不但帮自己楼盘拉人，还帮别的楼盘拉人，只要拉进了门，就是五十块钱。

我对金帆有感念之心，帮别的楼盘拉人，我觉得太对不起金帆。能把客户拉到金帆来，我就用最大的力气去拉，拉不过来的，我就放弃，决不往别的楼盘拉。有一天，我在邻近的一个楼盘蹲守，有一辆车在楼盘前停下。我骑了电单车过去，是一辆奔驰车。有个中年男人从车里出来。我凑上去说："先生，看楼吗？那边金帆的楼有优惠。"男人还没说话，这家楼盘的保安走了过来，推了我一把说："你们截和都截到我们家的门口来了，有这么卑鄙的吗？"我差点摔倒，站稳了，觉得有点理亏，就让到一边。保安做着手势引导男人进入自家楼盘，经过我的电单车，踹了一脚，把它踹倒了。我一声不响地把电单车扶起来，推到离奔驰车不远的地方，等着。没有五分钟，男人出来了，几个其他楼盘的销售员围了上来，要带他去看楼。男人不理他们，走到我跟前说："你是金帆的？"我说："是的。"把名片递过去，"去金帆看看吧，性价比绝对是第一名的。"他说："金帆我看过了。"我说："你不起心买，那就算了，起心买，不买金帆，那是你错过了机会呢。"他说："附近还有没有别的楼盘？你带我过去看看吧。"我说："我是金帆的置业顾问，我只带人去金帆。"旁边几个人纷纷表示要带他去，哪个楼盘都可以。男人拿出几张名片，找到两张，说："这也是你们金帆的

334

吧？"我一看都是同事的名字，有魏芙蓉。他说："他们带我看了三四家呢。"又指了指两边说："据说那边还有几家？"我说："那你要他们带你去吧，"指了指旁边几个人，"我只带客人去金帆。"他说："别处不带？"我说："不带，我少赚五十块钱罢了。"男人笑笑说："这丫头有点傻，别的公司的钱，不也是钱吗？"又看看我的名片："这个名字怎么有点印象？"我说："你去过我们楼盘？"他说："去过的。"我说："可是我没有接待过你啊。"他说："那……是怎么回事？"我说："那你再去看看吧，你的感受会不一样。"他说："去了你会有五十块钱？"我说："是的。"又说："客户能看得上我们的产品，就是我们最大的幸福。"

　　我骑车在前面带路，他开车超了过去。等我到了停好车，看见他已经进去了。我马上赶上去，怕别人接待他，算了别人的名额，进去却没看见人了。我想他可能是上洗手间去了，就在通道口等着。这时手机响了，白经理要我去办公室。我进了办公室，看见那男人坐在白经理的位子上。我惊了一下，白经理说："公司的令总找你。"我还没反应过来，令总站了起来，跟我握手说："令子牛。"我一听这个名字，伸出去的手缩了回来，说："令总？大人物啊！"令总说："你们这里我也来过几次了。"我说："有几次大家在传说，今天令总来了，令总来了，我都没捞着见上。"我看白经理站着，我也站着。令总示意我坐下，我坐在沙发上，看白经理还站着，又站起来。令总对我点一点指头，我又坐下，看看白经理。令总说："你今天的表现，我可以说是优秀！"伸出大拇指，"优秀！现在是寒冬时节，每个人生存都艰难，非常难，我们也很难，非常难。大家为了生存，捞点外快，我也是理解的。本来公司想下个文，本公司职工不准带客户去别家楼盘，文都拟好了，我没签字，给员工开个口子吧。"白经理说："有的员工真的有点可恨呢。"令总说："理解，理解，大家都太难了。"又说："你也坐下。"白经理在我旁边坐下。令总说："反面的我们不批评，正面的要表扬。这件事我会要人写个东西，在公司的网站上宣传一下。"我说："那有点太表扬了吧，这点点事。"他说："我是很看重员工对公司的忠诚度的。你看白经理在公司都有十多年了。"白经理站起来说："公司就是我的家，我这一辈子不可能有第二个家了。"令总说："没想到小许来公司才两年多，会有这么一种情怀。"又说："还是销冠呢。"我说："是公司给了我在麓城扎根的机会呢。以前是到处漂。"就把买房的事说了。令总说："我的理想之一，就是所有的员工都能在麓城扎下根来。"

令总跟我加了微信，我就退了出来。到门口我又回头问了一句："令总，这寒冬还得有多久啊？"他说："大概一年。"我说："有点长，我还想等拿到钥匙，把房子装修一下呢。"他说："你可以向银行申请装修贷。"我想，房贷都还不起了，还装修贷？

白经理送了令总回来，轻声说："攀上高枝了，有机会。"我说："谢谢提醒。"又说："我没有那么多想法，"朝她点点头，"我真的没有。"

晚上我想给令总发一条微信，记起"攀高枝"的话，有点犹豫。这时令总的电话来了，问了我学历等各方面的情况，说："现在公司机关正在向下赶人，充实基层，不方便安排。情况好一点，考虑把你调到公司市场营销部来。公司打算办个内部公众号，和你的专业对口。"我没想到这么快就有好事来，说："真的没想到这一辈子还能用上自己的专业啊！"

64

一个人他能要求现实服从自己吗？小吕这个灵魂之问，我想了很久。回答没有任何迟疑，不能。

我是理性的人，这个道理我懂。但是，这种理性对我没有多大意义。内心的情感实在是太强大了。一个男生，没有最基本的几条，要我去接受他，那实在是太痛苦。如果那样，我就算单着，也比两个人要好，好得多。我眼下的状态还行，日子还过得去。既然状态还行，日子过得去，那么男朋友的意义就在于心灵，在于爱。生活是这样方便，饿了叫个外卖，十几分钟就来了。没有喜欢，没有爱，我要他干什么？要我将就着走近一个男人，我有必要这样委屈自己吗？

回答也没有任何迟疑：没有必要。

在这种理性与情感的纠结中，我度过了这一年。一年，在过去的体验中，这没有什么。可是现在，一年，不能再说不是个问题。特别是有一天，严晓梅说："晶晶，你就饶了自己吧，你设置那么多障碍苦自己，何必呢？"我说："我的心啊，我的心啊！"在胸口重重地捶了几下，"我的心啊！"她说："再过一年，一年！人家就把'剩'的标签往你身上贴了。一年！"我心中一痛，无奈地摇摇头，又往胸口捶了一下。晓梅摇摇头，无奈地望着我，不再说什么。

我把这个"剩"字想了几天，结论是，我不能剩下。我肯定还是要结婚生孩子的。老爸说过，我们的祖先从树上下来，传到你这里，几万代了，这个血脉都没有断，难道轮到你这儿断了？这也算个问题，更重要的是，我还是喜欢孩子的，看着别的妈妈带着孩子那种幸福感，我还是向往的，很向往，太向往。没有合适的就单一辈子，决不将就。这话对自己说过无数次，其实是没有认真想过的。而且，像我这样的人，不是什么大小姐，像严晓梅那样，可以多玩几年，到了年龄的极限临界点，再去结婚。这个选择我没有。我就这点资源，那就是我自己，我的青春。我对自己说，随着时间的推移，这点资源不会贬值，还会增值，成熟了更有魅力，这个话说不出口。骗子骗自己的故事听过好多，我不能做那个骗子，不然肯定是把自己骗进坑里。

有一天晓梅对我说，她叔叔单位交通设计院有一个科长，三十多岁，有一个独栋的别墅，是单位前几年集资的，问我要不要去见见。科长我没放到心上想，别墅听着还是有点心动，就说："人家会看得上我这样的人吗？"她说："机会都是碰撞出来的，对不对？"又说："这个周科长我见过，只瞟了一眼，说不出的味道，说不定能对得上你的口味呢？"听她这么一说，我有点犹豫，说："我们的口味是一样的，你对不上，那我肯定也对不上。"说完又觉得这话有点不对，我是谁？她又是谁？我有资格像她那样去感受世界吗？想到那栋别墅，我说："那就见见，反正又不收钱。"她说："每个人的感觉是不一样的，说不定你感觉还行呢。"又说："你还是收拾一下吧，第一印象很重要。"我说："我就这个样子，难道我要收拾给谁看？我欠了他多少？"说是这样说，晚上我还是花三百多块钱去做了头发，又买了几百块钱的化妆品。

第二天我接到一个电话，是周科长打来的，约好时间开车来接我。车停下来，他把身子探到副驾驶座给我开门，我看到他的脸，就把后排的车门开了，坐了进去。车开动了他说："许小姐，我是很安全的。再怎么说，我也是个科长，有身份在这里呢。"我说："经常坐闺密的车，他们一对坐前面，我习惯了坐后排。"他说："先去吃饭还是先看房子？"我说："随你，我不饿。"

车开进一个别墅区，进去了中间有一个池塘，绕个弯，车在一栋房子前停下，果然是一个独栋别墅。周科长说："这栋房子位置很好，从主卧的窗口能看见外面的那个湖。"我从窗口向外看了一眼，说："这个池塘不大。"他说："当然不能跟洞庭湖比啦，是个小湖。"我说："这塘里有鱼吗？"他说："这么大的湖肯定会有鱼，你可以从阳台上把钓竿伸到湖里，在家里钓鱼。"我说："这个池塘，应该不会有什么大鱼。"他说："当年这个临湖别墅好多人抢，我是科长，比一般工程师多几分，排在前面，才抢到了。"我说："科长就是科长，那是不一样的。"他说："有点含金量，含金量有点高。"又说："临湖也有缺点，蚊子多，我夏天来看房子，每次都被叮出好多个包。"我说："做了纱窗，塘里的蚊子就进不来了。"他说："麻省理工学院的教授研究了，蚊子喜欢叮智商高的人。"我说："怪不得没有蚊子叮我。"他说："刚才还看见你拍腿打蚊子呢。"

我们爬到三楼的露台上看了一下，四周都是高楼，他说："这个别墅是绝版呢，现在根本不批了。"又说："在这里空好几年了，有点可惜，要利用起来。你觉得应该怎么装修？"我说："先拖一车金子来，把地板铺了。"他说："许小姐真会说笑。会说笑的女孩才有味。"我说："总不会比科长更有味吧。"

看了房我们去吃饭。科长点了四个菜，第一个上来的是肉丸汤。他把自己的筷子伸到汤里去捞肉丸，我本来想舀几勺汤的，就没有舀了。再上来一个永州血鸭，我抢先舀了两勺，反正他的筷子伸进去，我就不再吃了，再上来的两个菜，都是这样的。他夹了血鸭递到我碗里，我想把碗拿开，晚了。连菜带饭，我反正都不吃了。我也经常跟朋友同事一起吃饭，没有过这样的感觉，哪怕跟魏芙蓉吃饭，也没觉得这是个问题。这是自然产生的感觉，我自己没想到，也解释不了，但这真的没有办法。这让我想到，几年前拒绝了李亦明，自己默默地后悔了无数次，其实，也没有什么可后悔的。骗子骗自己，那也要骗得了才行啊！

吃着饭周科长问我对别墅的装修有什么想法。我说："我的想法能够成为想法吗？"他说："是的。"我说："谢谢。"他说："又不是我一个人住，有什么可谢的？"我说："谢谢。"又说："这么大的房子，真要装修到位，恐怕要两百万呢。"他说："要那么多？"我说："我在这个行当做了几年了，我当然是知道的。"他说："要那么到位干什么？有百分之五六十就行了。"我说："听晓梅说，你叔叔是设计院的老院长？"他说："师傅领进门，修行靠个人。我是靠自己奋斗上位的，这是我唯一的阶梯。别说一个科长没什么了不起，那也是几十个人盯着呢。"我说："知道啊，我认识一个人，为了一个股长，女朋友也不要了，从麓城回了县里，后来找副县长的女儿结婚了，现在正经是个科长了，都两个孩子了。"忽然有一种想哭的感觉，拉上来一个笑，"嘿嘿"了几声。他说："不容易，太不容易了。"我有了一种很想说话的冲动，总算有了一个合适的话题。刚想把自己的经历倾吐一下，那冲动马上就消失了。同样一句话，跟谁倾吐，那感觉是完全不一样的。

吃了饭，周科长要了盒子，把剩菜打了两个包，递过来要我带回去，我说："公司食堂有饭吃呢。"他说："食堂有血鸭？放在冰箱里周末吃吧！"我说："三个人共一个冰箱，放不下了。"他说："那就用公司的微波炉热一下，大家吃。"我想着经常有人这么带菜来，大家都兴冲冲地吃了。那么带过去让他们吃，我不吃就是了。刚伸手想接，马上又缩回来。己所不欲，勿施于人，我还是得讲点武德。

出了餐厅，周科长说："我都三十多了，要找一个纯洁的女孩，准备结婚了。"我说："以前找的，纯洁不纯洁无所谓，反正没准备结婚。"他说："你想得太多了。"又说："那么多蚊子过来叮你，那是有道理的。"我没作声，跟着他往停车的地方去。我跟在他身后，给秦芳发了一条"救命"的信息。秦芳的电话马上就来了，我说："要不下次再说吧，朋友找我有急事。"在小区门口下了车，我给严晓梅打了个电话，说："谢谢你的好意。"她说："我猜着可能没戏。"说马上开车过来。

我上了车，严晓梅说："这个人别的都还好，就是太油腻了。"我说："我的感觉，被你说出来了。"她说："我原来想着他有别墅，又是个科长，这两点都是很长的长处呢，也许能覆盖他的缺点。"我说："他老是科长科长，我看他的嘴唇都讲起皮了。"她说："可见人家多么重视吧。"又说："现如今一个科长，的确也有点不太容易，有点含金量。别墅也有点含金量。别墅看着是一栋房子，它其实是整个人生的保障。"我说："是的，所以有点对不起你的好意，你为我想得已经够多了。"她说："找不到感觉，那还是不行呢，这个能将就吗？"我说："是的。要是哪天结了婚，不睡一张床上，不在一个锅里吃饭，那就能将就。"又说："一个三十大几的男人，过去得有多么丰富的经历啊，想想就难受。"她说："这个事我都不想，你就不要想了，再想就真的没有人了。难道我们还想找一个没有经历的男人？那不可能，真的不可能，出了大学校门基本上就不可能了。头婚二婚是个名，只要不带孩子，其实就是一样的。"我说："是的，也许。"又说："当年唱缘分天空，美丽的梦，眼泪都唱出来了，现在唱唱，就是一首歌，如此而已。"我觉得自己对爱情的想法，本来像一个镀金的戒指，戴在手指上，发出了悦目的光彩，在时间的磨砺之中，镀金层慢慢地褪去，显出了铝质的底色。

65

　　盈盈要生孩子了，住进了省妇幼保健院。我和老妈在病床边守了两天，还没有生产。盈盈大声地喊痛，不停地扭动身体，大声说："我要回去，我不生了，叫陶雷自己来生！"陶雷就是我妹夫，昨天守了一天，晚上回去睡觉了。盈盈喊痛，老妈急得没有办法，坐在床头抱着盈盈的身子，呜呜地哭。盈盈喊了一阵，没力气喊了，就"哎哟哎哟"地喘气。她躺在带血的护垫上，我一会儿就给她换一次，想着女人这么苦，结婚要点彩礼，也不是那么庸俗的一件事。

早上陶雷赶过来了，要我回去休息，我说："医生说应该就在今天了。"上午十点钟的时候，医生通知进手术室。医生说："这里有个单子要签字。"是剖腹产的同意书。盈盈说："我就不签，我就不剖，谁签谁自己进去生！"陶雷拿着单子，望着老妈。医生说，妈妈签也行。盈盈这么一喊，老妈也不敢签了。医生说："来不及了。"叫护士推进去。陶雷去找推车，盈盈塞给我一张字条，我看了，写的是"不管外面的人怎么说，先保大人"。我点点头说："有我和老妈在门口守着呢。"盈盈说："这件事不听陶雷的。"又说："里面是个男孩，他们家太想要个男孩。"老妈头伸过来问："什么事？"我说："剖腹产的事。"老妈说："从前没有剖腹产，多少女人都生孩子生死了。"抓过单子，把字签了，对医生说："前年已经流产了一个，这一个一定要保住啊！"医生答应着，指挥护士推人进去。我把那张字条交给他，示意了一下。他展开看了一眼，捏成一团，点点头。

小外甥满月的时候，我买了两罐惠氏奶粉去看他。月嫂抱着孩子，盈盈倚在沙发上看手机。我把奶粉拿出来，盈盈说："姐，下次就别买了。"我说："是国际品牌呢。"她说："陶雷觉得全世界的奶粉都配不上他儿子，他正在找奶妈。"我坐下来，盈盈："姐，对不起，我生孩子有点抢跑了。"我说："没有谁规定做姐的什么都要在前面。"她说："姐，你实在是要找一个了。"我说："那也得有合适的吧。"她说："你心里想着的那个合适的，其实就是白马王子，还得痴情，麓城不超过一百个，其中有九十个在琼瑶的小说里。鸡汤好喝，里面下了药，会慢性中毒呢。"我说："剩下十个，多少有背景的女孩盯着，怎么会轮到我？这我是知道的。可是我这心里，唉，我这心里，"一根指头戳在胸口上，"我这心里。"她说："哪个女生不是想着我这心里，我这心里，"戳一戳自己的胸口，"我这心里还想当皇后呢，可能吗？"我说："不是那么个人，我真的不想要，大不了我就一个人过。"她无奈地摇摇头，说："那这事真的可能会实现。老妈会气死的呢。"我沉默了一会儿，说："怎么办？我自己也不知道怎么办。"

盈盈把身子往我这边移动了一点，说："昨天陶雷跟我说了，他有个生意上的朋友，也只是个熟人，做五金的，三十五岁了，人才还行。"我听了心里有点堵，说："三十五岁，做生意的，经历会不会有点太复杂了？"她说："想他单纯，那不可能。那个小叶可能会单纯点，那行吗？"我说："三十五岁，做生意的，不敢想。你都不知道人家是不是每天在歌厅泡妞。不敢想。"她说："姐，你想得太多了。想这么多，你就停在这里了。今年的树还是去年那棵树，今年的你还是去年的你吗？你这么停几年，到那天，你就不是今天的你了。时间就是这么歹毒。"又说："男人就像食堂里的饭菜，不好吃，但去晚了就没有了。"我说："有时候我想，眼睛一闭，就当自己不是自己，这身子也不是自己的身子，只要过上丰衣足食的日子就行了。"她说："这个想法也没错到哪里去，太多女生都是这样想的吧。"我用力摇摇头说："我吧，我……我还是不行。"又说："我现在没有丰衣足食的日子吗？我找个堵心的干吗呢？"

在盈盈的推动下，我答应了去见见那个五金店俞老板。过两天，俞老板给我发信息，加了微信。在微信上聊了几天，有点找不到什么事情来说的感觉。俞老板说，老是聊微信也不好，是不是先见一面？我们就约好了见面的地址，就是老树咖啡。开始他说是不是找个地方吃饭，我说，喝咖啡好说话些，他就同意了。

我提前去了，坐在靠窗的位置，看着对岸的麓山，看久了慢慢地把眼光移下来，看见一艘夜游的船灯火明亮地开过去，不久，又一艘拉沙的船突突响着开过来。想起四五年前，自己也是坐在这里，跟刘老板谈着另一种人生选择。如果我当时答应了刘老板，今天会是怎样的一种状态？会比现在更差一些吗？人一辈子，短短几个秋，有那么值得认真吗？四五年了，理智告诉我，这四五年是实实在在地过去了，可是，在我的感觉中，就像上个月上个星期的事情。我心里一急，背上就有了一种潮湿的灼热。

电话响了，是俞老板打来的，问我到了没有。原来他就坐在我前面那个位子上。男人走过来，我的感觉，意外的惊喜没有，也没有意外的失望。他在我对面坐下来说："没想到你会提前来。"我说："我们的职业习惯就是不能迟到，迟到了经理会骂人的。"他说："你倒实在，不拿不捏，我不喜欢那些拿着捏着的女孩，自己有多高贵似的。"我说："所以我跟高贵没有关系。"他说："没这个意思。"

他坐在那里不说话，一会儿喝口咖啡，望我一眼。我找话说："最近生意好吗？"他说："还行。"我说："现在房子不好卖，你们会不会受影响？"他说："还没传导过来，可能快了。"我说："有一种水管的广告说，管用五十年。是不是真的？"他说："吹牛。"我说："什么牌子的电插座最好？我们老板都舍不得用公牛的。"他说："公牛性价比高。"我用力去想房间里还有什么五金产品，说："我们楼盘第五期准备推装修房，房子降价了，主要赚装修钱，用指纹锁呢。"他说："你有老板的电话号码吗？看我能不能做点生意。"我说："都是多少年的供货商了。"他说："那也不一定打不进去呢，事情是人在做吧。"他问我要老板的电话，我想着是不是把令总的号码给他。我说："我们小萝卜头，"伸出小指头，"一只蚂蚁在草地上爬啊爬的，怎么会有大人物的电话？"又说："没用的，原来的供货商把渠道守得死死的，你怎么攻得进去？"他说："事情都是人在做吧？人他总不讨厌钱吧？我可以多给点回扣。"又说："搞成了你也可以拿提成。"我说："没想过这样的好事，不敢想，是个好事我就不敢想。"他说："不敢想怎么发财？不发财怎么有钱用？没钱用怎么会有幸福生活？"我说："生意人都是这样想的。"他说："谁都是这样想的。"我说："那我去问一下，领导的电话都是保密的。"他说："所以说你可以拿提成。"我说："嗯。"他反复跟我讨论这个问题，提成也说了几十遍，他说一声，我就"嗯"一声。最后他说："你对钱不感兴趣？"我说："我又不是外星人。"他说："地球人都知道，钱是个好东西。"又反复说电话号码的事。我笑了说："我们今天好像是来谈生意的。"他说："那我们讲点别的。"

我喝着咖啡，等他讲点别的。好一会儿他说："人在这个世界上，第一件要紧的事就是赚钱，你别不承认。"我说："承认。"他说："承认了那就要行动。"我说："行动。"他说："行动的第一步就是搞到领导的联系方式。"我说："嗯。"他说："生意是很难做成的，做成了大家都有好处。"我说："还能拿提成。"又说："怎么又说回来了？"他笑了说："那我们讲点别的。传说范冰冰谈了新的男朋友，你看了新闻没有？"这事我是知道的，只是没有兴趣。我说："没听说。"他说："那你听说了什么？"我说："听说介绍生意可以拿提成。"

在回家的公交车上，我给盈盈打电话。我还没说话呢，她说："怎么样？"我说："没感觉。"她说："怎么钻出了一个感觉？本来是按照你那三条去找的，怎么又钻出来第四条？"我说："就感觉心隔得太远了，很陌生，他在想什么，我根本不知道。"又说："没有共同语言。"她说："什么共同语言？商量一下晚上吃萝卜还是吃白菜，就是共同语言。人家也算一个实实在在的人，不渣。人家不是帅哥，那也过得去。人家没发财，那也有一份生意在做。三条都有了，这就不容易了。按你那个章伟的感觉去找，那你这一辈子，你自己说吧！"我说："实在是没有办法。我的心啊，我的心啊！"她说："陶雷在想什么，我知道吗？我也想不出他在想什么。他今天出去干什么了，跟谁在一起，是不是个美女，我都不知道，也想不出。我想不出我就不想，有钱拿回来养家就可以了。他家四代单传男孩，今天我生在这里了，我不用去想他想什么，我只知道他想这个崽就行了。"我说："我的心啊，我的心啊！"

在盈盈的催促下，我跟俞老板又见了几次，最后的结论是，实在没有办法。心隔得太远，实在是没有办法。盈盈说："我是你妹妹，要是我是别人，我就不会管这件事了，不但不管，我还要看你的险！"

66

那阵子我相亲有十多次，都没有结果。我以前觉得找一份好工作是一件太艰难的事，几年下来，自信已经被现实摧毁。找对象这事吧，我没有那么认真，想着真的认真了，应该不会很难吧？谁知认真了这一年，发现跟找工作是同样的艰难，就像眼前有一座大山，心想着翻过去就是开花的草原了，谁知爬了那么高的山到了山顶，才看到前面还是那么高的一座山。我的心就像发了酵的面团，百孔千疮。我累了，我太累了，可是，我能停下来喘口气吗？不能。

时间在流逝，这个事实对我来说，太真实也太残酷。我不是大小姐，面对这个世界我没有别的支撑，最靠谱的支撑就是我自己。但是，随着时间的流逝，这个靠谱也会变得越来越不靠谱。对于这一点，我还是有着最起码的清醒，我不能像有些女孩那样，抱有太多幻想，等待明天，后天。一个女孩对男人抱有太高的期望，就像一个歌唱家起了高调，是唱不上去的。我是一个没有资格幻想的人。我不是琼瑶小说中的一个主角，我的家庭，我的成长，给了我这种清醒感。

秦芳又给介绍了一个男生小沈，是麓城电视台的一个摄影师。她来看我，说："这是第四个了，我和小吕这里的资源已经是掘地三尺挖空了，再搞不成，我真的就没有办法了。"我很愧疚，觉得自己像一个坏学生，给老师添了这么多麻烦。我说："尽最大的努力，我不会想那么多了，我会妥协，像我这样的人，不妥协那也不行。"她说："你看我家的小七都上幼儿园了。"我说："你懂事早，你大一就懂事了，我比不了。"她笑了说："好像自己有多小白，你大二也懂事了，好不？"我想了想说："大三呢，那是大三呢，大三才开始的。"她说："跟章伟分手这几年，真的不想男人？"我说："我不像你，我没有那么物质，首先还是要有心情才行吧？没有心情，那算怎么回事？我怎么就没有碰到一个让我有心情的人？"她说："都什么时候了，还讲心情？"我不知道她是在说我的年龄呢，还是指社会现实，反正不是什么好话。我说："心情是最基本的，好不？没有心情，我要他干吗？我没饭吃？没衣服穿？没房子住？那结了婚就是受苦受难呢！"又说："这么多女生宁可不嫁，也要守着自己心里的一亩三分地，我很理解她们。单着剩着总比每天坏心情还是要好一点吧。"她说："很不想看到你学她们的坏样子，那不是件好事，毒鸡汤喝醉了。"我说："至少也不是件最坏的事吧？你找了个让你有心情的小吕，你不能体会我们心中的苦。"她说："唉，你怎么把她们那一套也学会了？那不是件什么好事。"我在心里说，至少也不是件最坏的事。动了动嘴唇，把这句话咽了下去。她说："心情这件事，太奢侈了，一个人一生只有一次机会，你的机会已经用过了。"我说："就是不死心，想碰个运气。其实我也知道，这跟找工作一样，运气是碰不到的。"她说："知道就好。"又说："小沈他们市台的效益比我们卫视差了很多，可能还没有你工资高。"我说："只要人顺眼顺心，这个我不在乎呢，我从小就习惯了苦日子，现在已经很好了。"她说："你带一支香奈儿的口红去见面，找机会亮出来。他问你价格，你就说五百多一支，看看他有什么反应。这能够探明他的经济实力。"我说："五百多，我才不会买呢。"她说："买一支假的嘛，才要十几块钱。"又说："你干脆就用我这支真的。"从包里把口红找出来递给我，我接过来，又递回去，说："这是涂在嘴上的东西呢，会给你搞脏了。"她说："你我还分什么你我？"她的手来回晃了几下，"我没这个想法，你有那你就别用，拿出来晃晃就好了。"我说："那就晃晃。"

我把口红小心地放进包里，说："要是没有生孩子这件事就好了，其他我真的无所谓，这么几年，单也单习惯了。"她说："孩子是女人绕不过去的坎吧？"拍拍肚子，"我这里又来神了。既来之则安之，我和吕晓亮讨论了一个月，决定把他生下来，反正现在政策也放开了。"我说："这个坎，我也是绕不过去的。我喜欢孩子。"又说："到最后没有办法了，我就做小七的干妈。"我感到心中有了要哭的意思，就笑了笑。

跟小沈聊了几天微信，感觉还不错，就等着他发出见面的邀请。过两天他真的发微信来了，说请了半天假，问我能不能去麓城公园见见？我马上打电话给白经理，也请了半天假，跟小沈约定了时间。下午在麓城公园见了面，一看心里就同意了，身材高瘦、戴了眼镜，气质很清爽。他第一句话说："你这位同志很实在，别的女孩大概还要扭捏几下，三请四邀才肯出动。"我说："这不怪她们，是你们觉得难得到的才是好的。"他说："我喜欢实在点，来往没有那么困难。"

我们在公园里慢慢走，先说到天气。我说："想不到一个春天又来了，讨厌。"他说："你那么喜欢冬天？"我说："都讨厌。"他说："春天我还是喜欢呢，比冬天好。"我说："那是你们的感觉。"在一条长椅上坐下来，小沈说："很多人以为电视台有多么光鲜，其实就是男人当牲口用。我们台这几年被网络搞死了，不拼就没法活。电视节目没有周末，我们也没有。一天十几个小时，算下来跟个出租车司机效益差不多，二三十块钱一个小时。"我说："你倒也实在。"他说："有些事情说在前面比较好。"我说："我们现在是严冬，可能连出租车司机都不如。"又说："前年是一个高潮，希望明年再来一个高潮吧。再这么北风吹吹吹的雪花飘，我连房贷都付不起了。"他说："秦芳说你是金牌销售呢。"我说："那我也不能把冬天吹成春天吧。"又说："人家起心买，我可以说服他在我这里买；人家没起心，只是来打瓶酱油，那我没办法。现在连打酱油的都没有几个了，想起以前轰轰轰烈烈的场面，真的不知道人都到哪里去了。"

我们去吃晚饭。小沈问我："去哪里？"我说："听你的。"他说："听你的。"我就找了家路边店。他坐下说："点菜也听你的。"我想起秦芳交代的，要点几份高档菜，看看他的神态，还是只点了三个家常菜，才九十多块钱。他说："这够吗？"我说："够了。"又说："我平时都是吃快餐呢。"几乎说出，这一年来连快餐都舍不得吃了，含在嘴里没说出来。他说："你这个人倒也实在。"又说："我这个人喜欢实在的人。"我正想着是不是要找机会把那支香奈儿秀出来，听他这么一说，就断了这个念头。

吃着饭，他把自己的情况说了，父母是麓城的普通公务员，独子，父母会支持他买房。我说："有些事情通过手机说比较好，你喜欢实在，那我就说了。"就把自己的情况说了。说到父母的事，我说："我老爸老妈没有退休金，我妹是个有钱人，我妹说了，这个事由她来管。"说了这个话，我觉得自己有点可鄙。他说："那也不能全部推给你妹妹吧。"我不知道他是说实在话呢，还是探我的口气。我说："出力肯定还是要出一点的。"马上意识到这也是一句可鄙的话，就说："老大在各方面的责任更多一点。"他说："不知道你们那边，是不是也有收彩礼的风俗？"我说："全中国都是一样的。不过……"他打断我的话说："我愿意给点彩礼呢，这个事我家里早就想通了。你妈妈培养了你这么好的女孩，她老人家收点培训费，也是应该的吧。"我说："谢谢你的理解，不过我个人是无所谓的。"

　　吃完饭，他把剩菜打包了，还打包了一盒饭，说："你明天上班吃。"我说："公司有吃的。"他说："那我带到台里去吃。"又说："本来应该装一下潇洒的，碰到你这个实在人，我就不装了。"出了门我心情有点不好，本来是一件浪漫的事情，怎么搞得像他们台的真相直击栏目？连彩礼都说到了。这太实在了。实在，真的有那么好吗？

　　交往了一个多月，我在心中认定了这个男生。不能说有多么多么理想，那也像秦芳说的，这个机会已经难得，你得抓住。我得抓住，怎么抓我不知道，反正得抓住。这天晚上在麓城公园散步，我们靠在长椅上，远处有杜鹃在夜色中嘹亮地歌唱，偶尔传来啄木鸟敲击的声音。微风吹来，树木沙沙响着，几只萤火虫随风飘过。我们十指环扣，小沈另一只手攀在我肩上，把我的头扭过去，嘴唇凑了过来。我顺从了，两只手用力地搂着他的腰，有一种找到依靠的感觉。间隙中我说："有人偷窥。"他松开我四周看看，我指着月亮说："吴刚。"他说："那还有嫦娥。"他再次吻我，又咬我的耳垂。我说："好久没有过这样的感觉了。"我想表达这么多年来，自己是多么认真，从不滥情。他停下来，轻轻推了我一下，说："那你的意思是，以前你跟别的男人也这么玩过？"这个"玩"字刺激了我，我双手松开他的腰，说："我已经六七年没有碰过男生了。"他说："那就是说，以前……还是有点难受，不能细想。"我说："那你没有跟别的女孩这么来往过吗？"他说："我是男的。"我说："怎么男人都认为自己有特权呢？"

气氛有点紧张。我们默默地往大门口走，快到门口的时候，他把我的手捞过去，抓紧，说："算了，不想了，是我想多了。"又说："明天去我家看看好吗？"我说："好的。"又说："这件事你跟你家里说了没有？"他说："没说。"又说："现在八字有一撇了，该说了。"我说："那你先说，我等你的信。"

等到第二天中午还没有信。我忍着，没有催问。到了下午三点多，我实在忍不住了，就发信息过去问，你跟家里说了没有？过了半个多小时才回信说，说了。我马上追问，他们说什么没有？又过了半个小时回信来了：说了。我实在忍不住，就打了电话过去，问他："你家里说了什么？"他说："说了三条。"我一听头就炸了，三条？一本正经，三条！我说："第一条？"他说："他们想知道你爸妈有没有退休金。"我说："已经跟你说了，我妹妹说了，这个问题由她负责。"又说："第二条？"他说："你现在的工作不是个长久之计，随时可能失业。"我说："已经跟你说了，公司总经理说了，形势好一点会把我调到公司总部去。"又说："第三条？"他说："第三条就不说了吧，不好说。"我心里沉了一下，预感到了是什么事情，挣扎着说："我们之间，你只管说，反正是要说的。"他说："是你要我说的啊，他们想知道，你跟别人同居过没有。"我说："没有同居，上大学都住宿舍怎么同居？"狠了心又说："事情是发生过的。"他说："那不就是。"我说："我能用这个问题反问一下你吗？"他说："我是男的。"我说："你是不是真的认为，男人有这个特权？"

电话那头没有了声音。好一会儿我问："你还在吗？"他说："在。"我说："这三条，哪一条是真的？"他说："都是真的。"我说："现在到处都说，年轻人头上有三座大山，我头上的大山就是六座。我就命苦到这种程度？"他说："对不起。"过了一会儿，传来了轻微的"咔嚓"声，手机挂断了。我想象着自己是一只刚刚飞起来的风筝，迎着风，舒展着享受飘扬的欢乐。突然，一把隐形的剪刀伸了过来，"咔嚓"一声，线断了，风筝斜着身子，落下来，"咔嚓"一声，一头栽到水泥地上。

67

伤自尊了。没有什么心痛的感觉，这跟当年章伟离开时的心情完全不一样。这让我意识到，爱情的机会只有一次，以后就只说合适不合适了。小沈就是几年来唯一合适的机会，这唯一的机会，就这样没有了。找对象就像一面镜子，把自己的缺点照得清清楚楚。

伤自尊并不是那么大的事，反正只有秦芳一个人知道。再说，这些年来，找工作找对象，伤自尊多少次，已经习惯了。但是，一个合适的机会去掉了，这就非常可惜，下一次还不知道什么时候才会出现。对我来说，爱情已经不大可能，全身心投入的激情，远去了，远去了，成了遥远的回忆。也许，当年就应该跟章伟去古阳，现在说什么都晚了，晚了。心痛的感觉刺上来，像一根针，扎在胸口，带来锐利的尖痛，痛久了，就麻木了。麻木让我觉得，人生就势躺下，平平地躺在那里，也不失为一种能够接受的选择。这个念头刚刚划过脑际，马上就被否定了。就势躺下，我有充分的理由，但没有丝毫的资格。太难了，这是理由，说服自己是一件多么容易的事情。可是，我能躺下吗？随意躺一躺，几年就过去了，那天的许晶晶就不是今天的许晶晶了。

我给秦芳打了电话，把事情说了。我期待她为我去做挽回的努力，但没有说出来，那实在是太伤自尊了。好在她能理解我的意思，多年的姐妹，有些话是能够心领神会的。她说："我去看看到底是怎么回事，还有三条？我看他是摔坏了脑袋！"

晚上秦芳打电话来，要来看我。我觉得事情不妙，没问。我说："小吕来吗？"她说："那就把他带来！"一个小时后，秦芳打电话过来，说到楼下了。我下了楼，秦芳说："这个姓沈的不但摔坏了脑袋，还瞎了眼，不识货啊！这么好的女孩！"我没作声。她说："可惜我没有一个哥哥，有哥哥我就一定要他娶了你，这么纯良的女孩，如今哪里去找？姓沈的他家里瞎了眼，他也瞎了，谁也没有办法让一群瞎子心明眼亮，对不对？"本来，这件事让我对自己的评价产生了更深的怀疑，是不是虽然我已经把自己看低，更看低，可还是产生了自恋性的高估？秦芳这么一说，让我的心情又好了一点。自己并不是那么没有价值。只是别人没有意识到，或者因为一种世俗的眼光，没有放到核心之处去评估罢了。既然如此，对面这个人就不懂我，不合适。不合适而离去了，又有什么惋惜的呢？

我心中宽松了一些，把这个想法说了。秦芳说："就是就是，一朵鲜花，要献给一个识货的。送给一个瞎子，那不可惜了吗？"小吕说："可惜现在的人，眼光都太世俗了。你看那些在麓城公园摆摊的人，就知道了。地摊引领时代潮流。"我说："我不嫁没关系，我不想去迎合这个时代潮流。"小吕说："没有合适的，宁可不嫁，这是很多女孩的豪言壮语，最后的结果呢？那就是不嫁。这在二十多岁是豪言壮语，到了四十岁，这个豪言壮语还说得出口吗？现实就有这么现实。"我说："我是很理解她们的，没有就算了，决不将就。"又说："优秀的男人都到哪里去了？平庸的男人为什么不能让自己更加优秀？"小吕说："秦芳啊，你看晶晶说这些话，是喝多了鸡汤呢，鸡汤文最能引发她的心灵感应，那是不能信的。"秦芳说："我知道这是个坑，那我也只能跳下去。"小吕说："连秦芳都以为有那么多优秀的男人在等咱们，那真的就是个坑了。这些男人在哪里呢？偶然有一个几个，那也是有问题的。这个小沈，叫沈什么的，没有问题吗？自己有历史，那是天经地义，我是男人！要求女生要绝对纯白，什么人啊！"我说："可能大概男人都是这样想的吧。"秦芳说："这样的人家，你不进去也好，进去了也是一个水深火热。"她这一句话，让我的心一下子就轻松了很多。一样东西，它不属于你，你想强求，那还是不属于你。强求就是往坑里跳。我说："小沈的事，我想通了，你们也不用安慰我了。那个盘子里的菜，不是我的，我为什么要惦记？"秦芳说："说起来，小沈还不是那么渣的渣男。真正的渣男，跟你玩几年，把你的青春杀得差不多了，然后说声对不起，你奈他何？"小吕说："所以千条万条，第一条是不能渣。"秦芳说："第二条是不能穷。"我说："这一条我得把它取消。还守着这一条，我真的会孤独终老了。"小吕伸出拇指上下晃动说："明智，明智。不能每一头都想图。"小吕的话让我有点难受，我许晶晶就不配找个优秀的吗？秦芳把小吕的手打下去，说："你别乱说！一件浪漫的事情，被你们男人玩残了。"我说："他是实话实说。"小吕说："要求男人怎么有钱，这很浪漫吗？又要浪漫又要钱，这可能吗？把这一条拿去了，她的视野就开阔多了，太多女孩，都被这个把双眼遮蔽了。"秦芳说："吕晓亮是乱说的，哪个女孩过得了没钱的日子？"小吕说："你要这样想，那就真的没有办法了。"我叹息一声。秦芳说："他是在批评我呢，我。"我说："我知道，我什么都知道。"秦芳说："什么叫没有办法？办法总比困难多。"小吕说："秦芳我看你是被鸡汤灌醉了，满口的豪言壮语，电视台出来的人就是不一样。"我对小吕说："你是说真话。"又转身对秦芳说："你也是说真心话。"又说："大家都是为我好。"

这时走到一棵杨梅树下，秦芳说："晶晶，你记得吗？去年我们在这里摘杨梅，你跟我说小叶的事，这一眨眼，又是一年了。"说着踮了脚去摘杨梅。我说："物业通知了，这些树上都打了农药呢。"秦芳赶快把手上几颗红杨梅扔了，说："我说这么好的果子怎么没人摘？"小吕说："看上去很美，却没有人摘，那肯定就是有原因的。"我说："可能还有毒。"小吕说："反正不是什么好事。"又说："姓沈的家里那么刁，这是原因。"秦芳说："这个小沈可能是跟谁玩了几年，把女生玩残了，说一声对不起，退出来的。"我说："那也可能是几年了发现真的不合适，退出来的。反正不敢细想。"小吕说："现如今还能想那么多？想那么多，就可以不用找了。"我说："出了大学校门，就不能想那么多了。"秦芳说："想起来，章伟还是有点可惜。"我说："真的没有想到，后面的路这么难走，哪条路都这么难走，"望了秦芳一下，"当然，也看人来。家里不一样，什么都不一样。"小吕说："这是不是很现实？"我说："岂止现实？还很残酷。"他们俩同时抬头望着我，若有所思，都没有说话。

好一会儿秦芳说："这件事我们就当没有发生过，我们也不急，我们用力去找。"我说："说真的我也不是那么潇洒的女生，一辈子一个人过，我还是不行的，孩子我还是想要一个的，看到你们家小七，我就更想要一个了。要不我调整一下自己的想法吧，死死咬定几条，现在看来是不行的。"小吕说："晶晶，你说的几条，每一条都不过分，但是放到一起，再加上一个心情，麓城真的没剩下几个了。问题是剩下的这几个，他也有几条反过来套你。"我说："每个女生都想找优秀的，我也不能免俗。但人家优秀的也要找优秀的，我优秀吗？我生下来基本上就跟优秀绝缘了。我也没有达到可以突破天生障碍那么高的境界。"小吕说："我们觉得晶晶你还是很优秀呢。"我说："谢谢你的安慰。"又说："人品渣肯定是不行的，渣男心中只有自己，这对女生是很残酷的，这种残酷性一定会慢慢显露出来。感觉不行，那也不行，总不能说结了婚分床睡、分锅吃吧。这两条是绝对性的，没有那就还不如没有这个人。我还是找个穷点的吧。大家都想找有钱的，我把这条放弃了，机会就多点。"小吕说："晶晶的想法是对的呢。"秦芳说："你别乱说！"我说："他没有乱说。"小吕说："想法变了，空间就打开了，机会多了几倍。"秦芳说："那难道要晶晶去找他们那里的保安？不是有几个保安想跟她好吗？都很帅呢。选一个不渣的。"我没作声，事到临头，心里还是过不去。

小吕望着我，又望着秦芳，吞吞吐吐地说："我说一个人，晶晶考虑一下。"又说："就是去年那个小叶。"秦芳说："不知道他现在怎么样了？"我说："早两个月看见他，还在送外卖呢，他装着没看见我，匆匆走了。"秦芳说："他不是发了宏誓大愿要去考博吗？还在原地踏步？送外卖的，那怎么行？"小吕说："刚才晶晶不是说放弃这一条吗？"我说："我是真放弃呢，总比渣男好，也比找个不愿睡一张床的人好。"秦芳说："我们晶晶嫁给一个送外卖的？这太没面子了。班上的同学知道了，会怎么想？"小吕摊开双手，无奈地望着我，摇摇头，说："青春只有一次，你怎么珍惜都不过分，可是你过分珍惜，就是不珍惜。"我说："管他们怎么想。还管得了那么多吗？"又说："好歹人家还是个研究生呢。"

68

严晓梅把魏芙蓉介绍给了周科长，两个人很快就打得火热。魏芙蓉说："结婚了就住到别墅里去，不来上班了。"她从泰国回来，

359

一副破罐破摔的姿态。有次我提醒她说："女生还是要稍微收拾一下呢！"她说："身边的男人，就没有一个值得我去买支口红剪个头发的！"给她说了周科长，她说："真是个科长？那我去见见。"马上去剪了头发，买了口红。我对晓梅说："魏芙蓉会哆，周科长会吃这一套，我看这两个人能凑到一块去。"没过多久，两个人又分手了。严晓梅说："魏芙蓉还告诉人家，自己找过英国男朋友，这能抬高自己的身价？"魏芙蓉请晓梅去调解，说："说我曾经跟别人在一起，有几个女生没跟别人在一起过？我赌姓周的一辈子能找一个纯的？"又说："这些年麓城房价都涨了这么多，难道我还跌价了吗？我就是要把一厢情愿进行到底。"调解没有成功。周科长说，我是中国人，没有那么大的格局。严晓梅对魏芙蓉说："周科长被你吓着了。"魏芙蓉："姓周的没有一个男人的自信。"魏芙蓉消沉了一阵子，又活了，说："成熟的女孩在麓城也可以有爱情。"严晓梅问她："有爱情怎么不结婚呢？"魏芙蓉不回答，说："女生越成熟越有韵味，总有能够懂我的人。"晓梅说："这一次就不要把英国人搬出来了。"

女生越成熟越有韵味。这句话给了我鼓励。过了几天，我意识到了这碗鸡汤不能喝，男人们不这样想。大学毕业已经六年，班上的女同学一个接一个结婚生子了，我得抓紧。懂我的人在前面的某个路口等我，这个信念支撑了我几年，崩塌了，这也是一碗鸡汤。似乎已经想通了，大彻大悟了。现实就是现实，不以自己的愿望为转移。可是，一旦真正面对，叫我怎么放得下？

要么放下，要么没有。我不是仙女，我是一个普通的女生。没有是不行的。我喜欢孩子，何况，我老爸也说了，祖先从树上下

360

来，几万代传到今天，这血脉不能断了。还有，孩子也不能没有爸爸，这对他不公平。没有不行，我只能放下。仙女们放不下，她自有她的道理，这些道理对我意义有限。仙女们说，不能因为结婚而降低生活质量，这个最普遍的道理，太世俗，没有仙气。孩子来了，你还想活得那么有钱有闲，那么潇洒，这可能吗？我是个习惯了苦日子的人，是不怕苦日子的。因为这种习惯，我可以放下，像小吕说的，放下了，空间就打开了。我犹豫了好多天，仔细体会心中是否真的放下了。对自己说放下了放下了，走到半路又捡起来，那就是害人害己。

　　把自己的内心体会清楚了，我决定去找小叶。小叶有再多的不是，能吃苦是真的，不渣也是真的。我把手机打开，找到了小叶的电话。有一年多没有联系了，不知道他换了号码没有？我想点一下试试，指头按到了屏幕上收了回来。我不能主动去找他，这有点被动。上班的时候，我用严晓梅的手机试了一下，是通的，马上挂了。小叶马上打电话过来，问有什么事。晓梅说："找白经理。"那边说："打错了。"

　　休息日的中午，我到上次看见小叶的商场，坐在一楼的肯德基店内，望着大门。十一点多钟小叶出现了，提着两袋点餐盒匆匆往外走。大概每十五分钟，他就会出现一次，快到两点钟的时候，他第九次出现，我在大门口把他拦住了。我叫他道："小叶!"他见到我，有些慌张，闪着身子想躲开。我说："怎么这一年没看见你的人了？"他老实地站好了说："我在这里啊，"惭愧地望我一眼，"我一直在这里，"又避开我的眼光，"暂时还没去考博。"我说："怎么没有你的消息了？躲到哪里去了？"他说："我给你发了七条信息，你没有回，我就没发了。"又说："要懂味，是吧？"我说："什么懂味不懂味，我一条都没有收到。"又说："我以为是你女朋友不准你联系了呢！"他说："没……没……什么都没有。"我说："那怎么没有你的消息了？"他赌咒发誓说："我向天保证，向我家里……向你保证，我真的发了七条信息，现在还存在手机里呢。"拿出手机翻找，"太久了，一下子找不到。"我说："你去工作吧，我进去吃个快餐，你工作完了也进来吃一份。"他连连点头，说："最后一个，五六分钟就来了啊！"又说："你先坐着，等我来点餐。"我说："话怎么这么多？"

我给小叶点了一个巨无霸，一杯咖啡。一会儿他来了，说："我怎么能吃这么高级的东西？"我说："这是快餐呢。"他说："多少钱？"掏出手机要把钱发给我。我说："你是不是想玩 AA？"他犹豫了一下，把手机收了，说："下次我请你吧。"我说："有下次吗，你这个喜欢玩失踪的人？"他说："我真的给你发了七条微信，你不理我，我只好算了。"掏出手机翻了好一会儿，真的把那几条微信找出来了。我说："谢谢你还没有把我拉黑。"他说："我连信息都留在这里呢。"我说："我怎么一条都没收到？我还以为你考博士去了呢，高升了，不理人了。"他不说话。好一会儿他说："没条件。"又说："导师没点头，你考也录取不了。"我说："你去求啊，不是有现成的导师在那里吗？"他摇摇头，半天说："轮不上我。"又说："我们这样的人，做什么都难。"

这正是我这几年辛苦奔波的感受，我有点找到知音的感觉。我说："那就只有更加努力。"他说："有些东西挡在你面前，是看不见的，也是你的努力不能突破的。我想考博导师为什么不点头？他

362

两年才一个名额，多少有门路的人在排队，轮不到我。"又说："为什么轮不到我？我那么差吗？所以说有些东西挡在你面前，是看不见的。"我说："天下只有这一个导师吗？"他说："自己的导师轮不上，别的导师就更轮不上了，他们自己的学生还在排队呢。"又说："也怪自己没有足够优秀，真的那么优秀，也是挡不住的。"我说："野心是有的，实力跟不上。"

小叶低头喝咖啡，说："这多少钱啊？"我说："三十多。"他说："可以买一根排骨了。"我说："还可以买一篮子白萝卜。"又指着旁边一位盯着电脑的男生说："这位同志在这里几个小时了，我以为他在打游戏，后来发现他在学习。看人家是怎么努力的。"小叶叹口气说："那也得有这份闲工夫啊！"听了这话我有点泄气。一个男生，研究生毕业了，他找不到好的工作，他得去谋生，这样的男生，被与生俱来的条件制约，又连学习的时间都没有，我又怎么能从他的身上看到希望？

我想着自己是不是应该就这样离开，犹豫了一下，说："你是不是打算就一直这样下去？"他说："在找机会啊，可是，机会在哪里呢？也没有人来帮帮我。"我说："一个男生，他应该帮帮别人吧，怎么想着要别人帮帮？"他又不说话了，半天说："很惭愧的，对不起所有的人。"又说："现在这样，一个月也能挣上七八千呢。"我说："可以买几百根排骨。"又说："每个月把自己抠死，三十年就能在麓城买套房了。"又说："七八千，跟一个摄影师也差不多。这钱是怎么来的？一天工作十个小时到深夜，是吧？"他说："是的。"我说："也没有退休金，是吧？"他不说话。我心里有点生气，可我是他什么人，又有什么资格生气？

心里平静了一点，我说："有件事想请你帮忙。"他马上说："好好好，好好好！"我说："答应得那么痛快，万一是想跟你借一万块钱呢？"他迟疑了一下说："那也得借！"我笑了说："没有那么为难，你的钱是怎么来的？我不想让你睡不着。"又说："我买了房子，还没装修，我想先搬进去。这几年也积累了一些大包小包，你帮我搬上货拉拉的车。"他说："那是给我机会！"我说："什么机会？"他说："你不是给我买了巨无霸吗？我不是应该谢谢你吗？"我说："你太当回事了。"他说："没有别人对我这么好。"听了这话我有点感动，他真的太当回事了。至少，这还是一个懂得感恩的人。这很重要，太重要了。他说："没装修就搬过去？"我说："现在房地产行情不好，这几个月没赚到钱。"又说："有水有电就能住人，每个月还能省好几百块钱房租呢。"

　　离开的时候我问他："小叶，你叫叶那个什么啥啊？"他说："叶能。"我说："名字倒是不错。我看看你到底是能，还是不能？"他无奈地望着我。出了门他又一次说："巨无霸的钱还是给你吧？还有咖啡，好几十块呢。"我说："你是不是不想帮我搬东西了？"他连连摇头："没有没有没有！"又说："想着你也太不容易，房子还没有装修呢。"我说："这点钱能装修房子吗？"他说："你真的对我太好了。"

69

跟叶能交往了两三个月，没有挑明是什么关系。

他一有时间就到我这里来。我买了电炉，两个人做饭吃。两个孤独的人，在麓城有了一点相依偎的感觉。这种感觉最后能有怎样的结果，我自己也不知道。

说起来吧，叶能是个好人。男人不渣，这很重要，这太重要了。一渣遮百好，渣男长得帅，渣男有钱，这跟女孩都没有关系。也有关系，那就是带你顺溜入坑。几年前，吴老师说过，自己的一生，就是被"优秀的渣男"毁掉了。这话在我心上刻下了深刻印痕。秦芳说，有的男人不渣，那是他没有渣的本钱。这让我对叶能要慢慢地多看几眼。不急。

叶能不是帅哥，但是还行。章伟之后，我就没想过帅哥了，过得去就行。秦芳去年给我介绍的一个男人，问我印象怎么样。我说："牛魔王。"这件事就没有下文了。说到底，结了婚那是要上床的事，我不能让自己为难一辈子。帅哥我不敢想，过得去就行，至少要保证后代有一个最基本的格局。生了愁嫁的女儿，我将会非常愧疚。

最大的问题是叶能实在是太穷了，比我还穷。在说服了自己几百次之后，这个要求我已经放弃。不放弃就没有。高富帅不属于我，就算他自己愿意，他家里也会出来打破。这事在小沈那里已经发生了，不能期望下次会有什么不同。我很理解小沈的父母，他们要为儿子的幸福做长远的考虑。这种考虑实在是太现实了，但做父母的不现实，难道还要求他们浪漫？我并不怨恨小沈，要怨只能怨自己。自己也没有什么太多可怨的，该努力的都努力了。那么怨谁呢？能去怨老爸老妈，为什么不把自己生在富贵之家？生得貌若天仙？生得聪明绝顶？对父母不能有这灵魂三问。父母给了我生命，我要去怨他们，那我就是不折不扣的白眼狼。穷，这是我与生俱来必须面对的现实，也是小叶与生俱来必须面对的现实。要想翻身，得自己去创造。我已经尽了自己最大的努力，但实力配不上野心。如果要怨，只能怨自己，为什么那么多人都实现了自己的人生理想，我却没有实现？

高富帅我不能想，想就是给自己出难题，跟自己过不去。今天过不去，明天还是过不去，把难题交给时间，也不会有奇迹发生。想来想去，只有穷，才是自己能够接受的突破口。似乎想通了，事到临头，又犹豫了，像一只迷路的鸽子，在陌生的巢穴门口徘徊，进，还是不进？这是个问题。我有点恨自己，什么时候变得这么庸俗了？自己不是个爱情的信仰者吗？爱与不爱，与穷与不穷，有那么现实的联系吗？有很多次，在秋天里，我看到南下的大雁，在麓城的夜空之中优雅地飞过，灯光反射上去，把那人字形的阵形照得晶莹剔透。那飞翔的身姿让我感动，我多么想成为一只大雁，朝着我心中的理想之地，日夜兼程。我为什么只能像一只燕雀，栖息在有虫儿的树上？想到那些大雁在明天早上，也许就是今天晚上，就要在田野湖畔停下来觅食，我有了一种安慰。活着就是一件庸俗的事情。在从容高雅的后面，还有别人看不见的日常凡庸。我不必因此看不起自己。我跟别的女孩一样，想找一个不那么穷的，这没什么庸俗。但是，我跟那些女孩不同，我不把这个事放在最重要的位置。可是叶能，最让我犹豫徘徊的，是从他身上看不到什么希望。送外卖再努力，又能送出一个多大的前景？

就这样不明不白地过了几个月。好几次吃了饭，坐在床沿上，他的手悄无声息地爬过来，刚刚碰到我的指尖，我咳嗽一声，他就闪开了。他的手停在那里，也不追击。也许，他追过来，我就屈服了？我不知道。有一天晚上，他吃饭的时候就说："今天出车三十次，送了六十多个单，太累了。"吃过饭已经九点多，他就倒在我的床上睡了。到十点多钟，我想叫醒他，是离开的时候了！有一点不忍心，就凑近了去看他，发现从他细眯着的眼缝里闪出了一道光，见我在观察，又马上闭紧。他在装睡！我在心里笑了一声，装着没有发觉，搬了张椅子到客厅里看手机。我选了个角度，只看见他的身子，这样他也看不见我。我看到他翻来覆去好几次，我也不说话。终于他在那边叫我："晶晶，晶晶！"我跑过去说："醒来了？"他说："不知怎么睡着了。"掏出手机看了看，"都十一点多了！"我说："已经太晚了！"朝门边看了一眼。他不动，我说："那你睡吧！"他说："那你呢？"我说："我就坐到那边去。"他说："那怎么行？"我说："那怎么办？你太累了！"他说："我太累了，能不能……""不能！"我的话像一把刀，把他后半句话切断了。他站起来说："我……我今天确实太累了。"我说："那你睡吧！"他倒下去，马上又爬起来，说："唉，我还是走吧！"又说："我想多了。"我说："那就少想一点。"他说："那我还是走吧。"我说："那你也

367

可以睡在那里。"指了指床。他说:"那你呢?"我说:"我坐到椅子上去。"他说:"那怎么行?"就走到门口,哀求似的望我一眼。我假装没看懂,替他开了门。他站在门外说:"那我还是走吧。"又说:"你对我实在太好了。在麓城还没有谁对我这么好。"我心里有点感动,心想,是不是就让他留下来?这个念头一闪就过去了,说:"你今天的话有点多。"

第二天我下班回家,已经是晚上九点多钟。走到小区门口,有一辆车在我身边停下,鸣着喇叭。我转头一看,车窗开了,是小沈探头过来招呼我。我说:"你怎么在这里?"他说:"肯定是等你吧。"侧过身来把车门开了。我还没来得及细想,就上了车,说:"有事吗?"他发动了车说:"等你有一两个小时了。"我说:"怎么不打电话?有事吗?"他说:"当然有事。"又说:"有些事当面说比较好。"我说:"有什么事呢?"他说:"你说我们还能有什么别的事吗?"

车开到麓城公园门口。小沈说:"进去走走?"我说:"有什么事就在这里说了吧。"他说:"这几个月我一直在想,晶晶真的是个好女孩。"我说:"你不是找了一个门当户对的女孩吗?秦芳都告诉我了。"他说:"要是门当户对就好了,人家是高干家的女孩,她爸爸是我爸爸的领导,我家里一定要塞给我。"我说:"所以就把许晶晶踹了?"他说:"所以就上门来赔不是了,上门才有足够的诚意。"

小沈说,那个女孩叫小杨,有公主命,也有公主病。公主对世界最大的感受,就是认为全世界理所当然地要以自己为核心转动。第一次见面就对我声明,自己一点都不想谈恋爱,是家里逼自己出来的。自己喜欢旅游、健身、美食,不会买菜、做饭、洗碗,用她自己的话说，习惯了精致的生活。开车，奔驰；衣服，一千以下的基本不看；住房，近两百平方米的，装修好空在那儿几年了。二十多年就是这样过来的，结婚不能降低自己的生活质量。这也算了，我老爸老妈居然说愿意当保姆。我不想骂他们，几十岁了不能这么贱啊！她家里交代我，独生女儿在家里二十七年，养娇了，要求我以后无论如何都要体谅一点。房子、车子，什么都安排好，彩礼也不要，但平时一定要体谅一点。说的是一点，那一点是多么大的一点？伺候不起。公主说自己是细节控，什么意思？不但所有的事情要以她的情绪为转移，而且她还不说，声称说出来就没有意思了。我要随时观察她的情绪，主动想到。累不累？好多次到她家楼下接她，电话打上去，她说来了，来了！一等就是半个多小时。我是个性急的人，忍无可忍，就按了几声喇叭。她下来还发脾气，问我怎么这样没有耐心。本来发脾气的人应该是我吧？可是我得忍着，太压抑了！前几天的一件事让我彻底失望了。晚上我们去吃饭，吃完饭去看电影，票都买好了。吃了饭在餐馆门口上车的时候，公主用力一拉车门，把旁边一辆宝马的侧面碰出了一个明显的印记。宝马车主过来找麻烦，我对公主说，开门怎么就不看看！公主说，习惯了。我打保险公司的电话，公主说，那要等到什么时候？电影快开演了。说直接赔点钱算了。宝马车主说，不但油漆碰掉了，还有一个凹印，至少要赔三千，宝马呢！我说最多一千。两人正争执着，公主说，这点钱就赔了算了，看电影来不及了。我望她一眼，意思是这点钱，你来赔？她把脸侧了过去。最让我头疼的是，她家里把她从小就培养得太优秀了，肚子里装了几百首诗词，这出事了还背出"问君能有几多愁"。随时随地几句，好腻味啊！我这脑瓜仁里像安了随时会被点燃的炸弹。还在等保险公司的人，公主说，这一点钱，把心情全部败坏了！竟自己看电影去了。

讲完了小沈望着我。我说："你望着我干什么？"他说："还是你好，有些人伺候不起。"我说："后来你去看电影没有？"他说："我虽然贱，也没有那么贱吧！一个人她不在乎我，我有必要那么在乎她吗？"我说："你还是听你家里的话吧。"他说："是谁跟公主过一辈子呢？实在是伺候不起。"又说："公主声明跟前男友在一起四年，没打过胎，肚子里没死过人，这很难得，是自己的加分项。同居四年还要加分，这得有多自恋才说得出口啊！"我说："讲完了？"他说："讲完了。"我说："那你送我回去吧！"他说："不去里面走走？"我说："有人等我。"正好叶能的电话来了，我说："说了有人等我。"他说："这么快就有男朋友了？"我说："哪有你那么快？"他说："你再想想吧。"我说："再怎么想，那三个问题还是三个问题，你说我以后怎么面对你家里？"又说："有些问题，在我这里就是问题，在别人那里，怎么就不是问题了呢？"他说："比起人品，所有的问题都是小问题。我想通了。"小沈把我送到小区门口，我下了车，他冲着我的背影说："这一次我真的听自己的了，你再想想吧！"我转过身，对他挥了挥手。心想，我虽然贱，也没有那么贱吧！

小沈去了，我站在小区门口想着"比起人品，所有的问题都是小问题"这句话。想了一会儿，就给叶能打电话，要他马上过来。不一会儿他骑着摩托车过来了，说："好难接到一个你主动打的电话。有事吗？"我在面颊上点了一下说："亲一亲这里。"他很意外地说："真的？"四下张望，"是真的吗？"嘴伸过来，又退了回去。

我们避开路灯，到树荫下去接吻。停下来的片刻，我说："今晚你就不用回去了。"

两个月后，我意外怀孕了。又过了一个月，我结婚了。

70

这个婚结得有点别扭，都是因为钱。

这两年来，老爸老妈一直在催我结婚。真要结婚了，他们一点都不高兴。盈盈结婚，陶雷给了二十万的彩礼，我呢，叶能连五万都拿不出。也不是没有这五万块钱，而是要用钱的地方太多了。房子要装修，还想买个车位，还要办酒。我跟叶能好说歹说，几乎要去医院做人流，他才拿了五万块钱出来，让我给家里做了交代。本来还交代不了，老妈说："最少也得十万吧，盈盈那边是二十万呢！"又说："这点钱都拿不出来的人，以后怎么过日子？"我低着头，说："五万也不多，狗都打不死。我就是不想这件事跟钱的关系太亲密了。"老妈说："你说你爸每天早出晚归，辛苦吗？"我说："辛苦。"她说："陶雷给了二十万，你爸就少辛苦四五年，就是这么回事。你不想让你爸少辛苦几年吗？一两年也可以。"我说："那叶能就得多辛苦几年呢。"老妈说："是叶能养了你二十多年吗？你的脚到底站在哪里说话？你想想你爸有多么可怜吧，脸上皱纹都爬满了，你看他像个才五十出头的人吗？"我面前的事情就有这么残酷，老爸和叶能，让谁多辛苦几年，都让我心痛。我说："妈，让叶能先欠着好不好？他现在搞物流没赚多少钱，以后补给你。"老妈说："物流？就是个跑腿送外卖的。"我对盈盈充满了恨意，要她不要告诉家里，她还是说了。我说："人家是研究生呢！"老妈说："什么生都没有用，只有生钱才是真的。"我被逼得没办法，说："我这里都有了，"拍了一下肚子，"是不是要我去医院？"老妈脸色都变了，说："傻崽，你上当了。我的傻崽啊！"抱着我哭了。

其实，我是非常理解叶能的。每送一单，五块钱，五万块钱对他来说意味着什么？他心中钱的概念，就是在每单五块钱这个基础上建立起来的。五块钱对他来说，那也是一笔钱。他说："钱就是我的灵魂，要我把钱给别人，就是出卖自己的灵魂。"一个老实人，说出这一番话来，是掺和着血泪的。我理解他，就算不理解，选择了就要理解。他居然拿出了五万块钱，这对他来说，已经是最大的诚意了。这让我觉得有点对不起他。我从小过惯了苦日子，叶能也只能找我这种能过苦日子的人，太多的女孩过不了苦日子，像叶能这样的男生，她们瞟一眼，看清了，就会离开，永不回头。她们宁可单着不嫁，也不可能嫁给叶能们。我也非常理解她们。人只有一辈子，青春只有一次，千珍惜万珍惜，那也珍惜不够，怎么可能轻易抛掷？找不到有资格来珍惜自己青春的人，青春那也是要过去的，不会因为自己的千万珍惜而停留。这就是时间的残酷。时间，时间。时间在我的身体中川流不息地掠过，这是人生最大的秘密。我看清了现实，我不抱幻想，没有白马王子在等我。没有白马王子，我也得结婚。

结婚之前我过生日，叶能陪我去上街。他说，自己是从来不陪女孩上街的，那就是个坑。吃个饭，几十一百块钱，对他也是个坑。我说："你是不是提醒我中午不要在外面吃饭？"他说："你那是不同的。"我说："有什么不同呢？都是女的。"他说："你是女朋友。"我说："说到底还是让你占了便宜了。"他笑了，不回答。

在商场我看了那些几百上千一件的衣服，试穿了一下，很合心意，问叶能说："好不好看？"他说："还行。"又说："没有你身上穿的这件好看。"我身上穿的是几十块一件的。我说："现在知道了什么叫作睁眼说瞎话。"他说："我说真的呢。"我说："你放心好了。"又说："真要买也是我自己买。"他说："现在你的钱也是我的钱了。"我说："那是不是你的钱也是我的钱？"他不说话。我说："你放心，没有人要你出卖灵魂。"

出了商场，我发现叶能的神色轻松了很多，就说："上一次街不容易，总要买点东西。今天还是我的生日呢。"他说："当然，当然。"拿出一百块钱，说："这是一百，随便花。"我拼命摇手说："这么大的钱，你收起来吧。"经过一家小饰品店，我都快走过去了，他拉了我一下，抬起下巴示意了一下。我本来懒得理他，想想今天再怎么说，那也是要买点什么的，难道再进大商场？就进了饰品店。在里面看了半天，我说："我先给你买了这个手串吧，檀香的呢，才一百多。小雨在公司群里卖，要两千多，她说戴手串的男人才有气质。"叶能说："不要，不要，"接过去看了看，"这要一百多，还两千？买回去熏腊肉，还是不错的。"我选了一对银耳环，一条纱巾，两个发夹，心里算一算是三百多块钱，就拿到收银台去。叶能说："这些东西买了也没什么用，买一样就可以了。"又说："都能买好几根排骨了。"我说："过生日我慰劳一下自己，不行吗?"他掏出手机去扫码,回过头说:"真的买一样就可以了,没什么用。"女人的东西,有用没用,由你来说?我赌气把银耳环和纱巾放回去,以为他会给我拿回来,谁知他很快就扫了码。收银的女孩把发夹包好,偷偷地瞟一下叶能示意着,又吐出舌头,做了一个惊异的表情。

回家的路上我不作声。叶能说:"是不是生气了?"我说:"生什么气?不是买了几十块钱的东西吗?"又说:"你不是说了那些东西都没用用?你说了的。"他说:"还有好多事情等着我们去做呢,房子要装修呢。"又说:"你不戴耳环还好看些,那些大小姐的样子,不好看。我说真的呢。"我说:"要花钱的事,都是假的,只有免费的事情是真的。"又说:"现在哪个女孩嫁人不要买个钻戒?我都没说这个话。"他说:"那真的是没有用的,买了就锁在抽屉里。"我说:"照你说,那些女孩都是傻瓜。"他说:"你别生气,要是你真生气了,我们回去买回来好不好?"我拍一下肚子说:"我现在还有资格生气吗?将军变奴隶,只需要十几分钟。"又说:"没想到女人贬值的速度能快到这种程度。"他说:"像我这样的人,我自己能用几个钱呢?都是为了家好,好不好?"我说:"为家好,家是谁?家不就是我吗?"马上又补一句,"还有你。"他说:"那不止呢,"盯着我的身上说,"那不止呢,还有别人呢。"

因为这件事,我有点不想结婚了。身上有了个累赘,到医院去一趟,处理一下也很简单,几个女同事都说很简单,前后就是一天的事情。犹豫着,我问清了小吕在家里,就去找了秦芳。秦芳说:"这不是个小事呢,将来会很难受呢,憋死你。"我说:"看样子是真的要去医院了。"望着小吕。小吕说:"望着我也没有用,这么大

374

的事，我怎么敢拿主意？"我说："有谁要你负责吗？你就说你的想法，怎么想怎么说。"小吕说："那就当我胡说，爱听不听。当我放屁也可以，爱闻不闻。"秦芳捂着鼻子说："真的闻到一点气味了。"我把秦芳的手扯下来说："秦芳，你太矫情了，真的有吗？就算真的有，这十年来你还经历得少吗？"小吕说："秦芳是找一切机会贬低我。"又说："她又想我被提拔，又怕我被提拔。"秦芳说："男人有钱就变坏，你是例外？"我说："怎么这么说你老公？你们都十多年的感情了。"秦芳说："多少年的感情，那也挡不住水蛇腰，扭一扭，我是男人我也想入非非。"小吕说："区里考虑我管人事，她还说要去打破呢。"秦芳说："那是提醒你一下，为了你好。"我说："秦芳，你这太多虑了，现在有八项规定管着他呢！"

扯得有点远了，我说："小吕，你觉得这个婚还能不能结呢？"小吕说："当然能结。不但能结，还挺合适。"秦芳说："我就觉得晶晶能找到更好的，男人们眼睛里都夹着黑豆？"又说："那个小沈说人品最重要，那算是读懂你了，你又要赌气。"我说："不是赌气呢，那以后怎么跟他家里人见面？都说了三条，条条都见血，那能见面吗？"小吕说："那是真的不行。还是门当户对比较合适，少看多少歧视的眼光。"我说："我配不上人家的那个家，我还是绕行比较好。"小吕说："晶晶说的，这就是正解。"秦芳："我没有觉得晶晶高攀，晶晶这么好的人，这不是核心价值观吗？"又说："家里，家里算个屁！"说着捂了一下鼻子，"屁！"小吕说："秦芳说得也不错，可惜世界上的人，基本上都是俗人。"又说："要求俗人提升境界看事情，这个要求有点太高。"我说："我想飘，我飘得起来吗？"又说："我从来没有想过门当户对有什么道理，什么门啊户啊，烦不烦呢？"小吕说："这些话肯定不是大户人家说出来的。"秦芳说："下面的人都想往上飘，上面的人不那么想，他们还是想着门当户对。"我说："所以小沈又来找我，我想想还是算了。我不想看他家里那个嘴脸。"又叹气说："唉，又碰到一个抠门的。反正就是不能让你顺心。"小吕说："嘴脸和抠门，必定要选一样，那你选哪样呢？"我说："选哪样都是难受得很。"又说："最后只能选抠门吧，精神还是第一位的。那还是跟小叶走吧。"

小吕望着我，好一会儿说："晶晶，你要想得通，抠门也不是那么坏的事情，第一钱抠下来还在家里，第二他不会出轨。小叶这样的人，要他花两百块钱请女孩吃餐饭，也许还可能，再多，那是不可能的。这样的人，有女孩跟他走吗？这样的男人，很放心。"我说："一个男人，因为穷而让人放心，这简直就是讽刺啊！"秦芳说："所以我得把吕晓亮的钱管起来。"又说："他还闹情绪，我纯粹是为了小七好吧！"我说："我还是听吕晓亮的，找一个放心的男人吧！"

71

在章伟之后，我等待了七年，等来了叶能。这不是一个理想的结果，但能够接受。在看了十几二十个男人之后，叶能就是一个能接受的选择。更好的选择，没有了。为了心中的理想，我自律了七年。七年等来的是叶能，这让我心中有点遗憾，怀疑自己七年的自律是否值得。这种遗憾并没有给我带来多大的困扰。七年来，逢场作戏的机会太多了，我都没有当作机会。对我来说，心灵的归宿是最重要的。心灵没有启动而进入游戏性的浪漫，那是表演人生，也是对自己的不尊重。也许我有点傻，魏芙蓉就说过，晶晶，你有点傻，太傻。她曾说过，成熟的女孩在麓城也可以有爱情。结果是个白屁，青春又被杀掉一截。这聪明吗？一定要说傻，傻就傻吧。我跟着自己的内心走，我没有觉得这是一件多么傻的事情。

那天晚上叶能留在我的家里，可能发生的事情肯定都发生了。事后他靠在床上若有所思地发呆。我试探着说："你怎么了？"他吃惊地反问："我怎么了？我没什么。"笑了一下。我不能判断他是有点傻呢，还是无所谓。我说："怎么看着你像有点什么心思？"他说："我没想那么多呢。"又高兴起来说："能够跟许晶晶在一起，我就很有福分了。我没想那么多呢。"又说："想太多就是跟自己过不去。"我想告诉他，虽然有过经历，但这么多年，自己是怎么过来的。再想想他既然没有追问，我解释那么多也没什么意思，就没有说。这让我觉得，七年来，我浪漫还是不浪漫，对叶能来说都是一样的。七年的自律是不是值得，这个问题在我脑海中翻起一朵浪花，就平静下来了。我的自律不是为了叶能，是为了我自己，心情没有，那就什么都没有。

不管别人怎么想，我在自己的心中都没有把叶能定位为一个送外卖的人。在领证之前，我跟他谈以后的路怎么走的问题。我说："你是重点大学的研究生呢，你总该做一点一般人做不到的事情吧？"他说："这个问题我都想过无数遍了，这样的事情在哪里呢？"

我说："送外卖的事你马上停了，你是研究生，得找一个有文化的工作。"他说："我不是没找过呢，没有人帮一把，怎么找得到？像我这样的人，到哪里去找人帮一把呢？"毕业了这几年，我也知道，一个稍微像样点的岗位，就有一群人大眼小眼盯着，没有熟人朋友，是轮不上的。章伟有人帮忙，秦芳有人帮忙，严晓梅有人帮忙。李亦明能够帮我，刘老板还有彭先生都能帮我，我付不出那个代价，放弃了。这种经历让我知道了，我唯一能付出的代价，就是我自己。我只有这点资源。更难堪的是，这点资源，也正在随着时间的推移，一点一点丧失。我恨时间，可这种恨是多么苍白，多么无奈，我躲到哪里都躲不过时间。

像我们这样的人，到哪里去找人帮一把呢？叶能家里帮不了，我家也帮不了。秦芳想帮也帮不了，能帮早几年就帮了。吴老师能帮吗？她只是一个普通老师，找她帮忙简直就是给她出难题。我也没有这么大的心理承受能力给别人出难题。李亦明？据说他已经在他妈的公司当上总经理助理了，把叶能推荐给他，我脸皮没有那么厚。令总经理？虽然这几个月跟他有几条微信来往，是我试探去公司总部工作的可能性的。他自然会知道我的意思。但他没接茬，我也不好点破，否则就太尴尬了。那么刘老板？我自己的位置都没有保住，怎么可能向他推荐别人？

想遍了所有的关系，我对叶能说："能不能去拜访一下你的导师？就算读不上博士，那也可以在他那里打份工吧？"他说："那年他没同意我读博士，我对他有点小意见，三年多都没和他联系过了。"我说："信息都没发一条？春节，教师节，中秋节。"叶能摇摇头。我说："那么多人，从来没给父母过生日，年年都给导师过生日，没几年，国家课题搞到了，职称评上了。你呢，不说过生日，连条信息都不发。你这真的有点缺氧了，把自己的路全都堵了。"他低头不语。我说："你现在给他发条微信问候一下，汇报一下自己的状态，要特别诚恳。"他说："这怎么好意思呢？都三年没汇报了。那叫作投机分子。"我说："你就会给自己上纲上线。"他说："我现在这个样子，同门师兄弟都不敢联系，他们给导师过生日，我都找理由推托不敢去。避开都来不及，我还敢自投罗网？"我说："你的师兄弟有发达的没有？"他说："没联系怎么知道？"我生气了说："你这么老实，其实是这么笨的人，怎么配活在地球上，还要娶妻生子？"他说："对不起你们。"又说："真的觉得自己没有什么资格。"我说："你自己也知道。"他说："我觉得你特别委屈。如果你觉得自己那么委屈，你……你怎么样……怎么都行。"我低头望了一下身子，说："现在说这些还有什么意义吗？"

叶能天天在网上找工作机会，有回应了就上门去面试。也不是没有机会，但那种机会根本就不叫作机会，说是一份还有点技术含量的工作，收入比送外卖还不如，也看不到任何前景。晚上回到家里，就坐在床沿上叹气。这种状态，我有过经验。我说："外面有份像样的工作，那份工作就不会等在那里。"叶能说："那叫工作？那叫打工。资本家真的是资本家啊！"我说："资本家他容易吗？他也不容易，容易的话人人都去当资本家了。他不把你压榨到极限，他怎么生存？女人当男人用，男人当牲口用，他能用你，那就是福报。"叶能坐在那里，把资本家大骂了一顿。我说："毫无意义。你是他，你比他还狠。"我本来想带他去见一见刘老板，他不肯去，说："那也是个资本家，能有什么不同？"我说："好歹算个熟人。

是不是熟人，那是不一样的。"他说："有什么不一样?"我说："好歹我厚着脸皮试一下吧。"

我拨通了刘老板的手机，他说："是晶晶啊?"我说："谢谢老板还存着我的电话。"他说："晶晶的电话肯定是留着的，总有一天，说不定你就会打电话。有什么事吗?"我说："有事，想到您那边求一个岗位。"他哈哈笑了说："前几年给你一个最好的岗位，你又不要。这个岗位，现在还在这里。对许晶晶，我永远……"我打断他的话说："不是我呢，是我家先生。"他说："你嫁人了?"又说："心里有点难受。"我说："刘老板会说话，抬举我了。"就把叶能的情况说了一下。刘老板说："现在提倡房住不炒了，我这边也不太景气。"又说："我在柔县那边有个几百万的小工程，不知道你家那位愿不愿意去? 肥羊现在没有了，只有瘦羊。一只瘦羊本来就没有几斤肉，待遇可能就会不那么高。"把情况说了。我说："谢谢老板赏饭。"

放下电话我问叶能："你去不去?"他在手机上查了高德地图，说："三百多公里呢，还不如我送外卖呢。"我说："你还挑岗位?"他说："还不如昨天面试的那个。"又说："不想跟你分开。"我说："那你多拍几张照片放在手机里。"他把我搂到怀里说："我不，我要有肉的!"摇了摇我的身子，"有肉的，我要有肉的!"

我催促叶能给他的导师发一条信息，说过去看他。叶能畏缩说："都两三年没联系了，突然又去了，还带着不可告人的目的，怎么好意思呢?"我说："要说不好意思，人活在世界上，什么事都是那么好意思的吗? 你今天不好意思见导师，明天你就那么好意思见你的儿子?"拍一下肚子，"明年，你还以为有那么长时间让我们晃荡？人家的孩子是怎么养的？小七是怎么养的，你也看见了。我们不跟人家比，把标准拦腰砍一刀行不行？如果一半都没有，等他长大了，又是一个叶能，一个许晶晶，把我们的命运又传承下去，我的心会痛啊！会痛啊，痛啊！"叶能低着头，捂住脸，我看见泪水从指缝中流出来，滴在地板上。我说："伤心是没有什么用的，我就不伤心了。"他把手掌从脸上移开，袖口顺势一擦，说："知道了，你说怎么办吧！"

叶能带我去见他的导师，就带了一篮苹果。走到门口，叶能说："是不是应该带两瓶好点的酒？"我说："算了，茅台现在三千一瓶呢，我们是什么人？"叶能上去敲门，用指尖去敲，指甲在铁门上发出轻微的声响。我说："你是不是不想要你的导师听见？"就用力敲了几下。叶能退到后面，我把他拉到前面来，说："这是你导师家呢。"他还想往后退，门开了，叶能叫了一声："胡老师。"我跟着喊了一声："胡教授。"导师瞧了一会儿，说："这不是叶能吗？"叶能说："是我。"导师把我们让进去，说："光线不好，光线不好。有什么事吗？"叶能说："来看看老师。"我说："他没做出什么成绩，觉得愧对老师的培养，不敢来。"坐下了胡教授问叶能现在的情况，叶能说："在搞运输方面的事。"我说："现在叫作物流。"胡教授说："那也算是成绩呢。"叶能说："专业不对口，搞不出什么成绩。"我说："要是能找个跟专业有关的事情可能会好些。"

胡教授洗了苹果给我们，一人一个，品质特别好的那种。我们送的苹果，虽然是挑最好的买的，比起来就有明显的差距。叶能很难堪地把苹果放在茶几上，说："刚吃……吃过饭。"我也放到茶几上说："等会儿再吃。"说了会儿话，不知道说什么才好，越说越别扭。胡教授说:"我这几天也在追剧呢。"就去看电视。叶能用手背去擦额头上的汗。我鼓起勇气说:"叶能这两三年没来看老师,他是不好意思,自己没做出什么成绩。"胡教授说:"材料学在社会上空间是有点小,他的几个师兄弟都转去搞计算机了,也搞出一点小名堂。"叶能说:"我……我还没有……我……"我说:"叶能太老实了,也不是那么有开拓精神的人,看老师能不能给他安排一个什么样的岗位?"胡教授说:"他的一个师兄,他认识的,搞了一个小公司,这一年有点小进展。"叶能说:"是不是搞材料的呢?"胡教授点点头。叶能:"那我想去。"胡教授说:"他是你师兄,你进去了,他就是你老板,他不敢在师弟面前摆出老板的架势呢,所以不要熟人。"我说:"今天是老板,那就是老板,昨天的事情,就此剪断了,"我右手伸出去,两根指头当作一把剪刀,"剪断了。"我去看叶能,希望他响应我的话,谁知他不作声。我推他一下,他还是不作声。我那个火啊,在脑海中一下子就点燃了,一片火海。胡教授去房间打电话,把门带上了。过了几分钟出来了,说:"还是有点问题。"又说:"如果能以合伙人的身份进去,都是股东,那就不一样了。"我说:"那要多少钱呢?"胡教授五根指头抓了几下。叶能猛地站起来说:"五万?"我马上说:"你别乱说。"又说:"是五百万吗?"胡教授说:"没那么吓人,五十万就行了。"叶能为难地看看胡教授,又看看我。我说:"刚买房子了,还在装修呢。"胡教授说:"那我再想想。"又说:"别的事情我都好帮忙,只有这个工作的事,难啊!"

72

从胡教授家出来，叶能说："我好紧张啊，说话都结巴了。"我说："因为巴结，所以结巴。"不再说话。一直到家，都没说一句话。走到电梯前，我说："你先上去吧，我到外面吐一口气。"我是需要吐一口气，太压抑了，甚至窒息，我要吐一口气。

出了大门，我长长地吐了一口气。事情很难，这我是知道的。可是，别说进门，连门都找不到一张，这是我没有想到的。我以前想着，叶能送外卖，这是暂时的，过渡性的。再怎么说，他是个研究生，重点大学的研究生，只要用心去找，总可以找到一份过得去的工作吧，比现在的状态要好一点吧？谁知道会有这么难。这样下去，以后的日子怎么过？还有，同学迟早会知道，我脸上怎么挂得住？我再怎么安慰自己，说服自己，各过各的日子，各有各的活法，那也是无赖在无奈中的自欺。我是不是太相信叶能，也太相信自己了？我凭什么就那么执着地认为，这个局面是可以改变的？一个研究生，竟然摆脱不了这样的命运。经历了这几年的漂泊，我知道了世事的艰难，可艰难还是超出了我的想象。

春天的空气中有了一点夏天的气息，迎面吹来的凉风中裹挟着一丝要用心感受才能察觉的温煦。我把右手伸上去，拇指和食指轻轻地摩擦着，体察着空气之中的那一点温润。气流从我指尖穿过，我感受到了时间的移动，思绪飞扬起来。宇宙这么大，地球也只是一粒微尘；岁月这么悠长，一辈子也只是一瞬。微尘之中的一瞬，有什么可忧虑的呢？我这样安慰自己，也知道这种安慰其实是一种虚妄。不管世界多么浩漫，我都只能回到属于自己的那种微渺。这是人生的本质，也是实在没有办法想得开的事情。人只能活得这么拘谨。只要自己还是一个人，就别无选择。

于是，怎么办呢？我是不是走在一条通往黑暗的道路上？是不是应该推翻眼前的一切，重新来过？想到跟叶能去把离婚办了，然后堕胎，我心里惊了一下，一个哆嗦，脖子上就布满了鸡皮疙瘩。马上又想到，重新来过又怎么样，许晶晶还是那个许晶晶，问题还是那些问题，除非自己能完全改变。既然过不了没钱的日子，那么，就放下所有，奔钱而去。这样想着，我脑海中浮上一些身影，李亦明，刘老板，比熊，小沈……自己相信爱情，这难道是一个错误？

我转身往回走，发现远处的微光中有个影子一闪。从动作的状态我知道那是叶能。我装着没有察觉，一路走过去。叶能闪到了树丛后面。我经过的时候，停了一下，用力地咳嗽了几声。正准备无知无觉似的走过去，忽然，连自己也很意外地，笑了起来。我说："几岁了？捉迷藏呢？"他从树后面转出来，有点不好意思地望着我笑。我说："盯梢，这不太好吧？"他搓着手说："我有点担心，怕出什么事。"我说："有什么事？我连这点事都承受不了吗？"他跟在我后面走，好一会儿说："觉得特别对不起你。"我说："对不起我，这不是问题，问题是你是不是对得起自己。"他挠头说："唉唉，我怎么就不能为你，为许晶晶争个面子争口气呢？"我说："我没有什么所谓，要争你为你父母，为你自己争。"他说："有阵子我想着，麓城容不下我，我回老家去办个养鸡场，也许是一条路。正在想的时候，又一次碰到了你，就没想了。"我说："你能养鸡？我看了这么多年，贫下中农能做的事，你就不能做，种地、养猪、开粉馆，他们能做你就不能做。他们一天工作十五个小时，三百六十五天，你行吗？"他说："逼到绝处了，那不行也得行。"我笑了说："还挺自信。"他说："我现在不是每天工作十几个小时吗？"我说："就算你觉得对得起你自己，你对得起送你读大学读研的老爸老妈？还有，"我一只手在腹部飘了一下，"你的儿子？"他双手挠头说："是个问题，是个问题。"我说："挠头是没有用的，把头皮屑全部挠下来也没有用。"他马上把双手放下来，说："那怎么办呢？"又说："太对不起你了。"我说："你自己觉得这个话有意义吗？"

叶能站在那里，双手又去挠头。半天说："那怎么办？"我说："你问我？"他说："我问我自己。"又说："你后悔了吧？"我说："也不能说一点都没有。"他说："看着你心里难受，我心里也很难受。"又说："结婚证才领了几天，如果你那么难受，我们也可以把它退回去。"我说："你说的啊！"他说："是我说的，我不想要你这么难受。"又说："如果你发善心，把孩子生下来交给我带好不好？我一辈子就不结婚了，就做好这一件事。"我说："你自己悬在空中，还能做好这件事？你别害了他吧！你知道现在别人是怎么带孩子的吗？"又说："秦芳家的小七是怎么带的？过几年人家进这个班那个班，你一没时间二没钱，把自己的苦难又推给下一代，你良心不会痛吗？"他说："我拼了命……"我打断他说："拼命有什么用？你这几年每天十几个小时，没拼命吗？"他说："也难怪那么多人不生孩子，不敢生呢。"我说："叶能不同，叶能是勇士。"他又把双手伸上去挠头，见我望着，马上又放下来，说："那怎么办呢？"我说："怎么办？工作啊，继续找啊！"他说："看了这么久，我算是看穿了，没有人帮忙，就别想找个好工作，除非他去考公务员。"我说："所以像我们这样的人，唯一的出路就是优秀，真正优秀的人，是谁也挡不住的。他不需要别人帮忙，别人会钻山打洞来找他。"他连连点头说："我这一辈子，一定要培养出一个优秀的孩子，不然，一辈子的苦都白吃了，黑到头了。"我说："谁到你家来做儿子，那他从娘肚子里钻出来第一天，就被套上枷锁，来承担为你翻身的责任了。这他是不是有点太惨了？"

每天晚上，两个人凑在电脑前面，把所有的相关网站都翻到底，像勤劳的农夫反复挖掘那一块土地。看见稍微顺眼的，就把履历发过去，有了回信就去面试。这样搞了一两个月，没有结果。太差的不想去，稍好一点的轮不上。那么多招聘广告说得天花乱坠，前去了解，根本就不是那么回事。有新的政策出台，有国企背景的单位，优先招收应届毕业生。叶能说："我都快三十岁了，难道再去读一个研究生，把这几年的经历洗白一下，重新成为一个应届生？"

叶能应聘了十几个单位，收入比送外卖高的，没有。叶能说："我送外卖一个月也能捞个八九千，勉强能把眼前的局面应付下，找个工作，收入还来了个腰斩，我要这个工作干什么？好听吗？"我说："图个发展空间不行吗？刚上车哪有那么美？问题是要上车，上车！"他说："那些人上车几年了，有什么发展？一辈子就是个打工仔！"我说："我是个女人，女人除了要生活，还要面子。找个老公是送外卖的，这好听吗？你对你导师说自己这几年在搞物流，你看他嘴角是怎么微笑的！"他说："下次可不敢再到导师那里去了，应该是有同学告诉他了。"我说："没有硬如钻石的本事，想有一个过得去的岗位，没有人帮忙是不行的。父母帮不上，就亏了一大截。还有亲戚朋友能帮上吗？同学呢？师兄师弟呢？我想来想去，你最终还是要找胡教授。"他说："我不找，让导师难堪，我没有那么坚强的心。"我说："我们这次也不上门，上门就有逼宫的意味了，你打个电话吧！"他说："打电话就不是逼宫吗？我脸皮只有一寸厚，没有一尺！"我说："活该你只能送外卖，活该我跟着吃一辈子苦，活该你儿子也跟着……"叶能抱着头，蹲了下去，头向地面垂着，一动不动。我去扯他，扯不起来。我说："现实如此坚强，你要死狗是没有任何意义的，改变不了任何什么。"他站起来，可怜地望着我。我心软了下来，唉，算了吧，别逼他。这个感觉刚浮上来，我马上意识到，这是一个危险的信号。一个人，他可怜自己，事情就停在那里了。可是，生活在压迫，不能停，不能停啊！我把手机掏出来，翻到胡教授的号码，递给他说："打！"他后退一步，哀求地望着我。我说："打！"他不接。我说："我拨号了！"食指一点，就拨了号。他跨过来想抢手机，我一只手伸出去拦着，他就停了下来。手机拨通了，我递给他，他不接。我说："胡教授好，我是叶能的妻子呢，他不好意思给您打电话。"就把在外面找工作的情况如实说了。胡教授说："别的事情找我，我肯定没问题，工作的事……"我说："那明年您招不招博士呢？让叶能试一下吧！"叶能在旁边急得跳脚，双手拼命往下压，一次又一次，示意我停止。我严肃地望着他，一只手伸出去把他拦开。胡教授说："这个

387

事嘛，找工作的事嘛，我再想一下吧！"

我放下电话，叶能说："你怎么能让我的导师为这么大的难呢？"我说："我又没有捏一个难给他，你的难是有这么大，我们自己又解决不了，那有什么办法呢？"他连连叹气，说："这是我的导师呢。"我说："正因为是你的导师，所以才求他帮忙。没人帮忙行吗？不行。这你是知道的。你还有别人帮忙吗？没有。这你也是知道的。现在的局面，就像一盘围棋，我们只有你导师这一口气了。不从这里冲出去，就是一盘死棋了。为难的确是为难，天下的好事，哪有不为难的？红军长征两万五千里，不为难吗？那也冲出去了，把天下都打出来了。"他说："我不说了，我说不过你。"我说："你不是说不过我，你是说不过现实。"

过了几天，叶能接到了胡教授的电话，说自己的师弟新办了一家公司，专门做小金属的，要叶能去面试一下。又问叶能这几年有什么成果没有？叶能说，还是读研的时候发的那篇文章。胡教授顿了一下说，还是去试试吧！

挂了电话叶能说："不知道人家会看得上我不？"我说："你穿着送外卖的这身衣服，别人肯定看不上，是我我也看不上。"就把那天去见胡教授临时买的夹克西裤找出来，将开水倒在瓷杯里，把衣裤熨平。我说："你是去见老板呢，你千万不要想着自己是去见师叔。见老板认个一不怕苦二不怕死的死理就行了，不用耍什么小聪明，人家不傻，知道问那些常规性的问题，你都是有准备的。还不如就认这条死理。"叶能说："忙了这两三年，把最基本的东西都忘记了。"把以前的书翻出来，读了半夜，说："找回一点感觉了。"

第二天叶能回来，很兴奋的神情，说："录取了，录取了！"有点手舞足蹈。我说："中了！中了！咦，怎么还没发痰症？"又说："我总算可以对别人说，自己老公是个搞技术的了。"他说："工资比现在高不了多少，但是会交五险一金。"我说："那是国家政策，你以为是老板发善心呢？国家才是你真正的保护神。"他说："公司现在才三十多个人，三年之内要发展到五百人，欧老板说的。公司发展起来了，我们就是公司元老，会有股份，欧老板说的。不要看现在收入多少，要看长远发展，欧老板说的。"我说："为了提高效率，放屁就不要脱裤子了，欧老板说的。"他说："人家还是博士呢。"又说："到那天真的赚了那么多钱，怎么办呢？"我说："怎么办呢？第一不能自杀，第二不能愁得睡不着。"他说："我觉得搞几年赚个一千万，不是那么难的事。"我受了他的感染，也有了一点小激动，说："真的有那么好吗？"马上摇摇头，说："真的有那么好吗？洗洗睡吧，梦里想什么就有什么。"

73

想吃牛肉，口袋里只有六毛土豆钱。

房贷，车贷，车位贷，装修贷，活着就是为了还贷。

房贷我已经还了快有两年。房住不炒，房地产不景气，我每个月的收入除了还房贷，就只剩最基本的生活费，这个没有色彩的日子看不到头。

叶能上班有点远，买了一辆本田飞度，首付才两万多。去提车的时候，叶能说："有点小。看我在公司搞几年能分点股份不？以后还是要买一辆能跷二郎腿的车。"有了车就要有车位，公司对员工有优惠，可以省五六千块钱。不买车位，车就得停在外面，每天像小偷一样跟交警斗智斗勇。斗了一个多月，吃了两张罚单，罚掉四百块钱，叶能叫肉痛叫了几天，心一横贷款把车位买了。

孩子要来了，我那个房子挤着能用，得马上装修，装修了还要放几个月跑气。这钱得花，刻不容缓。我们搬到叶能原来住的那间小房子，准备去待几个月。说是房子，其实就是一楼的杂物间。我走进这半明半暗的房间，叶能说："换拖鞋！"我低头看了一下，说："你这地上比我鞋底干净？看把我的鞋底搞脏了！"我抬脚看了看鞋底，"我还没说要你先拖了地呢！"墙上有渍印，又起皮了。本来想去租一间像样点的房子，算来算去，硬是没有那一千多块钱，就只好省了。也不是想省，而是没有。他说："今天你第一次来，我去买根排骨给你营养一下吧！"又说："不记得是去年还是前年，我送外卖在别人家闻到了排骨香，下决心花三十多块钱买了一根回来，一个人炖着吃了。"我说："你下这个决心，真的有勇气呢。今天是两个人，你买一根排骨给谁吃呢？"他说："当然是你吃，我喝口汤就很舒服了。"

叶能送外卖两三年，存了十万块钱，五万彩礼给我妈了，还有五万准备去交装修贷的首付。这个节省到极限的人，什么东西只要跟房子有关，他还是舍得的。交钱之前他说："你不会跟我离婚吧？"我说："怎么刚结婚就说离婚？"他说："房子是你的，哪天办离婚了，装修能算钱吗？"我笑了说："你这么一个大老粗，怎么碰到钱就变成细心的人了？窗前的大树看不见，看见了树顶的叶子上粘着一片鸟毛。"他说："我妈提醒我的。"我说："你妈是个女英雄。"跷起右手拇指夸赞，"她这么精明，为什么不把你的事情安排好？"他说："她吃了没有文化的亏。"我说："你这么担心，明天去把你的名字加在房产证上吧，让你妈能够睡个安稳觉。"他有点不好意思，说："那还是算了，算了。"我说："为什么要算了？你的钱没有变成砖头，贴在墙上了，那也是你的钱。"

第二天我扯他去市政大厅加名字，他不肯去，说："我还是相信你的。"我扯着他不松手，他急了说："我相信你还不行吗？我不相信你，我就不会跟你结婚了。"我说："你相信没有用，你妈不相信，那也是没有用的。"他坐在床上，抱着被子不松手。我说："别耍无赖行不行？"他说："我真的是相信你的。"四下张望，似乎想找一个什么东西来做证明。我拖不动他，说："为了让你妈安心睡觉，你那几万块钱去交车位贷的首付好了，装修的首付，我去找我妹借。"他想了想，说："这个可以。"我说："这个当然可以，真有那么一天，车位你可以卖了。"他委屈地说："我真的没有这么想。"我说："你妈想了就是你想了。"

刚搬进杂物间，我发现床是塌陷的，两个人睡着睡着就往中间滚。半夜醒来我说："明天打电话给房东，要他买一张新床。"又说："你这两三年是怎么睡的？"他说："一个人就没有关系。"我说："这叫生活吗？这叫活着？"想一想自己的房子还有六七个月才能住，就讨论是不是下决心重新租一间房。这结婚了，不能再合租，单租一个小套间，怎么样一个月也要多花一千多。于是两个人躺在黑暗中算账，又算来算去，这一千多块钱硬是拿不出来。叶能说："搬新房还要买家具呢。"我说："买最便宜的！"他说："还要买电视、冰箱呢。"我说："买最便宜的！"他说："还要买奶粉、尿不湿。"我说："买最便宜的……那不行，得买最贵的。"又说："我们吃苦还不是为了他？"叶能说："我们父母一辈子吃苦，就是为了我们，我们一辈子吃苦，是为了他。这样循环下去，还有个完吗？"我说："我们快走到隧道尽头，前面有一点点光了，我们得奋不顾身地走出去！这个循环再循环下去，一辈子对不起任何人啊！"一阵心酸涌上来，我哭了。叶能伸过手来为我擦眼泪，说："不哭，咱们不哭。"鼻子抽抽地也哭了。我扬手给了自己一个耳光，说："你怎么又哭了？你发了誓不哭的！"叶能在黑暗中抓住我的手，说："我们不打自己，打自己痛的是自己，我心痛了。"说着就抽了自己一个耳光，黑暗之中发出一声脆响。我用被子把眼泪擦去，又摸索着帮他把眼泪擦了，说："哭有什么用，听见的只有自己。要努力奋斗才有用。我们不玩这些没用的。"

我打电话给房东，要求换床。她说："这个租金，就是这个条件。要换床可以，租金加五十。"我说："这个条件，怎么住下去呢？总应该有点人道主义吧！我们是人呢！"她说："我不是人？就这点租金，还三年没涨了。这么人道主义的房东，你们拿个放大镜在麓城找找，看有没有第二个？"我被噎得气都提不上来，想马上就搬家。房租交了，合同签了半年，提前搬，押金就没有了。生气没有用，生气就是跟钱过不去。我狠，钱比我更狠。没有办法，只好在公司找了十几本过期的内刊，垫在床中间。叶能说："就凑合过了这半年吧！"我说："人跟人，那不能比。要秦芳凑合一天，她

392

会干吗？我们一凑合，就是半年。半年，你以为是一截很短的日子吗？"叶能说："才半年，一下就过去了，过去了我们就住在自己的房间，睡在自己的床上了，那是一件多么幸福的事情啊！"我说："要是能活一万年，哪怕一千年，半年，说凑合那就凑合吧。可惜一百年都活不了啊！"

　　第一次在杂物间洗澡，是用电热水壶烧了热水拿进那个隔开的小间。身上淋湿了发现没有沐浴液、洗发水，就喊叶能，问在哪里。他说，用里面的洗衣粉就可以了。我穿了衣服出来，说："你平常用洗衣粉洗头吗？"他说："我们男人可以马虎一点。你们不能这么马虎，我忘记了。"又说："我明天去买吧，今天就凑合一下。"我说："我天下最服的就是你，没有之一。"他说："用洗衣粉可以呢，我都用几年了。洗的时候把眼睛闭上就行了。"我说："主要是能省钱吧！"他说："这真的是个省钱的好办法，别人都没有发现。洗衣粉才几块钱一袋，洗发水几十块钱一瓶呢。"我说："天下最聪明的人就是你了，这个好办法应该推广。"又说："那你省吧，我走了。"就去收拾东西。他慌了说："你要到哪里去？这么晚了你要到哪里去？"我说："我去买瓶洗发水，不行吗？"他说："买洗发水带这么多东西干什么？"我说："我回自己家住几天不行吗？"他说："房子在装修，你怎么住？"我说："我到秦芳那里去住两天。"他扯着我的胳膊说："求求求求求你！是我太马虎了，没有想到这些小问题！"我说："大坝有蚁穴，只要还没垮，你看着都是小问题。你的小问题有点多，太多了。洗脸毛巾都三个洞了。"他说："我知道了，知道了！以前我对自己一个人马虎是可以的，现在两个人了，马虎你是不行的，坚决不行！"又松开我的胳膊，挠着头说："说来说去，都是钱在作怪！"我说："我从小是苦惯了的，我不怕苦，怕苦我也不会找你。可再怎么苦，也不能苦到用洗衣粉洗头洗澡吧！你就不怕说出去，成为今古奇观？"他说："哎呀哎呀，我真的觉得没什么，都几年了，也没什么。这是对我自己，"他在胸口捶了几下，"你来了，那什么都不一样了。我改邪归正，求求求求求求求你，给我一个改邪归正的机会吧！"我说："狗它……一个人最难改的就是他的习惯了。你要那些有公主命的人改了公主病，那可能吗？那也不可能！"他一个指头指着天花板，说："为了你我什么都能改，你看我表现吧！看我表现！看我现在就去买洗发水！"却坐着不动。我说："你怎么不去？"他说："我怕你跑了，那就要了我的命了。我们一起去吧！"我说："我不跑，你去吧！"

我坐在床上发呆。怎么办？难道就这样一走了之？唉，真不知如何是好。一抬头看见窗户上有个人脸在朝里面看，惊叫了一声。叶能进来说："是我，是我！"我说："东西呢！"他说："我还没去呢，我先看看你的动向。"我说："我说了不跑就不跑！"他说："那我真的去了。"

我躺下来，双手抱着头，忽然想到，自己算什么？太阳比地球大一百多万倍，还有比太阳大一百多万倍的天体，太阳算什么？地球算什么？自己算什么？地球围绕太阳转了几十亿年了，还会转几十亿年，自己算什么？我不知道自己为什么会想这些奇怪的问题。自己不算什么，可是，一瓶洗发水，就硬是一个绕不过去的问题。冥冥之中，我想象着太阳围绕着银河系的中心转动，地球围绕着太阳转动，沉静而坚定地转动。在地球的某一个角落，我，这个叫许晶晶的人，正在眺望，远处的仙山在云雾之中显现出隐约的轮廓，在云雾消散的瞬间，山后的太阳喷射出万道金光，远山忽然清晰起来。当我想看得更加清楚，云雾又回来了，山的身影模糊了。我等待阳光再次显现，突然，像有一只巨掌拉下了夜幕，山隐匿了，云雾也不见了，诗和远方，都邈远了。

有人敲门，叶能捧着洗发水和沐浴露回来了。

74

这天上午我去售楼部上班，刚进门就接到一个电话，是令总打来的，要我去公司总部一趟。总经理给一个售楼员打电话，这事有点异样。我问："是下班了去吗？"他说："现在就过来。"我说："那我去向白经理请个假。"他说："就说是我说的。"我马上给叶能打了电话，要他开车送我去。

一年前见了令总，就再没见过。中秋节我给他发了微信，他也没回。他没回信我没有什么意见。他是谁？我是谁？一只燕雀想与鸿鹄为伍，那可能吗？我给他发信息，也有点提醒他不要忘记我的意思。有了这点小意思，没有收到回信还是有点遗憾。我一个售楼的，又能有什么前途？最大的前景，就是能去公司总部坐一个稳定点的位置。这是最高理想，也是事业的天花板。最高理想不是那么容易实现的。我不敢想。有种种传言说，因为公司是国有企业，很多有点背景的人都想把自己的人塞进来。一个人位置稍好一点，不用说，那肯定是有背景的。有些人的背景还大得不可思议，比如说，省发改委副主任的侄女。这些人报个到，混几天，再也看不到人影，公司也没奈何。据说公司养了十几个这样的人，几届领导刚上台都想解决这个问题，可说着说着就没有下文了。

我去了办公室，白经理正在擦桌子。我说："经理亲自搞卫生啊！以后我来做这些吧，反正早上没有什么客人。"说这个话我本来是真心的，说出来又觉得有点假，像一个商贩把上好的水果降价出售，顾客会怀疑，是不是有什么问题？她说："你？"望我一眼，"有这份心意我就谢谢你了。"我说："上午我想请一下假。"白经理停下手中的事，一只手还搁在抹布上，考察地望我一眼，似乎是明白了我刚才那些话的目的。她说："我说你今天怎么表现这么好呢！"马上又说："那不行，上午才五个人上班。如果多来几个客户，难道要我也冲上去吗？"我说："总部叫我过去一趟。"她又考察地望我一眼说："总部叫你去，为什么不走程序？程序！你让总部给我打个电话吧！"忽然又想起了什么，说："总部谁？是谁叫你去？"我说："是令总通知我的。"她愣了一下说："我想起来了，想起来了！你是认识他的！他找你什么事？"我说："应该是了解一下什么情况吧！"她说："了解情况！那你得抓住机会，把这里的情况好好汇报一下。这一年来，我们基层实在是太难了，太难了！指标定这么高，完不成那是大环境影响，公司也知道，大环境。压力太大了，我都不想待在这个位置上了。也不是不想待，守土有责，是吧？得守着，这是必须的。"我说："那我去了。我老公还在门口等我呢。"她说："不在乎这几分钟，我们商量一下，你的汇报提纲包括哪几个方面。"她坐下来，边说边写，"第一……"一共写了五条，把字条递给我说："说这几句话，你在车上看熟一点，不要拿在手里念。几句话还念稿子，别人会说，我们这边太没有人才了。"

快到公司总部的时候，办公室纪主任给我打了个电话，要我在三楼会客室等一下。到了会客室，那里已经有四个人在等。纪主任要我自己去桶装水那边找水喝，伸出两个指头。我也伸出两个指头说："还有两个人？"他说："令总在谈业务，大概还要两个小时。"我就坐在沙发上玩手机，过一会儿纪主任叫一个人去了，一会儿又叫一个人去了。每出去一个人，我的心里就轻松一点。最后只剩下我的时候，我心里不知怎么又紧张起来。到底有什么事？我该怎么应对？我捶了胸口一下，对自己说："跳什么跳！反正不会是什么坏事。本来就在公司底层，还能坏到哪里去？"

快到中午的时候，纪主任叫我进去了。令总站起来招呼我说："小许来了！"我心里一下就轻松了，说："令总有号召，我就飞马向前。我这几年都在响应令总的号召。"他说："我们还是校友呢，我比你高了十几届。"我说："知道。在麓城，师大的校友有点多。"又说："没看见令总在校友群里做过指示。"他说："那是做指示的地方吗？"轻轻拍一下桌子，"这里可能是。"又说："不想去惹麻烦，在群里跟别人混熟了，别人让你帮个忙，你怎么办？不帮吧，别人说你没能力；帮吧，确实是没能力。有些人说一些不三不四的话，你去怼他吧，伤了校友的感情；不怼吧，又没尽到责任。我这也是个政府官员呢。"我说："我一辈子最大的理想，就是成为政府的人。我家里的意思，只有当上政府的人，那才叫找到了工作。我现在的工作，在老爸眼中，那不叫工作，叫打工。"又说："本来也是打工。"令总说："现在有个机会，我想把你调到公司总部来，到市场营销部做品牌推广。"我说："那太好了！我都想了几年了，觉得这是天蝴蝶才能采到的蜜，跟我有什么关系？只能放在心里想想。"又说："有编制吗？"令总说："编制是有的，当然跟我们这种公务编制还是有点不同，不能说就进了保险箱。"我说："只要有编制，管它什么编制。再说我家里也搞不清编制甲和编制乙有什么不同。"

令总笑了说："我看小许能把这个工作搞好。"我说："大学时学过品牌学。"令总说："那不够的！"又说："你知道我们公司，再怎么样也是个地方国营，当不上公务员的一群人，想钻进来的太多了。公司有那么一堆人，那是寄生虫呢。前任留下来的问题，我想解决，发现比撼山还难。都有背景。"我说："我也有背景。我表妹老公的表妹的老公的表妹的老公，在省政府后街卖烤红薯。"他笑了说："我觉得你能把这份工作做好。"

我心里有点激动，经过了这么多年，终于捞到了这样一个岗位。我说："我也觉得自己能把这份工作做好。我会尽快适应这个岗位，可能要一点点时间。"他说："你是重点大学毕业，在一线做了几年，又是销冠。这几点缺一不可，不然这个位置也轮不到你，我想推你也得有个理由吧！别小看这个位置，想的人太多了。昨天下午的会上，有四个人被提出来讨论，就你是一个没有背景的。竞争很激烈啊，谁谁谁的什么关系，都是直说。按说你是第一个要出局的。"我说："没有人撑着，我把工作做成一朵花，那也轮不到我。如果我有什么背景，那也是烤红薯的背景。要感谢令总。"又说："令总可能为了我得罪什么人了。"令总说："这个我都承受不起，我还能坐在这张椅子上？我把你对公司忠诚度的事一说，大家都不说话了。昨天还没定下，今天早上跟他们通了气，才定下来。他们推荐的人，只能等下次了。"

有人敲门，纪主任把门开一条缝，露出半张脸，提醒令总，中午还有一个要接待。纪主任关上门去了，令总说："不自由。在市发改委安心当个处长就好了。想着出来能独当一面，就到金帆来了。一不小心，就把养活一两千人的担子挑在肩上，现在后悔也来不及了。当年的同事说，出去了还想回来？回不去了。要养活一两千人，还要保值增值。天啊！大环境好，这副重担说挑也就挑了，反正要有人挑的，像现在的大环境，能把人压垮。天呢！"摇几下头，我觉得他有点可怜，说："可惜我是一只蚂蚁，挑不了几两。哪怕我是一只羊，那我也得帮令总挑几斤十几斤！"他说："市场营销搞得好，多推出几套房，大家的工资有着落，我心里也轻松点。公司总要有几个能担得起几斤几两的人。都斜着个肩，担子推给谁去？都想把歪瓜裂枣往里面塞，担子推给谁去？"我觉得有点对不起令总，自己占了个岗位，却挑不起几斤几两。令总说："竞争对手都是996，我们轻轻松松能吃上饭？还有人到市里去投诉，不该让他加班。"我说："几年了，今天才知道公司不容易，以前只知道抱怨每个月打到卡上的钱太少了。"令总说："那次你给新来的员工介绍经验，我听了一半，有事走了。不错的。以后这样的机会很多，升级为讲课后要求更高，那是对你的挑战。"我说："讲课我是不怕的。我虽然只是个售楼的，提升自己却没有停过，有关的书都看了几十本。"他说："所以你才有了今天的机会。"我说："看的书再多，没有人理睬，那也是埋在土里了。想不到今天吸到了水分，会发芽了。"我想着是不是要把怀孕的事说出来，刚过来就生孩子，有点对不起令总的关照。犹豫了一下，没说。出来的时候，心中有一点不安，觉得自己是一个不诚实的人。

75

尽管每天十个小时的工作让我疲倦，尽管每个月被各种还贷压得直喘粗气，尽管这种艰难的日子看不到尽头，但是，毕竟，生活的架子还是搭建起来了，在麓城搭建起来了。在麓城呢。

每天，我搭乘地铁去公司上班。地铁中的人们都在玩手机，我也玩手机。这是每天难得的一点松弛的时间。晚上返回的路上，还有这样的幸福的片刻。回到那个小杂物间，洗洗就想睡了。精神好一点，跟叶能讲几句话，交流一下当天的信息，再看一会儿书。我规定了自己每天至少要看一个小时的书，这是我工作的需要，我得有点进步。虽然混着过也能过，但我要求自己得有一点进步。靠在床头我多么想看一会儿手机，手机中能引诱我的东西太多了。我用自我折磨的毅力抗拒这种诱惑。我总得有一点进步，这是手机中找不到的。多少次我捧着书被瞌睡虫打败了，朦胧中感到叶能在叫我脱衣服。我挣扎着想坐起来把书看下去，还没有完成目标呢。这种挣扎，就像新娘上轿之前的反抗，都以失败告终。

书中有渺小的希望，现在的这一点点渺小的进步，那大半也是读书读来的。渺小的希望也是希望，正如蚊子大腿上的肉也是肉。

在地铁上，我有时也会把目光从手机上移开一会儿，看着对面的人的脸，或者身边人的腿，想象着几十年前，他们的妈妈把他们放在蓝色的塑料盆中洗澡，肥皂泡浮上来，然后一个一个破灭；又想着几十年后，他们颤巍巍地拄着拐杖去医院看病，脚下的枯叶被踩着发出轻微的脆响。都是过程，都是瞬间，都会过去，都如梦幻，最后，曾来过这个世界的一切痕迹，都会消失，无影无踪。只有当自己真实地面对，才能体会到这过程中每一个瞬间真实的沉重。车厢发出有节奏的轰响，把时间切成无数的碎片，让我感到了虚幻的真实和真实的虚幻。

在以前，没有男朋友，每过去一个月，心里就像被牙签扎了一下，扎几下又几下，一年就过了。一年可不敢说没有什么关系！太阳有几十亿年的生命，可我，许晶晶，只有几十年呢。现在，结婚了，对时间的流逝已经没有那么敏感。岁月反正要过去的，青春反正要过去的，挡也挡不住，躲也躲不过，而且，也不是我一个人在被渐渐淹没，时间之中，有着公平和公正，然后，绝对的公平就到来了。现在每过去一个月，心中都有了一点松弛，离还完各种贷款，又近了一点。虽然，这是一场马拉松，但毕竟又跑出了一步。

这天我在公司总部的电梯上遇到了令总。他注意到了我微微隆起的腹部，就投过来一个询问的眼光。我刚想着怎么回答才好，他说："还好吗？"我说："还好。"我有点愧疚，他把我调来总部是来工作的，是寄予了希望的，我却处于这种状态。特别是，两个月前，他找我谈话时，我没有把这件事说出来，有点欺瞒的意味，至少是不够诚信吧。我又想着该怎么解释才好，他说："还好就好。"这时电梯到了三楼，他在出电梯的时候，回过头来说："没关系，"

摇摇手，"没关系。"电梯门关上，我感到了难堪。"没关系"，也就是说，这个事还算是个事，只是"没关系"而已。令总是个多么明白的人，你在想什么，他都知道；又是个善解人意的人，一句话减轻了我的压力。本来这件事，我想过好多次，该怎么给令总一个交代，想来想去，真不好怎么说，也找不到机会说，就一天天拖了下来。现在他知道了，我就算交代了。约时不如撞时，这样撞上算是一种最好的方式吧。我放下了这个心理负担。

新生命要诞生，这对一个小家庭来说，是开天辟地的大事。房子装修精力顾不上，包给了装修公司，最简单的格局，三个月完成。孩子生下来，总不能在这个杂物间带吧。房子装完了，还要跑跑气，怎么也得放几个月。掐指算来算去，时间怎么也套不上，临时加了钱，把刷墙的涂料升级为环保型的，又去了几千块。不然另外去租几个月房子，这笔钱也是要花的。换新手机、买新衣的计划全放下了。我说："这日子过得，像什么日子？一个钢镚都要拿斧头劈开来用，外卖都吃不起。"叶能说："没想到这才半年呢，我在麓城有老婆有房子了，孩子也快有了，工作也有了，我天天吃酱油拌饭，那我也没半点怨言，我的心里是满的。"我说："你只要有油炒饭吃，就是共产主义了，土豆烧牛肉，那是什么主义？"他说："要是油炒饭还能打个鸡蛋，放一勺剁辣椒，我一辈子没有别的想法了。"我说："是不是我也陪着你天天吃蛋炒饭，伙食费先拦腰砍一刀，再在膝盖那里砍一刀？"他说："你不行呢，你还有孩子呢，你每天还得吃一个苹果，一杯牛奶，一个鸡蛋。"我说："怪不得有些女孩不结婚，怕结婚拉低了生活质量。吃个苹果鸡蛋还要想想，我以前是没想过的，现在要想一想了。"他说："那是她们太自私了。"又说："抱着自己的孩子，那是什么滋味？这就是生活品质的最大提高，一个女孩连这点道理都不懂，我看她是神经搭错线了。"他这个话我是同意的，但还是说："我觉得我们女生有自私的权利。"他说："有权利，但很可怕。"我说："可怕不可怕那是男人的感觉，我们没有必要那么在乎男人的感觉。"他连连摇头，晃动身子装着发抖的样子，说："太可怕。幸亏你不是那样的人。"我说："所以我觉得自己有点傻。"

过几个月房子装修完了，我们找了一些柚子皮、木炭放在房间里，据说能够吸甲醛。我说："最简单的家具还是要买几件呢，总不能睡在地上吧？电脑总不能老是放在床上用吧？"他说："麓城这么湿热，空调还是要买一台。"我说："抽油烟机也是不能省的。"他说："还有电视机。"我说："还有桌子。"两个人凑来凑去，凑出来一大堆东西，算了算，得四五万块钱。"他望了我一眼，我望了他一眼，都不作声。我知道他还有两三万块钱，等着他自己说拿出来。谁知他不说，好像没有这回事似的。过了两天，我实在忍不住了，说："家具要买了呢，买回来得放几个月跑气呢。"他说："是的。"我说："不跑气对孩子不好呢。"他说："是的。"我说："是的是的，是的有什么用，是的就得尽快买啊！"他说："是的。"我想，你装傻，那我也装傻吧！又忍了两天，见他没动静，我想，比心硬是吧，心硬的就是最后的赢家。也装着若无其事，实在忍不住了，说："叶能，你那三万多块钱还是拿出来买了家具吧！"他有点畏缩地说："留着生孩子的呢。"又说："你看我家里都六十多岁了，万一有个病痛，让我急得去上吊啊！"我说："我一点存款买了房子，每个月工资还了房贷，还剩几个钱？跟你结婚这么久了，你看我买过一支口红没有？做过一次头发没有？"他说："我一点存款给了彩礼，每个月工资还了车贷、装修贷、车位贷，还剩几个钱？这几个月，我吃过水果没有？"又说："你看我什么时候舍得吃一份快餐？每天中午别人都去楼下吃套餐，至少也是一碗十几块钱的粉，我天天就是蛋炒饭、蛋炒饭，在微波炉中一热，吃了。我开始都有点不好意思，说自己就喜欢蛋炒饭，后来别人看习惯了，我也习惯了。我就是穷，怎么样，碍着谁了吗？犯法了吗？"

我想着有的女孩，看着对面那个男人，心里再怎么别扭，只要有钱，也接受了。以前觉得不可思议，现在对她们有了一点理解。她们不是林黛玉，我也不是，我们都没有那么聪慧而高贵。即使聪慧高贵如林黛玉，也不得不接受自己不喜欢的事情。我说："一个男人穷，他肯定没碍着别人谁，但他肯定碍着了他的家人。还那么理直气壮，就有点太那个了吧！"叶能的头一下就低下去，说："对不起。"我有点愧疚，一个女人，不能这样去说自己的男人，他伤不起。我也想做一个非常淡定、从容、优雅的女人，可是，我没有资格啊！我说："你想得太多了。"他说："我真的是这样想的呢。"又说："要不从明天起，我带油炒饭去公司，就不打那个鸡蛋了吧。"我说："一个鸡蛋，你省十年，也省不来一台空调，身体倒垮掉了。"他说："那我到哪里去找份兼职吧！"我说："你996，还有路上一个多小时，已经到极限了，你还去兼职？"他说："要是师叔给加点工资就好了，分点股份，又上了市，就彻底解决问题了。上市那天，我要买两只土鸡炖了，你一只，我一只。"舌头在嘴唇上打了个圈，"你一只，我一只。"我说："我现在关心的不是土鸡，是家具。"他又不说话了。我想，跟我比心硬？冲动着想收拾几件衣服就出门，心一下子软了下来。他也是个可怜的人，我不能把他往死里逼。我说："那我去跟盈盈借两万吧，上次买房借了五万还没还呢。"他说："你老妈那里，彩礼……还在那里呢。"我说："你的记性真的太好了。"又说："我还是跟盈盈借吧，实在不行了，我跟秦芳借去，我不像你，我还有几个朋友。一个人，他太抠抠抠了，他就没有朋友。总不能每次要朋友请吃吧。他回避社交，他哪里来的朋友？"

　　周末去看家具，看了四个市场。有一家卖高档家具，刚进门看到一套实木沙发一万多，我捂着胸口说："吓死宝宝了！"就出来了。出了门我说："我们俩一个月的工资，才能买一套沙发，怎么活？"叶能说："我们一个月的工资就能买套实木沙发了，已经可以了。那些收入还要拦腰砍一刀的人，卖家具的营业员，那也得活啊！我们读了个大学，还是有点用的。"中午打算去旁边的小餐馆吃个快餐，想想要三十几块钱，又能买一根排骨，就改了计划，买了五个包子吃了，十块钱。反复比较了一整天，叶能还要去看第五家，我说："我走不动了。"就回到第一家，买了十几样家具。每买一样，叶能就把鼻子凑上去闻，用力吸气，问营业员："环保吗？我老婆要生崽了，你们要负责啊！"我说："总是问一些废话！她会说不环保吗？"他讨价还价也很有耐心，总是还价到最后五块钱，不行就威胁着要去另一家。每次威胁成功，就说："包子钱赚回来了。"家具买好了，老板说："这么一大堆，要两车才能运过去。"要两百块钱。叶能又杀下来三十块钱，说："一根排骨又有了。"结果装车的时候，一车就装完了。路上在等红灯时看着跟在后面的车，叶能说："等会儿我要把那辆车的钱要回来呢，搞诈骗？"家具卸下来，叶能对司机说："应该退一辆车的钱给我们。"司机说："你去找老板，我又没收你的钱。"叶能拦在车头不让走，我也帮他拦着，说："这真的是活生生的诈骗！"搞装修的工人下楼搬家具，开始说好了一百块钱的。司机说："这么多家具，搬上十二楼，起码要两千块钱。"叶能说："关你什么事？我们有电梯，几楼都一样。"司机说："没有两千块钱，我是不会搬的。"装修工人停下来望着我们。司机跳上车，把发动机踩得轰轰响，叶能不动。突然，车子往前冲了一下，我马上拉了叶能一把，叶能让了让，车就开走了。叶能弯腰去找石头想打车，等他捡起石头，车已经开远了。叶能冲着远去的车喊："诈骗，诈骗！"做了个扔石头的动作。装修的头说："都有人说了，这么多家具，要加钱呢！"叶能不肯，说："已经碰到了一个诈骗犯，你们就别凑热闹了吧！"讨价还价好一会儿，加了五十块钱。叶能说："怎么到处都是诈骗犯？气死了！"我说："几十块钱，算了，不值得生气，随便省省就出来了。"叶能说："那下次出去，我们吃馒头！"

76

　　我所在部门是做楼盘推广的，现在大环境不好，公司很艰难，推广费用减少了，工作也不多。公司还有个公众号，交给我打理了，每星期出两期，每期六七篇。公司总部的新闻、短评，都由我来写，然后每个楼盘，在售的已售的，都有一两个通讯员，我天天跟她们联系，催促她们把稿子发过来。另外一个重要的工作就是维稳。我进来前不久，一个楼盘的第四期降价了，第三期的业主就扯横幅要求退房，把售楼部的沙盘都砸了。售楼部的经理要报警，令总没有同意。平息这些纠纷，也是我们的主要工作。

这天上午，银帆小区的物业打电话给肖部长，说小区一业主家的石膏板掉下来了，差点砸到人。业主要求赔偿三万块钱，否则就要找媒体曝光。这是七年前卖出去的精装房，早就过保修期了。肖部长说："责任肯定是没有的，三年保修期，现在都七年了，谁还能保他一万年？只是闹起来也不好。"就开车带我去看了。石膏板砸在枕头上，还没有收拾。肖部长想上去收一下，被业主阻挡了，说要保护现场。肖部长眼神不那么好，我看出来墙沿似乎有一点水渍，就脱了鞋踩在床上查看，的确是有水渍，摸一摸却是干的。我用手机拍了照，给肖部长看了。肖部长对业主唐先生说："可能是有点渗水，洗地板渗下来的，你可以跟楼上沟通一下。"唐先生马上说："我跟楼上沟通？你以为世界上的事是那么好沟通的吗？"肖部长说："装修房屋保修期三年，现在都七年了。"唐先生说："渗水那也是你们的责任。"肖部长说："应该是他们搞装修动作大了一点，震出细缝来了。"唐先生再一次说要找媒体曝光，又说："渗水那也是你们的责任。"唐先生说："赔三万块钱是一分钱都不能少的。一个还活着的我找你们赔三万块钱，你不觉得你们太幸运了吗？"

回到公司，肖部长把事情向分管我们的徐总讲了。徐总说："下午拿到会上讨论一下。"下午三点，唐先生打电话到我手机上，问到底准备怎么办。等到下班，他就要打电话给媒体了，现场的照片也准备好了。我向肖部长报告了，肖部长马上打电话给徐总。放下电话他说："公司领导在开会，徐总说提前讨论一下。"过了十分钟，徐总就回了电话。肖部长说："公司的意见，钱肯定是不能赔的，开了这个头，以后要钱的事滚滚而来，就无法收尾了。可以帮业主重新做一下。"又说："我晚上请业主吃个饭，谁陪我去？"今天是周五，我想早点回去，就没作声。另外几个女孩也不作声。肖部长又问了一句，有个叫小湘的女孩说："我们几个约好了，今天晚上去洞泽吃螃蟹，都订好餐了。"洞泽离麓城一百多公里，开车跑那么远去吃螃蟹，她们的想法跟我有点不同。我说："那我陪部长去吧。"我给唐先生打电话，唐先生不肯吃饭，说："我才不赴你们的鸿门宴呢。"就约好五点在他家见面。

在路上我说："小湘小凡她们几个跑一百多公里去湖区吃螃蟹，这真的是脑洞大开啊！"肖部长说："上半年还开车去贵州吃黑山羊呢。那边的黑山羊，确实是好吃些。"我说："享不起这样的口福。"他说："家里有钱，不折腾那不烧得慌？作呗。"

到了唐先生家，现场还是上午的样子。我说："我先帮你收拾一下吧！"唐先生说："别动，准备留给记者拍照的。明天就会在网络上曝光了。"肖部长说："房地产公司，哪家不经常被曝出一点事来？"唐先生说："今天晚上我肯定要上床睡觉吧？睡觉之前肯定要收拾吧？收拾之前肯定要找记者来看现场吧？"

肖部长跟唐先生谈了十几分钟，就谈不下去了。肖部长说："我们这么大的公司，肯定不少这两三万块钱，只是公司的领导不希望开这个先例。银帆小区四千多户，如果以后有人故意把石膏板捅下来，然后过来要三万块钱，说这是有例在先的，你说这个后果我们能承担吗？"唐先生说："那意思是，曝光的后果你们就能承担？你们花几十万几百万做的广告，还不如我手机中这张照片力量大呢。"肖部长说："保修期三年，现在已经七年了。"唐先生说："那你去跟几十万网民解释吧！"又说："七年不七年，我又没说要跟你们打官司，我只是告诉大家，金帆公司是潜在的杀手。"

肖部长把手机掏出来放在桌子上，说："我再跟领导打个电话，你也可以把自己的想法跟我们领导说一下。"就按了扬声键，把事情跟徐总说了。徐总说："下午公司已经决定了的事，难道我现在来推翻？那还要董事会干什么？"肖部长示意要唐先生自己说，唐先生说："你们这个董事，太不懂事了！"肖部长赶紧把电话挂了，说："公司领导决定的事情，你说我能推翻吗？我只是蜂巢里的一只蜜蜂，再怎么哼哼，那也只有那么大的声音，什么都得听蜂王的吧！"唐先生说："跟蜂王哼哼没有用，跟我哼哼就有用了吗？"又说："那就不说了吧！"

出了门，在电梯里，我问肖部长："就这么点事，媒体会来吗？"他说："会来。拿到照片还会打电话给我们，如果能够跟他们合作广告，就摆平了。"我说："我们跟媒体的关系不是很好吗？"他说："总有照顾不到的吧！"又说："这一年多太艰难了，没做什么广告，他们都不高兴了。"我说："事情会闹大吗？"他说："可大可小，难。"又说："就怕兄弟公司推波助澜。"我着急说："那怎么办呢？"他说："公司难办的事情太多了，都熬过去了。领导知道我们的难处，不会那么怪罪的。"

肖部长开车走了。我走到公交站，冷风吹在脸上，我忽然有了一个想法，我得上去再跟唐先生谈一谈！我敲开门，唐先生说："我正准备给媒体打电话呢，你怎么又来了？"我说："我这次来不代表公司，我代表我自己。"他说："我一个人在家，男人，你真的那么放心吗？你胆子有点肥啊！"我说："我在社会上混了几年，我就那么不会看人吗？"他说："谢谢你的信任，喝杯茶吧！"他端了茶来，我吹了几下，就喝了两口。他说："你一个女孩，你真的敢喝啊！不怕有迷魂药？"我说："对有些人，没有必要想那么多。"又喝了两口。他说："你怎么这么相信人呢？今天是碰到了我，以后得小心点。什么事情都是可能发生的。"我说："七点钟了，我请你吃个便餐吧！"他同意了。走到街上，我选了一家茶餐厅，说："就在这里吃个套餐吧！"坐下来我说："今天的事情，我还想挽救一下。媒体不曝光，公司还帮你把整个房间用木线板重新做一下，曝光了我们大家都有损失。"他说："损失无所谓，争一口气。"我说："我想了一个方案才来的。我个人出五千块钱，我个人，"我在自己额头上点了一下，"我个人。我们把这件事情了结了，行不行？"他说："不行。"又说："你真的是自己出钱吗？"我说："公司定下来不出钱，那肯定就是不出钱，难道再开会讨论？"他说："我怎么能要你个人的钱呢？"我说："那是你帮我的忙。"又说："墙角的线板，该重做的，公司还是会帮你重做。"他说："你对公司怎么这么好？我都有点不相信。"我说："我大学毕业在社会底层混了三年，进了公司，命运才有了一点点改变，还有一点公积金，还买房了，想都不敢想啊！"说着我就哭了，拿纸巾擦眼泪，说："对不起。"他说："唉，都不容易，太难了。"我把这几年的经历说了一下，说："前两个月公司还把我调到总部来了，我们这种家庭背景的人，想都不敢想的事啊！"他说："那是你自己努力，我可以看出你有多么努力。"我说："好多次我都想躺下来，随水漂，看命运把我推到哪里，就算哪里。躺下来，那是家里有矿的才能那么想，像我这样家庭出来的人，哪有资格？没有资格啊！"他说："我也是一路碰壁撞墙过来的，脸是肿的，一身都是瘀青的，总算过去了。"我说："谁都不容易，太难了。再难也要迈过去吧。实在过不去，那也得挣扎一下，不挣扎怎么对得起将来的自己？"又说："躺下有一万条理由，挣扎只有一条理由，那就是要给将来的自己一个交代，失败了也是一个交代。"

唐先生吃完了，说："我还是不能拿你的钱，五千块钱对你来说太多了。"我说："是有点多，可是我真的想为公司排解一点麻烦。"他说："我不能要你的钱，我的心没有那么硬。"我说："没关系，我跟总经理说一声，说不定他会想办法给我弥补一点。"他说："真的会吗？"我说："不知道。"又说："我刚来不久，我也不懂这边的规矩。"他说："那我还是不能要。"我说："要不这样吧，公司把你所有房间和厅里的石膏板都换成木线板，那也要几千块钱，这个是可以的。"他说："那就这样吧。"

我去前台付账，唐先生抢上来把钱付了。我说："这怎么行？搞反了。"他说："要女孩付钱才是搞反了，你不会让我丢脸回去吧？"出门的时候我说："多少次我都有太充足的理由重新认识这个世界，恨这个世界，但总是有一些人一些事，把我拉回来。今天你又拉了我一把，我心里是很感谢的。"他说："谢谢你给了我这么高的评价，我只是心有点软。"我说："心硬的人有点多，心软也有很强大的力量。"

77

担忧的事情一定会来，仿佛自己的前面有一个隐形的对手。

"我爸爸的那个病，可能还要看那么一看。"这天睡觉之前，叶能这么对我说。我说："看呗。"我随口回答。忽然记起，前两天他对我说过，他爸爸有点不舒服，很长时间了，想打一千块钱回去。当时我说："那就打呗，千省万省，看病还能省吗？"这两天一忙，我把这件事忘了。现在他提起，我说："看了没有？什么病呢？"他说："肾。在当地看不好。"我说："那就……"突然意识到事情没有那么简单，"那就……那就认真看一下吧！"他说："怎么认真呢？"我说："那就，"我意识到了内心的抵触，"那就来麓城看看吧！"他说："那就……这样？"我说："就这样。"又说："这个钱，没有也得花啊！"

我帮叶能爸爸在网上挂了人民医院的号。过了两天，他妈妈陪着他爸来了。来之前叶能说："他们还不知道我住在杂物间呢，再说这里也没有办法住。"我说："你住在这里都几年了，他们不知道？"他说："我跟他们说，我住的是单间。"我说："那你很诚实。"我们在医院附近找了一家私人小旅馆，进去时他妈说："麓城的宾馆就这个样子？"叶能说："离医院近，明天一早就要去看病呢。"进了房间，他妈上下左右地看，我很难堪，说："叶能找的房子还是比较方便的，叶能。"又说："反正只住一晚。"他妈说："既然到了麓城，那我的病是不是也看一看？"叶能马上说："没听说你有什么病啊！"他妈在胸口、肚子和腰上点了七八下说："这里，这里，这里。"我掏出手机给她挂了一个内科的号，她说："是教授号吗？"我说："副教授，教授号挂完了。"他妈说："那后天的呢？"叶能说："后天的也没有。"在我的手机上瞟了一眼，"明天的副教授号也只剩最后一个了。"其实还有七八个，我没作声。他妈说："那就只好让副教授看看了。"又说："副教授看病是不是很便宜？"他爸说："副教授和教授只相差一个字呢。"他妈说："总共三个字，就差了一个字去了，"又瞪了他爸一眼，"就你灵泛点，知道要你崽挂个教授号。"

第二天下班回家，叶能说："把他们送回去了。"我说："情况怎么样？"他说："做了四项检查，大概还是肾吧，医生要他住院，说搞不好会得尿毒症。他怕我花钱，开了药回去了，三千多。"又说："下个月来复查，医生说的。"我说："你妈呢？"他说："血压高，那么胖，不查也知道。基本上每天半夜起来吃油炒饭，怎么会不胖？她是越胖越要吃，越吃越胖。这是没有办法的。"又说："开了点药回去了，一千多。"钱是叶能出的，我没有那么强烈的感觉，但对他把钱那么死捏着有了一点理解。就那么点钱，你不捏死，眨眼就流走了。我没有说话，沉默地坐在床沿，想着别人一定要找父母有退休金的，那是有道理的。事情就摆在这里，你绕得过去吗？叶能见我不说话，在我身边坐下来说："对不起。"我说："看病有什么对不起的？我没这么想。"他说："我应该多赚一点钱。"我说："其实我们的收入也不算最少的，比大多数人还多呢。就是基础太差了，把贷款一还，只剩下一口饭的钱。"他说："主要是看不到头。"我说："装修贷三年就还清了，松一口气，车贷四年，再松一口气，车位贷六年，又松一口气。松了这三口气，只剩下房贷，就好办了。"他说："还要家里没有人生病才行。"我说："到那天，你都快四十岁了。"

过了两天我妈打电话来，说我小舅舅房子盖好了，要请客，她打算送两千块钱。又告诉我，什么时候欠了小舅舅的人情，这其实是还礼。我说："知道了。"她说："知道了，要有一个表示啊！"我说："能不能送一千块钱算了？我每个月还了房贷就没有钱了。"她说："这么大的事，一千块钱，我怎么好意思去吃酒？"我说："他家的事太多了，每年都有几次。"她说："我这个做老姐的，想着你们不容易，几年都没邀春饭了，这次，那是赖不过去的。"我说："你问下盈盈。"她说："前两次是问她的，总是问她，陶雷有想法就不好了。"我说："那我明天把钱打到老爸手机上吧！"她说："那要打到我银行卡上呢。"

叶能在旁边听我打电话，脸色都阴了。我说："能不能支持我两千？"他"嗯"了一声，就没反应了。我望了他一眼："嗯？"他说："看病那实在是没有办法，这吃酒吧……"我说："你干脆说你家的事就是实在没有办法，我家的事吧，那就脸皮一厚，赖过去了，算了。"他说："能不能要你妈从那点彩礼钱里抽一点出来？"我说："你记性倒是有那么好，老是惦记着那点钱。人家都存了定期准备养老的，你抽这个钱，那还不如抽我老妈一个耳光。"

叶能低着头不作声。我知道他还在进行最后的抗争。我说："就算我借你的，好不好？"说出这个"借"字，我眼泪都快掉下来

414

了，"过两个月还给你。"他说："你的钱都被贷款套住了，哪里找钱还？"我心里急剧降温到零度，他这意思，还真是要还了。我说："我来到这个世界上，是天生欠了债来的，还债就是我的历史使命。我有使命感，我自然会做到。"他说："那给你吧，还能真的要你还？"又说："我就是担心生孩子有什么意外，要多准备一点钱。又担心我爸爸的病还要治下去，还担心……担心的事太多了。"

叶能买了两个小收音机，一个播唐诗，一个播英文的《小猪佩奇》，每天晚上督促我放在肚子上轮流播放，说："让小家伙找点语感。"我说："典型的神经。"他说："不能让他输在起跑线上，"在我肚子上点几下，"这里就是起跑线。"拗不过他，就让他放在那里。离预产期还有两个多月，叶能跟我讨论什么时候搬回去。装修完才两个多月，我有点不放心，说："搬肯定是要搬的，不可能在这个杂物间养孩子吧？再去租一套房子也不现实，没那个闲钱。我们坚持到最后的那几天好不好？"叶能又在网上买了两箱木炭，每间房地上垫上报纸，把木炭搁在上面。窗户全部打开。还买了两台电风扇，鼻子贴在墙壁家具上反复嗅，闻哪里有点气味，就用电风扇对着吹。

又过了一个月，我们商量由谁来带孩子的事。我说："我是肚子里有货进公司总部的，刚到总部，再休半年的产假，我本来就不好意思，那就更不好意思了。公众号刚有点起色，令总还表扬了我，交给别人去搞，我也不放心。如果别人上心搞得好，可能就没有我的份了。我最多只能休两个月。"叶能说："你是不是太把公司当回事了？不知道的，还以为你占了股份。"我说："我从来没想到自己这一辈子还能坐办公室，今天居然坐了，跟这个那个什么二代平起平坐了，我肯定要比他们做得好，才对得起那张办公桌吧。"叶能说："你妈来行吗？我跟你妈肯定能和平相处。"我说："我妈在给盈盈带崽，来不了。"他说："陶雷不是钱多吗？要他请人。"我说："你倒是会安排。我妈在那里习惯了，不想动呢。要来也是来半个月一个月。"他说："我妈说她几十年没带过孩子了，忘记怎么带了。"我说："那我自己带吧，我上辈子带过小孩，还有点印象。我都培训过好多次了，在梦里。"他说："说真的呢，是我妈那个人，不是那么好相处，好像一个皇太后似的，什么都要听她的，我怕你受委屈。她想来呢，是我不想让她来。"我说："我受委屈我没关系呢，我什么委屈没受过？心都被委屈撑大了，能容洋纳海，万吨驱逐舰下饺子尽管下。"又说："只要生下来那个姓叶的不受委屈就行了。"他说："那倒不会，她自己的孙，她会看得比自己的命还大。"我说："说来说去，她还是要看人来的。"他说："天下谁不看人来？如果都不看人来，一视同仁，什么理想社会都早就实现了。"

78

儿子满月了，我打算去上班。

本来打算休两三个月再去上班，但公司的事让我很不安心，就决定提前去了。

我做公司的公众号快半年，上下评价都很好。有了这点肯定，我就做得更加认真，跟别人开玩笑说："我是以办《人民日报》的态度来做这个公众号的。"我休产假，公众号不能停，纪主任要我推荐一个人临时做一段，我就推荐了项目上的一个售楼小妹小洪。小洪是基层通讯员，中文系本科毕业的。她会找选题，稿子出得多，质量也不错。开始的两期，文章都一般般，排版也不到位。我产后那几期没看，等我再去看时，发现公众号做得很像那么回事了。这让我有点紧张。人家也很努力，在争取机会。如果上下评价超好，也许我就没有这个机会了。这个机会说起来也不算个什么机会，但是对我这样曾处处碰壁的人来说，这件事就非常重要。我隐约感到了小洪找了人在帮自己，不然怎么可能进步这么快？意识到这一点，我的紧张变成了焦虑，我必须赶快回到自己的岗位上去。万一岗位没有了，退回到售楼部也许不至于，但失落难堪那是逃不脱的。

我给肖部长打了电话，说下个星期就回去上班。肖部长愣了一会儿，说："不会吧，还有几个月呢。"我说："老待在家里，心里空落落的。"他说："不是带孩子吗？"我说："有婆婆帮着带，我没多少事。"他哼哼着不置可否。晚上小洪打电话来了，问孩子是男是女？有没有奶吃？晚上谁带着睡，哭不哭？没有生过病吧？洗澡时要小心着凉。说工作上的事她先这么应付着，叫我安心，不懂了就来请教。

我把小洪从售楼部推荐到公司，说起来她多少也应该有点感谢吧。我生孩子一个多月了，电话没有一个，业务上的事没问过一声，我下午说回去上班，马上就来了这么一大堆关心。越是这样，我就越没有办法安心。这让我更加坚定了马上回去上班的想法，再晚两个月，岗位还是不是我的，就难说了。

第二天小洪搬了一箱水果来看我，进门就说："晶晶姐，我早就想来看你了，一天拖一天，就拖到了今天，我这个拖延症真的要吃药了。"我说："都满月了还有什么好看的？"她说："我真的是来晚了，我为什么到今天才来呢？我太对不起晶晶姐了。"坐下来看孩子，就说他天庭饱满，有福相，说："将来晶晶姐坐在家里，自然会有人上门朝拜。"婆婆给她端了茶过来，她说："见了阿姨就知道这福相是从哪里来的了！"婆婆喜得不停地搓着双掌，说："抱着我家的肉肉宝宝上街，好多人都回头看呢，人见人爱呢！这么好的孩子，怎么就生在了我家呢！"小洪说："姐夫没见过，那肯定也不是一般人，年纪轻轻就买了这么好的房子！"婆婆把双掌搓得飞快，说："那是他自己能干，能干！那年生下来就看得出，能干，能！"小洪说："这么好的孩子，晶晶姐就安心带着，这是天下大事。公司的事我先顶几天，也是晶晶姐给我带来的机会。"婆婆指着我问："她急着去上班吗？"小洪说："我不知道，好像是的呢。"婆婆说："你们公司领导是什么东西？还有没有点良心，孩子刚满月就想把人拖回去上班？那我跟你讲了，你跟你们领导讲清楚，她不会去，这半年都不会去！"小洪连声答应。我说："领导没有叫我去呢，是我自己想去呢！"婆婆说："上班？家里的事甩给我一个人，那不行呢！"

婆婆把小洪送到门口，一再嘱咐她转告领导："晶晶一定要坐足了半年的月子，才能上班。"小洪去了，我说："上不上班我自有考虑，你怎么代我做主，还向领导传达你的指示！"又说："还坐半年的月子呢!"她说:"上班是一件那么好的事情吗？叶能以前在物流公司上班，天天说累，现在在科技公司上班，还是天天说累。"我说:"不上班还要自己交五险一金呢，"把五险一金解释给她听，"两千多一个月，自己交，我到哪里去抢钱来交呢？再不上班，就没钱交房贷了，买奶粉都没钱了，还有车贷、车位贷、装修贷。还能撑几天？你等叶能回来问他。"她说:"你们这点钱都没有？你们两个大学生呢! 我还是个免费保姆呢。"

小洪的到来加深了我的危机感。是不是占着这个位置就不想走了？你不容易，你想得到来公司的机会，我都理解。可是我容易吗？我首先还得理解理解自己吧! 没有办法心软，心软就是给自己挖坑。我一点都不想害人，可也一点都不想跳坑啊! 我又一次给肖部长打电话，说了自己马上就去上班的决定，再不上班就没钱交房贷了。我想，我都说是决定了，他总没话说了吧？谁知他说:"晶晶，你这就不懂政策了。休产假是没有工资，但国家会给生育津贴啊! 这几个月自己交了五险一金，领了生育津贴就补回来了! 你上班了，生育津贴就按月减少，你这几个月的班基本白上。"我说:"那我还是来上班吧!"他说:"你还是要全面考虑一下。"

部长不点头，是不是我这个班还上不成了？我现在变成了一个回去抢位子的人了？公众号我只做了五个月，小洪已经接手快三个月了，再过几个月，她跟基层的联系，跟公司各部的联系就比我还广，根基比我还深了。我口才比她好，好得多，给新员工培训这件事，她不要想跟我比。可人家也很努力啊，公众号做得相当完美了。特别是，人家会来事啊，这才多久，肖部长都这样帮她说话了。人家是怎么来事的，我不知道，反正结果已经摆在这里了。

我忽然想起自己可以给令总打个电话，求得一点支持。毕竟，他才是老大。我想着这个电话什么时候打比较好。他上午下午要上班，中午要休息，晚上怕他家里人不高兴。我这点鸡毛事，放到哪里都是多余的，犹豫了半天，我在下午上班前拨了令总的电话，把事情说了。令总说："你可以休完产假再来上班呢。"我说："我不呢。我现在回去，让小洪离开，心里都觉得很对不起她，到那天人家都做了快半年了，比我的资格都老了，那就更对不起了。"令总说："你那么想回来，我就跟你们肖部长打个招呼。"我说："那就太谢谢令总了。"又说："你看我现在回来都这么麻烦，真的再过三四个月，我再想回到原岗位，就只能靠令总的行政命令了。没有这个命令，我就只能回售楼部了。"我见令总也没有忙的意思，就把上次唐先生的事说了。令总说："你最后到底出了那五千块钱没有？"我说："没出，真的没出。要是出了，我不指望令总补给我，我也得表一下功吧！"令总说："你现在不是表功吗？"我说："都过去几个月了，我想表功还等到今天？"他说："那你为什么不早告诉我呢？"我说："怕肖部长知道了不高兴。"又说："我这次回来，我看他是很不高兴了。"他说："要是公司人人都像你一样去思考问题，公司就不会这么艰难了。"我忽然觉得当总经理也不是一件那么好的事情，我当好自己这个小角色就可以了。我忽然对生活感到了满足。

　　第二天肖部长打电话来，问我是不是真的打算去上班。我说，是真的呢。他说："那我马上安排一下。"下午他又打电话来说："都安排好了，你回来吧。"我疑惑着"安排好了"是什么意思，就问："那小洪呢？"他说："回售楼部去了。"我说："怎么回去了呢?"他说:"那你以为公司那么容易又多一个人?"我心里有点难受,想表达一下,又觉得怎么表达都是虚伪,就没说什么。这个结局对小洪有点残酷,如果不是令总,结局的承受者大概就是我了。这让我有点后怕,又感到了在公司求生存,有个领导的支持是多么重要啊!

79

　　我提前去上班让婆婆非常不满。

　　她来麓城才两个多月。来的那天就认识了小区的一个老乡,马上就成了无话不谈的朋友。老乡带她去跳广场舞,马上就上瘾了。我和叶能晚上推着儿子去散步,就站在那里看她们跳。舞友们都会玩智能手机,婆婆要叶能马上给她买一个。叶能在淘宝看了,说给她买一个一千多的。她马上打电话给老乡,然后告诉叶能,一千多的不行,要两千多的,牌子、规格都定好了。叶能抵抗了几天,被催不过,就按她的要求买了。我说:"你妈要你拿钱,你怎么这么乖?我要你拿点钱,那就是杀你的肉!"他说:"老人家她不懂道理,有什么办法?"我说:"我也不想那么懂道理,懂了你的道理,就是把我自己憋死。我经常被憋得窒息。"他叹气说:"唉,我这个男人,没有做好。"

　　婆婆有了智能手机,天天刷抖音,捧着手机一个人笑得欢。一天十几张自拍，传到舞友群老乡群里。我对叶能说："你妈接受时髦，比我还快呢。"他说："她当年还参加了高考呢，只差两百多分就过线了。"

我去上班，婆婆规定我七点之前要回来带孩子，她七点半要去跳广场舞。我说："一个星期总有一天两天赶不上的。"她说："那怎么办呢？我每天总要有一个出气的时间吧！"说起来吧，我是理解她的，可理解了我还是没有办法。她就去找叶能，叶能说："我这个996是铁打的，公司几十人难道我一个人搞特殊化？那可能不？"婆婆又来找我，我说："叶能做不到的事情，我也做不到啊！"她说："他是男人，要养家糊口的，你们女人的工作搞那么好干什么？还想摘星星？"我说："我不想说，没有办法了我只好说了，我的收入不比叶能少。"她说："那怎么可能？他是男人！"我说："你去问他。"

叶能晚上回来，婆婆问叶能工资的事，当面对质似的。我马上抱着孩子躲到房间去了。不一会儿叶能进来，说："你跟我妈都说了些什么啊！"我说："收入的事我是说了。她想着要我为你让路，为她跳舞让路，反正我也赚不了几个钱。我只能让她知道，这个路我没有办法让，一让家里就垮掉一半了。"他说："你也不给我留点面子。"我说："可能应该让她继续精神胜利吧。"叶能说："她是按照我们清湖老家的情况去想事情的，以为麓城的男人也有那么大的威风。她哪里知道我还没有你威风。"我说："我今天是被逼急了，什么时候我们演个双簧，让她把心理平衡找回来。"

因为这件事，我把婆婆得罪了。她把清湖那一套搬到麓城来，指挥我干这干那。好多次我都想顶回去，你老人家是搞错了年代吧！想想整天都是她在带孩子，这是第一份大功劳。为了她这个功劳，我受点委屈，那就委屈着吧。有一次我加班到九点多钟，在地铁上想着回到家里给孩子喂了奶，洗了澡，哄他睡了，自己洗洗，还有最后一点精力可以看看书，再看看手机，那是多么幸福。回到家发现一堆碗堆在水槽里，心里就很窝火。看见叶能在陪他妈看电视，我说："叶能，我还要给孩子喂奶，那几个碗你洗了吧！"叶能马上站起来，往厨房走，走了两步，又回头去看他妈的脸色。婆婆说："你刚才不是说今天太累了吗？"叶能走到我跟前悄声说："就委屈你洗了今天这一次吧，不然矛盾又没法收拾了。"我说："家里要有个人有彻底的牺牲精神，才没矛盾？"就去把碗洗了。把所有的程序都完成，爬到床上，想挣扎着看会儿手机，跟秦芳发几条信息。刚找到合适的坐姿，还没把积了一天的微信看完，感觉着这个坐姿不对劲，再换了姿势，还是不对。睡意上来了，什么都不对。我只能向睡意屈服，脱了衣想向叶能抱怨几句，还没来得及开口，手机一松，就跌进了梦中。

儿子以吃奶粉为主，我一天只喂两次奶。早上一次，下班回来一次。这点喂奶的时间，都是打仗一样抢出来的。渐渐地我发现儿子不吃奶了，奶头塞给他，吸一口，就吐了出来。我没太在意，实在不吃，就吃奶粉吧。奶粉都是婆婆冲好的，看着儿子一大瓶吸了进去，就觉得很安心。有一次我冲了奶粉给儿子喝，他吸了一口，就把奶嘴吐了出来。我往他嘴里塞了几次，每次吸一口，就吐出来，拼命地哭。我把他抱进房间，解开衣服喂奶，还是不吃。婆婆拿了奶瓶进来说："可能是奶粉冲得太淡了。我加了点。"我说："我按科学比例兑的水，怎么会淡？"婆婆把奶瓶塞给儿子，儿子抱着奶瓶，一口气就吸完了。我有点疑惑，洗瓶子的时候把剩下的几滴倒在掌心，舔了一下，是甜的！婆婆在奶粉中加糖了！我的眼泪一下就迸出来了，冲到客厅里，大声嚷道："妈，你怎么能在奶粉里加糖呢！那是害了他啊！"她说："我害了他？我自己的孙子，我会害他？我对他一百个好都觉得不够，我会害他？"我说："糖不是什么好东西，小孩吃不得的！"她说："糖怎么了？糖是营养品，滋肝润肺的。叶能小时候吃不起奶粉，米汤加糖养大的。"我说："这是万万不可以的！万万万万万万……"

叶能回来，我把事情给他讲了，他气得不行，敲着桌子对婆婆说："妈，我从来不跟你生气的，这一次我没有办法不生气了！"婆婆说："你都学会拍桌子了？你不是吃糖米汤长大的，是吃屎长大的？"叶能气势马上下来了，说："反正不能吃糖，反正，反正……"婆婆说："我不会喂了，那你们喂吧！"

儿子奶粉不喝，喂奶不吃，拼命地哭。我把他举起来说："你再哭，再哭，信不信我把你摔了！"折腾到半夜，婆婆进来了，说："想把我孙子饿死吗？"抱了出去，喂了糖奶粉，带着睡了。我对叶能说："是不是这糖奶粉一定要喝到底了？"叶能说："不加糖就不喝？这个周末我们跟他斗争一整天，看他服不服！"我说："他服了，你妈再喂加糖的，你的斗争就全白费了。"叶能说："要不叫你妈来带吧，我周末送她回清湖去。"我说："她在这里每天跳舞，发抖音，时不时搞个郊游，一群大妈玩得这么嗨，她怎么会回去？"叶能说："由不得她呢！"

第二天我给盈盈打电话，问能不能让妈过来帮我半年。盈盈说："我没问题，反正我没工作，还有保姆。"我说："事情都让保

424

姆做了，你每天都在做什么？"她说："躺着，看电视，看手机。"又说："姐，我现在是靠孩子活着，陶雷他们这些人，想法太多，我靠着靠着，哪天他把楼梯抽了，我就悬在半空中了。我还是要去考个什么证，给自己保个底。"我说："你不是觉得守住这个崽，就很安全吗？"她说："想来想去，那还是要给自己保个底，还有几十年呢。"我说："这才是正道。我帮你想想吧！"我又给妈打电话，她开始不肯，我把奶粉加糖的事说了，她才答应了。有了这个底，我要叶能跟他妈去说。睡觉的时候叶能进来了，我问："说了没有？"他说："说了。"我说："怎么这么安静？"叶能说："到底她还是懂道理的吧！这个周末我就送她回清湖。"我说："这太顺利了，我反而心神不定。"他说："你想得太多了。"

半夜里我在梦里似乎听到有人在喊"叶能"，迷糊中好像做了一个跟叶能有关的梦。门外的声音真切了起来，我一惊醒了，是婆婆在喊。我推醒叶能说："是不是你妈叫你？"他在黑暗中支起身子听了一下，说："真的是呢。"就披了衣服过去看。一会儿回来说："我妈心绞痛，我要带她去看急诊。"我说："没听说过她有这个病啊！"也披了衣服过去看。婆婆双臂抱着胸口，缩成一团，口里说："救命，救命！"我伸手去摸她是不是出汗了，手还没碰到额头，她一只手飞快地打过来，我的手腕好像被石头砸了一下。这一砸我反而安心了，说："要不要我也去？我把孩子抱上。"叶能说："风一吹，又病一个，那就更热闹了。"

天亮的时候叶能回来了，我说："妈呢？"他说："睡下了。"我说："什么病？"他说："心脏病。"又说："心病。"我说："检查了？花了多少钱？"他说："七百多。"我感到心痛，就叹了一声。叶能说："以后我们还是不要跟老人家斗了吧，反正是斗不赢的，也没有这么多钱去斗。"又说："我妈说，你们是大学生，怎么还跟我这个文盲吵？"我说："她是文盲？只差两三百分就考上大学了。"他说："以后有矛盾，我们就把姿态放低一点，如果还解决不了，就再放低一点。反正是输，早放低还输得少一点。"我说："放糖的事情怎么办？"他说："我说了硬话，她答应不放了。"我说："在自己家里，活得太憋屈了。"他说："你憋屈你就折腾我吧，你怎么折腾我都不会生气。再怎么样，总比半夜去医院送钱好吧！"

80

中午小湘、小雨、小凡几个人都下楼吃套餐去了，我就用微波炉把带来的饭热了吃。肖部长推门进来说："没跟她们一起去啊？"我说："家里带来的饭还好吃一些。"这个话又觉得有点矫情，又说："省点奶粉钱。"他说："她们都把你当作结婚降低生活品质的典型了。"我说："我回家把孩子往怀里一抱，那就是世界上最高的生活品质了。"他说："这个道理她们不懂，也不想懂。我懂，所以我有两个孩子。"我说："我没钱，有钱我还要生一个。"

肖部长说："有件事情要给你解释一下。"他停下来，等我问什么事。我望着他，等他说。他说："我原来想把小洪留下来多干几天，并不是对谁有偏见，也没有有些人想象的那么丰富的理由。我是妻管严呢，工资卡自己都不知道长什么样子。"他笑了一下，"管就管呗，当了两个孩子的父亲，还有什么好蹦跳的？我是彻底收心了，偶然有蹦跳的心思，想到孩子，就熄灭了。"我说："你是一个好爸爸。"他说："爸爸这两个字，分量太重了。要么不做，做了就要做好。"我说："做妈妈也一样。"

我有点疑惑，肖部长他今天是来跟我讨论这个问题的吗？他看出了我的疑惑，说："我们部里的情况，你知道，能在这里待着，都是有点来头的。"我说："我就没有来头，好吧！"他说："你是凭能力，那也有点来头。"我说："可能是令总看我嘴巴还能说几句吧，嘟嘟嘟，嘟嘟嘟。"他说："可能更重要的是对公司一心一意吧，领导很看重这个。"我说："我能在麓城活下来，我是很感谢公司的。"

肖部长说："你不吃饭，等会儿冷了。"我说："等会儿再热热吃。难得部长给我受教导的机会。"他说："你知道，对那些有背景的人，我们是撼不动的，公司都不一定能撼动。我们部里七个人，有两个是长期请病假不来的，一年送几张病假条过来，你奈她何？你敢说她没有病？还有没有点人道主义？"我说："谁叫我们公司是国有企业？是私企就没有这么多讲究了。"他说："所以我们这里的人不好用，用多了一点，她就受了天大委屈，哇哇叫着，不公平！最公平的就是，奖金拿最高，工作不要给她安排什么。"我说："那就给我多安排点呗，我这个人，觉得社会对我已经很公平了。从来没敢想公平可以轮到我头上来，我是什么人？居然还坐到公司来了。"他说："你刚生孩子，那也不能什么事都往你身上推吧，那就真的是不公平了。"我说："我只要能按时下班就行了。睡觉之前能抱一下孩子，看一下手机，哎哟，已经太幸福了。"

我想着说了这么一大堆，他到底要解释什么？我看了一下手机，说："她们可能快吃完饭了。"肖部长说："我原来想让小洪多留几天，她也想多表现几天，看看有没有机会留在公司。"我说："那就想办法把她召回来呗，公司这么多人，也不在乎多了她一个。"他说："不在乎多一个？这是一件天大的事呢！公司的岗位，已经挤到极限了。"我说："觉得特别对不起小洪。"他说："生活不以仁慈为规则。"又说："小洪特别好用，一个人做了几个人的事，基本上每天都加班到十点。我想把她留下来，我也想手下有几个得力的人啊！我只给公司提了一句，就被彻底否定了，没有讨论的空间。"又说："多少有背景的人都想挤进来？令总最头疼的就是上面来的条子。"我说："我都没想到，我是这么幸运的人。太难了，我得更珍惜一点。"

肖部长朝门口看了一下，说："有些人仗着荐头面子大，不把我当回事，我还真没有办法。她叫嚷起来，我还动不了她，那我就太没面子了吧。以后工作怎么做？"又朝门口望了一下，说："说不定还有人想捏我的错，谁会没有一点错？哪天帽子被风刮走了，"一根指头在头顶敲了三下，"还不知道是哪里来的风。"我说："部长，没有那么危险呢。想把工作搞好，难道还有罪？"他笑一笑说："难道机会是努力工作干出来的？"又说："世事难料，我还是绕着走吧。"我说："部长，你这么为难，有什么事情，我还是多做一点吧，至少跟小洪差不多吧！"他说："那就委屈你了。"又说："你要带小孩，不可能要你加班到那么晚。"又说："小雨她妈妈得了癌症，这个月请假十几天了。小湘这个月请假看病五次了。小凡心理

428

不平衡，找个理由请假几天。我都没有上报，一上报要扣工资，那就有暴风骤雨来了。"我说："我每天还帮她们打卡呢，她们都不差钱啊，不像我，每个月就靠这点钱才过得去。"他说："不差钱那也不能动她的钱。动了她就上比下比，左比右比，前比后比，比来比去，最后就是她受了天大的委屈，她要追求公平。"

这时外面有了一点响动，小湘她们几个推门进来了。肖部长说："昨天公司的那份文件，下午你得送到每一个售楼部去。"我说："是的。我要我老公开车过来一下。"又说："小湘，你下班经过银帆名苑，能不能带一份过去？"小湘说："今天我下班要去参加同学聚会，不从那边走。"我说："那就算了。"肖部长嘴角轻轻扯了一下，说："晶晶，你就承包算了。送完了就直接回家了。"

下个月有一批新员工入职，给我安排了一次讲课。这是机会。去年我在公司大会上做了一次经验介绍，也许就是那一次，给我带来了机会。这一次是讲课，我得对自己有更高的要求。一兴奋，就没有了瞌睡。我把上次的稿子找出来，一连几个晚上，改了几遍，又把过去几年看的几十本书浏览了一遍，把有用的地方，尽量吸收到稿子中来。有天不知怎么一来，十点钟就和衣睡着了。半夜醒来一看手机，是凌晨三点。我马上跳下床，去改稿子。过了几天，稿子写好了，我在心中默诵了几十遍。最后已经熟到根本不用想，说了上一句，下一句就会自动涌上来。半夜叶能醒来说："什么时候了？一点多了，还在神神道道？"我说："我从头到尾给你讲一遍，好不？你就当自己是个新学员。"他说："我没有精神听呢，我要睡觉。"我跑过去提着他的耳朵把他从被子里扯出来，说："就听十分钟。"他坐起来用被子把自己裹紧，说："我太可怜了。"

叶能听我讲了十几分钟，说："好是有那么好，就是太流畅了，不像老师讲课，就像大学里的演讲比赛。"第二天我用手机把讲课过程录下来了，听了后觉得叶能讲的确实是对的。太流利了，那是年轻人在背诵稿子，老师讲课，不应该是那样的风采。我把节奏放慢了一点，让学员有消化的时间。又试了好几次，录音放出来，觉得找到了自己需要的感觉。讲给叶能听，他说："发现你的口才还不错！"又说："看你这半个月都瘦成白骨精了！"我说："我都心力交瘁了，可是我还得挣扎着往前走啊！"又说："十多年前刚进大学，杜书记给我们上新生课的时候说过，一招鲜，吃遍天。一个人要有一点绝招，才能在这个世界上有尊严地生存。没有这一招，你就会被边缘化，人生很被动。这么多年，我都想着自己什么时候能有一招？不知道这算不算一招啊！"

讲课那天，我希望令总能来，但他没有来。有两个副总经理来了。从四十多个学员的神态看，效果是不错的。下了台徐总说："不错不错不错！"贾总说："公司藏龙卧虎啊！"这句话把我的汗都激出来了，说："贾总，承受不起呢！"一时间我增添了自信，我隐约觉得，将来的自己，会感谢今天的自己。

吃了中饭回到家里，我对婆婆说："我要好好睡一觉了，要叶能回来别吵我。"就关了门去睡。一觉醒来，天还是亮的。我打开门问婆婆："该吃晚饭了吗？"她说："吃晚饭？你昨天下午睡的，现在是今天中午了！"

81

儿子的名字，拖了几个月才定下来。婆婆一定要取名叶强。我说："那不跟他爸爸是两兄弟了吗？"婆婆说："男孩取名要往大里走，不能往小里走。名字取衰了，那一定是一个衰命！"我在心里说，你给儿子取名叶能，到底有多能呢？她好像知道我在想什么，说："叶能这个名字是我取的，不错吧！全乡只有他一个人考上了研究生呢！"我说："他不是还带动了几个人考上了吗？"她说："别人没考上重点大学。"又说："不管你们叫崽崽什么名字，反正我叫他强强了。"叶能跟她妈的想法一样一样的。讨论了几个月，再讨论下去，上户口就要验 DNA 了，我拗不过他们，说："那就叫叶小强吧！"婆婆说："说了要往大里取名，怎么能小？太衰了。"又说："你们那个车牌号码也要换了，数字要往上走！"又讨论几天，最后定下来是叶晓强。婆婆叫他强强，我没办法，也只好跟着这么叫。

这个周六我要去公司加班，叶能上班，婆婆早就定好了参加夕阳红市郊一日游。我把强强用小篮子提着，带到了公司，把篮子放在沙发上，趴到桌子上去填报表。强强不哭不闹，每次我转过头去看他，他总转悠着黑眼珠望着我，我笑一下，他也回我一个笑脸。我每工作半个小时，就把他抱起来走走，嘴里"崽崽，崽崽"地哼哼几声，他也回应式地哼哼几声。

十点多钟的时候，小湘来了。我说："你今天也加班吗？"她说："在家里待着没有味道，出来透口气，就把车开到这里来了。"她看着强强，礼节性地哄了几句，要强强叫"姨"。强强望着她，绽出一个灿烂的笑。小湘说："他笑得好甜，跟我有缘呢。能不能让我抱一下？"她抱着强强到阳台上去晒太阳，我不放心，跟了上去说："不能太靠近栏杆了。"小湘说："我就抱着他在这里坐会儿，你放心吧！"我不放心，就在另一张椅子上坐下。小湘说："他真的一点都不认生。"我说："那是碰到了你呢，别人他是不让抱的。"小湘说："有缘，有缘。"又说："要不我就做他的干妈。"我说："别乱讲，你还没结婚，让他叫你姐姐。"她说："别乱讲，你才大我几天？"

　　过几天，小湘晚上到我家来了，提了好多水果。进门她说："本来想买几桶奶粉，又怕你们不放心。"又说："强强呢？我看看他。"她把强强抱在怀里好一会儿，交给婆婆。婆婆说："这个女崽，你要快点生个崽呢。"我马上阻挡她说："你自己的心还操不完呢。"婆婆没听见似的，说："我们家生了这个崽，得了面子，又得里子。抱出去人见人爱，我一个老太婆全身都是光彩。他还会陪我们一辈子呢，得实惠呢。"小湘很认真地点头说："是的，是的。"又对我说："我们出去说几句话不？"

　　下了楼我们在院子里转悠。小湘说："我今天是来体会一下抱孩子的感觉呢。我觉得自己心里的那把锁，被你家强强打开了。我还是得要一个孩子。"我说："那当然，你遥远的祖宗从树上下来，传到你，容易吗？这血脉不能断在你这里，不然怎么对得起当年下树的勇士？"她说："我没有对不起祖宗的想法，对不起爸妈的想法也没有，那天我抱了你家强强，我突然发现，我还是想要一个孩子，自己的孩子。"我说："要一个孩子，对我来说没有一件事不为难，对你来说，没有一件为难事吧！钱，有了钱，什么难事都不难了。"前几天小湘过生日，她爸妈要送她一件礼物，她不要，求了她半天她才同意了，说意思一下就可以了。这意思一下，就是个两万六的金手镯。我说起这件事，她说："我都不记得塞到哪里去了。"又说："我本来是不想结婚了，对男人没有一点信心。我就谈过一次恋爱，十九岁到二十四，结果呢，崩了。最好的青春岁月，一刀，"她左手握成拳，右手在下面示意性地割了一下，"一刀，青春的韭菜，就被别人割去了。"我说："是个优秀的渣男吧？"她点头说："那肯定吧，不优秀也走不到我跟前来。"又说："我爸妈要我别灰心，继续找。我找个头！不过我身边的男人真的没断过，还养过一只小奶狗，在校的大学生，学车的时候几句话就说上了。比我小几岁，好像我占了他多大便宜似的。我故意给他断一下奶，就冲着我汪汪叫，说自己是有女朋友的，对我好是因为我对他好。这有意思吗？其实我也没有真的希望他有多大意思，当他是个男人罢了。难道只准男人好色，女人就不能好色？我总是在骑驴找马。"我说："大婚不结，小婚不断。我也看不出你有多么好色。"她说："唉，女人不像男人，哪怕是逢场作戏，那也要有点情绪，暂时性骗一下自己。我不是动物，动物也要情绪，我总不能连动物都不如吧。"我说："所以女人总是吃亏。"她说："前年我被感染了一次，打了一个星期的吊针。我想着这样下去，总有一天会染上艾滋病，就把男色断了，断了这两年，自己也过得蛮好的。"我说："会老呢，孤独呢，爸妈会走呢，躺在床上没人理呢，喊天天不应呢，无助呢，还会比无助更无助呢。"她说："孤独我不怕，我反正孤独惯了。无助也不怕，反正悲剧已经到了落幕时分。我就是想要一个自己的孩子。那天我抱了你崽崽，我心里的那扇门突然被冲开了，洪水来了，挡不住了。"我说："那我家崽崽真的做了一件好事。"她说："下次我买一箱奶粉给他吧，你要相信我，我肯定是走正规渠道，买最好的。"我说："我怎么能让你浪费这么多钱？"她说："我谢谢他一下，也不行吗？"

一群小孩踩着滑板车从我们身边呼啸而过。我说："你看着自家的崽崽每天都有那么一点点变化，忽然有一天，要你买滑板车了，你心里的那种快乐，哈，自己享受吧，没必要跟别人讲，讲了他也不懂。"小湘说："我懂，我懂，我现在懂了。那是专属父母的感觉。"又说："我跟爸爸妈妈斗争了三年，他们问我，将来我一个人在世界上怎么办？我说，最后十年可能有苦日子，但我争取到了前面四十年的轻松欢乐。他们已经接受了我不结婚不生娃的选择，怕我再受到伤害，说给我存几百万，让我在他们不存在的世界有个依靠。可是真的到了那一天，你躺在床上不能动弹，有钱也花不了。自己是人世间的无缘人，没有任何人惦记你。惦记的人也有，不知什么亲戚都围拢来想吃绝户，那不太惨了吗？现在我要背叛我自己了。没想到我都二十八岁了。我都觉得自己根本没长大，恨不得还回过头去吃几口奶，可是别人都把我看成剩女了。我每天都用最高档的护肤品跟时间做斗争啊！"又说："有时候想想，斗个啥呢，反正我又不找男人，难道我美给女人看？"

我们坐在池塘边的长椅上，看着高楼在水中的倒影，还有星星点点的灯光在水波中跳跃。小湘说："我这个人其实不适合结婚的，

434

从小以自我为中心惯了，我现在还不会洗碗做饭呢，家里没人就叫外卖。自己所有的愿望一定要得到满足，绝对不能被堵着，堵在心里我一分钟都过不去。我想买件高档衣服，他说太贵了，那是不行的。妥协让步是没有的，转弯那也是没有的。让我看小自己，把头低下来，像谁说的，低到尘埃之中去，那可能吗？"我说："那真的不可能。可白马王子，还要痴情于你一个人，那是神话。"她说："我就是被那些神话害了，等到梦醒时分，哪里还有涛声依旧？我真正想的，是一个孩子，可是孩子还需要一个爸爸，那他才有完整的人生，对吗？这个爸爸还要跟我这样任性的人相处。我对这个世界的要求，简直太矛盾了。"我说："这个矛盾也不是那么没有解，好不？你可以调整一下自己，你看，你都看到自己的问题了。"她说："二十八年养成的习性，那能调吗？我对自己好失望啊！可能我还是一个人过吧，到了四十岁，去领养一个孩子，让我爸妈带着。"我说："你胸怀宽广，要我花那么多时间带别人的孩子，我心里有点过不去。"她说："四十岁，不敢想呢，不敢想青春也会有灰飞烟灭的那一天，所有的骄傲、潇洒，忽然都失去了理由。围着你转的男人，也无影无踪了，不敢想。谁都怕老，我再自恋，也不能骗自己说，成熟的女人更有韵味，是吧？这碗鸡汤是喝不得的。哪个男人会这么想？"又说："我还有一个心理包袱，我跟小雨小凡她们几个讲好了，都不结婚，将来抱团养老，大家都发过誓的。我如果当了叛徒，觉得很对不起她们。"我说："发誓有个仪式没有？"她说："那倒没有，就是去贵州吃黑山羊的那次，说笑着发誓的。"我说："那算什么发誓？"又说："说不定她们谁比你还先结婚。"

　　这时起风了，我哆嗦了一下，小湘说："你冷了，那我回去了。"我说："谁说你那么任性，我看你还是很体谅别人的啊！"她说："我再上楼看一看你家崽崽吧。"我说："应该睡了，他跟我婆婆睡。"她说："那我过几天送一箱奶粉来。"又说："你有一个好婆婆，让你省心了。"我说："我也是忍了又忍，才能相处呢。哪里能那么任性？"她说："以前我想要的是精致的生活，现在觉得，生个孩子，生活不那么精致，也没有关系。我能要孩子拉屎撒尿也精致吗？"我说："为了崽崽付出就是最大的快乐，换尿片都快乐，那是过崽瘾呢。难道你还去跟他算细账？他想吃奶了，就讨好地望着你笑，你心里仿佛化开了蜜。跟崽崽在一起就是最精致的生活，那不是房子、车子、化妆品可以比的。"

我把小湘送到车旁边，是一辆奔驰车。我说："你这辆车都能够吓退百分之九十的男人。"她说："你提醒了我。哪天真有那么个男人，前几次见面，我坐公交车去。我得体谅一下男人那脆弱的自尊。"又说："你老公的公司有没有合适一点的男人？问下他。"我说："那些都是苦熬苦做的理工男，有你这样的条件，谁会去吃那个苦？"她说："你还是去问一下吧，我不会要求那么多了，只要他真心对我好，我不会要彩礼什么一二三的，我的任性也会收一收，再收一收。"我说："你都这么说了，那我就要叶能去问一下。"她说："也许我的目的有点不纯，我就是想要一个孩子，自己的孩子。男人无所谓，但他是孩子的爸爸，那就有所谓了。我是一个最不能忍的人，但为了让孩子有个完整的家，我会忍，忍，忍。真的有那一天，我爸爸妈妈会多么高兴啊！"

82

　　小湘去了，我把她说的"忍"字在心里反反复复地想，想。连小湘这样的人都说要忍，那么我，这实在也就是生活的一部分了。

　　说起来都是小事，这小事天天有，就不小。婆婆炒菜喜欢下重盐，我吃着咸得难以入口，她却吃得津津有味。叶能说："好久没吃过这么好吃的菜了。"我把自己的感受跟叶能讲了，他说："我觉得蛮好的啊！"又说："你那个嘴嘴是个什么嘴啊，硬是与众不同？"他没有想到要认真考虑我的感受，这让我很难受。我说："医生说盐吃多了对身体不好，你自己的身体也是人的身体呢！"他说："医生的话你要全听，你就不知道该怎么活了。"我分享了网上有关健康养生的文章给他，问他看了没有。他说："我们家应该没有超标。"我说："你要害你自己，我也没有办法，将来强强也是个重口味，会得肾病，你知道吗？"他这才把手机掏出来，把那篇文章看了，说："明天我跟我妈讲一声吧。"我说："把这篇文章念给她听，要趁我不在家的时候。"他答应了说："你要一个人改变一辈子的习惯，那可能吗？那不可能。"

　　第二天婆婆对我说："你说我炒的菜太咸了，不会吧？"我说："书上说了，盐吃多了会得病呢！"她说："盐是营养品，毛主席在井冈山的时候，还没有盐吃呢，游击队是把盐浸在衣服上通过封锁线的呢，没有盐还不能建成新中国呢！"我没有办法了，说："你们那么喜欢盐，炒菜慢点放盐，把我的菜还有我带去公司的菜盛出来，我自己来放盐。"她连连点头说："那要得，要得要得！"结果第二天她忘记了，我也没有什么做不出，拿个碗加上开水，每夹一下菜，都在里面洗一下再吃，婆婆脸色很不好看，可能觉得我太刁钻难伺候吧，斜着眼望了我几次，我只装着没有看见。我对叶能说："是不是我一定要学会你们的重口味？"他说："我也没有办法。"我说："医生怎么说你是知道了的，你自己的身体你自己保卫。要强强也跟你们一伙，那是绝对不可能的。"叶能说："是的呢，强强。为了强强我要跟她斗一斗。"

叶能怎么去斗，我都不作声。叶能每天对他妈说："来来来，学习一段保健知识。"打开手机，把医生的话给婆婆念一次。婆婆说："我知道这是谁的主意。"又说："你现在是把我放到二格子里了。"我凑上去说："妈，医生的话是对的呢，强强以后不能吃那么咸呢。"婆婆说："以后的事以后说，他还在吃奶粉，急什么？"我只好忍着，忍着。不忍每天就有的吵了。我每天早出晚归，孩子能安心放在家里，这是最重要的事，也是婆婆最大的功劳。满世界到哪里去找这样一个人？这很现实。为了这个现实，我还是忍吧，忍吧。

又有一次。那天我没加班，赶回家吃晚饭，想看国际乒联世界巡回赛总决赛冠亚军之争。平时这个时候，婆婆就跳广场舞去了。这天却早早回来，把电视调到电视剧频道。我有点着急，说："妈，今天让我看一次好不好？是陈梦和别人争冠军呢。"婆婆说："你明天看好不好？今天是大结局，我特地早点回来。"我说："明天就没

438

有了。"她说："我这里明天也没有了。"又说："不看大结局，前面这二三十集不是白看了？"叶能说："晶晶，你就委屈一下，在手机上看吧。"我说："手机还没巴掌大，乒乓球怎么蹦的都看不清，看不过瘾。"他说："明天我跟你调回放。"我说："都知道结果了，那不是看白开水？"我一边说，一边望着婆婆，希望她能让我一次，说："我一个月都难得看一天。"她盯着屏幕，好像没听见我说什么。我叹口气，忍了。

第二天我对叶能说："还是要再买台电视机放在卧室呢。"他点头说："嗯，嗯。"我说："到底是买还是不买？"他说："你说了算。"我说："老板，周末带我去家电商场。"他说："我不是老板，你是老板，老板是你。"我说："你就是老板，老板。"他连连摇手说："不敢，不敢，你太看得起我了。"我说："你就是老板。"他说："你说我是啥都可以，说我是王八——那不行，说是兔子也行，猫也行，反正我不是老板。"我懒得跟他说，就说："那你发两千块钱给我，"伸出两个指头，"就两千，才两千。"他脸上皱起来，说："两千，我的妈吧，我每个月，你知道的，都是油干灯灭。"我说："我才是油干灯灭好不？一点水放进田里，还没把地皮打湿，就看不见了，一滴都不剩。"他说："要不我每个月抽两千做机动，其余的钱全部上交，工资卡给你也行，你保证我的机动就够了。"我心里算了一下，他的钱抽掉两千，刚好够交各种贷款。我说："你真的太聪明了。"心里闪了一下，是不是离婚算了？他说："你不知道我，我心里好苦呢。"

我不想听他诉苦，要说苦，谁不苦？他望着我，等我问他，我偏不问，心里想着"离婚"这两个字，又觉得这个男人有点可怜。

他不抽烟，不喝酒，不打麻将，不出轨，他做错了什么？可是，就这样把我憋着，我真的有点太难受了。想起那些一心一意盯着钱找男朋友的女人，也许，她们应该得到理解。沉默了一会儿，叶能说："我心里好苦呢。"我说："你一个男人，你说苦，那我们家就吹灯了。"他说："我就是苦这个苦呢。"又说："你看我这个996的工作，把时间全部耗掉了，这样的生活，现在咬咬牙坚持着，又还能坚持几年呢？还存不下一点钱，将来怎么办？又不是国企，有中年职业危机这把剑悬在头上，三十多岁最多四十多岁，就要你退场了，只有十年最多十几年了。不存点钱，到那天怎么办？"我说："你们老板有这么坏吗？太残酷了。"他说："不只是我们老板，只要是老板，都是这样玩的。也不怪他，他不残酷，市场就要对他残酷。我也不怪他，只怪自己争不来那口气。"又说："我想存点钱炒股。"我大声嚷："不要说炒股，不要说炒股，肖部长、小雨、小湘，天天中午开研讨会研究股票，只差没输掉短裤了。"他说："一个人总要为自己找个希望。"我说："你省到矿泉水都不舍得喝一瓶，一年也存不下两三万，这能给我们家带来希望吗？"

叶能沉默了好一会儿，像在思考什么重大问题，终于侧过脸来说："那怎么办呢？"我说："你问我怎么办？你是男人，你说怎么办就怎么办。"他缓缓摇头说："愧为男人啊！"又说："强强将来怎么办呢？他总不能过我们这样的日子吧！"我说："你爸爸三十年前也是这样想的。"他说："难道彻底翻身要三代人？等不及了。"又说："还要存一笔钱给强强搞课外辅导呢。"我说："现在学校都减负了，低年级都不考试了，还搞什么课外辅导？外面都不让办辅导班了。"他说："我不信这些。知识是学进去的，不是电脑输入的。

你不学，想静待花开？花你不浇水不施肥不给阳光，它会开吗？有一个中考还有一个高考在那里等着呢，你躲到哪里去？现在没有辅导班了，那要准备更多的钱请私教。"我说："要是强强是天才就好了，钱都省了，那真的是来报恩的。要是碰到了一个来报仇的，我活着都没想头了。"

我和叶能算算将来培养强强要花多少钱，越算越心虚。我说："我们实在也没有能力管这么多，看他自己的命吧。"叶能说："你这种态度就是放弃，等于说承认了强强要重复我们的命运。还重复不了呢，我们都还是重点大学毕业的呢。"我急得心痛说："那怎么办？那怎么办？电视机就别买了，可节省这点鹅毛钱，又有什么用？"又说："贫穷真的会遗传啊！唯一的希望，就是强强是个天才，拼父母的实力那是不可能跑到前面去的。"叶能说："天才？这个梦我不敢做。"我说："那怎么办呢？"

这天晚上八点多钟，强强突然发烧了，我和叶能抱着他去市立第一医院去看儿科。挂了号，走到诊室门口，满满的都是人，我们还差三十多个号，只有一个医生在。我问护士什么时候轮上，护士说："医生还没吃晚饭呢。"等到九点多，还差二十多个号，临时又来了一个医生。我说："这当医生也太苦了。"叶能说："天下哪有好赚的钱？"等到十点多，终于轮到我们了。护士进来把医生叫走，说来了一个急救。叶能拦住医生说："怎么偏偏轮到我，就要走？我们等了两个小时了，看完这个再走不行吗？孩子烧坏脑子，考不上清华，谁负责？"医生说："抢救，抢救！"医生进了对面的临时病房，我和叶能抱着强强跟到门口。病房门关上了，里面传来消息说，是一个六岁的男孩溺水了，也不知道这大冬天是怎么溺水的。

孩子的妈妈穿着单衣，打着赤脚在门外哭。叶能说："车里有双鞋，还有一件运动时穿的夹衣，我去拿一下。"叶能刚离开，孩子的爸爸出现了。那妈妈一头撞过去，把那爸爸撞翻在地。爸爸一声不吭爬起来，进了病房。那妈妈穿上鞋子，披着夹衣，痛斥老公出轨离婚，把孩子害到这样。我望着叶能，想着，这个男人，有点可恨，又有点可怜，真离婚了强强怎么办？叶能说过，如果哪天强强有了危险，自己马上冲上去拿命挡着，这是想都不用想的。天下能做出如此承诺的男人，也只有这一个人。唉，离婚，还是算了吧。

十几分钟后，病房传来消息，那孩子救过来了。那妈妈傻了似的坐在地上哭，骂老公。孩子抱出来了，她马上站起来，把夹衣裹在孩子身上。

83

这个周末下了班，我去地铁站。刚走出公司不远，有辆车在我身边停下，车窗降下来，是令总。我惊喜地喊了一声。他把车靠路边停了，说："最近还好吗？"我说："还行。"又表功似的说："我在公司都上过七八次培训课了，还有别的公司也请我去上过几次。"他笑着说："赚点小钱。"我说："对我来说，那不是小钱呢。"他示意我坐进车里，说："送你去地铁站。"我坐上去说："十分钟就走到了。"又说："肖部长不准我去别的公司讲课了，说不能培养竞争对手。"他说："公司倒没有这个规定。断了你的财路了。"我说："一次两三千块钱，对我来说是巨款呢。第一次信封递给我，我放在口袋里捏了半天，好像有点多。我原来以为最多五百呢。我没想到自己能赚这么多钱。"他说："你来公司总部这两年，进步还是蛮大的。"我说："所以太……太太……太感谢令总给了我这个成长的平台。"

这时到了地铁站，他说："到了。"我推开门下车，令总说："照顾好自己。"我说："好。"他说："碰到什么事情不要慌，也可以给我打电话。"我说："好。"他说："再见。"我一只手举上去，他侧过头从车窗望着说："再见。"车缓缓开动，去了。我望着远去的车，手还是那么举着，缓缓地垂下来。

周一下班的时候，肖部长从外面进来说："令总调走了，新来了个丁总。"我心里被蜇了一下似的，说："真的?"想起前几天碰到令总，自己是太迟钝了。肖部长说："什么真的假的，刚才中层干部都开会了，市里来人宣布了。"又说："现在房地产这么差，银行贷款又有几条红线，金帆算是国企，不然早就爆雷了。令总算是解脱了。"我说："几次看见他情绪不怎么好，是不是不想走，这么大的公司?"他说："这一千多人要吃饭，这副担子可以压死人呢。没有忧郁症也会被压出忧郁症。回去安安静静当个处长不好些?"我说："令总会有遗憾呢，想轰轰烈烈干一番，生不逢时。"他说："他生不逢时，还把局面维持下来了，接手的人，还不知道能不能维持呢。"又捂一下嘴，四下张望一下，"我没说这个话啊，如果传出去，那就是许晶晶说的。"我说："我只有一个嘴巴。"他说："公司有些人的耳朵跟嘴巴开了直通车，这边刚听进去，那边马上播出来，不播他心里痒抓抓的。"

丁总来了有两个月，宣布了公司的改革方案，核心就是减缩机关编制。因为是国企，也不开除谁，要你去下面市县的项目。公司前些年除了房地产，还做旧城改造、步行街建设、市政工程，机关里堆了很多人。现在全冷了，只有几个楼盘还在运营。公司里人心惶惶，私下流传着各种消息。肖部长说："说什么都是假的，关系硬扎才是真的。像我们这种没有关系的，把工作捏成一朵花，那也白搭。"其实他也不是没有关系，他是令总前面的杨总的红人，杨总犯了事判了六年，这个部长的位置，令总没有动他。我说："真正彻底没有关系的人，全公司恐怕只有我。"

我没有肖部长那么焦虑，麓城想叫我过去的公司有好几家，有两家还承诺给个副部长的位置。肖部长整天说"睡不着睡不着"，我还跟以前一样。下面市县的项目，肖部长明确说了不去，家里有两个小孩要照应，下去了就上不来了。我每天一定要看到崀崀，也打定了主意不去。麓城是不是有那么好，我不知道，但我为了它已经付出太多太多。对我来说，麓城已经成为一种生命信念，因此不用再去讨论什么。

公司是国企，不能裁人，但可以调配重组。有人说，其实市县并不缺人，公司的意思，是逼你自动离职。下去了还想回来，那是梦想，因此也不必想。整个行业已经极度深寒，上面的人说，房地产是最大的灰犀牛，好多民营公司已经被银行断贷，传说全国最大的房地产公司都将会爆雷。这都只是历史尘埃，压到谁的头上，那就是天塌下来了。

第一批被调配的就有小湘。传说丁总在市长那里拿到了尚方宝剑，调配组合只看需要，不看背景。又传说市长打电话给丁总，叮嘱谁谁谁是为了平衡关系必保的人。小湘说："太残酷了，太残酷了！"悄悄告诉我，自己原来是有背景的，但保护人前几年退休了，说不上话了。她说："我都快三十岁了，还要我去哪里找工作？我不走。在公司上班就像做老婆，占着这个位置，想爽就出下轨，憋死第三者。"又说："要我下去县里，那不可能。说真的我也不靠公司这几个钱，不就是一年几个金手镯吗？逼得我去找个男人生崽，将来我还要谢谢他们呢！"她说着就哭了。我想着这样的命运随时都可能落到自己身上、叶能身上，我们可不敢说不在乎公司这几个钱啊！拉着小湘的手，我说："我的眼泪早就流干了，好多年没有哭过了。"她说："我总要找件事情来做，你要叶能快点跟我介绍一个男朋友吧！"又告诉我，本来被调配的人是小雨，不知她怎么活动了一下，就变成自己了。我说："会吗？不会吧？你们还发了誓要抱团养老的呢。"小湘沉默地摇摇头，半天说："我还是要结婚生子。"

没想到第二批被调配的名单中会有肖部长。据说他长期拿公司的油卡为自己的车加油，被人告了。他从人事部谈话回来，一声不响地坐在那里。小雨、小凡装着什么都没察觉，悄悄地溜了出去。我想说几句关心的话，又意识到关心是不能随意去表达的，这是对一个男人自尊心的伤害，犹豫了一阵，站起来也想溜出去。肖部长说："许晶晶。"我只好站住了，说："部长。"他说："你不要叫我部长了，我已经不是部长了。"我说："发生了什么事？"他说："阴招，阴招。想赶人直接说，怎么要这么下流的阴招？一个人对你笑，你都不知道这笑后面有什么鬼鬼鬼。"告诉我说，公司要他去云阳市当个项目副经理。我说："这是有点远，去年通高速了，每个星期都可以回来。"他说："远点就算了，我一个正科级，就算没正式下文，那么多年就在这个岗位上，要我去基层当个副经理，这不是羞辱人吗？"我说："你可以到市里反映一下。"他说："当年杨老板晚一个月出事就好了，那科级的任命肯定就下文了，偏偏出在节骨眼上！你不知道这张纸有多么沉重的分量呢！沉重，沉痛！"

肖部长努力了一个月，想去云阳当个项目经理，没有搞成，就拿了二十多万补偿费辞职了。刚辞职每天晒朋友圈，钓鱼、遛娃、爬山，还去四川搞了自驾游。这样过了两个月，没消息了。又过了几个月，消息传来，他办了一家专做羊肉的餐馆，当了老板。再后来，就没有消息了。我因此也关注了小区周边餐馆的经营状态，发现基本上都是在生死线上挣扎。小湘也辞职了。她可以在公司领十二万补偿费，她说："我八年的青春，这几个小钱就打发了？"不要。过了两个月，还是悄悄地领走了。我居然没有被调配，非常意外。我想，应该是我那一点小小的专长拯救了自己。这也算一把小小的宝剑，我还得磨啊磨，磨得更锋利、雪亮，用来护身。有没有这把护身之剑，命运是完全不同的。

84

公司的改革给了我很大的刺激，也给了叶能很大的刺激。现在的日子凑合着对付过去了，将来怎么办？这一辈子还有没有摆脱困境的希望？怎么才能让强强摆脱我们的命运？这是叶能经常提出的灵魂三问。没有解答，也不知道去什么地方寻求解答。我们只有这样的家庭背景，这样的凡人才能，能挣扎到现在的局面，已经是尽到了最大的努力。明天的希望在哪里？看不见。这是前景，这是未来，这是唯一的结论。不想接受，可也不得不接受。

我们天天讨论到哪里去开拓新的空间。不讨论还觉得世界很大，总有一些空间是可以开拓的。讨论了才发现，每一个空间都已经人满为患。除非我们有什么特殊的才能，否则只能接受平凡人的命运。讨论了几个月，慢慢地心平气和了。既然大家都是这么过的，我们也这么过吧。肖部长接受了，小湘接受了，我们也准备接受吧。我庆幸自己在麓城的业内有了一点小小的名声，金帆公司不要我，找一家民营的房地产公司，应该还是有机会的。我要努力，我要努力，我要巩固这小小的人生阵地。我规定自己每个月要读两本书，有用没用先不管，读了再说。

肖部长离职两个多月，市场营销部没有领导。人事部杨部长来了，问了一下情况，去的时候说："这边的事情，许晶晶就先辛苦统筹一下，看公司有什么安排。"部长去了，我看小雨、小凡她们的脸色有点不好看。我才来两年多，她们都来六七年了。好一会儿小雨说："许统，有什么事就交代一声。"小凡说："大家都听许统安排。"我说："千万别这样叫，还是叫晶晶的好。"小雨说："不是我们自己这样叫的，是杨部长要我们这样叫的。"我说："等会儿我跟杨部长说，这边的事我管不了。"小凡说："大家都好好把握机会吧。"

晚上回到家里，我反复想着这算不算个机会？部长，跳出去想想，一根鸿毛，但对我个人来说，又是多么珍贵。就像人的一辈子，跳出去想，一根鸿毛，但对每个人来说，又是多么珍贵。统筹，这个令人难堪的说法。杨部长是多么会说话，想出各种创造性的说法，就是他们的绝技。可是，我又怎么给自己定位？不知道。有些事情，管了，人家会反感；不管，又会有责任。想来想去，最后决定了，我只管尽量做好自己分内的事，别人的事，不管。

　　这件事我没跟叶能说，说了就太把这事当回事了。这天我在楼道里碰到杨部长，他把我叫到人事部，问了我好多问题，孩子怎么样？老公怎么样？是不是准备生二胎？然后给我倒了茶，问："愿不愿意多承担一点责任？"我犹豫了一下，马上意识到，不能犹豫，就说："服从领导安排。"我希望他把这个问题再说下去，可他又不说了，问我对部里的工作有什么建议。我说："这两年地产业变成地惨业了，我们部里广告费也下降了，明年能不能多下一点？"他说："这么多年来，我们跟媒体打交道、做广告，要一家一家去谈，成本太高了。其实他们都是一个集团的，能不能打包给集团，让他们内部去分配？"我说："这样是省心了，可跟那一家家媒体就说不上话了，出了什么事情，请他们包容一点，找谁去？"杨部长说："唉，太难了。"

　　我把"承担责任"的话跟叶能说了。他比我还激动得多，拍着手说："总算有了一个突破，这是件天大的事呢。"我说："能不能轻点拍，看你的手都拍红了。"他把手掌摊开说："拍红了。"又说："到那天我要把手拍出血。"我说："什么时候你也进步一点。大家都进步一点，一点点，这个家就会好起来，让我们也过上中产阶级

448

的日子。"他马上收了笑脸，说："你不知道人家都是些什么人呢，我怎么搞得过？"我说："是哪方面搞不过？"他说："哪方面都搞不过。唉，太难了。"

公司流传着一种说法，许晶晶很快就会当市场营销部的部长了。还有人私下向我表示祝贺，说："来公司两三年就当部长，那是没有先例的呢。"我说："别乱说，怎么可能？我进金帆才六年，前面还有八九年、七八年的人呢。我才六年。"右手拇指小指跷起，"六年，六年。"

这个说法流传了十几天，渐渐消停了。一个新的说法流传开来，偶尔飘进我的耳朵。市场营销部部长的位置，公司已经决定给下面上来的一个项目副经理老卢了。老卢的叔叔是发改委的副主任，正管着丁总。这个传说让我心里很焦虑，表面上却是浑然不觉。我期待着杨部长或者干脆就是丁总找我去谈话，这个期待像火花的微光，渐渐地熄灭了。最后，新来的老卢上任了，我微笑着，对他的到来表示了欢迎。

有点不好意思，我还是把事情告诉了叶能。他愣了好一会儿，说："唉，太难了。"我说："我们这些人，天生就不能跟别人比。跟秦芳能比吗？跟严晓梅能比吗？跟小湘能比吗？来到这个世界上的差距，一辈子也填不平。跟自己的父母比，已经是很了不起了。"他说："不能比就认了？我也想认了，图个心平气和，反正也不是没饭吃。可认了，强强怎么办呢？我还想为他买套学区房呢，还想存一笔钱好好培养培养他呢。静待花开的神话是没有的，更不会落在我们头上。"又叹息一声说："上面还有四个老人啊！都没有退休金啊！都到了身体的多事之秋啊！"我说："我还有个奶奶呢，过年我给她买了一床新被子、一件棉衣，她还怨了我半天，不肯用，怕没用多久要烧掉，可惜了。最后下雪天才把新棉被盖了，棉衣硬是没有舍得穿。"我想象着自己就是孙悟空，上面五个老人，就是五指山。我被压在五指山下，想一个筋斗翻十万八千里，那不可能。我叹息一声，他说："总该想出一条出路。"我说："这世界的出路那么好找，就不会有那么多平平凡凡的人了。"

接下来几个月，我和叶能天天讨论出路问题。开始想了开一家粉店，周末去吃粉，把堆在那里待洗的碗数了，上午的时候，是六十几个。一天下来，就是一百多碗粉，不到两千块钱的收入。除了各种成本，一天干十几个小时，没有周末节假日，还不如现在的工资收入。我说："这就是赚点辛苦钱。如果收入比上班好，谁还会去上班？"叶能又去零食店和奶茶店门口去蹲守数人头，结果都不理想。最后想到了民宿。计划先在公寓租一个小套间，看看能不能在网上推销出去。如果行，就租十间。如果能有一半的出租率，那就不用上班，专心搞好这件事就行了。考察了一个月，几乎就要把房子租下来，最后还是放弃了。每一门生意，哪怕是最小的生意，只要你深入去看，就会发现已经织就了密实的网，你杀不进去。我说："怪不得那么多人考公务员啊！算了，我们就别做发财的梦了。"他说："这个世界硬是没有一条细缝给我们钻进去了。"我说："你知道了，就不要想了。"他说："不甘心啊，不甘心啊！"我说："我都不甘心十年了，不甘心也很甘心了。"说是这样说，还是很不甘心的。看着强强一天天长大，想我一辈子不如别人，只好认了，难道他一辈子也不如别人吗？

出路问题就这么过去了。其实也没过去，只是不愿意说它，说

450

起来只有沮丧和心痛。我和叶能互相安慰说，大家都这么过，我们也这么过吧。我们是平凡人，比平凡人还要平凡，有了温饱的日子，还想怎么样，又还能怎么样？

85

叶能经常呆望着窗外。我说："树啊树啊，你又长出几片新叶？"他说："看着这树芽一天天钻出来，心里有点急。"我说："急什么呢？"他说："没急什么。"我唱着《童年》中的那句歌词："多少的日子里总是一个人面对着天空发呆。"又说："算了，认了命吧！别这样自寻烦恼了。"他说："我在想一件事。"我说："发家。"他说："是的。"他摸着头说："没有这个家，我也就不想了；有了这个家，我就不能不想。我算什么？我每天吃两碗蛋炒饭就够了，睡在杂物间也无所谓，可是有了你和强强，我心里就很惭愧。枉为男人呢！"我说："有你这句话就可以了，世事这么难，太难了，不要为难自己。"他说："今天老板找我谈话了，问我，这个月怎么只工作了两百九十个小时？别人都是三百多个小时。我做的差不多是正常工作量的一倍了，还说我不够。这样的状态，我还能坚持十年吗？"我说："可是我们没有别的选择啊！这份工作怎么才到手的，你忘了吗？"他说："太难了。我什么时候才能让自己摆脱手停口停的局面？"

过了几天叶能说："想起一件事，跟你讲讲。"我望着他，等他说。他支支吾吾地说："这几天我在手机上把你讲课的视频看了十几遍，我觉得你稍微修炼一下，可以去做个房地产视频主播呢。"我吓了一跳，说："望着天异想天开，天就开了吗？脚踩在地上，想飞天？这件事我也想过几次，看着别人那份口才，叭叭叭机关枪射出来，都不用过脑似的，这碗饭还真不是我这样的人能吃的。"他说："你的录像你自己看看吧，也是机关枪叭叭叭呢。"我说："那我准备了多少天？主播天天要讲，我哪里找那么多话来讲？"他说："抖音真的是个好东西，造就了多少平民英雄？不要关系，不必求人，不要多少钱，还没有天花板，就看谁嘴巴麻利，能吸粉。那个叫卢啥啥的，中专毕业，粉丝几百万呢。一个平平常常的人，教授都没有他的粉丝多。我们也不敢跟他比，你能做出五万粉丝，广告自动来找你，你就发财了。"我说："我连一个奶茶店都办不好，我能当主播？说出来我自己相信吗？"他说："试一下吧，万一能行呢？有一个万一挂在那里，万一抓住了呢？如果我现在四十多岁，我就认命了，可我才三十出头，我还不想认啊！"又说："四十岁，也只有几年光阴了，心里那个急啊！"我在手机上把自己讲课的录像浏览了一下，说："也不是那么差。"他说："什么叫也不是那么差？明明是很好。"我说："好一次有什么用，要天天好才是真的好呢。"

　　叶能劝了我几天，我说："那就试一下？我明天去找秦芳商量一下。"他说："商量尽管商量，她如果要参与，你不要同意。就算搞成了，那也只有鹅毛筒钱，我不想别人来分。"我说："脚板深的水，还浮得起几条船？秦芳她看得入眼？"叶能在胸口画十字说：

452

"上帝啊，上帝啊，千万不要让人家看上这毛细的小钱啊！"

　　第二天下班我直接去了秦芳家。她正捧着一本唐诗画册，教小七背唐诗。小七背了《黄鹤楼》，秦芳说："作者是谁？"小七指着画册上的人说："妈妈，他是站着的。"我笑了，把小七抱在怀里，说："比妈妈乖。"秦芳也哈哈笑了。笑一会儿说："还有件事更可笑呢。昨天我带他去郊游，看见有一头黄牛在路边吃草，我想考一考他能不能区分黄牛水牛，就问，这是什么牛？你猜他怎么说？"秦芳俯下身子笑得喘不过气来，捂着胸口说："你猜他怎么说？爸爸牛。"我亲了小七一口说："你从哪里知道了这么丰富的知识？"

　　笑够了，我把自己的想法说了，又把手机上的视频发给秦芳看。她看了说："可以搞呢。事情是人做出来的，我们也是人。成不成反正不剜一块肉。"又说："你这几年真的进步了，我一步都没有进，在台里的档案室，也不需要进步。"我说："我一辈子就是想找一个不需要进步的工作，现在是被逼得没办法。叶能还想买学区房呢，他一天到晚就想着翻身翻身翻身。"我们在手机上看别人的视频。我说："想不到这里也下饺子下了这么多人。"又说："别人的视频做得好呢。"她说："我们就定位在麓城，格局是小了点，但有特色。别人总不会天天跑到麓城来搞调研吧。"又讨论视频的标题。又要方向明确，又要容易记忆。秦芳说："能不能叫麓城房事？"说完就笑了。我说："还是要正经点，不要搞花样，让别人说我们在网上讨米。"又讨论了几个标题，最后定为"麓城说房"。秦芳说："我能做点什么呢？要不我帮你剪辑吧，这是我的专业。"我说："每次五六分钟，有什么好剪辑的呢？"她说："那是不是需要启动资金？"我说："不知道，还没算过。"她说："那就算了。"我想起叶能画十字的神态，想是不是装个傻就过去了。这个念头一闪，就感到了愧疚，觉得特别对不起她。我说："我们一起来做吧，你这么能干，有了你，我就安心了。"又说："叶能说陪我去跑楼盘呢。"她说："那我们就是三人小组。"她没有说把小吕拉进来，我安心了很多，不然我怎么跟叶能说。

这时小吕回来了，秦芳说："过来，跟你说件事。"就把事情说了。小吕望着我说："你？"我拍一下胸口，点头说："我！"他说："你真的？"大拇指伸出来，"女杰。"秦芳说："姓吕的，你什么意思！"把手机上我讲课的录像给小吕看，小吕认真看了几分钟，说："士别三日。"秦芳说："人家从来就是有素质的，你要把眼珠子拨到中间看人。"小吕说："这个事也不容易。"又说："太难了。"我说："现在你又到哪里去找件容易的事来做呢？"小吕说："你们搞成了，我做个志愿者，帮你们拉几个小广告。"秦芳说："我们计算了，只要有五万粉丝，广告自然会来找你，不怕你巷子深。"小吕说："我以前都有点同情晶晶，现在我觉得，那是多余的。"我说："谢谢你。我今天都把同情超越过去了，我觉得自己真的是个人了。"小吕说："想起一个笑话，有个歌唱家上台唱《我们都是一家人》，唱民族团结的，报幕报成了《我们一家都是人》。"秦芳笑得一口茶喷了出来，马上捂住嘴，抽了纸巾给我擦衣服。小吕说："可能明年，晶晶就会同情我这个平庸的公务员了。"我说："估计是很难搞成的，太难了。"小吕说："天下的好事就没有不难的。便宜没好货，也没好事。你看那些美女，哪能让你随便得到？"秦芳马上阴了脸说："是不是我家当年没收你家彩礼，让你便宜了，我就不是好货？"小吕赔笑说："想多了，想多了！"又在自己脸上虚扇了一下，"我打自己一个耳光，算是赔罪好不好？"

从秦芳家出来，我去搭乘地铁。我忽然发觉今天的天气很好，阳光冷冷地照着，仔细体会，又有一丝温暖，微风冷冷地吹着，也有一丝温热。我侧过脸去感受那阳光，伸出右手，拇指和食指轻轻摩擦了几下，似乎是想把那点温热体会得更加真切，又似乎是想把阳光捻碎。我侧过另一边的脸去感受微风，伸出左手，又轻轻抓了几下，似乎是想把风握住。抄近路拐进一条小街，水泥栏杆里有一只黑色的狗冲我叫了几声，我对它招了招手，说："你好，你好！"快到地铁站的时候，我停下来站在街边，看着对面街道上的人来来去去。我继续往前走，感受着自己正在穿越人间。

86

接下来几个月，我和叶能跑遍了麓城的几百个楼盘。新楼盘，旧楼盘，只要是楼盘，我都要跑到。每到一个楼盘，我们首先拍摄它的外景，采访居民的居住体验，然后装作有意向的购房者，到售楼部或者中介那里去了解价格、学校、交通、房型等情况，当场就把这些信息发给秦芳，由她去做成一段几分钟的视频。晚上在家里，就把所有的信息编了号，汇总成表格。

这个周末，天气好，我和叶能清早出发，一连串了十一个楼盘。到下午四点多，我说："想吃中午饭了。"突然就感到一阵晕眩，汗一下就冒上来了。我说："我要吃饼干。"叶能说："低血糖了。"也顾不得违反交规，把车在路边停了，买了几个包子。我吃了包子说："从来没吃过这么好吃的包子。"又说："还有两个，你吃了吧？你也没吃中饭呢。"他说："留给你等会儿吃。"又说："我忘了给自己买几个了。"我说："等会儿你也低血糖了怎么办？"强迫他吃了。他说："是这家的包子特别好吃呢，还是今天特别饿？"吃完他指着马路对面说："那是麓城最有名的海鲜自助餐厅，要一百多块钱呢。哪天我发财了，我要进去吃一次。先饿自己几天，扶着墙进去，然后，扶着墙出来。"我说："人就应该有这么伟大的理想。"他说："我们回家吧！"我说："天这么亮，起码还要跑三四家。"他不肯发车，又说："回家吧，强强在等你呢。"我说："想做一点事，还能这么儿女情长？"他还是不肯发车，我推车门说："那我一个人去了。"他沉默一会儿说："唉，太难了。"我说："秦芳的老公说了，只有去做那些难的事，才有希望。搬砖不难，你去搬吗？然后对身边每个人说，让开，让开！不要挡着我搬砖的路！华为不难，任正非不难？都差点被美国捏死了，它不难它就不叫华为。走吧！"他发动了车，说："到底是为了什么？"我说："说俗一点，那就是为了钱。你不是还想买学区房吗？说雅一点，那就是为了自己的心。我不甘心不甘心都十年了，我真的比别人差那么多吗？我总要做一点对得起自己这一辈子的事吧！这件事做成了，我就甘心了；没做成，我也甘心了。有一分热就要发一分光，如果我被证明没有这分热，发不出这点光，那也不怨自己不怨别人，也不怨父母。实在要怨，就怨天吧。"

那几个月看了无数的视频，很多还看了好几遍。还订购了几个

456

经济学大咖的视频反复看。看得越多，心里就越虚。人家能有几万几十万上百万粉丝，那也不是碰运气碰来的。人家口才好，反应机敏，这个我不是那么怕。我每天试讲一段，讲了几十次，反应也上来了，出口就能成章。可是那些高手，学识也那么好，天下的事无所不知，天下的书都读了个遍。这我是不能比的，今天不能比，明年也不能比，一辈子都比不了。我没法跟他们同台竞技，但我有我的优势，那就是，谁也比不上我熟悉麓城。麓城有近千万人，难道我连五万粉丝都争取不到吗？

可是我还是得增长一点知识。麓城说房，这跟给新来的售楼员上课不一样，靠感性的经验是不行的。我买了几十本书来读，又庆幸前几年读了几十本书，还不是个刚站上起跑线的人。我规定自己每个星期要看一本书，上班偷时间看，晚上试讲完后还看。不完成任务就不让自己睡觉。

这天晚上我靠在床头看《地产金融学》，看几页，瞌睡就上来了。我赌气地掐自己的耳垂、太阳穴，又看了几页，不知道书上写了什么。叶能说："今天就算了，你这样迷糊着，能把书看进去？"我说："昨天已经算了一天了，今天又算了，那八月份开播就完蛋了。已经推迟一个月了。"他说："那就再推迟一个月，八月九月差别很大吗？"我说："九月十月也没有什么差别，还可以推到明年呢。"他说："那就推到元旦。"我说："你是不是真的以为一辈子是一段无穷无尽的岁月？"就找来风油精涂在额头上，继续看书。看了一会儿，叶能说："我看你是真的不要命了。"我说："当年高考，我能从津阴考到麓城来，那就是不要命，突破了，就上个台阶，不然我可能在二圩镇上踩缝纫机呢。"他说："真的碰到了一个不要命

457

的，你能不能爱惜自己一点？"我说："像我们这样的人，还那么爱自己，那真的会跌在坑里一辈子爬不出来了。一个人掉到坑里，他怎么爱自己？太爱自己就是不爱自己。"又说："明年我还要考建造师证呢，先考二级，再考一级。有个证，干什么都有底气一点。"他说："你还能给自己加码吗？你去照照镜子，都没有个人形了，林黛玉！吃饭吃不过一只猫，林黛玉！"我说："我风油精都涂了，反正也睡不着了，你朝那边睡吧，我再看会儿。"又说："你关心你自己吧，你关心自己就是对我最大的关心。"

叶能赌气朝那边睡了，我把床头灯拧暗点，侧身挡住灯光，继续看书。不知过了多久，叶能撑起身子说："够了吧，够了吧。"我说："还有几页就完成任务了，昨天欠的账还没还呢。"他说："你想过没有，你要出镜，你不漂亮点，能捞到粉？颜值也是一大要素呢。你想想那些电影明星，为什么年龄上来了都退下去了？没有市场号召力，导演怎么会用她？睡觉是最养颜的，为了梦寐以求的粉丝，也要让自己睡个好觉。"他这一说，真的把我说服了。到时候怎么化妆，用什么发型，穿什么衣服，这些问题都想过几十遍了，就是没想过睡觉养颜的问题。我放下书说："我实在太需要养颜了，我如果再漂亮一点就好了。"又说："你是不是觉得我有点难看？"他说："睡觉就不难看。"我说："你只想着怎么骗别人睡觉！"他说："真是罪大恶极啊！"又说："孩子都有了，还有什么难看不难看？难看不难看都是你。"我说："那你的意思是我很难看，只不过你不计较而已。"他说："都半夜了，就别讨论这么哲学的问题了吧。"

我去上厕所，在镜子前面停留了一下。我老了吗？没有。才三十出头，怎么敢说这个老字？可是，岁月流过，是有痕迹的。我挤了一下眼，眼角就出现了一道明显的细纹。下巴那里，皮肤也有了一点松弛的苗头。镜子里的这个人是我，她就是我，许晶晶。也许，世界上最重大的事情，就是自己的细胞在聚合分裂，每一次的聚合分裂，都朝着那个不可避免的结局，悄悄地靠近了一点，一点点。无可抗拒，无可挽留，无可奈何。我，许晶晶，一个这么平凡的人，在那个无可抗拒的结局之后，这个世界还会留下自己的痕迹吗？也许，墓碑就是唯一的痕迹，也许，还有亲人的记忆，然后，也会消逝，像不曾来过这个世界。我擦了擦镜面，想把自己看得更清楚一些，看看眼角的细纹是不是一种错觉。再次认真地审视，我失望了。叶能在那边叫我，我应了一声，就过去了。他说："你在上厕所？我以为你生孩子去了呢。"

这半年我跑遍了麓城的几百近千个楼盘，还看了二十多本书，这让我对九月一日开始的视频直播有了一点底气。我一直在考虑第一次直播要扔出一个轰得响的炸弹，引起热议，哪怕是骂声。我心中渐渐有了一点主意，那就是，虽然现在麓城的房市极度深寒，但几年以后，会有可观的涨幅。我是麓城的粉丝，还有很多人也是。麓城在过去十年，增加了三百万人口，比北京上海增长幅度还大，以后十年，大概还会增加这么多人口。新盖的楼，渐渐往郊区去了。北京上海十年后的房市怎么样，我不敢说，麓城不同，麓城的房价，几乎只有北京上海深圳的十分之一，绝大多数人是买得起的，潜在的购买力很强。没有人比我更了解麓城房市的状态，哪怕统计局的那些数据也太过冰冷，不像我，掌握的数据都带着生命的温度。我不为任何人代言，我只说出事实。我可以围绕这个观点，做出十期甚至二十期视频。我没有胡说，我说的都是有依据、有前瞻性的，因此我没有道德上的压力。也许那些盼望房价大幅下跌的人会骂我，但最后他们会明白，我也是为他们好。我需要吸粉，因此我不妨在正确的方向上，用一些更加刺激的表达。

公司为准备参加麓城今年的第二次土地拍卖，开了一个讨论会，把我也叫去了。讨论会没有结果，领导们对不景气的楼市忧虑重重。会后我写了一份三千多字的报告交了上去，希望公司趁着今年地价便宜，以更积极的姿态参与土地竞拍，三年后会有回报。公司开第二次讨论会时，把我的报告传阅了。丁总对我说："如果你的意见被证实了，你应该为公司承担更大的责任。"

87

秦芳要我去参加毕业十年的同学聚会，我说："好。"他们已经聚过好几次了，有我们班的，也有全年级的。那几次我都没有去，因为怕同学问，你在干什么？我在做什么？我在售楼。敢说吗？不敢说。同学宽容和理解地点头微笑，然后，不再追问，那真的是不要太难堪。女人的虚荣心，说起来似乎大可不必，一旦具体到具体的个人，比如说，我，那真的难以超脱。我无法将内心的虚荣像蛛丝一样轻轻抹去，我是凡人，我的情感就是凡人的情感。我就是我，别人怎么想，那不重要，我可以这样对自己说。但是，这不真实。这也是为什么，女生要精心装扮，然后出门。

我们在院会议室集合。下午同学们慢慢都来了，每到一个人都是一阵夸张的惊呼，然后互相说："你还是当年的样子。""你也是当年的样子，时间怎么把你遗忘？"善意的谎言让大家都很兴奋。吴老师来了，大家爆发出一阵更响亮的欢呼。十年不见，时间在她脸上留下了更深刻的印记，她还是一个人，"优秀的渣男"终结了她一辈子的情感。她跟我轻轻拥抱了一下，说："听说你在金帆，那是麓城数得着的房地产公司呢。"她说话还是那么叫人舒畅，这么一个善解人意的人，怎么一直单着？这是属于个人的不解之谜。我有点想跟她谈谈自己的经历和想法，只要人不渣，不妨将就一点，再想想，还是算了。

怀旧是相聚的主题。有个女生说起秦芳，三年级的时候，班文娱委员改选了，秦芳说，我才不在乎呢，这算什么？一粒蟑螂屎！说了几十次，到下个学期才没说了。秦芳连声抱屈，说这是"造谣"，找来几个同学为自己做证。又有人说到我经常夜不归宿，说是去看生病的姨妈。一个男同学插问道："是大姨妈还是小姨妈？"又爆发出一阵欢笑。他说："这个姨妈我是知道的，是个男人，据说当上县政府办的主任了呢。有了两个女儿，都上小学了。"我说："我怎么不知道？"大家用手机拍照，然后发到群里，大家欣赏。有个女同学说："班长，你那个手机要换了呢，把我照成老干妈了。"郝班长马上把那张照片美颜了，重新发出来，那女同学说："这才是真正的我嘛！"

吃晚饭时大家喝了红酒、白酒，郝班长要大家说说自己这些年的经历。十年过去了，没有人取得辉煌的成就，但都还不错。轮到我时，我说："我不能跟大家比，我的感受是难，很难，太难了。多少次，我有一万个理由放过自己，然后躺平，可我还是挣扎着站了起来。"就停下来。好一会儿郝班长说："讲完了？"我说："讲完了。"他说："太应付了。"我说："要讲的我都讲了。"又说："多少次，我碰得头破血流，我觉得自己有一万个理由痛恨这个世界，所有的人都是自己的敌人，或者潜在的敌人。但是生活中的善意、友情、还有……爱情，把我从绝望的悬崖边拉回来了。就像吴老师当年说的，"我朝吴老师微微鞠了个躬，"无论沉入怎样的困境，心里还是要有光明。"郝班长说："讲完了？"我说："这次真的讲完了。"又说："那我再为大家唱首歌吧。"我调整了一下喉咙的感觉，用唾沫润了润，唱了起来："璀璨星光，为我导航……"大家一起唱了起来：

璀璨星光，为我导航，
青春迸发，生命之光。
…………

唱了一遍，又唱一遍，有几个同学哭了。郝班长过去说："怎么哭了呢？"一个女同学说："想起了当年。"一个男同学说："想起了当年充满使命感的幸福时光。现在，活着而已，活着而已。"我说："我当年也想着，要追求一种有使命感的人生，这一辈子能做点什么事情，赢得时间后面的时间。但是现在，也是活着而已，生活本身就是生活的意义，不甘心，那也没办法啊！"秦芳说："浩子在市政府当领导，他的感受可能不同。"浩子叹一声说："你太高看我了。"吴老师说:"大家都没有躺平,都还迎风站着,我已经很欣慰了。"

快十点时,服务员过来说,要下班了。郝班长说:"我们唱歌去吧!"有人说:"明天上午去爬麓山,下午再唱歌吧。"有个男生说:"我明天要陪两个朋友去弓形山看萤火虫,下午就请假了。"我说:"我也想去看萤火虫。"大家都说想去。郝班长说:"两百公里呢。"要大家举手表决,大多数人都想去,就打电话定了车,说:"今晚大家疯一下,睡个懒觉,明天中饭后出发。"出了门我说:"你们先唱着,我和秦芳走走再过来。"

走在校园里,我说:"在这里读了四年,没想到校园可以这么安静。"秦芳说:"那时候放假我们就跑回去了。"我说:"我都有十年没回来了,没出息,对不起母校,愧得慌。"她说:"我们也没欠谁的,哪有那么多惭愧?"快到池塘的时候,远远地听见天鹅的叫唤声,似乎要把夜色撕成碎片。我说:"那几只黑天鹅还在呢!"她说:"应该是那些天鹅儿子的儿子了吧!"我们在天鹅池边站了很久,南风吹过来,把时间送往遥远的北方。我说:"十年了,就像昨天一样,再过一个十年……"秦芳打断我,说:"别说,别说,说得我心都痛了。"我说:"时间是最公正的,比尔·盖茨的一天和我的一天,都是一天;又是最残酷的,见人杀人,见佛杀佛,躲到哪里都躲不过它。"记起当年,也是这样一个夜晚,我曾经站在同样的位置上,沉静而沉痛地望着眼前同样的景色。我想象着自己是一只小船,在岁月的大海之中,晃晃悠悠,沉静而沉痛地沉没,然后,永远停在那黑暗而寂静的深处。秦芳拉了我一下,我说:"走吧。"

第二天下午，车开到弓形山下，下起了小雨。我问那个男同学："下雨还会有萤火虫吗？"有人马上在手机上百度，没有答案。秦芳说："那还去不去呢？"我说："去，去，去啊！"车盘绕了一个多小时，到了山顶宾馆。下了车，秦芳说："好凉爽啊。这一个多月，都热麻了。"大家安顿好了去餐厅吃饭，议论着天气。突然，一线阳光射了进来，投到了餐桌上，大家都拥到阳台上。夕阳又大又圆，从里到外都透着红色，把大家的脸都照红了。有几个人伸出手掌，托着太阳，用手机拍照。我说："从来没有见过洗得这么干净的太阳。"大家都不说话，怕惊动了太阳似的，看着它一点一点地沉了下去。秦芳说："为了迎接我们的到来，开天了。"

当夜沉沉地压了下来，我们都站到宾馆的前坪，望着黑黑的树丛，等待萤火虫的出现。终于，有同学说："看见了。"大家顺着他手指的方向，看见了树梢有一点点微光。接着，像接到了一个神秘的命令，微光布满了树丛，漫山遍野，一闪一闪，让人忘记了身边的人，沉入另外一个世界。我盯着那些微光看了很久，偶尔一抬头，我看见满天的繁星，浩漫无垠，一闪一闪地发出明亮的光芒。我大声说："大家抬头看一下，那就是传说中的银河。"一条星带从遥远的暗处冲过来，越过我们的头顶，又冲向了遥远的暗处。真实的夜空，原来是这样的。郝班长说："我还是从高中地理书上知道有银河，今天真的看见了，这才是宇宙的真相。"我说："这是宇宙一个小小的角落呢。更广阔的真相，是我们看不见的。"又有人在繁星中找到了北斗星，在手机上查了，离我们一百光年。郝班长说："有谁会想到，那些跑得那么快的光，是一百年以前发射出来的。那时候我们的父母还没出生呢。唉，太渺小了。"我说："星星到处都有，山也到处都有，我们和山，和星空，还有萤火虫相聚，却是生命中的唯一。地球本来平凡，它因人类而伟大。"秦芳唱起了校歌："璀璨星光，为我导航……"大家一起唱了起来。唱完，都沉默了，仰头望着浩渺星空。我想，在忘我的凝思中远眺宇宙，也是我来到人间的神秘使命。我想象着，在某一颗隐身暗处的星星上，有一群脑袋尖尖的外星人，带着严肃的表情朝着我们这边窥视。他们相互交换着疑惑的神情，突然，张开了巨大的肉翅，腾空而起，以光的速度向我飞来，一百年之后，就将到达。到那天，我早已消弥了曾经路经世界的所有痕迹。这时，萤火虫飞了起来，在我们眼前画出一道道晶莹的线，和星空掺揉在一起，显出了梦一般纷乱的景色。突然，我眼泪一涌，脸上感到了一点温热。秦芳拉了拉我的手，说：

"你怎么了？"

图书在版编目（CIP）数据

如何是好 / 阎真著. -- 长沙：湖南文艺出版社，
2022.12
ISBN 978-7-5726-0928-2

Ⅰ.①如… Ⅱ.①阎… Ⅲ.①长篇小说—中国—当代
Ⅳ.①I247.5

中国版本图书馆CIP数据核字（2022）第212194号

如何是好
RUHE SHI HAO

作　　者：阎　真
出 版 人：陈新文
责任编辑：袁甲平
装帧设计：文　俊 | 1204设计工作室（北京）
内文排版：刘晓霞
出版发行：湖南文艺出版社
　　　　　（长沙市雨花区东二环一段508号　邮编：410014）
印　　刷：湖南省众鑫印务有限公司
开　　本：880 mm×1230 mm　1/32
印　　张：14.75
字　　数：342千字
版　　次：2022年12月第1版
印　　次：2022年12月第1次印刷
书　　号：ISBN 978-7-5726-0928-2
定　　价：68.00元
　　　　　（如有印装质量问题，请直接与本社出版科联系调换）